杨广虎散文随笔集
YANGGUANGHU SANWEN SUIBIJI

在终南

杨广虎 ◎ 著

西安出版社

图书在版编目（CIP）数据

在终南 / 杨广虎著. -- 西安：西安出版社，2020.11（2021.5重印）
　ISBN 978-7-5541-4989-8

　Ⅰ. ①在… Ⅱ. ①杨… Ⅲ. ①散文集－中国－当代 Ⅳ. ① I267

中国版本图书馆 CIP 数据核字（2020）第 211195 号

在终南
ZAIZHONGNAN

著　　者	杨广虎
出版发行	西安出版社
地　　址	西安曲江新区雁南五路 1868 号 11 层
电　　话	（029）85253740
邮政编码	710061
印　　刷	永清县晔盛亚胶印有限公司
开　　本	787mm×1092mm　1/16
字　　数	366 千字
印　　张	25
版　　次	2020 年 11 月第 1 版
印　　次	2021 年 5 月第 2 次印刷
印　　数	3001-5000
书　　号	ISBN 978-7-5541-4989-8
定　　价	68.00 元

版权所有　翻印必究
本书如有缺页、误装等印刷质量问题，请与当地销售商联系调换。

在终南回故乡 平凹题

作者与著名作家贾平凹

在终南，回故乡

萧云儒

作者与著名评论家萧云儒

走终南 回故乡

陈长吟 书

作者与著名散文家陈长吟

文字让人生旅途更加丰富
——杨广虎访谈录

■张斌峰（陕西日报高级记者）

记者：首先，很高兴能有这样一次访谈，谈谈你最初对文学的感情。

答：我一直是一个文学爱好者。至今没有接受什么真正的采访，没开过什么研讨会，默默地一个人行走，不是卖弄清高，确实没有必要。对文学的感情来源于上世纪八十年代上初中的时候，农村生活比较单调，读书、写文章似乎成了一件水到渠成的事情，就像现在每天晚上睡之前看看智能手机，看有没有好的文章、留言，需不需要回信，发一下个人的微博、微信。当然，那时候心地单纯，对文学有不一样的神圣虔诚，至今，我把自己的"写作"说成"写文章"；我个人理解，"写作"是非常严肃认真的，"写文章"，相对而言，就比较随意了，符合我闲散慵懒的性格。

记者：这些年来，是什么原因让你一直坚持写作？

答：我除了工作谋生，没有啥爱好，写文章就是最好的爱好，也不需要什么大投资，更谈不上伟大的理想。先干好工作，有时间，想写了就写，不想写了就看书。了解外面的世界，什么书也看，国内的、国外的，文学、历史、自然、生物、商业等等各种类别的都看。记得小时候上小学，看的第一本课外书是《生理卫生》，对身体有了一个简单的了解，对文字有了一个初步的接触。要说真正原因，还是自己"爱弄这事"，没有其他原因。从1989年至今，断断续续地写，不知疲倦地写，写了三十多年，没写出啥成绩，也没有凭着写东西企图获得大奖发一笔横财（也没有可能或者说可能性不大），就是生活中一件要办的事情。我不是一个非常执着，"要弄就把事情弄大"之人，我经常羡慕这种"强人"，也为一些一生始终坚守文学耽误青春的朋友而可惜，自己的路需要自己走，不要太多寄希望于别人的帮助和一些投机心理。

记者：你觉得什么样的作品才算经典，对你写作最大的帮助是什么？

答：我个人觉得纯文学要出大作品、好作品，经过历史的沉淀和检阅，能成经典的作品，个人必须有一定的文学天赋或者聪明才智，要能耐得住寂寞，后天的勤奋、创意写作或许能弥补一些，但文学毕竟是一门艺术，不仅仅需要思想、语言、写作技巧，更需要精神、哲学观念、个人胸怀等方面的高度。不是靠简单模仿、堆积或者匠心刻意打造而成的，它一定是有作者自身灵魂的，哪怕是粗粝的，也是一种风格；它不是口红，不是以精致化妆而成。作家不是培养出来的，不要太过的理论专业知识，是个体劳动，个人的成长经验会融入到个性化写作中去。写的多并不一定都是好东西，写的少并不一定就不是好东西，需要冷静、客观、公正地评价。作家毕竟要靠作品说话，相比而言，能写还是要趁年轻多写、多练，多关注现实和人情。要说对我写作的帮助，首先应该是读书，通过读书可以知道许多没有亲身阅历的事情和知识，沉浸式体验并非人人能达到；其次是自己要在广阔的时空中多观察多思考，我经常在上厕所或者睡在床上想着如何把文章写好，有时候写完文章，极度亢奋，有一点的不完美，就强迫自己起来，马上要修改好，要不睡不着。只是，随着年龄越来越大，工作的忙碌和生活的逼仄，很遗憾，书不能静心精读了，有时候，一扫而过，走马观花。过去买不起书，看到书如饥似渴；现在买了许多书，还有文朋诗友送了许多，却没有时间看，只能望"书"兴叹。再次，是读者、网友、朋友的交流和肯定。一个人活在世上，不可能永远活的是一个自己，需要沟通、交流，我的方式就是通过中国文字（汉字），写写文章。

记者：你对自己的哪部作品比较满意？

答：一直努力，至今没有。每个人生的不同阶段，我都在利用闲暇时间尝试写不同的文体，有报告文学、有散文、有诗歌、有小说、有评论（自己的感想和感觉），写了不少，发表了一些，出了十几本书，回头一看，什么都没有，没有满意的东西；但读过之后，有时候觉得自己现在都写不出来；年轻气盛，天不怕地不怕，文脉通达，充满阳刚之气；年龄大了，文笔老成一些，知道啥能写啥不能写，谨慎下笔。每种文体都要有属于自己的个性语言，才能更好更精准地呈现和表达。有时候，我觉得自己就是一只吃糠咽菜天天劳碌下蛋的母鸡，蛋下完了，就不管了。过去的手稿、样刊、获奖证书等等，通通找不见了，像个"丢蛋鸡"。我有个坏毛病，喜欢写文章一气呵成，写完了不愿意修改，而且很固执，宁肯不发表，也不愿意修改。我觉得在当时的心情、语境写，就是应该这样写。

记者：对你影响的作家有哪些？

答：这个很多。年轻时候，喜欢诗歌，国外的诗歌书籍一本一本买，一本一本读，一本一本抄，荷尔德林、席勒、歌德等影响较大，后来又喜欢日本的小说家渡边淳一，欧美的小说人名太长、记不住，影响了自己的阅读和喜欢。中国的喜欢的比较多，王小波、余华、莫言以及陕西的柳青、路遥、陈忠实、贾平凹等老师。我比较喜欢文字优美、有个性的，厚重、简洁，现实主义、魔幻主义、先锋实验等等都不重要，情节极其冗长、细节过度琐碎，我没时间去读，也不喜欢。虽然宏大如山的作品可能更让人敬畏，我还是喜欢烟火人生中的人间温情和人情幽微。

  记者：你还准备这样写下去吗？

  答：是的，我将继续这种生活，无论好坏。写文章，是一种情怀，无法让我放弃，我经常怀念上世纪八九十年代文学火热的场面，各种文学报刊畅销，文人的身份受到空前尊重，虽然明知不可重来；也是一种情分，让我在这个薄情的社会里与文字窃窃私语，感受到一些暖意，达到现实与灵魂的和解；也是一种本分，我生来爱这东西，爱了三十多年，就这样轻易要放弃它吗？互联网的快速发展，写作成了一个工具，或者说人人都是"写手"，这是我们无法躲避的。虽然我们不想看到或者面对，但我相信，只要有人的存在，就有文学的存在。任何智能写文章的软件代替不了复杂的人的情感。写作就是反思现实，丰富理想，纪念历史，创造未来，给人美的享受。虽然它让我欢喜让我忧，没有给我带来什么钱财富贵，满足一下作为正常人的虚荣心，但我依然爱它。"你会累死在书上，写死在文章上。"好友多次告诫，自己还愿意省吃俭用，去买纸质书，默默耕耘，淡泊处世，诚实做人，坚守初心。即使文学日益碎片化、越来越不景气的现在，我依然准备这样写下去，不断发挥自己的创造力，写出自己比较满意的文章。

  记者：你觉得写作对你人生有什么意义？

  答：我和文字生来就有一种秘密和默契，从文学少年到现在普通的中年男人，文字让人生旅途更加丰富。"文字"可以理解为两层意思，一层是书籍，一层是文章。我从事旅游文化工作二十五年，在秦岭终南山生活二十年，写文章三十余年，可以说，"文字"一直和我的工作相伴，慰藉着灵魂，疗治着心灵，向着诗和远方迈进。世事维艰，人情至上。一方面我在人生旅途中勤勉谋生业余写写，一方面文字让我的人生旅途更加丰富，两者相辅相成、相得益彰。我向往摇曳多姿、丰富多彩、诗意浪漫的生活，可最终是心如止水，坦然自若，万般寂静，其实，或许这样好一点。

目录

文字让人生旅途更加丰富
——杨广虎访谈录　　　　　　　　　张斌峰

壹·在终南

在终南 —————————————————— 003
太乙宫：一座小镇，一山一天池 ———————— 010
寻访紫阁峪 —————————————————— 015
杜荀鹤：一个怀念"紫阁隐者"的唐代诗人 ——— 019
翠华山赋 —————————————————— 023
南五台 —————————————————— 026
秋访楼观台 —————————————————— 030
雪后香积寺 —————————————————— 034
太乙宫：汉武帝于此祭祀太一神 ———————— 038
白雪中挂单的红柿子 ————————————— 041
人面桃花 —————————————————— 044
杨庄钓鱼 —————————————————— 048
白月光 —————————————————— 050

贰·回故乡

回乡记，宝鸡一个村子四十年印记	055
我的贾村塬	068
根在宝鸡	071
咀头村过年	075
难忘交公粮	079
炸油糕	082
跟会	085
搅团搅团	092
咥面记（一）——咥碗搓搓面	097
咥面记（二）——"面汉子"驴蹄子	102
咥面记（三）——来碗削筋面	106
老味扯面	110
豆花泡馍	113
闻香识故乡	116
秀秀，要去意大利卖凉皮	119
印记：从"千渭之会"到"沣渭交汇"	123
蟠龙塬上望太白	130
家有北京铜火锅	134
端午满园香	138
月照大地明	142
清明时节哭祖坟	144
清明回家接地气	146
簸箕庄	149
曾祖父有把紫砂壶	152
收麦的日子	156

叁 · 走天下

春来商洛	163
马嵬驿	167
大汉雄风看阳陵	170
千灯古镇访顾绛（顾炎武）	173
夜走江阴长江大桥	176
永远的"月亮门"	179
穿越西咸的梦想	182
夜醉周庄	184
秋雪湖，一位导游姑娘叫芦花	188
海南，椰树之恋	191
风中椰子树	194
家在太行大峡谷	197
二府庄	200
夏访人祖庙	203
紫阳喝茶	207
羌茶	210
吃蓝田荞面饸饹	215
人间千古至爱 ——《长恨歌》	219
"雕刻时光"师大路	223
固原遇雪	225
七月七 · 乞巧节 · 昆明池	232
周家大院，飘荡着秦商奔波的身影	242
梦幻扎尕那	249

肆·在人间

父爱如酒	257
儿子，是我的老师	261
我期待着一场雪早点来	263
情若丹霞	267
守山的女人	271
"灵修大师"	274
楼下卖凉皮的女人	278
杨贵妃与华清池"兰汤"	284
树生长的地方	287
王小我的家国情怀	291
纸飞机	294
神木	298
长秋膘	304
南稍门，我的慢生活	307
郭晓阳篆刻记	310
书之缘，读书的愉悦	314
过年学做面食	319
理发记	325
被子	335
枕头	343
大地的风景	347

伍 · 师友情

近邻荞麦园	353
一座小院,一座城	356
秋雨思恩师	358
一棵树的怀念:沉痛悼念陈忠实老师	362
春天的哭泣——怀念红柯	365
寻访柳青长安的足迹	369
由汪国真到路遥	375
苦难磨砺出的人性之美——我读路遥	381
在光影中感受并发现美——记摄影师黄武涛	386

青年篆刻家郭晓阳为本书题刻「在终南 回故乡」印章

壹

在·终·南

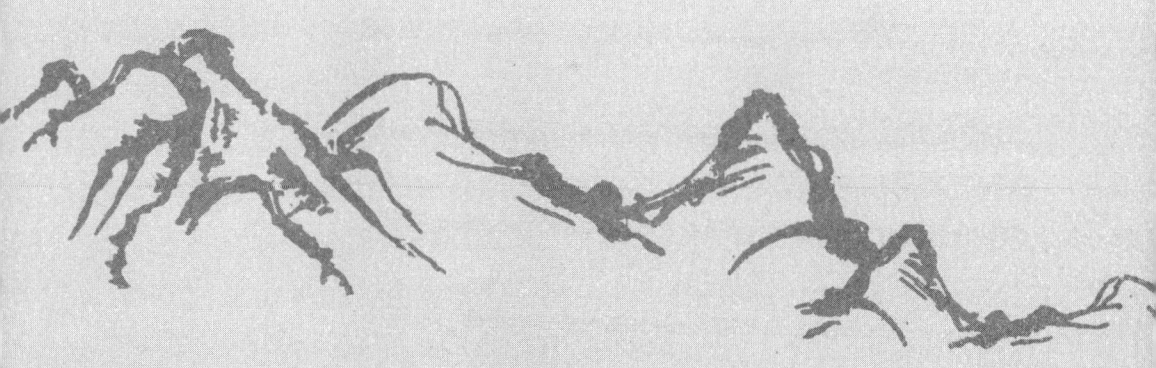

壹·在终南

在终南

知道"终南",确切地说一点,应该是"终南山"(也称南山),是从书本上,仅仅局限于一个文字"符号",一座普普通通山的名字。

"山川江河",这四个字中,山没有三点水,给人以伟岸的感觉,水,"女人如水",总感觉是一种阴柔的东西。作为一名土生土长在黄土高坡上的孩子,少时便被黄土风沙和天旱缺水的现实困扰,祈福求雨、天下太平的种子从小就在干涸的心灵里萌芽;渴望见到大江大河、无边大海的心思一直在前方诱惑着我。初中时候学校组织去冯家山水库植树,见过浩渺之水惊奇半天,高中时候和同学匆匆忙忙利用一天上过吴山,树木茂密、山势崔巍,更是吃惊不小,总感觉在密林中行进,后面有土匪在追,没有好好看"山"。可当我真的见过长江、黄河、渭河、千河等等无数条河流之后,没有惊喜,反而是蜿蜒曲折日夜向东流淌的样子,带给我些许莫名的忧伤,特别是在夏季,看到洪水之后,河流上漂着的树枝杂物,在急流中匆匆而逝,我更感到生命的短暂;大海是想见的,也见过大海,见过大海的各种颜色,蓝色、黄色、清澈见底无色的,"面朝大海,春暖花开"这种诗意的渲染,并没有给我带来好感，反而是海边乱扔的垃圾给我留下深深的印象，挥之不去，更远的远方是即将漂逝的小舟。但在法国，塞纳河给我留下了很深的印象，干净整洁，优雅浪漫。但我是"旱鸭子"，不会游泳，胆小怕水，对水的害怕不能用文字形容，以至于坐着火车从南方路过，总担心晚上漆黑一片人走路不小心掉到池塘怎么办？杞人忧天，这种强迫感每次坐上火车，就袭上心头，无法睡眠。山，对山的迫切想见，特别是对大山名山，包括三山五岳、终南山、太白山等等的相见，无时不折磨着一颗幼小的心灵。

我说过，我从小生长在黄土大地上的小乡村，一个"原"上，丘陵地带上一个不大的土台上，沟壑纵横，草木稀少，可能说"塬"比较准确。自己老感觉"原"很大，东北平原、华北平原、长江中下游平原、关中平原，以及成都平原、白鹿原等等，相对而言，"塬"范围就小些，没有一览无余广袤无边的阔达，这边能看见那边。

其实，生我长我的陈仓"塬"，叫做"贾村塬"，也称为"西平塬""蟠龙塬"等。大约初中毕业前，我一直在此，没有下过"塬"，宛如"井底之蛙"，头顶的天就是"井口那么大"。如果天气尚好，在塬上白天西望可见陇山山脉吴山，东望看见秦岭太白山，蟒蛇一样，起起伏伏，隐隐约约，宛若仙境，尤其是雪后，白雪皑皑，神奇壮观。当然，夜里，可以数一数天上的星星。不知道，近些年怎么样，是不是被雾霾所扰，或是被摩天高楼所侵，抑或人惯于看电子产品，眼睛雾化、神经麻木、心灵钙化。

山，村里老人从小给我的说法是，最近的"山"，就是从县功镇难以翻越的"千阳岭"，车辆难行，人，更不用说了。

山，在面前，在远方，总给我显示出巍峨强大的一面，这种直感一直支撑着我的信念、信心，有朝一日，我一定从"塬"上走出去，去看山。

还有内蒙古高原、黄土高原、青藏高原、云贵高原，一定要去看。

终南山肯定要去。

终南山，是太阳和星星睡觉的地方。这是什么地方呀？——神山！

原始的冲动和与生俱来的仰望，变成了一种好奇。

初　见

上世纪九十年代的"春游"，是一种粗放、简单的观光旅游。人们一下子有钱了，不知道怎么花，"旅游"乘势而上。在长安帝都憋了一个冬季的莘莘学子，一到百花齐放、万木萌发的三月，就按捺不住激动的心灵，男男女女，纷纷组团，欢呼雀跃，租赁一辆中巴车去秦岭终南山"踏春"了。

"三月三日天气新，长安水边多丽人。态浓意远淑且真，肌理细腻骨肉匀。绣罗衣裳照暮春，蹙金孔雀银麒麟。"唐代大诗人杜甫在《丽人行》一诗中，本意讽刺了杨家兄妹骄纵荒淫的富贵生活，可年轻好动的大学生们，从中读到了大唐的开放。农历三月初三，古称"上巳日"，是古人出门踏青的日子，也是男女在野外相会、表达爱意的绝好时机。一个冬季的蛰居，等待的就是一个阳光明媚春天的到来。

秦岭终南山，春光无限，风景正好，离长安城三四十公里，市场需要，开发也比较早，是大中学生春游的首选。

从小没有见过大山。从远而近，山，从我抬头仰视到进山平视，再到俯视，峰回路转，逶迤蜿蜒，让我感觉到离山的"心脏"越来越近。终南山，不是我头脑中的简单的"形胜"，其实，他里面还有溪水、山石、草药、草木、飞鸟、走兽、庙宇、道观、栈道、村民等等，结为一体，互相映衬，丰富华美，包容万象。

没有向导，我会在这座山里走失。其实，很多"驴友"，也常在这里迷失方向。

可能见到的是终南山的一点、一角、一面，但已经改变了我对"山"简单的认知。

唐代大诗人王维在《终南山》一诗中写道："太乙近天都，连山到海隅。

白云回望合,青霭入看无。分野中峰变,阴晴众壑殊。欲投人处宿,隔水问樵夫。"我在终南山,领略到了"山"的变化多姿,无穷魅力!

初见,只是开始;山的秘密,需要我们用一生去感受。山的苍翠欲滴,山的包罗万象,山的丰润,山的博大,给我美好的印象。在翠华山,在终南山,我向往的"山"一步步向我走来,我紧紧拥抱,长久不肯离去。以至于我以后去过黄山、武当山、阿尔卑斯山、富士山等等,都没有"终南山"印象深刻。

相 遇

有时候,现实比小说还精彩,生活有时候无法解释。不想,我大学毕业后,在终南山生活了整整二十年,一个人最青春的大好年华全在这座大山里消磨了。

是悔恨?是幸运?是遗憾?……

从陈仓奔到长安求学,从长安到终南山,从终南山上秦岭,从秦岭看长安,俯视整个世界,展望"流浪地球"之未来。悠悠二十年,弹指一挥间,自己经过结婚、生子,伴随孩子一步步成长,面对社会万千变化,让人眼花缭乱,改革开放、南下打工、海南淘金、SARS事件、汶川地震、三大战役……我们已经融入这个社会,有时候,万般无奈,被推动着、裹挟着不断前进。自己只有在终南山,才能保持一些人性的独立。

"天下修道,终南为冠。"丰富的各种资源和悠久的历史文化,孕育了这座天造地设的大山,也让生活在此村民得到了山的滋润,分享了山的乐趣。看似空寂的终南山,日升日落,四季轮回,给予我们许多物质的营养和精神的财富,吸引着大量的普通游客,也吸引着一些日夜奔忙沉醉于灯红酒绿的达官贵客,远离城市喧嚣,归回南山沉静。当城中村被改造,高楼不断拔地而起,人口大量涌入,城市摊大饼一样吞噬土地,乘车、上学、看病难等等问题出现,很难找到一剂良方。终南山像一位哲人,始终沉默不语,静观着这个变化莫测的世界。

　　有一些人开始打起了终南山的主意。有的地方也搞起了"零资产拍卖"山水资源，用于发展当地经济，旅游景区景点成了城市的"名片"。当时的终南山，四处开发，成了建筑工地，和20世纪六七十年代修建水库时的场景估计差不多。毋庸置疑，经济要发展，但不能以破坏环境为代价。一些人，当官的、有钱的、画画的、写字的、想图个安静的、想修养身体的，形形色色，修起了别墅、四合院，或者租用农民宅基地进行改造，开"农家乐"，不同叫法的私人会所，据山为己有，成了一种潮流，也成了一支支暗箭，让终南山暗自哭泣。山里的一些农民走出大山，进城打工，买车购房，开始了自己"城里人"的梦想生活；一些城里人，无法安放灵魂的人，来到了"终南山"，开始了自己隐居的生活。或住石洞、或居茅棚，生活简单，离群索居，快乐生活。我曾经站在瑞士的阿尔卑斯山上想过，这里的人零零碎碎散落在山湖间，怎样和平相处？

　　无数次，我站在秦岭终南山之巅，面对千亩杜鹃、万亩草甸，远眺长安，一座城市，历史文化深厚的城市，如何在包容、开放、绿色、发展、创新中走在世界的前列？

　　初见是缘，相遇是美。

回　望

　　宋人所撰《长安县志》载："终南横亘关中南面，西起秦陇，东至蓝田，相距八百里，昔人言山之大者，太行而外，莫如终南。"终南山千峰碧屏，深谷幽雅，丽肌秀姿，令人陶醉。现在，一般所说的"终南山"，大体是东起盛产美玉的蓝田，西至秦岭主峰太白山，横跨蓝田、长安、鄠邑、周至，绵延200余里的秦岭山脉。

　　2016年，从秦岭终南山出来，三年多来，我一次又一次去看他的容颜，感受他的内伤。拥抱和分离，都是一段美好的记忆。秦岭终南山，有多少歌颂他的诗词歌赋，还有"九州之险""天下之阻也""南北分界线""生物基因宝库""世界山崩奇观"等等，这些加附在他身上的荣誉让他苍老，各种不协调的建筑让他变得丑陋难堪，各种人为的污染让他变得苦不堪言。现在许多小镇建设，同质化、雷同化，没有文化基因，没有特色内涵，缺少市场认可等等原因，造成了大量的浪费，成了名副其实的"鬼镇"。终南山，他就是一座需要安静的大山，至于百度上面"终南山又名太乙山、地肺山、中南山、周南山，简称南山，是道文化、佛文化、孝文化、寿文化、钟馗文化、财神文化的发祥圣地,位于秦岭山脉中段,是中国重要的地理标志"，人为添加的东西太多了，历史文化资料简单堆积到最后就成了没有灵魂的"空壳肉体"，人为过度的干预和赋予许多美好的歌颂，只能让一座山，戴着耀眼的光环，在众人的目光中，愈加迷离。

该拆除的拆除了，复绿植绿，秦岭终南山又恢复了本来的颜色。

古有"终南捷径"，今有秦岭终南山隧道。有的路可走捷径，有的路要走，先要考虑安全，还要考虑许多因素。

琴瑟和鸣，山林野趣，高山流水觅知音，知音在何方？

终南山，就是终南山，滋养着长安大地的终南山。

自古文人好山乐水，喜欢自由不羁，洒脱随性，无拘无束。现在，终南山的一些"隐士"离开了。这座山，恢复了宁静，还是沉默不语，等待我们去揭开他心中的秘密。

试着将我心儿摘下，慢慢放到终南山，那里是否空气洁净？

秦岭终南山，你是否确认过我专注的眼神？我的梦中，有锦鲤在天池游泳。

"天道无亲，常与善人。"这个世界，我们人类要保持善良的底线，最终要与自然、生物握手言和，保护环境，注重生态，和谐共生，协调发展，构建"人类命运共同体"，道法自然。回首秦岭终南山，他的苦痛、他的暗伤,需要一段时间疗治。大道至简。我们也不能观望,烟火人生,品味山川,诗和远方,诗意的生活何时才能实现?远方,美好的远方世界,何时能够抵达眼前?

  我站在长安的城墙上,思想的翅膀穿越秦岭终南山,叩问辽远的苍穹。

太乙宫：一座小镇，一山一天池

一

1996年夏季，我大学毕业到长安县太乙宫之时，这座小镇已经失去了往昔的繁华。之前，因为西安钟表机械厂建在这里，还有西安市社会福利院、陕西省结核病院等在此，工人上千，街道喧嚣，人来人往。喇叭裤、蛤蟆镜，奇装异服，双卡收音机、卡拉OK，歌舞升平，太乙河畔压马路者甚众，15路公交可直通西安南门，整个街道古朴中绽放着时髦，外来的"城镇人"给当地农民带来了改革的春风和开放的思想，被称为"小上海"或"小香港"。

如果赶上太乙宫的"一四七"集，街上车水马龙，摩肩接踵，无法动弹。再唱一出秦腔大戏，热闹非凡。

我从小寨坐上小中巴，司机说是直达"太乙宫"，沿着韦曲、杜曲，越凤栖塬，直到神禾塬尽头南山脚下，但在路上靠靠问问、走走停停，因为没有拉到"满座"，五十里的路程，倒了三次车，走了两个多小时，才到太乙宫。这座小镇，依旧保持着关中小镇的一些特色，街道狭窄逼仄，污水横流一片，一座小镇其实就是南北一条公路，两侧是一些小商小贩，炸油糕的、卖手擀面的、打铁的、做醋的、酿酒的等等，热热闹闹，无时无刻不在展露着乡村人间烟火的万千景象。

依稀记得，我在车站的附近吃了一碗手工面，房子是半面淌水的厦房，墙壁黑油油的，木柴大火烧着大黑铁锅，锅里开水翻滚，冒着热气，我坐在里面，直冒热汗，好在擀面的手艺不错。"滋啦"一声，油泼面，闻着就香，我美美咥了一老碗，抹了抹嘴，很知足地看着盛夏的街上，人烟稀少，一只流浪狗呼哧呼哧吐着红红的舌头。

就这样，自然而然，我和这座小镇结缘，在此呆了二十年。

二

翻开中华文明史，祖先早知道依水而居，代代相传，繁衍生息。我觉得，国外也不例外，看过一些，像欧洲的瑞士小镇，基本都在阿尔卑斯山浅山区，因为常年有足够的雪水，保证着居民的基本生活和生产。

镇因一座山、一池水而生。

从太乙宫小镇向南七里路，便是当时西安人心目中的旅游胜地——翠华山了。翠华山又称为"太乙山""终南山""地肺山"等，因"山林川谷丘陵，能出云，为风雨，见怪物，皆曰神"，汉武帝在此拜谒太乙神而得名，在翠华山上修有接圣台，太乙宫街道修有"太乙宫"（现已拆迁，修在太乙·长安道）。加上秦岭终南山主峰在翠华山上，故也被人叫"终南山"。

翠华山山上便是天池，又称为"澄源池""天湖"等。《三秦记》云："在长安东南八十里太乙谷中，有太一元君湫池，汉武帝元封二年祀太乙于此，建太乙宫。"《资治通鉴》载："武帝元封二年，冬十月，武帝巡幸至雍，祭祀于五畤；回长安后，祭祀太一神，并叩拜德星"。清代《西安府志》载："元封二年，祀太乙君湫池，建澄源阁"。太一（乙）元君湫池，即指今天的翠华山堰塞湖天池。

在翠华山上还有"翠华书屋",据说康有为曾来此专访长安学人蒋古庵。翠华姑娘美丽的传说故事,让多少人为了纯真的爱情在所不惜,孜孜不倦。

我亲历了翠华山二十年的发展,由改革初期的一个小景点,到国家AAAA景区、国家水利风景区、终南山世界地质公园的艰辛历程。景区由过去的粗放管理到精细服务,实施集中搬迁,加强基础设施建设,提高服务质量,保护生态环境,成了"中国驰名商标",饱含了一代代创业者的心血和努力。

村民们改变了过去住在茅草屋,靠天吃饭,一年四季吃土豆的悲壮历史,住上了砖瓦房,开起了农家乐,建起了民宿小院,有的还买了小汽车,出行方便,生活富裕。

可以说,一座山,一池水,诞生了太乙宫小镇;翠华山旅游的发展带动和提升了当地的知名度和老百姓的生活。当年"商山四皓"隐居太乙宫,从来没有想过走一条"终南捷径",更多的是自我内心的修行。

三

"南望终南如翠屏环列,芙蓉万仞直插青冥"。有人说太乙宫是个神奇的地方,日夜流淌的太乙河养育着两岸老百姓。人们没有忘记翠华山天池的美丽传说,在七十年代,大兴水利,修建了天池坝面和正岔水库,用于涵养水源和农业灌溉。东岸沙场村的大米,蒸出的米饭,不用就菜,吃着喷香,早年曾作为贡米,让皇帝尝鲜,直到20世纪九十年代初期仍是"抢手货"。上寨村、下寨村、西新庄村的制鞋厂、化工厂、铸铁厂、建筑队等乡镇企业如雨后春笋般发展起来,最终因为规模小、有污染、牌子不亮等原因被市场淘汰。我看制鞋厂在世纪之交又被围成"藏獒园"。

我到太乙宫的时候,"气功大师"张小平的万人练功场面已烟消云散,有"东方哈佛"称号的西安翻译学院刚刚搬至不久,西安钟表机械厂搬到了城里，据说没有几年就倒闭了，工人也下岗了。整个太乙宫街道，与时俱进，依然保持着火爆的人气，太乙河边多了读书圆梦的莘莘学子，翠华山游客络绎不绝。

改造了街道，笔直、整洁而干净，修了外环路，不让车走正街了。街道两旁盖起了宾馆、饭店，开起了网吧、琴房、洗衣店、美容美发美甲养颜修身馆……街上也多了戴手珠、穿棉麻的修行之人。至于交通，四通八达，太乙宫是关中环线、西康高速、西康铁路的交汇处，从长安路入口上高速，半小时就可以到达，也不用担心耽误时间，也没有了"招手停""黑中巴"了。到了五一、十一，环山路上车辆堵塞，缓缓而行。现在，还修了"太乙·长安道"文旅小镇，加快了城镇化建设步伐。

太乙宫，不是一个单独的太乙宫了。它南有秦岭翠华山，北有兴教寺、常宁宫、西部大学城，东有二郎山、天池寺，西有南五台、上王村、关中民俗博物院、秦岭野生动物园、净业寺等等，东西汤峪温泉、昆明池等也不远。可以说，太乙宫已经和"大西安"融为一体，在丝绸之路上，共同建设着"国际旅游大都市"和"国际中心城市"，是休闲、度假、享受"慢生活"的修行之地。

我老家在西府陈仓，二十岁前，从1979年到1996年，见证了合作社、联产承包责任制、"南方打工"等历史；1996年到2016年在太乙宫、秦岭终南山，我见证了翠华山一个景区的发展，一座小镇的发展。2016年因工作调动，进入西安城里工作后，由过去的站在秦岭看西安变成了站在钟楼看长安。关中地区过去流传着这样一种说法："金周至，银户县，杀人放火长安县；刁蒲城，野渭南，蛮不讲理大荔县；土匪出在二华县（华县华阴）。"长安区虽然在一些人心中仍是"长安县"，生在天子脚下，靠天吃饭，有着这样那样的问题，但我觉得这有长期以来区域文化的影响，也是经济发展中的问题，和我接触的长安人大多有文化，精笔墨，沉稳大气，淳朴友善，内敛顽强。

改革开放四十年,中国在发展,长安在发展,太乙宫也在发展。一座小镇,宛如一粒露珠,折射出了太阳的温暖和原味。经济要发展,道德文化不能丢,环境保护要跟上,太乙宫有真正的"长安蓝",晴空万里,一尘不染。

可以说,西府陈仓是我的故乡,长安太乙宫是我的"第二故乡"。在"刀枪入库,马放南山"的和平年代,我的青春岁月和太乙宫血脉相通、相伴而过。唐代大诗人王维曾写道:"太乙近天都,连山到海隅。白云回望合,青霭入看无。分野中峰变,阴晴众壑殊。欲投人处宿,隔水问樵夫。"如此美景,不仅在古代有,在现实生活中,美丽的长安、现代的长安、舒适的长安正一步步向我们走来。

壹·在终南

寻访紫阁峪

秦岭终南山被认为是高山隐士的天堂。七十二峪中,散落着大大小小的石洞、茅棚,尤在大峪西翠花、南五台西岔沟等地众多,掩映在古树密林中,在常人看来,充满了无限的神秘和不解。

近些年,各种纸媒、网络、直播、网红等等不断炒作,静寂的秦岭一下子火爆起来,秦岭终南山,成了一些人快速出名的"终南捷径"和表演场所。在秦岭七十二峪中,紫阁峪很容易被忽略,一条十几里长的山沟,在古代,却云集了众多如雷贯耳的名士,这在秦岭北麓的峪口中独树一帜、绝无仅有。自然、历史、文化,所有这一切,让紫阁峪名垂千年,紫阁峪所在的紫阁山也被世人称为"终南第一山"。

紫阁峪,紫阁山,紫阁峰,紫阁寺,紫阁村,村因山在,寺因山修。千百年来,这里世世代代人与自然,和谐生长,繁衍不息。

长安县和户县从唐代开始,同属关内道京兆府京兆郡,自唐至今,以高冠、沣河为界,紫阁峪位于秦岭北麓户县(现鄠邑区),距离西安市区约六十里。东临高冠峪,西接太平峪,南望秦岭主峰,北眺渭河两岸,夹在峪口之间,藏而不露，引得无数隐士前来寻访。

紫阁山原名紫盖山，山势俊秀，景色幽美，瀑潭洞泉密布，大小瀑布遍布。自然景色不凡，有"紫阁十景"：紫阁青冥相霭端，张良洞前景无限。饮马池旁苍龙砭，万华山顶览秦川。群山环抱紫阁塔，紫阁寺遗涌钵泉。二郎插剑悬崖边，神仙潭水降人间。蟒头观灯似星盘，井潭没底通高冠。历代隐士居多。从汉代就有丞相张良在无量洞隐居；北周时的高僧法藏在紫阁山修行，一隐整整八年；唐代许多高僧如道宣、楚金、飞锡、慧昭古在此修行，留下了大圆寺、云盘寺、无量洞、睡佛洞、王母宫、塔园、铁瓦殿等等寺庙。传说孙思邈也来药王洞炼药。在唐代，曾到过紫阁山并以诗赞誉的就有李白、杜甫、韦应物、岑参、贾岛、张籍、白居易等人。宋朝有司马光、程颢、章惇等名人光临紫阁山，明清两代紫阁峪一样是文人及仕宦的最爱，明代有王九思、康海、王九峰、熊子修，清代有傅龙标、王心敬、长松居士等到此地。历代文人墨客的摩崖石刻也在紫阁山留下了痕迹。

特别是唐代大诗人李白留下了《望终南山寄紫阁隐者》："出门见南山，引领意无限。秀色难为名，苍翠日在眼。有时白云起，天际自舒卷。心中与之然，托兴每不浅。何当造幽人，灭迹栖绝巘。"千古流传。

紫阁峰海拔 2150 米，东面临高冠，西面临紫阁。西面自峰顶向下 1000 多米左右的 90 度悬崖绝壁，如紫色的楼阁，唐代诗人李白赋诗赞美该山："紫阁连终南，青冥天倪色。凭崖望咸阳，宫阙罗北极。万井惊画出，九衢如弦直。渭水银河清，横天流不息。"将此山峰比做"紫阁"，后人遂称做紫阁峰。南望紫阁峰笔直挺拔，夕阳映照，紫气环绕，苍翠夺目，这就是著名的"紫阁青冥"。

官宦子弟、晚唐诗人姚合也是慕名前往紫阁峰，写下了《寄紫阁隐者》："自闻憔客说，无计得相寻。几世传高卧，全家在一林。养情书览苦，采药路多深。愿得为邻里，谁能说此心。"还写了一首《寄旧山隐者》：

别君须臾间，历日两度新。念彼白日长，复值人事并。

未改当时居，心事如野云。朝朝恣行坐，百事都不闻。
奈何道未尽，出山最艰辛。奔走衢路间，四枝不属身。
名在进士场，笔毫争等伦。我性本朴直，词理安得文。
纵然自称心，又不合众人。以此名字低，不如风中尘。
昨逢卖药客，云是居山邻。说君忆我心，憔悴其形神。
昔是同枝鸟，今作万里分。万里亦未遥，喧静终难群。

后人有"贾姚体"之说。中、晚唐时期政治黑暗、社会动荡不安，部分士人产生了消极自保的情绪，出身官宦的姚合也改变了前期建功立业积极奋进的姿态，采取了亦官亦隐的为官态度，并创作了大量反映这种生活的诗歌。他在这些诗歌中较少涉及现实政治状况，积极高扬自己的自然意趣与山林之志，突现了主体远离世俗的文人逸趣，这正从侧面反映出他内心深处对于社会现实的不满与自怜的心理。从上面的诗中，可以看出姚合的诗歌平浅闲雅、清僻新切，主要表现为雅正传统的继承、清丽诗风的发扬、质朴作风的实践、清幽闲远意境美的营造、峭拔体势的构建和谨严法度的遵循等方面，并在诗歌中表现得浓淡不一，这种审美追求直接促成了姚合诗歌独特艺术风貌的形成，呈现出与其他诸如贾岛、孟郊等苦吟诗人不同的风格特征。这种诗风对中、晚唐之交的诗坛产生了极大的影响，使诗风由僻涩峭硬转向平浅流利，同时力避"元和体"流俗，而以清僻新切独具面目，对晚唐及后世的诗风产生了一定的影响。"愿得为邻里，谁能说此心。"谁能说清姚合当时的心态呢。

"秦岭无闲草。"紫阁山中药材很多。有党参、天麻、杜仲、茱萸、黄芪、五味子等等。

紫阁山重新映入世人眼帘，是近年来有关"玄奘遗骸葬于此地"的热点争辩。敬德塔整体雄伟，细节精致。塔高约17米，共7层，是楼阁式空心砖塔。从塔身磨砖对缝的建筑工艺看，水平不凡。山顶地基稳固，而且这座山头由大山中突出，三面为悬崖，视野开阔，是观景的绝佳点。此塔之所以叫敬德塔，是由于《陕西通志》记载：宝林寺由唐太宗敕建，尉迟恭监修。关于敬德塔，近年学界有一个重要话题：有人认为塔下曾埋葬过玄奘遗骨。历史上关于玄奘遗骨的埋葬路线是：玄奘在玉华宫圆寂后，先葬白鹿原，再葬兴教寺，然后到南京。但有关学者经过考证，认为玄奘遗骨埋葬在兴教寺之后，唐末黄巢起义时，为避战乱曾移葬于紫阁寺敬德塔，在宋代再被携带到金陵（南京）。这个结论的得出有许多证据，比如南京的《建康志》等有这样的记载：玄奘顶骨"得于长安终南山紫阁寺"，使"玄奘遗骸葬于何地"这一千古之谜又重新提起，紫阁山又让世人再次瞻仰。

有联赞曰："青山有幸埋佛骨，紫峪无尘洗俗心。"从古代张良、姚合，到现在的马守仁等等，在紫阁山，我想更多的是一种情怀，一种心灵的自我修复，一种想清静的思想和追求。

"小隐隐于野，中隐隐于市，大隐隐于朝。"无论是真隐、假隐、大隐、小隐，还是爬山、休闲、吸氧、锻炼、修行，无疑，紫阁山应是一个良好的选择。

"天下修道，终南为冠。"远离雾霾与喧嚣，寻隐紫阁，让我们在终南山这块净土清静。"中岁颇好道，晚家南山陲。兴来每独往，胜事空自知。行到水穷处，坐看云起时。偶然值林叟，谈笑无还期。"这种情怀、这种境界，在紫阁山，天高云淡，草木清华，天人合一，万物生长，忘乎所以，更会体验到人生的无限宁静和美好。

杜荀鹤：一个怀念"紫阁隐者"的唐代诗人

杜荀鹤是晚唐诗人，号"九华山人"，出身寒微。曾数次上长安应考，不第还山。当黄巢起义军席卷山东、河南一带时，他又从长安回家。从此"一入烟萝十五年"（《乱后出山逢高员外》），过着"文章甘世薄，耕种喜山肥"（《乱后山中作》）的生活。从他的字号、他的人生经历、他的诗——《怀紫阁隐者》，我们就可以看出他寄情山水，脱俗寻隐的心态。

"紫阁白云端，云中有地仙。未归蓬岛上，犹隐国门前。洞口人无迹，花阴鹿自眠。焚香赋诗罢，星月冷遥天。"紫阁山是终南名山，在唐代隐士居多，过着"仙人"的生活。在唐代，在杜荀鹤写这首诗之前，其实已经有了许多写紫阁山、紫阁峰、紫阁隐者的诗，尚颜的《紫阁隐者》："天高紫阁侵，隐者信沈沈。道长年兼长，云深草复深。如非禅客见，即是猎人寻。北笑长安道，埃尘古到今。"李白的《望终南山寄紫阁隐者》："出门见南山，引领意无限。秀色难为名，苍翠日在眼。有时白云起，天际自舒卷。心中与之然，托兴每不浅。何当造幽人，灭迹栖绝巘。"张籍的《寄紫阁隐者》："紫阁气沉沉，先生住处深。有人时得见，无路可相寻。夜鹿伴茅屋，秋猿守栗林。

唯应采灵药,更不别营心。"特别是贾岛的《怀紫阁隐者》:"寂寥思隐者,孤烛坐秋霖。梨栗猿喜熟,云山僧说深。寄书应不到,结伴拟同寻。废寝方终夕,迢迢紫阁心。"等等。杜荀鹤出生时,贾岛已经去世,但他以"苦吟诗人"自称,在自己的诗句中可以找到贾岛的影子,例如"无人开口不言利,只我白头空爱吟。"(《山居自遣》)"苦吟天与性,直道世将非。"(《寄从叔》)"江湖苦吟士,天地最穷人。"(《郊居即事投李给事》)"不是营生拙,都缘觅句忙。"(《山中寄友人》)"自小僻于诗,篇篇恨不奇。苦吟无暇日,华发有多时。"(《投李大夫》)"多惭到处有诗名,转觉吟诗僻性成。"(《叙吟》)等等。如果读得多了,我觉得杜荀鹤的诗,通俗自然,浅显明白,反而没有"苦吟"的遣词造句和挖空心思的痕迹。

  我觉得杜荀鹤,他是一名反映社会动荡不安,关心百姓生活疾苦的现实主义诗人,有杜甫之风。造化弄人,可惜他最有名的诗却是《春宫怨》:"早被婵娟误,欲妆临镜慵。承恩不在貌,教妾若为容?风暖鸟声碎,日高花影重。年年越溪女,相忆采芙蓉。"以宫女身世象征怀才不遇,有宫词为唐第一之誉,特别是"风暖鸟声碎,日高花影重",时称杜诗三百首,尽在一联中。有温庭筠、李商隐之遗风,《时世行》二首(《山中寡妇》《乱后逢村叟》)、《题所居村舍》写战乱造成的农村萧条凋敝,揭示了晚唐乱世社会现实的本质。语言清新通俗而爽健有力,继承杜甫、白居易和中唐新乐府运动的现实主义创作传统和精神,以关怀民疾和忧念时事为己任,无情地揭露和抨击朝廷的腐朽和对百姓的摧残压榨,反映出那个时代社会的种种丑恶,同时以泼辣尖酸的笔触和牢骚怨抑的情调抒写和反映了知识分子怀才不遇、仕途坎坷、终未酬志的苦闷,对近体诗在艺术形式方面的变化革新、题材内容的拓展、诗歌语言的运用等方面进行了积极探索和尝试,短小精悍,以五言律诗为主,"以浅近的语言,鲜明的形象,去反映丰富复杂的生活",取得了一定的成绩。

  可以说,他的前半生是积极向上、向往仕途的,后半生历经周遭后,有顿生退意,人生淡泊之感。从《怀紫阁隐者》这首诗中,我们就可以看出"洞口人无迹,花阴鹿自眠"这种遵从自然之趣的超然心态。一句"星月冷遥天"让我们感受到了诗人失魂落魄、凄凉无助的心情。紫阁有"地仙","隐者"找不见,我们的诗人来到秦岭紫阁山想见到"仙人",又没有见到"隐者",景色与人物相互烘托,人物复杂的内心世界总让人无奈。"建安七子"之一的刘桢的诗句"亭亭山上松,瑟瑟谷中风;风声一何盛,松枝一何劲",有超霸的"建功立业"之心;唐代诗人王绩三仕三隐,写有诗句"相顾无相识,长歌怀采薇",有旷达、直率之心;唐代诗人高适的"莫愁前路无知己,天下谁人不识君"的信心和豪迈;东晋陶渊明的诗句"采菊东篱下,悠然见南山"更有一种随性。而杜荀鹤,却是难言的凄楚。

  我无法判定《怀紫阁隐者》这首诗,杜荀鹤写于哪一年,也没有必要具体到某年某日,身陷历史"寻根"资料佐证的考古深渊。诗歌是打开心灵的一把钥匙,作为现实主义诗人,诗歌为时而作,是诗人心灵的映射。但可以肯定地推断,是他晚年写的。有历史记载,杜荀鹤,大顺进士,以诗名,自成一家,尤长于宫词。大顺二年得中第八名进士,因政局动乱,复还旧山。宣州田頵很重视他,用为从事。后田頵死,朱全忠厚遇之,授翰林学士、主客员外郎。恃势侮易缙绅,众怒,欲杀之而未及。患重疾,旬日而卒。杜荀鹤游大梁(今河南开封),献《时世行》十首于朱温,希望他省徭役,薄赋敛,不合温意。他旅寄僧寺中,朱温部下敬翔,劝说他"稍削古风,即可进身",因此杜荀鹤上《颂德诗》三十首取悦于温(《鉴诫录》)。张齐贤是宋真宗时中书门下平章(即宰相),他在《洛阳缙绅旧闻记》中写道:杜荀鹤把自己写的颂扬诗托人转投给他,表达了想见他一面的想法。相关的官员把这事转达给他,朱温好像没有听到一样,就这样杜荀鹤在大梁住了几个月,进退两难。后来,写了"同是乾坤事不同,雨丝飞洒日轮中。若教阴朗长相似,争表梁王造化功。"意思是说因为梁王(朱温)有造化,所以才会下无云雨(其实是太阳雨)。当时人以与之交往为耻,"杜荀鹤谄事朱温,人品更属可鄙。"一名有思想、有个性的唐代诗人,放弃气节,失去骨头,邀功请赏,攀附投机,成了御用文人之后，成了人生的悲剧。

除了写一些山林静寂、寻找隐士之诗外，杜荀鹤还写了一些题赠佛僧的诗，例如《空闲二公递以禅律相鄙因而解之》："一教谁云辟二途，律禅禅律智归愚。念珠在手骡禅衲，禅衲披肩坏念珠。象外空分空外象，无中有作有中无。有无无有师穷取，山到平来海亦枯。"从中，我们看出唐代之后乱世之中的佛教形势，有利于了解当时的社会现状。

唐代后期的长安是一个争权夺利、封建割据的混战之地，已经没有了昔日的繁华富贵。"未归蓬岛上，犹隐国门前。"世事繁杂，一个人总要保持有自己的一点骨气。一个出生低微、怀有抱负、违心谄媚的唐代诗人——杜荀鹤，生在乱世，无法坚守，在他内心矛盾、苦闷、无法摆脱的情况下，写下了《怀紫阁隐者》，说明他本性尚未泯灭，诗人的天性尚存，还有脱离宦海沉浮的想法。

壹·在终南

翠华山赋

　　有人把翠华山比作秦岭的眼睛，纯洁无瑕，美满充盈，让横亘在八百里秦川的秦岭有了几分阴柔和明亮；有"秦岭明珠"之称的翠华山，更以其名副其实的天池——上天所赐予的宝物，吸引了多少文人墨客，书画大家，臣民百姓，风流少年！

　　我说，翠华山本身就是一个天生尤物，它深邃，它恬静，它冲动，它豪放；凹凸不平的石海展示着大山迷人的身段！上天的宠爱，一场场山崩地裂，一次次人间地震，多少欢爱悲苦，全湮没在了这一堆堆巨石大海之中！"中国山崩奇观"也罢，"地质地貌博物馆"也罢，我全被这大自然的鬼斧神工所倾倒，它雄伟，它料峭，它挺拔，它粗旷，它似万箭穿空，它又似挥戟浮云，宛如一队队将士冲锋陷阵，又似一排排队伍站立等候，一声令下，地动山摇，千峰拔地，万笏朝天！我被这千变万化，千姿百态的美景震倒了！如果有时间，你也不妨择一高点，坐一巨石，看这千马奔腾的巨大场面，你也会心血沸腾，你也会豪气冲天，你也会阅尽青春人生，感受原始生命的坚挺，静对生活。

巨石堆垒，气象万千；林深草幽，瀑布飞流，可以探奇穴，寻幽洞；可以放飞青春的梦想，寻找生命的绿意。盛夏六月，冷气嗖艘；炎炎酷暑，寒气逼人！一天历经春、夏、秋、冬不同之景！还有那伴你的花草，随着山风摇曳，含羞带粉，颇有几分红袖添香的诗情画意。最美便是在天池上飞驰荡舟，或垂钓，或划船，燃烧青春的岁月，肆意放纵美好的时光！翠花庙在玉案峰上，幸运的话，可以看到玉案行云，云蒸霞蔚，湖光潋滟，神山圣水，世上奇观，此情此景，天上人间！

翠华山，汉武帝曾在此拜谒太乙神，更因翠华姑娘单纯美丽的爱情故事流传一代又一代人。我们来此，可以寻找太乙真人的踪迹，道法自然；也可以探求翠华姑娘的印迹，爱情至上；还可以调整自己的心态，与大自然对话，呼吸清新的空气，荡涤心灵，忘却烦恼，把自己悄悄的话语告诉动情的山水，或许一个愿，深埋心底，梦是秋季枝头高挂的红柿，是爱的信物，闪烁着暖意的光芒。

有时间，可登翠华山秦岭主峰——海拔2604米的终南岱顶，傲看南北各异的分水岭奇景，赏墨松、踏草甸、看奇花，那些历经沧桑的南山松，和西府的汉子一样，吼一声秦腔，唱一曲信天游，依然傲立，须眉不减！也可去正岔沟看十里百潭，沐浴其间，洗尽铅华，仰视百米瀑布，与水嬉戏，放松心情，心旷神怡，在这世外桃源中尽情抒写灿烂人生！

美哉，翠华山！壮哉，翠华山！

翠华山是一曲动听恬静的歌！

翠华山是一首纯真挚爱的诗！

闲哉，翠华山！悠哉，翠华山！

翠华山是一幅纤毫不染的水墨画！

翠华山是一个万人可来的后花园！

巍巍秦岭，皇皇华夏，我走在中国的龙脊，触摸华夏脉源。我感谢大自然的美妙！我惊讶！我痴迷！神工巧雕的翠华山，让我在夜晚看着星星和月亮，想起了瑶池仙境，玉树琼楼！它宽容，它质朴，它北望长安，三秦尽在眼底，渭水缭绕，秦砖汉瓦，丝绸之路，凤鸣岐山，秦砖汉瓦，丝绸之路，大唐追梦，古城新貌。国泰民安！历史的烟火从眼前浮过，翠华山是一位哲人，沉默是金。记载着历史的一次次感动。

我听到了秦始皇率领千军万马统一中国的豪壮声，我听到了翠华姑娘幽幽感唱人生多坎坷的叹息声，我更听到了一对少男少女对爱发誓的承诺声……翠华山，让人多么魂牵梦绕，让人多么永世难忘！大爱无形，大山无音，我为你陶醉，为你迷离，为你而躬身再回望！

佳木秀而繁荫，百花芳而香溢！神奇，美丽的翠华山，我愿与你终身相伴！让我抚摸你坚毅的额头，注视你丰盈的目光，感受你神奇的张力！那明亮清澈的魅力之眼，让我一次次为你折服、爱恋！那冬季的美景和天然滑雪场，让我再唱一首高昂的冬季恋歌！

终南何有？有条有梅。翠花何有？山水极品。高山流水，知音难觅。翠华山的世界更精彩，世界的翠华山更奇妙。历史在这里驻足，时间在这里停滞，昔日的皇家"上林苑"，今日的百姓游览地。重温翠华，我原为你弹一曲《翠华山赋》，与你相伴而眠，幸福永远！！！

2005.7.25 夜于终南

南五台

南五台，距离长安城区约二十公里，有"终南神秀"之称。自古以来，南五台就是佛教名山，修行之地，近年来，问道终南，隐居于此的人不在其少，山中遍布各种庙宇，大小茅棚，寺门关闭，精心休养，只闻清香之味，但见蓝天白云，古木参天，峰峦叠嶂，不见师傅行踪。

大约十六年前，我曾沿着西岔后山徒步而上，最近因为工作之因，连续上了两次南五台。秦岭巍巍，渭河绵绵，因为与北面耀县的药王山（又称北五台）相望，就有了南五台的称谓了。西安城内玉祥门还有一个西五台，三个五台都是佛教名地，尤以南五台最负盛名。东南亚一带信仰佛教者一生拜三个地方，陕西的大香山、南五台和浙江的普陀山。其实，南五台作为秦岭终南山的一脉，拔地而起，直插青冥，由五座山峰组成，俗称五台，即大台（又称观音台）、文殊台、清凉台、灵应台、舍身台，从下往上看，有人说像仙掌，宛若笔架，等待四方来者挥毫泼墨，吟诗作赋，放声大歌。

人们容易把"南五台"与"五台山"混为一谈，一个在陕西，一个在山西，一个是观音菩萨的道场，一个为文殊菩萨的道场。特别要提一下，南五台寺是观音菩萨的道场，因为菩萨降服了火龙，所以这座山上的许多庙里塑造的观音菩萨像多是骑着火龙，这与别处大不同。南五台据说原有寺庙上百座，比较有名的寺庙有弥陀寺、圣寿寺、紫竹林、圆光寺、西林寺、五马寺、白衣堂、胜宝泉等等，还有72"汤房"，供人修行。

最近天气尚好，阳光普照，古城西安雾霾不很严重，我们沿着紫竹林上山。旧志有"今南山神秀之区，惟长安南五台为最。"虽然说，南五台山上没有水，但秀气十足，林木茂密，山势挺拔，竹影摇曳，空气清新，让人心旷神怡，清爽无比！各种庙宇、茅棚掩映其中，忽明忽暗，禅意无限。我去过山门不远的弥陀寺，庙门有一副对联"修竹千竿寒月当门摇琐碎，清溪一曲青云绕户映空明"，让人回味悠长。弥陀寺古朴、安静，背依送灯台孤峰独秀，东西两侧二山环抱，如翠屏列嶂，大雄宝殿内供奉阿弥陀佛、观世音菩萨和大势至菩萨诸像，栩栩如生；堂壁上镶嵌着二百五十七方石块雕刻的五百罗汉石雕像，姿态各异。寺内现存的古迹为三株古树，大雄宝殿前娑罗树一株，树身高大，枝繁叶茂。很有机缘，一年的春暖三月，我见到过两株古玉兰树开花，这两株古红玉兰，有着上千年的树龄，树围有一搂多粗，高达十七八米，一株为白玉兰，一株为红玉兰，一树花如雪，一树花似火，白与红交织，给清净的寺院几分生机。

国内著名佛山佛寺，多以紫竹林命名。"紫竹林"由赵朴初题名，是南五台佛教丛林中最早的寺院之一，也是终南山最悠久的古刹之一，也是现在修缮比较完整的一座寺庙了。据说是因日本临济宗僧人从南五台请观音像回国，途经普陀山为大风所阻，于是在普陀山潮音洞前紫竹林建"不肯去观音院"。门额悬有常明方丈手书的"圆通大殿"金字牌匾。殿中央雕刻精致的龛台上供奉着三尊雕像，中为观世音菩萨，左为定水观音，右为千手千眼观音，三尊菩萨像均为木雕，工艺精细，堪称上品。常明方丈在此修行多年，弟子无数，晚年在兴教寺继续佛缘，我曾见过一次。紫竹林居于五台山山腰，居高天庭，如临天界，远望送灯台，云露朱殿，俯视长安，如在眼前，一览无余。

当然，天气要好。曾住锡于此的怡峰老和尚这样描绘紫竹林的胜景："前有长安明灯照，后有松屏随意靠。左有甘泉香且美，右有石莲登远眺。"

登山而上，峰回路转，险峰秀崖，全是古松，松涛阵阵，古木盘根错节，巨松悬崖凌空，有风吹来，不见鸟兽的踪迹，人不觉得很刺骨，如同行走于原始森林。今年就下了一场雪，似乎都下到南五台了，一些小路上的冰雪未化，走起来不很容易，要小心行事。沟壑幽深，植物种类繁多，仅种子植物就有1000多对，甚至有被称为"特殊活化石"的子遗植物，2亿年前生成的桫椤和石炭纪生成的瓶儿小草等，以及珍品七叶树、望春花等，堪称博大的"秦岭植物园""活的根雕博物馆"。

大约一个小时，我们便上了南五台的峰巅。从长安南望秦岭可见南五台，巍然耸立，青翠欲滴；从南五台放眼长安，八百里秦川，阡陌交通，高楼林立，车水马龙，繁花锦绣，渭河如同一条细线，在太阳下闪着金光。山上有清凉、文殊、现身、灵应、观音五峰，五峰之间有一小路联通，观音台是五个台中最高的一个台，海拔1688米，圆光寺就位于台上。在台顶既能望见长安城，又不受尘嚣的干扰。唐代白居易曾有七绝《登观音台望城》说："百千家似围棋局，十二街如种菜畦。遥认微微入朝火，一条星宿五门西。"印光大师住这里几年，晓夕念佛，十分得力。尤其夜里，满天星斗，万籁俱寂，唯有心中佛灯孤明，终成净宗中兴之祖。可惜由于兵火，寺庙破损严重，但不减自然之势，峻拔凌霄的观音台，势若天柱的灵应台，历历在目，翠华山山崩巨石堆砌宛如持笏朝天，天池寺二龙塔清新可见，特别是洒落两旁的大小茅棚，不知其中有过多少隐士在此，茅棚如同棋子，错乱而内有规律，需要慢慢体会，方可解开其意。茅棚一无香客，二无供养，三无坦道，全靠自己修行了，真是应了"求人不如求自己"的话了。

稍作休息，我们下山。南五台有名刹古庙、参天大树、云海等等，我想，如果说关中和终南山是我们伟大的精神支柱，南五台就是终南山文化的精髓和灵魂。

下山途中，树木掩映下的隋塔显得异常宁静，历经风雨，光洁万丈。该塔为七级正方形阁楼式砖塔，高29.5米，底座周长7.5米，塔尖也平砖攒成，上面放置七圈铁质相轮，上面又覆有八角攒尖式铁刹，整个寺塔全用砖砌，构形精巧，风格古朴。据说在塔的下面，埋藏有佛祖的牙骨舍利。塔下便是圣寿寺，又名塔尔寺，相传隋仁寿年间有毒龙居此山之窟，化为羽人，在长安城内以药为饵毒害生灵。观音大士化作和尚，降服了毒龙。人们遂在此修寺建塔，纪念观音大士普救众生之恩。印光法师曾在此专修净土宗。现有大殿一座、唐槐两株。观音菩萨"以清净风，除其热恼，慈念所及，毒气潜消，龙获清凉，安居岩穴"的大德，世代相传。

"长安三千金世界，终南百万五楼阁。"秦岭终南山，佳丽当属南五台，1992年被国家林业部批准为终南山森林公园，为当下忙碌的人们提供了一个静心的境地。

秋访楼观台

二十多年来,我去过周至楼观台几十次,春夏秋冬,一年四季,领略了楼观台不同时节的万千景象。但要说我最喜欢的,还是秋季去;秋天的楼观台天高气爽、五彩斑斓,令人陶醉,让人心静。

"楼倚霜树外,镜天无一毫。南山与秋色,气势两相高。"楼观台属于秦岭终南山最有代表的道教圣地,也是"天下第一福地",素有"仙都""洞天之冠""中国道教圣地"之称。秋季的楼观台,空气清爽,纤毫毕现,层林尽染,异彩纷呈,犹如一幅美丽的油画。我非常喜欢阳光温和的秋季,更加喜欢楼观台之秋的静美,树枝自然随风而起,姿态优雅,仪态万方。

珠露初零,天宇澄明。周至楼观台,距西安70多公里;去楼观台,必先去宗圣宫。记得二十多年前,宫里杂草较多,仅留一些古树石碑石刻,走在破损的古砖铺就的小路上,颇有几分古朴和飘零之感。相传老子在此楼著述《道德经》。春秋时天水人尹喜在此结草为楼,精研天象,见有紫气西迈,遂于函谷关迎接老子到此,老子乃述《道德经》。嗣后,秦始皇拜谒老子始建清庙;汉武帝慕黄老之学,更筑望仙宫;魏晋南北朝时期,高道云集,楼观遂成道法重镇，誉为"道教祖庭"。李唐王朝竭力推崇道教，追认老子为先祖，修葺楼观，礼谒老子，改名为"宗圣观"，封赐老子为"太上玄元皇帝"，拜谒祭祀，赏赐不绝。宋金时，宗圣观毁于兵火。迄至元初，元世祖钦崇道教，宏构鼎新，并改名"宗圣宫"。明清两代，道教衰微，宫宇倾颓。"文革"中，重遭人为破坏，庙宇尽毁。现在，在原宗圣宫遗址旁，按错位修复的原则进行重建修复。宗圣宫可谓多灾多难，初辉煌于唐，又兴于元。

《终南山古楼观宗圣宫图跋文》曰："楼观者，张本之地也。楼观者，太上开教之所也。"过去进入宗圣宫，从南门而进，现在修建了高大巍峨的北门，故为了省事，许多人从北门而入，首先看到的是"大道希夷"四个醒目大字，不如从南门而进，慢慢体味《道德经》的精妙之处。"视之不见名曰夷；听之不闻名曰希。"可是，谁又能一直坚持"走大道、行大道、奔大道"，真正做到所谓清静无为，任其自然，充分感受到虚寂玄妙的境界呢？

我最喜欢去宗圣宫欣赏《大元重修古楼观台宗圣宫之记》碑，历经岁月洗礼，屹然挺立。碑为螭首方座，碑额篆书"大元重修古楼观宗圣宫之记"，碑文叙述了楼观台历史、演变过程及元代重修楼观台宗圣宫经过等，碑文用笔点画丰腴，精华内敛，结体严劲缜密，清俊悦目。既是一部深厚的文献资料，也是一部厚重的书法艺术，文采飞扬、书法竞秀，相得益彰。我也喜欢去看"老子手植银杏"。道法自然，阴阳和谐，在楼观台，银杏树也有两棵，一雌一雄，宗圣宫里的这棵为雄株银杏，雌株在说经台前，据说，两棵树皆为老子所植，只是，很可惜雌株毁于战乱，元代又复植，距今也近千年。宗圣宫距今约 2600 多年，这棵古银杏树胸径将近 3 米，高约 15 米，20 世纪 70 年代曾遭遇火焚，此后树体仅靠几片较厚的树皮传输养分，至今依然生机盎然，新枝勃发，呈现出强盛的生命力，冠如华盖，枝若虬龙，被当地的老百姓奉若神明，每年的正月初一、二月初十古庙会都要来这里焚香许愿。这棵雄性银杏树和向南一公里以外的老子说经台前雌株银杏遥相呼应，形成了楼观台独具特色的古木景观。这棵银杏树正应了老子所言："草木之生也柔脆，其死也枯槁。故坚强者死之徒，柔弱者生之徒。"到了秋季，有"活化石"之称的千年银杏树，"枝叶扶苏，繁荫四周"。树叶金黄，树干上挂着善男信女的红色许愿带，金黄的叶子铺满地面，阳光照耀，金黄夺目，皇家气派，摄魂夺魄，是难得一见的美景、奇景、绝景。

过去还有百竹林，南竹北移，修长苍翠。如果领着孩子，还可去楼观台珍稀动物抢救中心"珍兽馆"，看看"秦岭四宝"。说经台一定是要去的，是老子讲授《道德经》的地方，老百姓通常就叫"说经台"。《道德经》这部言约义丰、融涵万汇、博大精深、奇伟玄妙的经典，在此经过口授心传，传播到整个世界。经过上善池，十分钟左右便可到说经台，说经台位于海拔594米的山冈上，不是很高，虽处山之阴，却尽得其阳，翠竹环抱，古木参天，秀峦葱郁，悦目赏心，历来是帝王、道众朝拜之仙都，文人墨客云集之圣地。说经台始建于公元619年，公元1236年重新扩建，明、清均有修葺。台周有古银杏、侧柏、榔榆、榉树、青檀、珊瑚朴、黄连木、皂角等古树。山门外有上善池、石龙吐水，终年不竭。道院内有碑石170余通，还有名人诗词字画150余篇（幅）。台上建有老子祠，祠内有《道经》碑、《德经》碑、响石等文物古迹。其中有大儒高翻书丹的"梅花篆书道德经碑"，笔法之精妙，古今罕有，为楼观台一宝。说经台现在是楼观台的中心。宋苏轼曾有诗称："此台一览秦川小，不待传经意已空。"此外，在说经台南面的峻峰上，有海拔888米、相传八卦形的老子"炼丹炉"、老子打铁粹火的"仰天池"、老子修真养性的"栖真亭"和老子考验弟子徐甲插杖成泉的"化女泉"。以宗圣宫、说经台到炼丹炉为中轴线，渐次登高，登高远望，渭河如带，八百里秦川——关中尽收眼底。

"致虚极，守静笃，万物并作，吾以观复。"

如果累了，还可晚上夜宿"道温泉酒店"，在养生汤池中，仰望星空，修养身心，明亮的星星宛如老子的眼神，在黑暗静谧中为我们打开心灵的窗口。

"关中河山百二,以终南为最胜,终南千峰耸翠,以楼观为最名。"现在的西安楼观台在原来的基础上,打造成了"中国道文化展示区",充分体现道文化与大自然的和谐统一。

以财神故里为核心的财神文化区、农业博览园、田峪河水景区;以宗圣宫—说经台中轴线为核心的道教文化区、化女泉景区、延生观景区相继开放;以老子墓为中心的道家文化区以及大秦寺等重要景区也即将建成,"道文化"正得以传承和彰显。

《道德经》云:"合抱之木,生于毫末;九层之台,起于垒土;千里之行,始于足下。"问道楼观台,养生终南山。作为一名游人,以脚为杖,行游天下,我愿在楼观台停驻,为的是领略南依秦岭、北望渭水的气概,为的是在此感悟老子《道德经》,自我反省,心灵安静;在一个秋季,一个温和的日子里,行走楼观,穿越历史,寻访一位老人,促膝而谈。"心中与之然,托兴每不浅。何当造幽人,灭迹栖绝巘?"

雪后香积寺

二十多年来,我路过无数次子午大道旁的香积寺,也偶尔进去过几回。过去寺庙被整个村子包围,庙墙封堵,小径曲折,只有塔昂头隐约可见;近年来,有一次进寺,我突然发现香积寺变化很大,好像一夜之间换了容颜,坐北朝南,五重建筑,庄严肃穆,南临滈河,西傍潏水,北接樊川,东望神禾原,庙门南开,广场开阔,里面大殿恢复,草木遍地,青砖铺路,干净整洁,清雅幽静,以后只要有时间路过,就进去转转。

唐代诗人王维在《过香积寺》中写道:"不知香积寺,数里入云峰。古木无人径,深山何处钟。泉声咽危石,日色冷青松,薄暮空潭曲,安禅制毒龙。"从诗句中,我们不难看出,过去的香积寺,古木丛生,泉声不绝,是一块非常静谧的修行之地。现在的香积寺,已经处在城市发展的怀抱之中了。

我去香积寺的时候,已经是晌午,太阳高照,凉风袭来。腊月的两场大雪,让天气有几分寒冷,却也杀死了一些病菌,感冒的人少了,医院也不拥挤了。只见香积寺牌坊高耸,庙门宏大,寺庙前马路对面有一条四五米的小道,长约百米,两旁卖些百货土产,像是当地村民自发组织的集会,熙熙攘攘,买卖兴隆。寺庙的屋顶还有未融化的雪,地上一些背阴的地方,也有一些积雪,里面的师傅正在清扫。香客很多,来来往往,祈福求安,感恩念佛。

  天很蓝,南望秦岭终南山就在眼前,宛若游龙,云雾缭绕,似有余雪。我也曾在终南山紫竹林、圣寿寺、南五台大台、净业寺等地俯视过关中大地,香积寺的善导舍利塔清晰可见。唐永隆二年(681年)3月14日,善导大师圆寂于实际寺,其弟子怀恽"想遗烈而崩心,顾余恩而雨面,爰思宅兆,式建坟茔……建崇灵塔。"此即今存的善导供养塔。雪后的塔身还有一些散落的雪花,巍峨耸立,清净澄明,清幽纯净,法相庄严,真是应了"一花一世界,一佛一如来"。善导塔至今已有一千多年的历史。塔系青砖砌成,塔顶因年久残毁,据载原为13级,现存11级,2级坍塌,高33米,周围广200步,呈正方形,每边长9.5米,壁厚2米,密檐仿木结构,外观奇古秀丽。历经千年风雨侵蚀及地震、兵燹之灾,塔身遍体鳞伤,新中国成立后对塔重新整修。现在塔门封闭,禁止攀登。塔身壁面作仿木结构,用砖砌成扁柱、栏额、斗拱。每面均作3间,左右两间的扁柱之间用赭红绘成直棂窗形。塔身周围保存有鞍形的十二尊半裸古佛,雕刻精巧。塔基层四面有门,南门楣额上嵌有砖刻的"涅槃盛事(时)"横额,是清乾隆三十二年(1768年)修补时所作。塔身四面并刻有楷书,内容为《金刚经》,字迹雅秀,笔力遒劲。善导舍利塔从形制上看,善导塔砖砌成扁柱、栏额、斗拱相对简单,比建于唐高宗永徽三年(652年)的大慈恩寺玄奘为藏经而建的著名的楼阁式塔——大雁塔装饰复杂;与建于唐中宗景龙元年(707年)的荐福寺的小雁塔相比,塔身外轮廓方直,与小雁塔的抛物线轮廓大不相同,虽然时代上相近,但塔身的砖砌扁柱、栏额、斗拱却比小雁塔复杂;与建于唐高宗总章二年(669年)的兴教寺的玄奘墓塔相比,玄奘的墓塔砖砌出八角形倚柱、额枋和斗栱,要比善导塔复杂精美。塔内有日本净土宗所赠善导、法然二祖对面像及象征中日两国山河大地的背景。善导塔与小雁塔形式相似,但其塔角方直,不像小雁塔那样圆和,又有楼阁式砖塔的一些特点,最突出的特点是塔自顶至底层,顺各层南北拱券处中间裂开,与小雁塔的裂缝极为相似,两塔南北相望,神机不可言传。

除此塔外,香积寺还有善导弟子敬业灵塔,塔南还有万回、平等灵塔,陀罗尼经幢等。

在寺院围墙外还有一座略小的方形五层楼阁砖塔。据说是善导弟子净业法师灵塔。根据《大唐龙兴大德香积寺主净业法师灵塔铭》载,净业法师圆寂后,于延和元年十月二十五日"陪窆于神禾原大善导□黎域内,崇灵塔也"。此文略有歧义,净业是同葬于善导塔内,还是另外建塔陪葬?如果是前者之义,倒有另外一个猜想:依据《隆阐大法师碑铭》中的记载,怀恽为师父善导建崇灵塔;在塔侧构建寺院;"又于寺院造大窣堵坡塔,周回二百步,直上一十三级"。现在寺内之塔体形高大,更像是寺院佛塔,而非高僧灵塔。有没有可能,这座五层楼阁小塔才是善导崇灵塔,而寺内的大塔其实是上面碑文中所说的香积寺后造的大塔?有人提出了这样的质疑,有待我们深入研究。

中国佛教宗派名目众多,有"十三宗""十宗""八宗"之说。现在大家比较认同的佛教"八大祖庭",六大祖庭在西安。香积寺就是有名的"净土宗"祖庭。香积寺为何称为"香积寺",说法很多,比较通行的说法是,香积寺名源于佛典《维摩诘经》:"天竺有众香之国,佛名香积"之句。(弥陀)净土信仰一般认为始于东晋慧远,实际创立者为唐代善导。善导大师被信徒们认为是一个信、愿、行的彻底执行者,他除了修正行中的正定业外,还做了许多善事,"自利利他"。于己,终达"功德圆满",号称"弥陀化身";于人,则似众香国的香气一样"周流十方无量世界",启迪、感化、引导着众生超度苦海。寺名香积,意把净土宗师善导比作香积佛。

香积寺建于唐高宗永隆二年(681年),寺院规模宏大,有"骑马关山门"之说。香积寺在唐代曾盛极一时,唐高宗李治曾到香积寺礼佛,并赐予舍利千余粒,还有百宝幡花,令其供养。因善导大师在长安拥有众多信徒,这里又供奉着皇帝赐给的法器、舍利子，怀恽召集四方信众多次在寺内举行隆重祭祀，故前来瞻仰、拜佛的人络绎不绝，香火极盛，连武则天也"频临净刹，倾海国之名珍"，和唐中宗母子多次亲临膜拜。相传安史之乱时，郭子仪率官军在此一带和安禄山叛军作战，香积寺惨遭浩劫，大量文物遭毁损和遗失，这是香积寺历史上损失最为惨重的一次劫难。宋代，净土宗流行，香积寺又得到修复。辽、金、元各代，在皇室、权贵都崇信和支持佛教的大形势下，香积寺在衰落的总趋势中，延缓了步伐。明代，香积寺保持原状。嘉靖年间进行了大规模的修复。清代香积寺仍保持明朝的规模，并进行了修葺。清乾隆三十二年（1768年），修葺善导塔，塔门上所嵌"涅槃盛事"即此时镌刻。中国社会科学院佛教研究中心特邀研究员陈景富在《香积寺》一文中说："直至清末，寺内尚有不少金石文物，精刻119件。"同治年间，香积寺再度毁于兵火，据传日本浪人趁机盗走大批金石文物，寺僧为了保护文物，曾埋藏若干，但至今这些文物下落不明。新中国成立特别是改革开放后，在政府关心下，香积寺得到了很好的恢复。

历经千年的香积寺，幽而不僻，静而不寂，宛如一位智者，笑看春秋，见证历史。雪后的香积寺，更是一身洁净，不同凡响，四周田野交错，烧香拜佛者非常虔诚地绕塔三周。虽塔附近也有一些高楼在逼近，但古朴威严的寺庙不失为一块安放心灵的净土。

雪后的香积寺，异常的寒瘦，让我目睹了一次真容。喧嚣尘世，万千世界，让我们有时候迷茫而不知所措，在这里，在香积寺，洗净了我们的内心，给了我们一次冷静思考和反省的机会。

雪融冰消，寒冷的冬天即将过去，第二天就要立春了，尽管寺庙里有几分料峭，但给人的感觉还是温暖的春天要来了，要过年了，"愿做如来使，常演妙莲华"，是要有几分喜庆和欢乐了。

太乙宫：汉武帝于此祭祀太一神

祭祀，源于先民对超自然力量的不解、恐惧，为了自身的繁衍和祈求平安而进行的一种膜拜仪式，包括一些生殖崇拜的祭祀仪式。在夏商周早期国家祭祀活动中，出现了天神、人鬼、地三大至上神，春秋战国之后，周公"制礼作乐"，将祭祀纳入国家礼典之中。《礼记·王制》云：

天子祭天地，诸侯祭社稷，大夫祭五祀；天子祭天下名川，五岳视三公，四渎视诸侯，诸侯祭名山大川之在其他者。

由秦到汉，特别是两汉，由于"皇帝""天子"受"皇权神授"和神仙方术等思想影响，国家祭祀得到了进一步的发展和完备。

《荀子礼论》说：

祭者，志意思慕之情也。

祭祀不仅在国家层面，在民间底层，表现在祭祀的不同方面。或祭山川，或祭太宗等，规模大小不一，形式各异，膜拜思慕核心不变，一直延续至今。

太乙宫位于长安东南约五十里，当属终南山脚下。关于终南山，说法不一，不在此赘述。但即使最狭义的终南山、周南山、都南山、南山等，从地理位置、范围上讲，应为现在的太乙谷两侧附近，主要在现在的翠华山辖地。

《都穆终南山记》云：

一名徵源池，水广数丈，深丈许，锦鳞浮游，人莫敢触，自昔祷西，咸在于是。

周天子都穆描绘之地，当为今翠华山天池（堰塞湖）。清·华沅在《关中胜迹图志》中写道："……太一当属今之南五台。"（当时南台山应包括现翠华山、南五台辖地，笔者推断，特注之。）

《三秦记》载："太乙宫在长安城南八十里太乙谷，中有太乙元君湫池。西汉武帝元封二年（前109）祀太乙神于此，建太乙宫。"太乙宫，到底在城南多少里？八十还是五十里？可能选择的出发点不一样，行走的线路，测量的方法也略有不同，我觉得。但是，凭谷有湫池（天池），恐怕只有现在秦岭下的长安太乙宫了。

这是清朝乾隆年间陕西巡抚毕沅亲自考察所言，从中我们可以看出，太乙谷应早有名，至于终南山，范围较大，当时清朝的南五台应又称太乙山。在所绘图中，只见五台山，未见翠华山之称，至少可以说翠华山得名于清乾隆以后，以前应该也称太乙山。太乙谷附近肯定建有太乙宫，至于具体在何处，有待考证，应在今之天池附近或太乙镇，一说有上、下太乙宫相对应。

那么说现在的太乙宫镇应为下太乙宫，宫有旧址，过去院内曾存北宋残碑及重修太乙宫碑记一通，并塑有太一神，一般道观应为坐北朝南，重修的门朝东，受地理位置影响，占地不大。我曾去过，现已荡然无存。

至于太乙、太一、泰一神等称法，我觉得古时最早可能略有不同，我还是习惯称之为太一神，这也符合中国汉字的造字意思，把"太一宫"称为"太乙宫"。

在战国秦汉时代，太一除了是一方民众信仰的神，在道家也是代表宇宙根本的思想因子，在星象家构筑的天宫统治中，太一成为居于紫宫中的帝星，即北极星，三者在发展中有一定的渊源，一般人们认为太一神源自道家作为世界本原的太一理念，用太一代替上天（帝），乃天地万物的创造法主，玄而又玄妙的至上神，是人类思想发展的必然，也产生了人类原始的宗教。

太白山也有太乙山之称，主要从星象角度而讲。

汉武帝祭祀太一神于太乙宫，我觉得应该先从祭祀的地点说起。

太乙宫北望长安，南倚终南，远望渭水，视野开阔，完全符合设立祭坛的要求。加之，太乙宫一直有灵气，历代尊为神山；现在从地图上看，中国大地的中轴线东经109度穿越关中平原和秦岭山脉地区的交叉点就是太乙宫的确切位置，有日夜流淌的太乙河，滋润万物，河东育有水稻，河西植有小麦，如画江南和西北风情交织，民风淳朴，风水极佳。

太乙宫小镇世居有一"四皓村"，据传四皓曾隐居于此。山上现有接圣台，接圣台据说为汉武帝祭祀太一神之地。笔者认为此地险要，有些太高，似乎不当。太乙宫作为汉武帝祭祀太一神的地方，有许多历史的秘密有待我们去破解。有一点可以肯定，汉武帝在此祭拜过太一神，可惜由于兵火等原因，加之人为破坏，现在几乎看不到多少过去宏大的历史场景遗迹。

祭祀关乎皇帝权威，天子尊严，国家信仰的神圣，目的在于建立一种能够正常运转的封建秩序。祭祀直接用"上林苑"珍禽，由太常等专管礼仪礼官负责落实，皇帝钦定礼仪，是国家一件极其重要之事，对于加强统治，促进和谐，强化农本思想和封建礼教等具有重要作用。祭祀之地也是当时的政治文化重要交流之地，太乙宫的历史地位不可低估。唐王维的"太乙近天都，连山到海隅"，既是对自然气象的抒怀，更是对太一文化的感慨。

《史记·乐书》曰："汉家祀太一，以昏时祠到明。今人正月望日夜游观灯是其遗事。"据说元宵节灯火之俗始于汉武帝祭祀太一神，有称"上元节"。

走进长安太乙宫，我仿佛看到祭坛的奇兽飞禽，美酒兰香，熊熊大火，听到礼仪官的声音："开始以宝鼎神策授皇帝，朔而又朔，终而复始，量翌警拜见焉。"一道瑞光，从太乙宫上空飞驰而上，广施吉祥。

壹·在终南

白雪中挂单的红柿子

世上的怪事很多,连天气也一样。这几天,古城西安,钟楼以北不飘一丝雪花,让渭河干枯的眼神再次失望;钟楼以南大雪纷飞,气温骤降,几乎成雪灾。都说"瑞雪兆丰年",过去疾驰的小车原地打滑,交通堵塞,出门基本靠走了。

朋友约着喊着要远离雾霾,去南山看雪,呼吸新鲜空气。终南,终南,估计西安以南的雪下到秦岭北麓脚下就不向南发展了。于是乎,男女朋友,勾搭登山,叫嚣乎东西,隳突乎南北;哗然而骇者,虽鸡狗不得宁焉。

从城里走了三个多小时,才走到浅山一户农家。不敢再往下走了,雪深,时间紧,要不就返不回城里去了。现在的南山,当地的村民都被搬了出去,剩下的院落,残墙断檐,满地荒芜,没有人烟。过去,不小心会冲出一只狗,吓人一跳,现在都难听到狗的叫唤声了。狗也成神了,不是传说,是难言的寂寞。

有人说,终南山是太阳和月亮睡觉的地方。这样的好地方,现在没有人的行踪,只有空谷幽兰的高洁了。

这户人家,只有一个老人,院子里打扫得干干净净,柴火摆放得整整齐齐,看我们来,他煮起了一壶砖茶。

"来来来,先喝碗茶暖暖心。"老人高兴地招呼我们。

"也不养只狗呀！这荒山野岭的！"朋友说。

"如今狗都不咬人了，比羊还要绵。我是老猎人了，要不是响应政府号召把枪上交了，谁敢胡骚情？"老人说。

"怎么称呼你呀？"朋友说。

"村里人都叫我强爷，你们——这么叫不文明！"老人说。

"强爷，霸气！就这叫吧。"朋友说。

"我是村里有名的强怂。年轻的时候，树挡住道路，我就砍掉，河堵住出路，我就架桥！"强爷开心地一笑说，"当然了，看上自己中意的姑娘，我就一根筋想办法娶回来！"

"厉害，厉害！这才是原生态的爱情！不为房不为车不为存款，为了一个字——情。"朋友鼓掌。

"老了，还倔强！村里人出去打工的打工，拾破烂的拾破烂，都说去城里享清福去了，就我一个人看守这个村子。"强爷说。

"地主么！"朋友说。

"土匪呀！"有一朋友开玩笑。

"啥也不是。就看着柿子！差点成了贫困户，不要国家补助！但咱有志气，人穷志不穷，砸锅卖铁也不当贫困户！"强爷说完，热上了苞谷酒。

"这有啥看的？"朋友说。

强爷说："祖祖辈辈守着这一庄院，还有这一树南山火柿子，到了我手里，也不能丢。前些年有大老板要把这老柿子树买到城里装点门面，给多少钱我也不卖！"

我说："这大树进城，让多少棵老树水土不服客死他乡。"

强爷说："就是的。政府盖了楼房要把我们南山村搬到下面去，事是好事，可是牛和羊咋弄，总不能上楼吧？！我也没有牛羊，自己种个庄稼，守着这个柿子树，人走了，树咋办？总不能水泥地里让它受憋屈。"

朋友杠子给强爷点了一支烟递过去。强爷摇摇手，他拿起自己的旱烟袋，玉石烟嘴，还有一个绣花包烟袋，上面绣着精致的"喜鹊弄梅"。连嘬几口，呛得咳嗽几声。

"这烟袋做工不错，精致漂亮，文物呀。"朋友可可一边欣赏，一边吐着烟圈。她是美院的美女潮人。

"可惜呀，这是老伴绣的，人已经走了几年。"强爷伤心起来。

"来来来，不说了，喝酒，喝强爷自酿的苞谷酒！"我号召大家端起粗瓷大碗，痛痛快快干一杯。

"喝喝喝！"强爷端了起来，一饮而尽。

"这要过年了，庆贺庆贺！"朋友说。

"是过年了。"强爷低下了头，"驴日的，我挣死挣活供着上了大学，倒没有娶了媳妇忘了爹。两个儿子一个当官一个赚钱，每年都叫到城里去过年，也有暖气，顺便看看孙子。可就是不习惯，孙子天天有做不完的作业，还要挨他妈打，看着心里难受！"

"那你一个人不寂寞？"朋友紫瞳笑嘻嘻地说。

"就你离不开男人，整天身边一帮子伪娘！"杠子乱摸一把满脸的络腮胡，酒味四散。

"一个人习惯了。现在看不到狗熊了，想说话的时候，就和这柿子树说说话。上面的柿子留着，给鸟儿吃。人要过年，鸟也不能饿着！"强爷低低地说。

"慈航普渡。心慈者，寿必长。"我说。

"白雪中，这些挂单的柿子多美！鲜亮鲜亮的！"紫瞳抿着小嘴，无限神往。

"我也给柿树挂单了，和上面的柿子一样。"强爷说，"昨夜，梦见柿子被寒风吹落了，掉在冷叉叉的地上，碎了，我也落单了。"

"没有，柿子还在树上。"我说，"你看，有只鸟飞来了，要吃！"

"吃吧。新年要来了，万物都要更新呢。明年还要结柿子呢！"强爷笑着，抽着烟，看着南山的雪，静静的，他的背影和终南山慢慢地融为一体。

人面桃花

都说西安现在没有了春季,天气比人脸变化要快,今天是大雨滂沱,明天却是阳光高照,昨天还穿着鸭绒衣,今天街上短裙丝袜招摇过市了。

直接冬季进入了夏季。不知道啥把啥搞乱了,气候就是这样诡异。城里高温难耐,今天立夏,我一个人走进终南山寻访一隐居在此的朋友。

终南山是太阳和月亮睡觉的地方,据说现在终南隐士有五千人。我去过几回,但觉得没有这么夸张,估计五六百人,超不过一千人。隐居的目的不同,有的是回归自然,有的是生意不顺情场失意在此疗伤,有的是禅学静思,有的也想图个新鲜捞些资本等等,各样心态都有,就像这山里的花花草草,各自开放,互不干扰,也落得一点清净。

路过杜曲桃溪堡,桃园四周围墙林立,大门关闭,看不到桃花的影子。史上记载这里曾是唐代崔护题诗"去年今日此门中,人面桃花相映红。人面不知何处去,桃花依旧笑春风"的地方。此村四边筑有高墙,有四堡门,门上各有楼,街道以十字主街向两侧分支,中心有戏楼。现在皆无,原来的稻田也变成了麦田。

我沿西岔小道上终南山,这里是南五台的后山,林木高大,阴翳蔽日,大小茅棚、石洞小庵、古寺旧庙遍布。不时看到柴门上写着:"闭关修身,请勿打扰"等字样。

大约走了不到一个小时,忽然有一片开阔地,有十余亩,宛如进了桃花源。"人间四月芳菲尽,山寺桃花始盛开。"山外虽已夏至,山里桃花才开,"桃之夭夭,灼灼其华",粉红色的桃花惹人喜爱。这是一处桃园,山上的野桃花远远看去,比较模糊。桃园的一角搭有茅棚,有位看上去六十多岁的老者正在一边品着茶,一边欣赏着美丽的桃花。

"老人家,能否赏我一杯水?"走路口渴,更何况眼前是一片美丽的桃林。

他点了点头,倒了我一杯茶,没有说什么,直接递给我。

"谢谢啦。"我尝了一口茶,非常清香,水里漂着碧绿的松针,原来是用松针泡的热茶,山里高人多,泉水泡松针,真的不错。

"这是你的桃园?"我问道。

他点点头,没有言语。

莫非他是哑巴?我心存疑问。或许人家不愿意和我说话。

我不再问话,边看桃花,边轻口吟诵出了一首李白的《山中问答》:"问余何意栖碧山,笑而不答心自闲。桃花流水窅然去,别有天地非人间。"

"看来你懂我心。"老者又给我续了一杯茶。

我盘腿坐在泥土地上,拿出了身上带的原浆酒。

老者也不谦虚,和我一杯一杯喝起了。在这山野中,一切肃穆得让人敬畏。

"你今天进山干什么呢?"老者问。

"看看风景,拜拜道友,送些东西而已。"我说。

"过客呀!?"老者叹息一声,说。

"是的。我肉体凡胎,离不开人间的烟火。你们看破红尘,清心寡欲,辟谷自省,修身养性,我做不到。"我说道。

"抬举了,抬举了。谁不是这滚滚红尘的过客呢?"老者幽幽地说道。

原来是附近村里的农人,妻子是下乡到村里的知情,最终两个人结婚。妻子爱桃花,他在桃花下发誓要对妻子一辈子好,不想日子过好了,妻子却得了癌症,前几年离他而去。他们有个女儿,取名"桃花"。女儿争气,大学毕业后在城里算是白领,有房有车,把自己的父亲接过去住,但是老者住不惯,总觉得没有地气,就来到这里,租了山地,经管桃园。每当桃花开遍的时候,他就会想起妻子,想起他们甜蜜的过去,还有在城里不断奋斗的桃花。

"桃之夭夭,灼灼其华。之子于归,宜其室家。……"我吟诵着,为一段桃花一样美丽的故事而感动。

"山里的桃花才是艳丽,城里的桃花哪有颜色和水分,假的一样。"老者说,"种庄稼还需土壤、水分、阳光,桃花也需要呀,山里的泥土、泉水还有透亮的阳光、清新的空气,多好呀!"

"好好好。"我应声道。

"听说现在城里有了雾霾,沙尘暴,这不是天灾,是人祸呀!农村一下被掏空了心脏,大批人跑到城里赶集一样人挨人喘不过气来!"老者继续说。

轮到我无语了。

"本来我老婆好好的,前些年村长要搞一个造纸厂,污水横流,气味难闻,抗不过去的死的死亡的亡,谁管过?我算幸运了,苟且偷生。"老者继续说,"我的女儿桃花聪明伶俐,和桃花一样漂亮,非要跑到城里累死累活,都成了大龄剩女了。"

我无语。或许久居山中,难得找到一个倾诉的人。

"我身体还硬朗着,不要人管。死了,就葬在这一片桃林下,和老婆一块,守护我们的女儿。要不然一个墓地几万块,死了都连累娃娃。"老者说着说着流下了眼泪。

"你现在的心态不是很好吗?"我掏出纸,递给老人。

他没有接,用手抹了抹。

"都是过客呀!"他朝我摇了摇手。

"多保重。"看来说到了伤心处,我和他辞别赶路。

园子里的桃花,纵情开放,明亮艳丽,真是山里的一道风景。"癫狂柳絮随风去,轻薄桃花逐水流。"它没有丝毫的轻薄,反而更自信,彰显着自然的美丽。

没有预约,也无法约定。到了朋友的茅棚,不想门上铁锁锈迹斑斑,可能他去辟谷,也可能去采药,去云游四方,去深山老林,和植物对话和动物嬉戏和白云交流了。

一场错过,便是另一场的邂逅,要看因缘。

遭遇一场桃花劫,感受了一场"桃花运",下山的我,在黄昏下,不忍看逆光下的桃花黯然失色,一路奔跑,一路大歌唐寅的《桃花庵歌》:

"桃花坞里桃花庵,桃花庵下桃花仙。桃花仙人种桃树,又摘桃花换酒钱。酒醒只在花前坐,酒醉还来花下眠。半醒半醉日复日,花落花开年复年。但愿老死花酒间,不愿鞠躬车马前。车尘马足贵者趣,酒盏花枝贫者缘。若将富贵比贫贱,一在平地一在天。若将贫贱比车马,他得驱驰我得闲。别人笑我太疯癫,我笑他人看不穿;不见五陵豪杰墓,无花无酒锄作田。"

2015.5.7 立夏匆于南山

杨庄钓鱼

大约十年前，从蓝田辋川开车回长安，路过杨庄、引镇等地，走的老路，沿途阡陌交通，村落散布，田野纵横，山水相间，给我留下了很好的印象。

秦岭环山旅游路开通以后，更是方便。忽一日，朋友开车邀我去蓝田汤峪，此汤峪非多年前的境况，街道繁华，人声鼎沸，显得特别热闹。我是喜欢安静之人，遂和朋友沿路观光，来到离城不远的杨庄。

朋友喜爱钓鱼，乐此不疲。我们在杨庄离路不远的地方找了一家鱼塘坐下。友人给我一竿，说咱俩比赛，看谁钓的鱼多，谁输谁请客。看来他对钓鱼极有成就感，也算一种自我满足吧。我生来不愿动，看书还行，打麻将一圈下来就坐不住，看锅里盯下家，输了钱小事，觉得实在耗费心机，身心疲惫。钓鱼根本不会，不懂放诱饵、看鱼线，抓不住甩竿的时机，但不想扫朋友的兴，端一马扎凳子坐了下来。

初夏吹来的山风很凉，"铁顶武当"——秦岭太兴山近在眼前，山木葱郁，金黄的油菜花已经看不到了，麦子正在拔节，一片碧绿。我闭目养神，不时睁开眼睛看着美丽的风景，恍若进入世外桃源。姜子牙老先生钓鱼是"愿者上钩"，我的鱼钩不是他的直钩，是朋友的弯钩并且有鱼饵，我倒要看看今天的鱼能上钩不？

朋友钓了一条又一条，很是高兴。要帮我侍弄。我说你只管自己钓。

我这么钓着也很好，虽说没鱼上钩，也多了几分自在。"终南捷径"人人皆知，但有时候走上捷径，没有了退路；诚如鱼要吃诱饵，有可能离开水，永远得不到自由，欲望前行一步就有可能是陷阱。

我觉得这样钓鱼挺好。享受着阳光，清新的空气，清凉的山风，看着周围的一草一木，绿意直袭而来，没有浓妆重彩，处处朴素自然，宛如律动的青春，张扬着生命的力量。这里从秦岭库峪流出自然之水，清澈照人。朋友说，这里的鱼肯定很好吃。

虽说没有在泰国芭提雅海滩海钓的刺激，真的到了大海上，我才觉得海太大，属于我的太小，悠闲地躺在轮船上，等待大鱼上钩的可能性很小，只是满足一下游客体验的好奇心而已。杨庄钓鱼的人很多，但是大家都很安静，水也静静的，游在池塘的鱼都能看到，这种百姓的生活，更有几分人间的烟火和形态。

我的鱼钩一直没有鱼上钩。

我一直静静地、呆呆地看着四周，时间要停止，仿佛这样的美景这样的生活即将消失。我们的村子和关于它的记忆已经快速消逝，我们的鱼，将游向何方？有点杞人忧天了。

朋友很快钓了一大袋子鱼，很满足地催我回家。我说我输了，那些小鱼就放生了吧，让他们回到水中继续生长，感受自然和阳光的温暖。我们已经很难或者很少回到杨庄这样美丽的地方，让这里的鱼尽情去享受成长的快乐吧。据说杨庄发现了我们的先民，新石器时代的遗址和遗物，说明我们的先民很有眼光。杨庄，这块富饶的土地养育了一代又一代人，繁衍至今。

鱼，没有钓上不要紧。生活中的欲望太多了。在我们先民生活的地方，这座美丽的小山村，坐下来，聆听一下大自然的天籁之音，看看我们本真的故土，也是一种珍贵的收获吧。

我心底记着。

白月光

最近几天,西安蓝天白云,碧空如洗,一片湛蓝,异常干净;不知什么原因,睡梦中,总出现"白月光"的场景,让我彻夜难眠。

按理说,离开关中农村已经二十多年,久居千年帝都长安,高楼如同韭菜一样"亭亭玉立",一茬接一茬疯狂生长,加上有时候的雾霾、沙尘暴等,我犹如"坐井观天",晚上要看见月亮实在是一件奢侈的事情,看不到实乃正常,看到了反而不正常了。

"白月光"最早的记忆,莫过于我五六岁的年纪,爬上高高的洋槐树去捋槐花,彩色的蝴蝶不停地在我眼前乱晃,一不小心,我连人带笼从七八米高的树上摔了下来,被父母抱回来放在炕上不让动。晚上母亲一边用竹竿挑起我穿过的旧衣服,一边从十字路口往家里退着"叫魂"——"我娃回来了!我娃回来了!"父母怕我受到惊吓昏迷不醒。其实,我头脑清醒,也没摔成啥样子,胳膊腿伸缩自如,一个碎娃身轻骨头软,掉下树来也没事,"吃娃鬼"对我也无可奈何!躺在炕上,月光如银,泄了一地,透过纸糊的木窗,我看到高大的洋槐树身影在风中轻轻摇摆,影影绰绰;五月的关中大地，不凉不热，天气舒适，在声声"叫魂"中，"白月光"让我感到了几分神秘和一丝寒意。

"叫魂"是为召生者之魂，而"招魂"是为召亡者之魂，二者一为生者受惊，一为逝者祭奠。"奈何桥上阴风冷，饿狗成群追亡灵。" "招魂"是古老的关中丧葬文化中的一部分，寄托着生者对死者的不舍，希望召回魂魄，起死回生。

我还见过村里有人用白纸剪一个骑马人或飞人（也称"送病娃娃"），祈求神灵骑马腾飞招魂，快速附体、快速除病。拿着纸人用火柴点着在病人身上绕一绕，一边念叨着说："送子头上头上轻，送子身上身上轻，送散了，不见了，病不再犯了。"纸烧完后，往盛满水的粗瓷大碗里一扔，然后把水倒在十字路口，送走恶鬼，病就除了。迷信也罢，巫术也罢，这是民间最底层人民敬畏自然祈求平安的一种生活方式。

真正看到"白月光"，是冬季和父亲去拉干柴。父亲拉着架子车，车上装满了柴火，走过一个山坡，我在车后用力掀车。架子车走在厚厚的雪上，发出吱吱吱的声响，头顶的月光特别明亮，映照在大雪覆盖的大地上，留下我们跋涉的身影。我抬头一看，月亮的脸色惨白，让人惊悚万分。路过一个"乱人坟"，坟头点点，好像人影晃动，我是一个十几岁的小孩，奋力地推着车，感觉有人在后面追赶，不敢往后看，又怕真有人撵，心存惊慌，满头大汗。"白月光"，在我纯净的记忆中，满是白花花，鬼魅般的世界，一切都是那么惨白，满世界都是捉摸不透的眼睛，一点都没有童话般的温暖和诗意。

虽然自己一个小伙子，年轻气盛，阳气十足，但是却非常胆小，不敢走夜路。农村有许多事情说不清，无法解释，巧合也罢、心灵暗示也罢，我相信科学，不信鬼神，但还是不敢走夜路。有道是"平生不做亏心事，半夜不怕鬼敲门"，我一个碎娃，除了做农活和读读书，能做什么事，与生俱来的胆小，对"白月光"的敏感，让我不得不放弃一个人夜晚孤独的游荡。

进城之后，看不到月光，自己也长大了，好像天空一直就是灰暗的，对一切"熟视无睹",没有孩提时的新鲜感和活力。那些"人造星星和月亮",让我感到一种浪费和无趣。唯一一次再遇到"白月光",是一个秋季的晚上,在秦岭圭峰山下开车,刚好遇到了满月升空,自然静穆,终南无语,圭峰山的剪影黑黢黢的,树上的草木清晰可见。我没上过圭峰山,据说其三面为悬崖峭壁,唯西南面坡度缓形似"圭",故得名圭峰山,有"天上一轮月,圭峰十二圆"的美誉,范仲淹曾在此处饮酒赏月,圭峰山下有一座花岗岩天生桥,被誉为亚洲第一石桥,山下不远就是草堂寺。这次看到"白月光",清清爽爽,有几分凉意,水洗一般,黑夜遮掩了大山秋季色彩斑斓的绚丽身影,暗藏着骄人的美丽。

"白月光"一词出自张爱玲的《红玫瑰与白玫瑰》,书中写道"也许每一个男子全都有过这样的两个女人,至少两个。娶了红玫瑰,久而久之,红的变了墙上的一抹蚊子血,白的还是"床前明月光";娶了白玫瑰,白的便是衣服上沾的一粒饭黏子,红的却是心口上一颗朱砂痣。"无穷无尽的欲望让人疯狂,得到了却又失去。其实,在关中农村,老人口中的"白月光",就是我见的,代代相传,一直至今。

"白月光",遥不可及,也并不是我所爱;"白月光",在我的印象里,一直是一种不健康的惨白。我喜欢那种暖暖的、柔柔的、慈眉善目的"月光"。

人,这一生的确不易。生命,有长短;生活,有苦乐;人生,有起落。学会挥袖从容,暖笑无殇。歌手张信哲有一首歌叫做《白月光》,他唱到:"白月光,心里某个地方,那么亮却那么冰凉,每个人,都有一段悲伤,想隐藏却欲盖弥彰,……想隐藏却在生长。"人,总在成长,那些悲伤,总在我们不经意中寻找出口,唤起我们无限美好或者不愿回首的记忆;"白月光",亮且冰凉的"白月光",也见证了我们的过往和故事,冷静地陪伴着我们,疗治着我们寒彻肌骨的心灵暗伤,让我们自己内心强大和坚硬如冰。

贰

回·故·乡

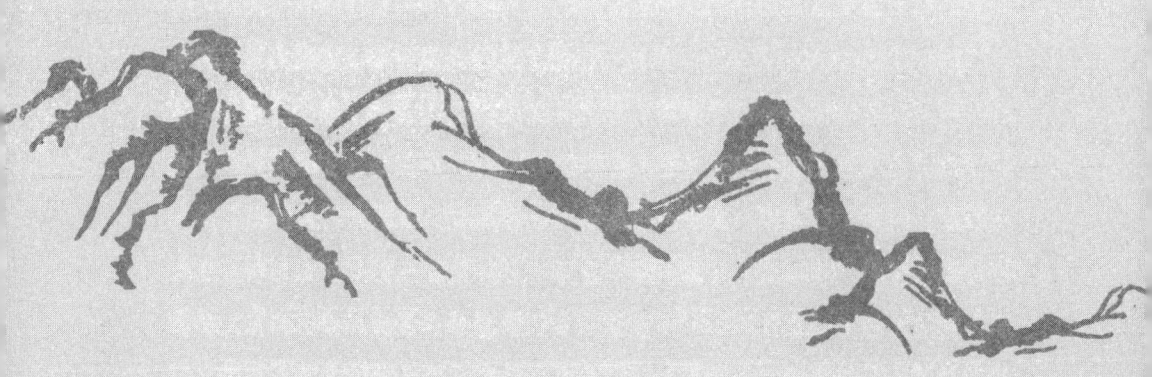

贰·回故乡

回乡记，宝鸡一个村子四十年印记

岁月不等人，时间就这样悄悄溜走了；弹指一挥间，四十多年就过去了。每当我感怀万千之时，倏地，一不小心又老了。

宝鸡是我的故乡，生我养我的地方。我生在宝鸡北塬——贾村塬（原）上桥镇乡的一个小山村子。这个村子叫"嘴头"，也叫"咀头"，还叫过"红旗大队"，在塬上最西北的边缘，隶属于当时的宝鸡县桥镇乡。

《宝鸡县志》记载：贾村原，西平原东北隅，一阜东临汧水，三面阻绝，上筑堡，有市井可容千家，党太保题曰"龙川雄镇"。宝鸡周原镇、蟠龙镇以及桥镇附近地区古称三畤原或五畤原，秦汉五畤是皇帝郊雍祭祀五帝的地方。

塬上有蟠龙、贾村、桥镇三个乡镇，人口大约十万人。贾村塬古称龙川镇，清代改名"假（贾）家村"，又称西平塬、大平塬、大虫岭、蟠龙塬等。塬东西长约15公里，南北长约30公里。如果从空中或者远处遥望贾村塬，宛如一条巨龙，盘亘在黄土高原，龙头在宝鸡斗鸡之北，我的家属于"龙尾"。站在塬上，向南隔渭河与秦岭相望，如果是冬季，从我家门口，可以看到秦岭，皑皑白雪，近在眼前，冷气逼人；塬下东有千河，西有金陵河围绕，与凤翔（雍城）、陵塬相望；北面是"秀出云霄，山顶相轩，望之常有海势"的西镇吴山，可以说风水极佳，有聚天地灵气，独守一处宝地之感。

但是，塬高天旱，吃水困难，人们靠天吃饭，在以农为主之时，庄稼全靠上天佑护。尽管桥镇龙尾村大干水利时修有冯家山水库，水面宽阔，存水量大，近在咫尺，可惜塬上地势太高，水难抽上去，且费用大，基本无用；水库只能滋润眉县、扶风、岐山等下游一带。桥镇在塬上，东、西、北皆沟壑，千河、渭河、金陵河流于其周，亘古无水无河，无河无水怎可谈"桥"？桥镇，是上古有桥氏部落领地，也就是说上古时就有人类居住。整个塬周边，至少在商晚期西周初期就有村落城垣，塬上有不少西周早期的青铜器、玉器、兵器和石器出土。据推测，可能是蟜氏部落葬于此，"蟜冢"误为"桥镇"。白荆山花开四野，对面即是沟壑丛生，蟜氏采花不慎坠崖而亡，故修圣母庙。《国语·晋语》记载："昔少典娶蟜氏，生炎帝、黄帝。"可见少典氏和蟜氏应为炎帝父母。《帝王世纪》载："炎帝神农氏，姜姓也，母曰妊姒人，有蟜氏女，名女登，又名安登，为少典正妃，游于华阳，有神龙感女登于常羊，生炎帝，人身牛首，长于姜水，因以为氏焉。"民间传说，女登出生后，人面猿身，满身红毛；长大后，红毛满身，容貌娇美，动作灵活，爬山攀树，宛若猿猴，部落取名猿女，少典则根据长相和技能，取名女登。蟜为野蚕类，有蟜氏是我国历史驯化蚕类、发明养蚕和制衣的先进氏族。我的村子有种桑养蚕的历史，在虢镇，县上还办过蚕丝厂。

这些历史，是我这些年有了一些时间，随着年龄徒增，愈来愈对故乡怀念，才从一些史记资料和自己现场考察得知的。而在儿时，我从来没有关心过这些事情。这也好，少了一些历史的沉重感，心里永远是村里那亮堂的阳光。

我生于二十世纪七十年代中期，幼时最深的记忆就是生产队每天开不完的会，在村里的水井口旁聚集了一百多男女劳力，由小队长打铃、派活，记公分。那时候还没有分户,人穷得可怜,年复一年日复一日挥汗如雨侍弄庄稼,到头了也是混个飢饱肚子饥。我记得分红薯,三四亩地里全是站立的人,众说不一,没有办法分,就按户分成堆,每堆是大的搭配小的,力求公平,这也没法分,有人不同意,只好回归原始的办法——抓阄,跟现在买彩票、"摇号"一样,凭自己命断。等到夏收,一年的辛苦换回的麦子吃不了几个月,就要断顿;庄稼女人有办法,粗细搭配,相互帮衬,邻里拆借,共渡难关,克服了一个个困难,度过了歉收的"年馑"。那时候,东家向西家借盐,西家向东家借醋,是很正常的事情。民风淳厚,思想守旧,村人也极其善良,院门敞开,经常有路人来讨水喝,主人便拿起粗瓷大碗从水瓮里舀上满满一碗,随便喝。到了夏季,天气炎热,拉个架子车,随便绑在树上就睡着了。

"上了贾村塬,秀才比驴多"。塬上人家崇文尚义,古道热肠,耕读传家。乡人好以党阁老为例,但有的不以为荣,据传其后代吃喝玩乐毁其家业,是否属实,有望再证。据老人世代口述,古时宝鸡遍地为山,树木繁茂,传说有海鳖石化在那塬上,我想完全有可能。塬对面——陵塬下的北首岭遗址有先祖遗迹,比西安半坡遗址还早四百多年。宝鸡是炎帝之乡,神龙故里,秦人有游牧千渭之间之说,"china"在英语是中国的称谓,是"秦"的谐音,世界各国过去称中国为"秦",陕西简称"秦",我去过天水等地,根据当地方言、民俗、习惯等,觉得甘肃天水、平凉等地也应属一脉相传的"秦地"。嬴姓秦族发祥于宝鸡,秦在西周时期是一支很小的附属氏族。周秦关系密切,秦的首领造父是个驯马放牧的高手,曾为周穆王驯养了八匹骏马,跟随穆王在西北征伐戎族,打败犬戎,"得四白狼,四白鹿以归"。晋时的《穆天子传》一书,有周穆王巡游的故事。相传,在艰苦的征伐中,有一匹马死于贾村塬的马迹山,有葬马的墓冢。墓冢现在没有了,距我家六里之地有个村子叫"马冢",和我家相隔一个大沟,从地形上讲,应该适合喂马。但是随着黄土流失、树木砍伐等原因,塬上已经不适合养马。

2009年,在桥镇遗址一处半地穴式住址中出土的泥质红陶篮纹筒瓦、板瓦、槽形瓦,属于新石器时代龙山文化时期。这些瓦的历史可以追溯到4000年前,是我国迄今为止发现的最早建筑用瓦。它的发现,把我国用瓦的历史提前了一千年,被称为"华夏第一瓦"。

二十世纪八十年代初期,在我七八岁的时候,忽然一天夜里,生产队在养牲口的饲养室屋子外边召开村民会议,要学习安徽凤阳小岗村"家庭联产土地承包责任制",不吃大锅饭,不养懒汉货,要改革开放,分田到户,实行联产土地责任制。大锅饭吃不饱的村民开始都沉默,不相信有这等好事,等队长再三强调肯定之后,村民才吃了"定心丸",有的村民欢呼跳跃,有的竟哭声不断。说分就分,不到一个月,地就分完了,牲口也分,农具也分,一头牛,一把锄,按照不同部位分给几家人,好在大家友善团结,没有四分五裂,折成钱,有了就掏,没有打欠条,东西还可共用。听说邻村,队里的四轮拖拉机硬是活生生给十几户分了,拆成零件,变成废物,谁也用不成。

村里的油坊、醋坊、铁匠铺、卫生室等等也逐渐从眼中消失。后来办起了乡镇企业醋厂和宝凤酒厂,特别是酒厂,一时四处飘香,生意不错。后来,手工业酿造规模太小,逐渐衰退,直至停业。那时候,农民有了"万元户""暴发户",出门爱戴个墨眼镜,梳背头打发蜡,皮鞋爱擦油,抽个香烟,摇来晃去,让人知道什么牌子,顺便再把西服袖口的商标展示一下,有手表的,不是"上海牌"就是"蝴蝶牌",有大金戒指的(不知真假)也爱显摆,不怕被剁指头。不管老板大小,都爱被人称为"厂长、总经理",后来被称为"老板",还有称"兄弟"的,出门耍派头,要女秘,要夹一个人造皮革的小包包,派头十足。二奶、小三,这些也是慢慢滋生起来的。那时候,村里兄弟分家、妯娌分院、个个单干,不愿凑合在一起,自己拼搏过日子,有时候难免能力有限,"众人拾柴火焰高"的传统思想被打破;孝敬父母也成了空话,一对父母要被几个兄弟活生生分开伺候,或者逢单逢双日或月几个兄弟轮流供养吃喝,可以说生不如死,但父母真死了,兄弟们却要大吃大喝,唱大戏、演电影,有时候还上演一些裸体表演的马戏。现实版的荒诞剧,让人啼笑皆非。

从懂事起,我就一门心思想离开这个村子,贫穷的日子让人急于出走,去外面的精彩世界,而且这种欲望随着年龄的增长越来越强。但在农村,"二元体制",没有城市户口,要当工人,要跳出龙门,要么当兵,要么考学,打量自己的实际情况,只能是好好上学了。

桥镇地势西高东低,山、川、塬、丘皆有,地域辽阔,资源丰富,沟壑纵横、天旱少雨,属于典型的黄土高原地貌,长期以来,以种植小麦、玉米等为主,交通不便,思想封闭。我的村子一样,村民简单往复的劳动就盼着能吃饱肚子(后来,我知道股票、基金、资本运作等之后,渐渐明白,有时候勤劳不一定能致富,付出不一定能得到高额回报),村里还经常不时停电,晚上黑成乌鸦,一下大雨就泥泞一片没法走路,底层干部有时粗暴执法等等,让我随时准备逃离村子。在我的印象中,每年最头疼的是秋季种麦怕遇到连阴雨,夏季收割怕雨水不断;最难干的活是打胡基,百般无聊,手上磨的水泡血泡一层接一层成了厚茧子,从深不可测的沟底背麦捆,沿着羊肠小路,大汗常淌,麦芒扎得脖子一道道血印;最没意思的事情是赶着牛一圈接一圈在场里碾麦子;最难看是交公粮时那些粮站验收麦子人员的脸,一副大干部、不屑与村民说话的样子。当然,2004 年,中央"一号文件"颁发后,农民不用交公粮,还能领到粮补,这是后话。我只想说,农村真穷、农民真苦、农业真危险。如果有时间,回到现在荒僻的空心村子,除了一些老弱病残,还有些什么?我的村里,一些老人出于对土地的感情还坚持种着庄稼,没有让土地荒废。尽管对于一些年轻人来讲,从市场经济角度来看,种庄稼确实是赔钱的买卖。自己种的粮食放心,有麦子的清香,村里的老人经常说,不用化肥,全是有机肥,也没有吃"转基因"的危险。

农村联产承包责任制解放了人的思想,让一些庄稼人从土地中解放出来了，有了时间去城里打工。我们村里人勤劳、善良、肯吃苦，能干事，互相带动，出门去宝鸡市区搞建筑当泥瓦工挣钱，有不少成了"副业队"的包工头。有人编的不错："贾村塬，村连村，靠天吃饭人没闲；盖高楼，修马路，没有资源靠勤奋。男贴砖，女刷墙，起早贪黑干活忙；黑糊糊，马乎乎，吃碗干面就上工。骑摩托，坐公交，车上喳喳永不休；你挣多，他挣少，比来比去真烦恼。塬上好，有啥好，还得出门把钱找；塬上好，就是好，空气新鲜把老养。"当时《陕西日报》还以"乔世英盖起大高楼"作了报道。

我小学毕业前，只去过宝鸡市人民街一次，腊月跟着父母去卖鸡蛋，一元十个，卖完再去商场扯些布做新衣。那时候，交通极其不便，要早上六点钟天麻麻亮起来，步行两小时多从塬边杨家坡走到金河，再花两毛钱坐上6路公共汽车。单趟在三个小时左右，来去匆匆，基本耗时一天，回家时，已经天黑。寒冬腊月，极其寒冷，还要提上两笼鸡蛋，确实不易，从小我就体会到生活的艰辛。到了二十世纪九十年代初期，我上初中，从蟠龙上塬到桥镇的路修好，才开通了桥镇—宝鸡长途客车，但需要两个多小时，人多车少，还比较贵，我几乎没坐过，还走老路。去过一次马道巷，不是很宽敞，摩肩擦踵，车水马龙，人看人，脚连脚，甚是繁华；大家你看我我看你，来回走动，压马路，逛街道，不为买东西，就图看个新鲜。有搅团、凉皮、油糕、麻花等地方小吃，有各种布衣，混合着酸辣香甜杂味，还感到人的体温和呼吸。马道巷起初的名字叫码头坡。之所以叫码头坡，是因为出了宝鸡老城东门向南到渭河边的一道长长的缓坡与渡口相连。后来，陇海铁路宝天段修建，铁路从码头坡上方穿过，码头坡被一分为二，铁路以南称建国路，以北成了马道巷。现在提升改造成商业街了，反而没有过去热闹了，原因很多。到了西安，我无意骑着共享单车在西城墙内闲逛，也有一个"南马道巷"，各种适合小资的酒吧、茶吧兴盛。记得最清晰的是，小学时候，有一辆"屎巴牛"汽车开进村里，村民摸来摸去，跟看猴一样，新鲜，他们真的很淳朴很天真，经常在地里拿着收音机听说书，总奇怪说书的人在哪里。

随着二十世纪九十年代的打工潮和去海南淘金南方进厂北京漂泊，桥镇也变得热闹起来。尤其是街道，理发店变成美容美发院，裁缝店变成时装精品店，供销合作社柜台也开始承包了，各种店面如雨后春笋一般开起来，每年的古历七月十二，要唱大戏，请的都是省城戏曲研究院、易俗社的秦腔大腕名角，看戏的人山人海，小商小贩不亦乐乎，一块钱一包瓜子吃起来有滋有味；就是下雨下刀子，也丝毫不影响人看戏的热情。"看了梁秋燕，三天不吃饭。"戏如人生、人生如戏，村里的年轻人穿着打扮也时髦起来，跟着双卡录音机蹦跶个不停，老人看不惯说是不务正业，我们小孩喜欢，年轻人对意中人、爱情的追求也变得主动，学会了婉拒和放弃，从内心有些抵触"婚姻包办"了。去乡文化站看露天电影成了一种时髦，顺便还可以谈个"对象"，我们初中生碎娃没钱，脑袋聪明的就自己画个票，用红油笔画个圈圈当印章，检票时使劲往检票员手中一塞，趁他不备，逃也似的跑进场子，谁也找不见，后来，乡文化站被办成什么厂，养鸡、养猪，没了。捐钱打井，集资建学，一起修路，村民通过自力更生改变着他们的环境和生活，幸福一天天来临。

二十世纪七、八十年代到九十年代中期，我一直上小学、中学，也基本生活在桥镇这个地方，县功呆了三年。繁华的城市只是我的梦，远远地向我招手，靠近或抵达。我没有时间去打量生我养我的故乡，尽管她有了许多变化。村里好多人有了电视机、摩托车，也拆了老房子、土厦房，不约而同，为了体面能说起话盖起了整齐统一的砖混平房，外贴白色瓷片；这种情况到现在仍可以看见，只不过多了雨水的冲刷，锈迹斑斑，宛如弃妇一般，无人理睬。有钱的人早拖家带口去城里买房享受灯红酒绿的生活去了，内心无言的痛楚只有他们清楚。一个去了城里的庄稼人，物质再富有，也没有了根和灵魂，孤零零的，一个人在奔走。

史载，桥镇 1949 年为西坪区桥镇乡，1959 年为县功公社桥镇管理区，1961 年设公社，1967 年更名旭光公社，1970 年复名桥镇公社，1984 年 5 月改乡。我上学的时候，老人称之为"桥镇公社"。在桥镇咀头村，我在小学的时候，看上了村里"一头沉"工人家里黑白电视机里的《西游记》，后来还看过《红楼梦》，去乡上文化站看过露天电影，家里管得严，没有跟上同学去几十里地外看录像，看《霍元甲》、《陈真》以及《射雕英雄传》。初中两次去宝鸡，均是暑期在建筑工地做小工给自己攒学费，一次是在宝桥修家属楼，一次是在税务学校修楼。每次我闲下来的时候，站在楼顶，劳动的辛苦并不能压制我内心的梦想，我一直心里想，什么时候，如何走出去？

或许是天意。桥镇还由县功管过。在县功上高中是我最忙碌的时候，那时港台一些电视剧已经上演，"琼瑶式"爱情席卷中国大地，而我一心只读书，一年四季穿着四个兜的深蓝色中山装（据说是毛料的），胸前别支钢笔，故作深沉，整日沉默寡言，不懂人情世故，很少顾及同学之间的事情，也可能让人觉得不食人间烟火。但多年以后回首，老师、同学之情纯真、友善，让人难以忘怀。

县功镇是交通要道，咽喉之地，从小我就听村里老人讲吴山土匪的故事。县功是唐宋吴山县故城，丝绸之路经过，地理位置险要，咽喉钥匙之地，隋开皇十三年（公元 598 年）迁北魏旧县长蛇县县治于此，十八年（公元 598 年）改称吴山县；唐上元二年（公元 761 年）改称华山县，旋复旧名。元至元七年（公元 1270 年）吴山县并入岍源县后改名县（亦用"献"）头镇，今名县功镇。2002 年元月，由原县功镇、上王乡、双白杨乡三乡镇合一，冠名县功镇，为果品大镇。特别是上王的秦冠苹果，我上学时吃过同学带来的，香脆可口，终生难忘。

县功属于比较现代的，有点"洋气"的小镇，街道每逢过集，车水马龙，熙熙攘攘。当时有部属 169 厂，市属轴承厂、床单厂、车辆厂七车间，县水泥厂、马钢厂、益民奶粉厂，镇办手套厂、机砖厂、面粉厂、石渣场等工业企业，工人生活尚好，后来慢慢不行了，失业者较多；旅游资源丰富，有古吴山县城、北魏石窟西阳洞和挂佛洞、古丝绸之路的重要驿站、包拯铡包勉的故事发生地、八堡传奇地、彭德怀固关战役途经县功歇息处、还有社火、西府曲儿、漆器、纸活、吴山传说等非物质文化遗产。同学来自四面八方，各地各单位都有。我最爱去县功街上吃豆花泡馍、手工擀面、拉条子、臊子面、面皮等，陪着同学唱卡拉OK、打克郎球、吃烤肉。那时候我的稿费不少，一月有百元左右收入，钱也值钱，足够我每月基本生活。不像现在，人人拿个手机，玩着游戏，身体彼此如此靠近，心却离得越来越远。

可以说，我第一次旅游是同学带着去吴山，门票不要，也是原生态没有被开发，也就没有被污染。每天中午我最爱去街上的旧书摊翻看报刊，每到周末，我就想回家，连饭也不吃，车也等不及，骑着自行车从备战路回家，或者从翟家坡路过一个水库上吴家沟回家，大概要走十五六里地吧。但从不怨天尤人，从没有感到劳累，年轻就是资本，一个人，天不怕地不怕，孤独地行走在属于自己的路上。

当年，我记得桥镇乡上修起了水泥厂，整日高大的大烟筒冒着黑烟，让村人自豪。那时候，没有环保的概念，后来人慢慢讲究了，知道吃喝要干净的。后来，我还回过高中，想寻找一下青春的痕迹，可惜已经撤掉，一切留作无言的遗憾和美好而又寂寞的青春回忆了。桥镇初中好些，还留存，学生由过去的几千人变成现在的几百人，物是人非，花开花落，有钱人都把孩子弄到城里上学了没钱人也咬紧牙关，跟风。

中学时期，我只去过虢镇县城两次，一次是中考，一次是高考，学校统一包车。秦武公（公元前687年）设虢县，秦孝公（公元前361年）设陈仓县，唐肃宗至德二年（公元757年）改称宝鸡县。陈仓，古称西虢，是周秦文化的发祥地。2003年3月1日经国务院批准，撤销陕西省宝鸡县，设立宝鸡市陈仓区。我自己的籍贯一下子由"宝鸡县"变成"陈仓区"了。

对于自己的县城,我知之甚少,去过两次。即使最有名的古历四月八日虢镇庙会,至今也没有去过。

村子离宝鸡市近,离县城反而远了。

……

据说家乡是西周时期古矢国重镇。有些学者经过对这些矢器的初步研究,认为汧河流域是矢国的封地,贾村塬一带应是西周时期矢国势力范围的一部分。矢国曾计划在家乡建都,皇宫就在今贾村,朝殿午门就在今陵厚村。后因家乡东西宽度不足而未成建。1965 年,在贾村出土何尊一件,底部有 122 字铭文,其中第一次出现了词组"中国"二字,这是历史上第一次出现"中国"的名称。铭文也记叙了周文王、武王和成王传承的序列,以及筑造"成周"(今洛阳)的历史,故被视为镇国之宝。1969 年家乡的上官村出土了矢王簋等 4 件青铜器;1973 年又发现了矢簋盖;1983 年在扶托村又发现矢腾须等青铜器,这更有力地佐证了这一说法。家乡的人老实,也有几分浪漫,听听世代传唱的歌谣,便体会到。"豆芽菜,生拐拐,我在城里做买卖。七年八年不回家,三十晚上跑回家。媳妇快快开门来,我在房里坐一坐。我娘说我爱老婆,将心比、都一理,我爹那时也爱你。"家乡因其台塬地貌,在塬下看是一座山,云雾缭绕,气蒸霞蔚;上了山才发现是个大平原。这不仅让家乡拥有了山之挺拔险峻也有了原之广袤豁然。也正因为此,家乡相对于塬下周边地区,云量少,光照强,气候宜人,作物生长周期长。家乡的果蔬杂粮便成了周围地区人们的香饽饽。我喜欢吃家乡的麦子,喝家乡的泉水,那种深深的依恋只有自己心里清楚。

直到现在,村子里的老人认为我们的祖先来自山西洪洞县大槐树。巧的是,上了塬不远,也有个村子叫大槐树。相传,造父不光为周穆王养马,还亲自驾车,征战在淮河流域,平定徐偃王的叛乱,因功受封于赵城,最后发展到山西、河北一带,被称为赵氏。我专门去洪洞县大槐树虔诚地拜了一次祖先,看来老人说的有几分道理。秦的另一支,又进行周、秦第二次联姻。周孝王把宝鸡千渭之间的土地交给秦的首领非子，被封于秦，建邑城于甘肃清水秦亭地方，不仅放牧，还有力制止西戎的前进，捍卫了西北边陲。后来周、秦破裂后，秦襄公第一仗打到宝鸡周原西部，获得大胜。为了庆祝，在西平原（贾村塬）设置祭奠上天白帝的西畤，以红马、黄牛、公羊三牲举行祭祀大典，以表示秦是秉承天意。后来发展农业和生产，在塬下，秦文公筑陈仓城，刻石鼓文，仓为储之意，陈即古阵字，故宝鸡称为陈仓。最终，向东发展，秦逐渐统一全国。如果从头发、身材、长相、方言来看，我们村里的人有宁夏、甘肃一带"胡人"的影子，还有四川的口音，"耍"字常用，可能是娶四川媳妇吧？！我们村有此传统，也有可能是明末清初后，四川人口迁移至陕西宝鸡之故吧？！当然了，宝鸡也有各种原因走出去的，我发现一些商州的口音和宝鸡差不多，可能是"民国十八年"年馑一些乡党逃生到陕南去了吧？！也有可能出门做生意不回了。历史的烟云总迷雾重重，我们只想知道，我们从哪里来，到哪里去？

出门在外，一听到宝鸡口音，总感到亲切。当大家知道是"宝鸡人"时，大为赞叹，宝鸡城市工业发达，是交通枢纽，更重要的是"文明城市"，干净整洁，人民热情和善厚道。但也有些守旧、绵软，爱守着田地和老婆、孩子，知足常乐，延续烟火。

我大学毕业后一直呆在西安。历经了绿皮火车、高速公路、动车、高铁等交通工具，我觉得过去追求的"快生活"还需要到宝鸡"慢下来"。有一次，上学回家，从西安坐大巴回家，高速路因封闭，走北线低速，慢慢悠悠，竟然走了一白天。这样的"慢"，还是少些为好。宝鸡的确是"宜居之城"，心灵休闲放松的宝地。现在，尽管有好几条公路通到村里，我每次还是喜欢从蟠龙上塬，经过绿油油的麦田，看相连的村庄，大地如画，田园美丽，泥土散发着清香，顿时唤起我儿时的记忆。

现在，宝鸡市北扩上塬。蟠龙已成了宝鸡市的新区，要大力发展文化创意、生态旅游、休闲养生产业，这里高楼林立，大型机械随时待命，各项建设如火如荼。蟠龙文化公园、蟠龙森林公园、城市中心生态公园景观廊道等项目相继投入建设，新区绿量将达到49.5%，使其真正形成从森林、农田、菜园中生长出来的，具有绿色生命的、会呼吸的城市空间。现代城乡一体化进程，拉大城市骨架，无可厚非，我们也无法阻拦。总之，社会要发展，经济是第一，这点道理我是懂的，我也无法阻止社会的前进，但心里总觉少了点什么，坚守、抵触一些什么，莫名烦恼，无法安宁。

信息的发达，地球都变成了一个村；无论处在何方，家乡无法忘怀。少时想逃离，老了想归宿，村子无根了，没有灵魂了，我自己有时候都感到很好笑，自己居住在城市，早已经没有了根，还大谈着村子、故乡。从自己渴望走出宝鸡一个小山村，到走出去后，在号称"国际大都市"的地方再回首，我是多么深爱着自己的村子，这是一种无法泯灭的情怀，让我们向村子致敬！尽管大多院子无人居住，杂草丛生；村里的小学已经关门，唱戏的舞台斑驳不堪，村里的老支书、老村长圪蹴在墙下晒暖暖，感叹世风日下，村里成了一盘散沙，没有人听村干部的话了，祖辈千年积淀的文脉无人传承和发展。不由让人感慨万千。"少小离家老大回"，我肯定是回不去了；尽管居长安不易，活在偌大城市，人人都善于伪装个个都是戏精，每天都在进行着各种无奈的表演，想回到农村好好睡一觉，放下心来踏踏实实过活；尽管现在的村子有太阳能路灯，有村村通水泥路，还在进行美丽乡村建设，实施着振兴乡村战略，尽管有"西府老街"和袁家村、马嵬驿等重视农耕文化的村镇，留些关中印象，但是回不去了，一种难言的魂牵梦绕无法割舍；城市已经和我融为一体，工作、家庭、生活都已经离不开这个快速发展、超级膨胀的城市，欲望、情感、网络、快手、抖音、明星、夜生活，一切的一切，如同滚滚洪流，裹挟着，挟持着，让一些年轻的村民宁愿在城里要饭也不愿意回去。而我作为一位从农村出来的城里人，面对住房、上学、医疗、养老等等问题，也只能更加努力去拼搏、去奋斗、去争取！乡村文明的失落，"空巢"村的现实存在，让我一次次失眠，一次次反思，生我养我的村子可能要在一段时间内消失或者变成高楼大厦，而让我无比留恋的乡土记忆从何谈起……现代文明的发展，物质的极大丰富，我们可以看到；而守望乡村，自己的灵魂该在何处安放？诗意的栖息地，只是一个遥远的梦想。有些事，有些人，一旦错过就不再；命运往往开玩笑，让我们在茫茫人海重逢。往事不会再重来，痛定思痛，如果一个没有生在长在村里的人，永远是无法理解的。

2018.8.13 夜于长安

备注：本文在宝鸡市文联主办，市作家协会、市文艺评论家协会、秦岭文学编辑部协办的宝鸡市纪念改革开放40周年征文中获三等奖，在陈仓区委宣传部"庆祝改革开放40周年活动征文"中获一等奖。

我的贾村塬

最近天气实在炎热,心里很浮躁,晚上读《宝鸡史话》,突然想到生养自己的地方贾村塬,尽管离开已经十余年了,随着年龄的增长,日益思念。20岁前,一直在这个塬上生活、学习,没有离开过。贾村塬又称贾村原,我觉得称贾村塬比较准确。过去"塬"和"原"可能是通假字,都正确。但是我觉得从汉字象形、会意等造字功能上讲,"塬"绝对"准确"。"塬"是黄土高坡特有的地质地貌,因为流水冲刷,四周陡峭,顶部平坦,呈台状,视野开阔,易于农事和居住。《辞海》《辞源》《说文解字》等均不见具体解释。从地域特色和文化渊源上讲,贾村塬是我心中的故乡。我的贾村塬不是一般意义上的塬,有我成长的快乐和阵痛。我认为陈忠实老师的《白鹿原》应该为《白鹿塬》,才显深厚的黄土风情。

据老人传,贾村塬古称龙川镇,清代改名"假(贾)家村",又称西平塬、西北塬、蟠龙塬等。塬高天旱,吃水困难,靠天吃饭,庄稼全靠上天佑护。

《诗经·秦风·蒹葭》写到:

蒹葭苍苍,白露为霜。所谓伊人,在水一方。溯洄从之,道阻且长。溯游从之,宛在水中央。

蒹葭凄凄,白露未晞。所谓伊人,在水之湄。溯洄从之,道阻且跻。溯游从之,宛在水中坻。

蒹葭采采,白露未已。所谓伊人,在水之涘。溯洄从之,道阻且右。溯游从之,宛在水中沚。

有人说是写合阳洽川万亩黄河芦苇荡和男女爱情。纵观《诗经》中其他一些语句,仔细体味,我觉得写的就是宝鸡当时秦的一些民风民俗,当然这种推测值得再研究。在秦时,贾村塬完全有可能是万顷草木繁茂之地。直到现在,塬上大部分仍旧以种庄稼为主,有些人发财搬到城里去了,荒芜土地,村子里的老人舍不得浪费,以不种庄稼为耻,牢记祖宗教训,种得更细发。

小时候一直上学,除了赶集,可以说足不出户,连塬上出土的国宝"何尊"都不知道。这个酒器,高38.8厘米,口径28.8厘米,圆口棱方体,长颈、腹鼓,有精美的雕兽面纹,造型浑厚,工艺精美,内铸铭文12行,122字(有3字破损),1965年(一说1963年)被发现。原来在一农家楼上,一说在后院,三年自然灾害时,为了生计,凭此文物换回30斤玉米。此物历经磨难,70年代"全国新出土文物汇展",在除锈时才被专家发现。中国最早的一词"宅兹中国"便出自这里。宝鸡是"青铜器之乡",青铜器多集中在贾村塬和周原,国宝级的很多。生于此地,却一直因为缺水我不能引以为豪!!清代光绪二十七年(1901年)在塬下斗鸡台戴家湾曾发生军阀党玉琨(党拐子)大肆盗墓,有些文物流向国外,党与靳云鄂、孙殿英被称为"民国三大盗墓贼"。

《水经注图》写到:陈仓山当指蟠龙山,不是鸡峰山。澄清了许多历史的谜。历史上有"太伯奔吴"事件。我上高中时,去过吴山,《周礼》言"山镇曰岳,谓吴山谓西岳,华山为中岳"。吴山山势陡峭,秀丽苍郁。在秦时可能是驯马的好地方,现在的关山牧场离此不远。

我的贾村塬,祖先耕耘的伟大土地,竟然有着这样丰厚的历史。我不知道,当我把历史和现实对接时,我发现尽管黄土依旧,但蕴藏在其中的无尽的故事多么值得我们去思考。虽然离开了,但是,每当我回家,呼吸空气中清新的麦香,感怀这个不同凡响的塬,我就在他沉默的背后仿佛看到了无尽历史的烟云。

贰·回故乡

根在宝鸡

　　七十多岁的拴牛老汉一辈子也没有出过中条山，他就一个农民，父母世代为农，土生土长，老实巴交，无论外面的世界多么精彩，对于这处深山人家，似乎没有一丁点影响。

　　拴牛从小就爱跟着父亲爬上中条山，俯视滔滔黄河，从山西永济远眺陕西潼关，父亲告诉他，那远处高高的山，就是秦岭华山。

　　他，记住了华山，远在天边近在眼前，但不知道那是"天下第一险山"。

　　父母高寿，在这个宛若人间桃源的地方活了九十多岁，相继离世。

　　拴牛一直伺候二老入土为安。拴牛和老伴有两个儿子，一个当煤老板，一个当个不大不小的官，看起来都很忙，儿子们倒也孝顺，要接他去城里享清福，他不愿意离开这个小山村。虽然，现在这个山村除了老弱病残，没有了人，不知怎地，一时村里突然冒出了许多流浪狗。

　　拴牛要出一次远门，去陕西宝鸡陈仓。

　　孙女自动请缨，要带爷爷去。

　　孙女都快三十岁了，自言是"大龄剩女"，一直干导游，天南海北跑，整天嘻嘻哈哈，没个人形，还像娃一样。

拴牛从小就喜欢这娃。

路过华山，拴牛在车上抬头而望，实在太高，直插云霄，孙女告诉他带团上去过几十次，而拴牛自己一次也没有上去过，上华山是他的梦想，现在老了，恐怕很难上去了。

现在交通真好，动车很快。到了宝鸡，吃货孙女像个"女汉子"，要了碗岐山手擀凉皮，狠狠剜了一勺子油泼辣子，再浇些陈醋，不管淑女形象，狼吞虎咽，满嘴流着辣子油，吃得津津有味，吃完还不忘要上一个肉夹馍，就着一瓶啤酒。

孙女给拴牛要了一碗一指宽的油泼扯面，油香扑鼻，酸辣味美，吃得拴牛直喊过瘾。他记得当年正式相亲，还吃过一碗猪油炸葱花浇汤的关公扯面，据说表示拉拉扯扯，愿意建立关系。

他要去的地方是陈仓的蟠龙原，也叫贾村原。天气晴朗，虽是夏日，微风吹来，舒服凉爽！登上蟠龙原，眼界大宽，俯视渭河，川流不息，南看秦岭，峰青云白，真是块好地方！拴牛放眼而望，村落遍布，走进村里，人也不多，几乎是空巢老人，他打听着一个叫"贾铁蛋"的人家，家的门前还有一个拴马桩，都摇着头。

拴牛不由落泪。拴马桩找不到了，没有人养马了，也没有人养牛了，种地的人也少了。

孙女不知何故。拴牛一直沿着一个村子一个村子在找，找了七天，没有结果。

坐在麦垛上，拴牛发呆，无言。孙女给他买的锅盔，闻着香喷喷，却不想吃。到了有的人家，拴牛上门要上一杯井水，甘甜可口，一直舍不得喝。

孙女很奇怪，爷爷怎么啦。

没有结果，带着遗憾，拴牛给自己的布口袋装了满满一袋原上的黄土，恋恋不舍地走了。

贰·回故乡

回家的路上，拴牛给孙女讲起了自己的故事。

父亲叫贾铁蛋，宝鸡陈仓蟠龙原人，十几岁参军，跟随孙蔚如将军来到中条山抗日，母亲不知道名字，是一名随军护士。1939年5月29日6月6日，日军集中火力进攻茅津渡，从茅津渡过河后便是崤山，占领崤山，可北控山西，东据河南，西进关中。"一锁扣三省"，一锁既开，三省门户皆开，八百多个陕西楞娃被日本鬼子逼上了黄河岸边一百八十多米高的悬崖。父亲也在其中，没有子弹，后面有日本鬼子追赶，前面是悬崖峭壁，只好双膝跪地，面向家乡，跳进奔腾的黄河。

母亲闻讯后，就把他寄养在中条山中一户善良的人家，也跳进黄河跟随丈夫而去。

最终，陕西楞娃硬是将日军堵在了中条山，陕西等地老百姓免受凌辱。

这户人家，就是现在的家。他的身世，是父母在临死前告诉他的。虽是养父母，但他一直认为他们就是自己的父母，伺候到老。

这次他来宝鸡，就是为了寻根。其实，他的老伴，就是养父母的女儿，自古就有秦晋之好，可惜，现在生活好了，老伴却先离他而去，在阴间伺候自己的亲生父母了。

孙女听了，一时没有回过神，仿佛还处在那枪林弹雨的战争历史中。

爷爷还有这样复杂的身世。

拴牛问孙女，听说你谈了个日本男神朋友？

早就吹了。我不是女神，他也不是男神。孙女说。

世界大同，地球才是个村子。记住历史，不要忘记我们的国耻，我父母抗日为了守住中条山跳进黄河，我一辈子也不会忘记，这次带你回宝鸡寻根，也是要让你记住我们共同的根！拴牛说。

孙女低下了头，似在思索。

回山西的途中，路过华山，拴牛又抬起了头。拴牛唱起了秦腔《金沙滩》中杨继业选段：

两狼山战胡儿啊天摇地动～

好男儿为国家何惧死生啊～

像男孩子的孙女学起了王宏伟，唱起了《西部放歌》：

哗啦啦的黄河水 哎～耶 日夜向东流～

黄土地的儿女哟 跟着那～太～阳～走～

一道道岭哟 一条条沟

一声声信天游 早已不唱那走西口

多少年的祈盼 多少代追求

年轻的高原人～ 赶上了好年头～

……

记住，爷爷死了，把这杯黄土给我带上。拴牛说。

孙女点了点头。

贰·回故乡

咀头村过年

　　咀头村是关中平原西端贾村原上一个不起眼的村子,又称之为"嘴头村",过去一段时间还叫过"红旗大队",后来又恢复原名。全国不少地方有叫"咀头村""咀头镇"的,我不知道自己村子得名的由来,或许因处于贾家村原上最边缘的地理位置之故,老百姓口头叫"最头头"吧?!因为贾村原好似一条蟠龙,还有叫"龙尾村"的村子。站在"咀头村",古丝绸之路、千渭交汇等隐约可见。

　　我就出生在这个小村庄,六岁上学,二十岁前基本生活在这个村子里。村子有九个自然小组,千余人,典型的关中群居村庄。工作之后,久居古城,终日忙于生计琐事,很少回村。但一到过年,不由得让人想起了"咀头村"。

　　"二十三,糖瓜粘;二十四,扫房子;二十五,磨豆腐;二十六,割年肉;二十七宰公鸡;二十八把面发;二十九蒸馒头……",祖先传下来过年的习俗从腊月二十三开始,就过起了"小年",传说这日是"灶王爷上天"之日。男女老幼,团团伙伙,聚集在村大队部,有人敲起锣鼓铜钹,有人下棋丢方,家里的男主人们祭奠灶神,"上天言善事,下凡降吉祥",热热闹闹,噼噼嚓嚓,迎接新年的到来。腊月是农村人给儿子结婚娶媳妇的好时节，农闲有时间，可以去附近的桥镇、贾村、蟠龙赶集，也可去较远一点的陈村、县功购买年货，可以刷墙磨面，打扫家院，打工的也回村了，加上要过年，是双喜临门的事情。如果下雪，原上白茫茫一片，远望终南山白雪皑皑，"瑞雪兆丰年"，来年大丰收，更是喜上加喜。只不过，交通不便，大雪封路，新媳妇要新女婿背着进洞房了。记得我们最高兴的事情，莫过于谁家杀大黑猪，我们小孩子去踢"猪尿脬"当足球玩。到了大年三十，午饭前贴对联、窗花、版画门神，敬过诸神，放一串鞭炮，辞旧迎新。下午去祖坟上坟，请"先人"，晚上一个家族的人团团圆圆聚在辈分大的家里，围坐在炕上一起吃年饭，喝西凤酒，我们小孩急着等老人发红包，收压岁钱；父母晚上包饺子，我们小孩们晚上穿起新衣服"守岁"，等待初一和小伙伴们放炮玩。正月初二看舅家，十五前基本是走亲串友，相互问好，交流信息。不管是到了哪家，都是先坐在热炕上吃碗臊子面垫底，中午再七碟子八碗上好美酒，让吃货们美滋滋咥上一顿。十五"大年"以后，春潮滚滚，气象万千，就是装高跷社火，唱秦腔大戏，日子过得红红火火，慢慢悠悠，让一个毫不起眼的村子生动起来。如果碰上"社火比赛"，更热闹！山社火、车社火、马社火、背社火、抬社火、高芯社火、高跷、地社火、血社火、黑社火等等竞相表演，我还装过一回社火呢！骑着大马，很是威风，只不过一天没法吃饭，不准喝水、不准下马，怕尿到裤子里！当然，十五晚上闹元宵，我们提着各式各样的灯笼在村里转来转去，祈求平安吉祥。到了正月十六晚上，是小孩的节日，所有的小孩都要拿出自己的灯笼对着别人的重重一撞，然后笑嘻嘻地看着别人的灯笼着火，这叫"碰灯"。村人讲究，今年的灯笼不能留到明年，必须"碰灯"燃烧，否则来年不吉利。

这是我记忆中二十多年前的事了，虽然有些模糊。现在已经几乎看不到热热闹闹的景象了。这几年，村里死一般寂静，这是我最彻骨的感觉。每次回家，一种寂静的恐惧，一阵阵袭上心头，很疼。虽然，我内心有所准备，却大大出乎我的意料，中国经济高速发展，城市化进程加速度，城市以几何

贰·回故乡

级速度膨胀"摊大饼",大量农村人口流入城中,造成了住房、医疗、上学、养老等困难。我可爱的村子,变得荒芜一片,荒凉不堪。村子几乎没有人住,门栓上了锁,几只流浪狗在村子转来转去,眼睛里充满了无限哀怜。

工作后,过年基本没回过家,服务别人优先,家里父母靠后,要么提前,要么退后,过年回自己的家好像走亲戚。父母还坚持住在村里,年龄已大,坚持耕种。用父亲的话讲:"农民,不种地干什么?!"这就是一个农民最朴实、最基本的担当和责任。村里受周礼影响较大,过去过年族人还组织三叩九拜祭奠"族谱";"耕读传家"是一种最朴素的传统,一直延续至今。可惜,耕种的人越来越老,土地荒的越来越多了。读书的农家子弟也不少,最终跳出"农门",大学毕业创业成功者有之,失业者有之,衣锦还乡者有之,不尽人意者有之,芸芸众生,混迹于城市的角角落落,"剩男剩女",大龄青年,挣扎着艰难生长,就是怕"逼婚",不肯找对象,不肯回农村老家面朝黄土背朝天。

"咀头村"哺育了我们一代一代人。虽然原高风大,天旱少雨,但我们无比钟爱我们伟大的故土。每次过年回家,我都要在村子里走走,找找过去的同学去谝谝,看看我熟悉的风景和村民。同学们忙碌着去挣钱,村里的小学已经被合并撤走大门紧锁,唱大戏的舞台也因年久失修风雨飘零,父母老爱念叨谁家的老人去城里给儿子看娃去了过年不回来了谁又患了癌症吃不上新麦子走了,我静静地听着,和村子一样静静聆听着……

这几年,村里大多数人大年三十开车回家贴了对联响了鞭炮就走人,晚上回灯红酒绿的城里了。图的是村里还有一处院子、几亩土地的念想,害怕老了没有归宿之地。城市就是一个怪物,处处充满诱惑,让你不得不从。孩子要补课,工作要加班,人跟陀螺一样三百六十五天停不下来,五加二、白加黑,二十四小时工作制,缓不了一口气,根本就慢不下来。我看着他们贴在门上印刷统一的对联,内容也差不多,"天赐宝地财源广,地助富门吉祥家""春风得意财源广,平安富贵家业兴"基本都是事业、财源的。过去用毛笔手写的"千门万户曈曈日，总把新桃换旧符""天增岁月人增寿，春满乾坤福满门"几乎绝迹了。不是简单的贪图简便省事，因为村里已经没有能拿起毛笔写字的乡贤先生了。仁义礼智信、温良恭俭让、忠孝勇恭廉……谁还能记住？

今年年前下了两场大雪，回村过年的人更少了。虽然村村通公路到户，但是路上积雪不少，温度骤降，阳光普照，村里有几分阴冷，风吹过来，脸上刺骨寒冷。

"不用赶集了，街上也没几个人，现在一个电话，发个微信就能送货上门把年货搞定！"村里一位老人说，"只不过要有钱！人富裕了，村里人越来越少，这年味越来越淡了！再过几年，听说把我们村里整体搬走，我们这些老汉老婆要赶着鸡羊住上洋楼了！"

我一时无语。一方面我们村里乡间的集会慢慢消失，一方面仿照袁家村、马嵬驿的小镇建设如火如荼，"千镇一面"，就凭免个门票买个小吃吸引人，类似这样的人造镇子能维持多久？我们村镇文化的灵魂和根在哪里？过年是个喜庆吉祥的事情，忌讳说三道四。有道是："桥镇无桥，县功无县"。贾村原历史文化源远流长，许多地名都有一些来历，也有因发音转化、以讹传讹等等之故，秘而不宣，有待我们深入考证。历史让人沉重，在市场经济下传统的乡村文化又显得多么脆弱和不堪一击。"咀头村"是我人生的一个印记，深深地烙在了我的身上，血脉相融，伴我成长，无法割舍；或许，几年几十年几百年以后，这个村不复存在，但我永远无法忘怀，特别是过年带来的儿时喜悦，还有我至爱的父母兄弟姐妹，美丽的黄土大地，淳朴的乡情民风。从"咀头村"这块大地出发，我经过酸甜苦辣，人生淬炼，转了一圈，重回大地，人生轮回，万物生长，一切变得熟悉而又陌生，让人感慨万千。

2018.2.7 夜于长安

贰·回故乡

难忘交公粮

"今年这天咋啦,这么热!"来福爷摇着蒲扇,抽着旱烟问旺财爷。

"听说南方闹洪水了。"旺财爷接过旱烟袋,美美装了一锅。

"这地就咱俩种了,这村就咱俩人了。"来福爷无限伤感。

"能行人都跑到城里发财去了。咱就是刨庄稼的命,你说不种地干啥?"旺财爷问。

"也是。"来福爷看着原下金黄的麦地,心里很满足。

"来,老哥,抽一个兄弟带把的。"旺财爷打开一包纸烟,"这是儿子从城里捎带孝顺的。"

"我抽不惯,还是旱烟好!"来福爷说着,一阵咳嗽,接着说,"自从你嫂子走后,娃们都催我去城里住,不习惯。"

"咱俩都七十多岁的人了,还折腾啥。长在这里,死了就埋在这块黄土地,省的给娃们制造麻烦。"旺财爷说。

"你说,过去多热闹,这个时候,咱们一大村人拉着架子车争先恐后去交公粮,多热闹!"来福爷说,"再唱一台大戏,过足秦腔瘾,十年都不用交公粮了，你说有的地方发水了，国家有难了，咱不交公粮，靠啥呀！"

"现在这村里就咱俩老土鳖了，相依为命。老嫂子留下你走了，我老婆去城里看孙子去了，我知道你舍不得土地，有感情了，解放前要饭到这个村里，是种庄稼的好把式。村里没人种地了，看这地荒，我就觉得对不起老祖宗，对不起自己，现在就咱俩种了。从商鞅变法到二零零六年，两千多年了，都要交'皇粮国税'，国家富裕了，二零一六年给咱农民免税了，真是千古大好事。废除了农业税、提留款等等，也不给我们'打白条'了，还给我们老人每月发些保健费，真是遇到好社会，幸福呀！"旺财爷抽了几口旱烟继续说，"现在看电视听广播，我们国家靠工业、科技强大了，我们农民也高兴！"

"可我还是想不通，种地交粮，天经地义，这是老祖宗定下的规矩。"来福爷说完，拿出发黄的"售粮证"，密密麻麻，详细地记录着交粮的数字，旁边还配上一句话：完成粮食收购任务是农民应尽的义务。

"呵呵，都成古董了。"旺财爷肚里多少有点墨水，做过生产队的记账员。

"不能忘记。以后我死了，你帮我把这个本本放到棺材里去吧。"来福爷说。

"好，好。咱记着这恩情。"旺财爷说。

"滴滴"，手机响了。来福爷接起，这是他孙女春花打来的，手机也是她买的。

"爷，身体最近还好不？"春花脆生生的声音问好。

"我好着。听说你为了去上门收税，被人家藏獒咬了。"来福爷听到孙女的声音就高兴，又担忧起来，当年这个孙女要上税校，家里人不同意，一个女娃娃催粮要税，难为了，是他坚决支持的。这娃性子烈，不怕啥，杀猪的不交税都赶上。

"没事。国有国法，税有税法。他们不敢抗税，拉出狗吓吓我而已。"孙女春花说。

"那就好，那就好。"来福爷说，"我挂了，不浪费你电话费了。"他真心喜欢这个孙女。

"看来，谁也不敢抗税，那是犯法的事。"来福爷说。

"是，应该依法纳税。《诗经》云：'度其隰原，彻田为粮'，三代田赋，夏代行贡法，商代行助法，至周代推行税率为什一之彻法，劳动者按十分之一比例缴纳农产品谷物税。《汉书》记载：'农，天下之本，务莫大焉。令廑身从事，而有租税之赋，是谓本末者无以异也，其于劝农之道未备，其除田之租税。'现在不光给我们农民免了税，还有养老保险、医疗老险，真是嫽咋了。我们呼吸着新鲜空气，吃自己种的庄稼，不用去吃什么转基因的东西，眼不花耳不聋，有啥不满足的？"旺财爷上过几年私塾，懂得一些。

"还是应该交公粮。"来福爷说。

"交公粮、补余粮。好哥呢，给谁交呢？国家都给咱免了，有这钱，咱赞助几个贫困学生。"旺财爷说。

"好么。你给咱办，一言九鼎。咱都是黄土拥到脖子上的人了，要钱有啥用。"来福爷说。

黄土大地上，来福爷、旺财爷两个老人一直守望着这块土地，原下是老伴的坟墓，在偌大的麦田里显得很渺小；远处是秦岭终南山，隐隐约约。他们的耳边似乎响起熟悉的笛子独奏《扬鞭催马运粮忙》，悠扬深远，还有那火热的劳动、交税场面。

2016.7.31 于秦岭终南山

炸油糕

我一个月不吃炸油糕就心里馋得慌。刚好,小学同学大勇和小翠两口子就在离我不远的地方摆摊,平时没事就去吃几个,尽管他们炸的油糕有些过甜,但还是无法阻止我这个胖人的食欲。

我就好这口。吃了这酥松润滑、馅软甜香的西府油糕,比三原的泡泡油糕要瓷实很多。

早上雾霾笼罩,出门车辆限号,大家都戴着各式各样的口罩,就像"防毒面具",一个个陌生的面孔晃荡在城市的角落。小两口的店在一个窄道道里面,卫生城市,临街不让摆,房租又太贵,只有三四平米的样子,大油锅摆在过路上,和沿街的小商摊一样,大勇扯着破锣嗓子:"油糕,热油糕!"嘈杂声中,各做各的生意。

我要了两个,准备边吃边去上班。吃油糕要趁热,但不小心有可能热到心里,嘴里满是香甜,却烫得你直跺脚。有人喊:"城管来了,城管来了!"一时间,众商贩乱成一片,顾不上要钱,有的食客手一抹嘴巴微笑着溜了。要抓紧收摊,摆在店内,不能出户,房檐是一道线。估计不是领导光临,就是大检查,猫和老鼠的关系,小贩们懂。

大勇也不喊了。停下来,准备搬油锅,可看到旁边一个卖牛肉饼的姑娘戴个小白帽围着柴油桶上的油锅团团转,眼泪要流下来。这让城管逮着,强拉硬扯,非没收不可!他急忙去帮忙,两个人把柴油桶搬进了店内。姑娘拿起一个牛肉饼给大勇,大勇直摆手。

大勇要回去和小翠搬自己的油糕锅。小翠一手面,指着大勇的脑门说:"去去去,给人家搬去,吃里扒外东西,你以为你是隔壁的老王!"大勇笑着,试图去拉小翠。

炸油糕的锅,柴火正旺,热油翻滚,不时有人来买,小翠舍不得搬进去,影响生意,她不时把包好的油糕放到热油里,大勇用长长的竹筷子上下反面,既怕烧焦,又怕城管来收。圆如饼,形似鼓,色如铜的油糕人见人爱,涎水都能流下来。我跑过去,准备帮大勇去搬。

"不能搬!"一向腼腆的小翠有几分狮子怒吼,"叫大勇这怂货一个人搬去,自家忙不过来还惦记别人呢!你一个城里人咋能弄这活?!"我听出了味道,原来吃醋了,连忙说:"什么城里人农村人,都是同学,帮个忙没啥。""没啥?给人姑娘帮忙没啥?"大勇指指小翠,小声告诉我:"生昨晚的气了。"我悄悄问他:"小两口晚上有啥气可生的?睡一晚,啥都解决了。""媳妇想回老家看娃,想娃了。寒冬腊月的,娃在村里的小学上学,一个班没几个了,又转不过来,城市的学我们上不起呀!?"大勇说。"你们好了这么多年,用了洪荒之力才开了这家油糕店,怎么说友谊加爱情的小船说翻就翻?"我劝道。"人家小目标就是一个亿,我们大目标就是把娃转到城里上学,难以实现,差距呀!要我这男人有啥用?"大勇悲苦地说,"过去给人打工拉砖头搬水泥到了年底包工头不给钱,好在小翠跟她爸学了这门炸油糕的手艺,一天挣几个现钱养家糊口。你说,我有什么用?出门在外大家都不容易,互相帮帮有啥?再说了,卖牛肉饼的姑娘一个人挣钱是为给她得了癌症的母亲攒钱!你说,我们怎么这么苦呢？"

我无语。城市套路深，要回小农村，农村路很滑，人心更复杂。

"咕咚"一声，小翠往油锅里扔来几个刚包好的油糕，没有想到一下子油糕炸了，火光四溅，锅下面的火突然上来整个油锅都燃起了熊熊大火，油着火了！人们躲着，几个被油溅起烧了的路人喊着叫着。正当大家一时没有反应束手无策之时，卖牛肉饼的姑娘直接脱下工作服盖在了油锅的上面，才捂灭了油锅里的火。

被油烧的几个路人还喊叫，我上去一看，不要紧，几个油点而已，卖牛肉饼的小姑娘拿来了酱油给搽了搽，他们骂骂咧咧走了。一直愣神的小翠这才反应过来，看看自己和大勇没事，说"城里人娇贵，我们皮实！"

"嫂子，你的油糕水多了，火太大！"卖牛肉饼的姑娘说。

"水多了，火太大！炸油糕真炸了！"小翠盯着大勇说，"我们用的纯菜油，不是地沟油！"

"这个社会都是水分多，人们火气大！"我对小两口说，"好好做生意挣钱养娃吧！雾霾憋得慌，回家深呼吸！这哪里有什么城管的影子！"一场虚惊，早市上的人越来越少了。

贰·回故乡

跟　会

　　今年西安的天气太怪，冷热变化很大，昨天还穿着羊毛衣，今天又一下子窜到38℃，大街上行人稀少，热气蒸腾，人们都躲到山里去避暑。母亲从西府乡下打来电话问："端午节马上到了，麦子收完，回来跟会不？"我无言以答，整天忙忙碌碌，不知道究竟为了啥。从西安到宝鸡家乡不过百余里，但一年很少回去。

　　母亲所说的"跟会"，是关中方言，大体意思就是"跟集"，赶大集，但相同又不同，"跟会"的"会"比"集"要大得多，隆重得多，内容丰富得多。过去，为了物资交易方便，方圆百里，村民自发组织，每个不同小乡镇逢单或者逢双有"集"；"会"，也算民间组织，一般借用庙会、古会，固定农（古）历日子，每个村镇轮回，日子互不冲撞，一年或者几年才举办一次，要请名角，唱大戏，演电影，玩杂耍等等，熙熙攘攘，物资交流，商贩云集，小吃遍地，人声鼎沸，好不热闹！时间一般为农闲、忙罢，三至五天，是说媳妇、走亲戚的好日子，也是农村青年男女见面、自由恋爱的好时机。

　　老家在天府关中，西府宝鸡的塬上桥镇嘴头村。塬叫贾村塬、蟠龙塬、西平塬、大虫塬等，民间传说纷纭，文物古迹众多，历史文化积淀深厚，不再赘述。塬位于宝鸡市北部，东起千河，与凤翔塬隔河相望；南依渭河，与秦岭对峙；西至金陵河，与陵塬为邻；北靠千阳岭，与吴山相连，东西宽约

15里,南北长约30里,宛如一条巨龙蜿蜒起伏,横亘于关中大地,龙头就在这个塬西南部渭河北岸的蟠龙山,龙尾就在北部紧靠山区的汧河西岸的龙尾村。在这块风水宝地,有十余万人居住。天气尚好之时,可远望千渭交汇,八百里秦川。塬包含蟠龙镇、贾村镇、桥镇三个镇100多个自然村,过去属于宝鸡县管辖,现在宝鸡县改陈仓区,桥镇、贾村合为贾村镇,属于陈仓区管辖,蟠龙镇属金台区管辖,正在建设新区,高楼林立,工地不少,没有了往日的宁静。塬上贾村镇形成集镇,始于明末,兴盛于清代。塬,属于渭北台塬,塬上一马平川,四周沟壑纵横,典型的黄土高坡地貌;自古塬上缺水,属于旱塬,靠天吃饭,但民风淳朴,人杰地灵,勤劳朴实,性格倔强。《宝鸡县志》载:"民国十八年,天大旱,全年无雨,渭水涸竭,车马通行,禾苗枯死,颗粒无收,亩地换小麦一斗,草根树皮食之殆尽。灾民为了生存,拆房卖地,鬻妻卖子,换粮糊口。无奈中壮者外逃求生,弱者坐以待毙,乞讨者甚多,饿殍遍野。"历史上有几次较大天灾人祸,加上风灾、雹灾、虫灾、瘟灾、水灾、火灾、兵匪之灾等等,村庄经历沧桑,但世代繁衍,顽强生活,一直至今。

我从小在塬上生活,亲戚朋友,活动区域也一般在以村为中心方圆十里的范围。虽然塬下是繁华的宝鸡市,直至小学毕业,我没有去过市区。倒是经常跟着爷婆(婆,宝鸡方言,奶奶的意思)跟集、跟会,提着大麻花走亲戚,吃臊子面,站在舞台下面看秦腔,去白荆山烧香,听过一些吴山土匪杀人越货、点天灯的故事。

母亲所说的"跟会",还有一层意思。即农历七月十二,桥镇物资交流大会到了,九月十三陵厚寺"刀山会"要到了,希望我借着"跟会"回家一趟,我懂得。

我们村不大,且不富裕,自己很少"过会",基本都是"跟会"。村里的老人,一般去附近的地方跟会,坐着"蹦蹦车"或者步行,包括缠着裹脚的婆们,怀着一颗虔诚的向善之心,从来不辞辛苦,长途跋涉去用多年积攒下来的钱，烧香拜佛，祈福家庭平安吉祥。在田间地头，乡间小路上，经常可以看见"跟会"的老人，吸着长长的旱烟袋，戴着圆石头眼镜的老汉和挂着枣木拐棍、头顶帕帕手巾的小脚老婆，奔走相告，脚步匆匆。从农历正月初九的县功碧峰寺古庙会、正月十四赤沙血社火古庙会、正月十七陈村古会、三月十二白荆山古庙会、四月初一的凤翔灵山古庙会、四月初八的虢镇古庙会、七月初一县功西阳洞古庙会到七月十二桥镇古会、九月十三陵厚"刀山会"等等，庙会不断，演皮影、木偶戏，吼"西府曲子"，几乎一年四季，庙会调剂人们的生活。在受周礼文化影响较重，交通、环境、文化等相对封闭，人们娱乐休闲生活较少的日子里，举办庙会，乡党们一起去"跟会"，便于物资、贸易往来和交流，也增进了大伙的感情，在农耕文化背景之下，绝对是老百姓的一次放松和狂欢。

我们村离桥镇、陵厚很近，一般要去这两个地方"跟会"。

农历七月十二，正是夏收结束，麦入粮仓之后，人们忙罢，便在乡镇所在地桥镇村举办庙会。从桥镇村唱戏的舞台到初中，大约有四五里路，沿路两旁，全是商贩的摊点，卖布匹的，卖瓜子的，卖杂货的，卖老鼠药的，炸油糕的，烤羊肉串的，缝衣服的，贩卖牛羊的，打铁的，捏泥人的，吹糖人的等等，各种农副商品应有尽有，空气中充满着各种油炸乡土的味道，人们黝黑的脸上洋溢着各种不同的笑容。除了小吃美食，有时候还耍社火、踩高跷、赛锣鼓、比刺绣。桥镇离家只有二里路，我是一个小孩，老人叫的"碎娃"，跟着大人在街上走来走去，最后站在舞台下面看秦腔。西府秦腔，又叫"西路梆子""西路戏""西路秦腔""老秦腔"等，在宝鸡拥有大量的"粉丝"，"会"由村民自发组织，钱款自筹，唱戏也有讲究，第一天要请神，最后一天要送神，上午、晚上唱本戏，下午唱"折子戏"，老人叫："西安乱弹"。陈仁义、郭明霞、肖若兰、李爱琴、刘茹惠等等秦腔名家都在这个乡村小舞台上唱过，尤其是前排，一旦"名演"出场，台下宛如潮水涌动，都争着抢先观看，梢子功、帽翅功、鞭扫灯花、顶灯、咬牙、耍火棍、跌扑、髯口、跷工、獠牙、水袖、顶灯、吹火等等，看得人如醉如痴，全然不顾维持秩序的用竹竿在头上敲打，回家才发现，头上已经起了几个包，疼痛好几天才消肿。即使天空暴雨来临，人们站立在泥泞的舞台下面，雕塑一般，纹丝不动，任凭雨水浇灌，不时哼哼几句，对秦腔的热情丝毫不减。用老百姓的话讲，"这个戏迷客，看进心里去了。"

我随大人"跟会"，中午提上一捆麻糖（麻花）就去当地的亲戚家吃饭。先要吃一碗臊子面垫底，家乡的臊子面不同于岐山的"红油酸辣"，也不同于长安的由鸡或猪的骨头熬成的"高汤"不酸的臊子面，而是有点像扶风、乾县一带的，保持原汁原味，色味较淡，贤淑端庄的女主人亲自掌勺，用干柴慢火烧着风箱，大黑铁锅开水翻滚，手工擀面，面薄条细、筋韧光滑、汤宽面少，只吃面不喝汤，"漂汤"一般有韭菜、葱花、豆腐、黄花菜、摊的鸡蛋切成菱形，辣子是自家地里鸡粪作肥生产，醋也是自家红高粱酿制，浇上黑土猪肉燣的臊子，有"薄、劲、光、煎、稀、汪、酸、辣、香"的味道，主要还是酸、辣，好在油泼辣子自己放。然后过上一半个小时，正式吃饭，早先是十大碗，后来是"十三花"，再后来讲究"八凉八热"，"西府肘花""拉丝红芋""驴金钱肉"等是舌尖最美的食品，荤素搭配，喝酒吃饭，有美食，有西凤美酒，划拳猜令，一醉方休，最后还要吃上一老碗干面，才心里受活。

有时候，天天去"跟会"看戏，不好意思去亲戚家了，就在戏场上咥上一碗油泼扯面，或者臊子揪面片、豆花泡馍、手工菠菜面、拉条子、削筋面、搓搓面等等，节省时间，也满足了自己的食欲。

陵厚既是寺名，也是村名。位于贾村塬中部，古时称证果寺，后来被改作学校，村以强、翟、李为大姓。证果寺旧址位于陵二村，原陵厚小学与贾村高中附近，山门在两所学校大门中间。其刀山香火大会曾经名扬西府，民国二十二年古历十月十五举行，由宝鸡县十二区区长强毅及地方名流容儒等人筹办。刀山高约50米，由四根连接成约55米的巨形木柱搭成，四柱各绑铡刀90把，共360把。四高柱顶端以横木固定，交叉处倒缚方桌一张，四条腿上各插彩旗一面，为此买空了宝鸡、凤翔、虢镇、陈村、贾村等市镇的麻绳，借空了贾村塬各村各户的铡刀。赶会这天，本县以及邻近各地的豪商巨贾、善男信女群集陵厚寺，争睹上刀山。西府秦腔名旦李嘉宝之弟、善演武生戏的李碎宝与其 50 多岁的师父王吉林袒胸赤足，头挽神仙发式，肩披红绸当众上了刀山。李嘉宝还在现场表演了"挂筋戏"绝活。以后，刀山香火大会很少举办，旧址也被改造成学校。据说，"上刀山"是流传于宝鸡农村的一种祈福还愿活动，陵厚寺、渭河南的斜坡村以及碌石的赵家坡村等地都曾举办过刀山会，以陵厚寺的刀山会声势最为浩大。新中国成立后，"上刀山"被当作封建迷信活动被禁止，表演的工具包括服装、刀、书籍等大多被毁掉了，几乎沉寂。直到 1995 年后，渭河南岸的斜坡村、任家山、姜家塬、祁家沟陆续有了上刀山表演。

我在上中学的时候，有幸看过陵厚的"刀山会"。比起以后在旅游景点上看过的苗族"上刀山"要高得多，全国其他一些地方，也有类似民间表演，但不身临其境，不知其凶险刺激。陵厚寺每三十年举办一次"刀山会"，一大早，老百姓便从四面八方涌来一睹为快，整个塬上、塬下，闻讯而来的有几万人，就等着看热闹。手持香蜡纸表的善男信女先去寺里敬神烧香、祭祀神灵，我择一块较高的地方准备看震撼人心的"刀山会"。

远远望去，场面壮观，"刀山"上彩旗飞扬，呈宝塔式，和西安的大雁塔差不多高，空旷辽远的天地中尤显巍峨高大，雄伟壮观，上高十五丈，下深一丈，用四根各十六丈长的大木柱搭成。木柱下粗上细，下面直径三尺，上面直径有一尺。架子四面各绑有九十把铡刀，铡刀共有三百六十把，铡刃向上，铡背朝下，相距二尺，刀光凛凛，让人不敢声息，整个会场鸦雀无声。两位表演者袒胸赤足，头挽神仙发式，肩披红绸，步入刀山之下，爬刀梯，双脚在地下轻轻一点，一个燕子钻天势，腾空上了刀山。表演者双手，扳着第三层铡刃，胸贴着第二层铡刃，脚踩着第一层铡刃，在刀山上做着多种高难度的动作，一会儿"玉龙钻洞"，一会儿"鹞子翻身"，每上一层，头从刀刃中钻出，来个"蝎子倒卷尾"，身手敏捷，姿态优美，引得众人眼花缭乱，惊叹不已，掌声如鸣，还有锣鼓加油，声震于天。围观群众，人山人海，不停喝彩，欢呼雷动。"娘（nia）娘（nia），我的老天！"有的人吓得不敢正眼看，低着头，又不甘心。下来后，表演完毕，表演者要出示手掌脚板，表明没有任何伤痕。据说，为了检验这铡刀刃是否锋利，围观的村民们往往会围在刀架子前，拿着绳子在刀刃上测试，但绳子都应声而断。这就是塬上最著名的证果寺刀山香火大会。这种民间绝技，原以"驱邪保平安"为目的，后来慢慢成了一种乡村文化记忆。

村里老人讲，上刀山，是宝鸡民间艺术的一个重要组成部分，有着丰富的文化内涵，历经百余年的传承流变，神奇而绚烂，而且有许多规矩。过去凡上刀山者和保山的阴阳，必须于头年冬至上寺居住。要独有一间房子，坐静、专念《铁山镇》经文。忌口斋戒，早晚沐浴，不上罢刀山，不准出寺回家。如今，虽没有那么严格的禁忌，但至少也要在一周前，沐浴更衣，不近女色，清心寡欲，不啖牛、鱼、狗肉。

上刀山，规模小的，一两人可以。规模大的，也可以四个人同时从四面上刀山。并根据"小年三十六，大年七十二"的刀把数确定架子的高低，一般架子高18米，铡刀的摆放有两种形式：一种是平放，一种是两刀交叉。在梯级的左端，还要铺一段刀路。整个刀架子上扎有黄、红、绿、蓝各种纸花和神符小旗。竖立起的刀架子就像笔直的"天梯"，耸立在高空。接着是起坛请神，上刀山的人要净手焚香，默念咒语，先拜康王老祖，乞求老祖保佑，传授上刀山秘诀，再拜东、西、南、北、中五方。接下来，举行打卦封刀封四柱仪式。把供奉在斗坛上的那把铡刀放置在红布上，上刀山的人一个口含法水对铡刀喷洒，另一个人及时把铡刀翻转过来，保证两面都要喷洒到。同时打卦，得阴卦后，表示老祖传授上刀山秘诀成功，并祝贺"秘诀到手四方可走"等吉利话。然后再绕刀架子走八卦，喝一口法水，喷吐出去，意念中一口法水要直达刀山顶端，也就是所谓的封四柱。最后，方可上刀山。在完成一系列的祭拜仪式后，一名或者几名勇敢者穿着古老的服饰，围着刀架子绕一周边念咒语，然后背负背面和红布条，赤足裸掌，手脚并用，缘刀刃徐徐而上，而后在刀山顶端再拜五方，然后相向交换，又徐徐而下。

这就是"真功夫"，靠的是胆大心细，手脚灵活。上刀山、下火海，形容人意志坚定，在所不辞。这些表演者，成了我们孩子心目中的"大英雄"，无论遇到怎样艰难坎坷，一想到"上刀山"，一切便迎刃而解。

在陵厚寺现存一块贾村塬名门望族容氏的书法碑刻，该碑放置在陵厚寺睡佛殿前的墙角，上半截缺去一个大角，所幸下半截保留完整。碑文刀口较浅，行楷字体，书法秀丽遒劲，让人赏心悦目。落款字迹显示，担纲碑文撰写并书丹的是宝鸡清末民初书法名家容儒先生。从残存的内容看，这是一块容儒为记载民国时期陵厚寺上刀山盛会而撰写的石碑。参照碑文及地方文史资料记载，陵厚寺刀山会在1932年的盛会过后，容儒亲笔撰文，书写了这篇碑记。

二十多年来，我经常回家路过陵厚、桥镇等村，唱戏的舞台四周盖满了房子，空荡荡的，过去偌大的广场显得逼仄不堪，有的舞台也被日塌完了；我觉得，乡村舞台一直是中国农民心中的精神支柱，乡村文化的继承、展演、发展之地。好多年，没有唱戏了，老人讲，年轻人进城打工忘了祖，不爱回家，也不爱看秦腔，也没有人出资弄这些事了。

今年，我一定要回去"跟会"。我在电话中，告诉母亲，不知道还能不能吃到童年的味道，看到"刀山会"上心中的"英雄"？乡村要振兴，文脉今何在？记得，几年前，母亲来西安一直吃不惯，说吃和没吃一样，我领着去大雁塔，看着"陕西戏曲大观园"高大的脸谱愣神，在雁塔十字附近的永丰岐山面馆美美咥了一碗煎火的臊子面，长长叹了口气，才心满意足，露出了难得的笑容。

2019.5.25 匆于长安

搅团搅团

搅团是西府关中,乃至西北人民的最爱。我估计,从明朝末年,番麦从国外引进到中国后,伟大、聪明的中国农人就在不断地摸索,发明了这一民间美食。

生于二十世纪七十年代,从小就吃搅团。家里细粮少、粗粮多,粮食短缺,就要粗细搭配,才不致饿肚子。不像现在,吃饭为了健康,过去,吃饭的目的很简单,就是千方百计填饱肚子,干活有力气,没有其他选择。家里做饭的老人们想着法子变着手艺,魔术师一样,做各种各样的小吃美味,例如高粱面削筋、番麦面馍馍等等,填补着我们挑剔的胃。即使遇到年馑(因为收麦时候,阴雨连绵造成麦子胚部发芽霉变),也能做出发甜好吃的饼子,深受我们碎娃喜爱。当然,不能吃多,吃多了肚子胀,要沿着村子跑几圈,才受活些。后来,听说江南有一种小吃,叫"芽麦塌饼",以米粉、芽麦粉及两种草头为原料制作,咬一口芽麦塌饼,软软的、甜甜的,糯而不腻,混合着春日野菜的清香、麦芽的甜味、糯米的糯软,沁人心脾的清香和甜糯,让人食欲大增,"唇唇"欲动!我没有吃过,西北人不喜吃甜食,素以酸辣著称,与地理位置、天气气候、饮食习惯有关。我吃的芽麦饼子,是甜的,是应对饥荒的无奈之举,和"芽麦塌饼"不能比,人家图的是一种享受,一种对美食的细致追求吧?

过去,搅团和面糊糊一样,农村人叫"哄上坡"。意思,当时一吃就饱,一走就饿,吃时肚子胀,一泡尿的功夫饿得人后背贴前胸,实属粮食紧缺、万般无奈之举。改革开放之后,随着联产承包制的推行,经济的发展,人们细粮都不想吃,搅团几乎被人忘掉。

时隔十几年,没有想到,人们生活水平提高了,搅团在城里成了一道健康绿色的美食,令人大快朵颐。经常可以看到大腹便便之人,俨然吃货,一进"苍蝇小店"——搅团店门口,就大喊:"来碗酸菜搅团,'水围城'"。

"食不厌精,脍不厌细"。心地善良、细发的陕西楞娃就喜欢这样。在西府关中,宝鸡之地,一些地方,寻媳妇最基本的要求是会擀面、能打搅团。我爱吃搅团,但不爱吃"水围城",爱吃番麦面凉搅团和"鱼鱼"。

俗话说的好:"搅团要好,七十二搅;搅团要黏,屁股拧圆。"天下美食,都与新鲜的食材,包括水、调味品、火候、用料、厨艺等有关。搅团虽是小吃,深藏民间,也不例外。搅团由玉米做成,我们西府人,把玉米叫"番麦",原产美洲,明代自菲律宾传入中国。嘉靖三十九年(1560)《平凉府志》:"番麦,一名西天麦,苗如蜀秫而肥短,末有穗如稻而非实,实如塔,如桐子大,生节间,花垂红绒在塔末,长五六寸,三月种,八月收。"其实,玉米还有很多叫法,玉蜀黍、棒子、包谷、包米、包粟、玉茭、苞米、珍珠米、苞芦、大芦粟,东北辽宁话称珍珠粒,潮州话称薏米仁,粤语称为粟米,闽南语称作番麦。至于为什么,西北人和闽南语叫法相同,可能同属海陆丝路,番麦属于"舶来品"吧?也有可能是祖上迁移之因。在此,不再追溯。

至于搅团这个饭食是怎么来的,无从考证。传说是诸葛亮当年在西祁屯兵的时候(西祁就是今陕西宝鸡的岐山县),因为久攻中原不下,又不想撤退,士兵清闲无事,就在那里大力发展农业,以供军粮。老吃地方的面食,军中都很厌倦了，也是为了调节军队士兵的想家情绪，于是诸葛亮就发明了这道饭食。不过那时的名字不叫搅团，而是叫"水围城"。搅团是"用杂面搅成的浆糊"。要打好搅团，就靠打、搅，先要烧上一黑锅井水，水量与番麦面的多少要成一定比例，主要靠经验吧。打搅团，一个人很难成功。一般需要两至三人。在我家，一般我负责烧火，用柴火，就是麦草和衣子（麦子的皮壳）先大火烧开，然后慢火轻烧，看似火很温柔，但是有时候柴火潮湿，呛得人眼泪长流。水烧开，文火接着烧，要稳定，婆掂着"三寸金莲"，一手用粗瓷黑碗撒番麦面，一手用木勺在锅中搅拌，防止粘连，手眼配合，不能太硬，也不能太软，看着一锅糨子一样的搅团在木勺（也用擀面杖，后来用铁勺）一下一下的搅拌中，慢慢成型。撒得少了，搅团太稀；撒得多了，搅团太稠，更不能让结疙瘩。经常是，婆左手搅一下，右手搅一下，她累了，母亲上，母亲累了，姑姑上，有时候爷、大（方言，父亲）从地里回来，也帮忙搅，速度要匀速，气息平和，还要耐心和定力，搅得人困马乏，没有吃上，早已经饿了。搅团搅团，要搅在一起，搅得越多，搅团越有劲。

如果先饿了，就吃"水围城"。汤料是早用陈醋、油泼辣子、生姜、葱丝、野小蒜、菠菜等调好的，还有菜籽油炒的韭菜。把热气腾腾、筋道光溜、香气四溢的热搅团从锅中直接用勺子舀到碗中，淋上汤料，黄灿灿、黏糊糊的，水漫金山，叫作"黏窝搅团"，便可食用。有吃"鱼鱼"的，也叫"河马鱼子"，瓦盆（后来改为铝盆）里面盛上凉开水，上面支上漏鱼，把热搅团从漏眼漏下去，一个个像"河马鱼子"在水盆子里游动，稍等一下，凉了便可浇上汤料，口感润滑，连吞带咽，"河马咕嘟"，立马吃完。要吃凉搅团，就需要忍饿等待了。用勺子将搅团舀出来摊在梨木案板上，或者盛在瓷盘里，等冰凉了，刀子切成麻将块大小，浇上汤料，木筷子夹起来有如吃凉粉，被人戏称"小鬼搬砖"。还有人把搅团弄成牛舌头一样吃，名为"滴糊"，即是指面糊往下凝滴而成的食物，少有人吃。我最喜欢吃凉搅团，只要辣酸，不要其他味道，带劲，有味道，比卤汁凉粉，更入味。

农村人，一天吃两顿。搅团只可打尖，不能尽饱，所以吃了搅团，还要吃些锅盔或者馍馍才能饱。吃搅团，一般也在夏季多些。西北农村，冬季比较寒冷，虽是农闲，但人懒得动，也嫌浪费柴火，麻烦。老人经常讲，"吃了黏（rán）搅团，学习一团糟"，吓得我们碎娃（小孩）不敢多吃，的确，搅团打好，比糨子还黏，——"真是黏麻打糨子，越打越黏。"

我春季也吃过凉搅团。和小伙伴们挎上个藤条编织的小拌笼，用钉子打制个小弯刀，去广阔田野里挖荠荠菜，勺子一样枝叶的荠荠菜。还掐过苜蓿，也叫摘苜蓿。把荠荠菜和苜蓿弄回家，用开水一焯，调上鸡粪上长出的辣子面、陈醋和粗盐汁子，浇在凉搅团上就吃。美食美味，无法言说，舌尖偏爱，至今难以忘怀。特别是荠荠菜、苜蓿芽、香苜蓿，找遍满世界，也没找到。现在市场上的荠荠菜、苜蓿，谓之野菜，实则人工繁殖，一味求量，哪有野菜的泥土味道，水淋淋、绿莹莹闪动着化肥的亮光。哪有陕西话里的"爨"味。

不知道什么原因，小时候，不爱吃肉，连吃辣子，都不吃油泼的，要吃干面辣子籽，用药碾子碾碎。也不喜吃一些带味的，刺鼻的，例如大蒜、蒜薹、蒜苗、洋葱之类。后来随着年龄增长，慢慢爱吃了，还吃糖蒜，回家屋里味道甚浓，惹得家人不爱。真是，世态百相，人生无常。

常怀念"爨"味。这个味道就是野小蒜炒凉搅团。野小蒜是我在黄土高坡上的沟壑中，野枣刺中，自己拔的。现在没有野小蒜，只能拿蒜苗冒充代替了，但远远没有那种野生而来的香味。

搅团宜凉吃，宜加汤热吃，宜炒着吃。后来有了"烩搅团""炒搅团"等，炒还分为素臊子、肉臊子干炒。现在，我一般爱吃肉臊子炒搅团。在长安稼娃搅团店、梅花三弄、西府搅团等店吃过。炒的时候，清油锅里放进去生姜末子和花椒，放一把韭菜或者一把大葱或蒜苗，一小块一小块的"金砖"一样的搅团倒进热锅里，加上盐巴，浇上陈醋，放上辣油，"花打四门"，运用"飞火"神功，上下左右，翻搅几番，香喷喷，油乎乎，色泽俱佳，口感舒适，极合我胃。还有，搅团出锅后，文火熄灭，但还保持温度，大黑锅里贴锅的搅团，焦成块状的一层饭粒，自然形成原始"锅巴"，待到一定时刻，把握火候，用铲子铲出来，黄灿灿的，浇上酸辣水，吃起来满口皆酥，香脆可口，天然生成，富含各种营养，不加任何添加剂，可能是"锅巴"的鼻祖吧？

为了追求搅团的口感，现在有人把小麦面加到其中，多了润滑，少了些筋道，也算是对小吃美食的一种改良或者迎合食客的口味吧。听说平凉有一种浆水荞面搅团，我没吃过。还有人，把"洋芋糍粑"称为"洋芋搅团"，也算搅团一类，但糍粑靠"打"，搅团靠"搅"。制作工艺上，还是有很大区别的。要咥上好面、好搅团，用西府老人的话讲，要娶个脸似银盆的好媳妇，心眼好人勤劳，会擀面能打搅团，当然了，这种劳作，也锻炼了腰板，走起路来，直挺挺，一阵风，下了地，小身板柔软如蛇。白天是如虎汉子，晚上小鸟依人。

现在每次回家，母亲问："咥面，蒸凉皮，还是打番麦面搅团？"

"都想吃。"我笑着说。

"贪心不足呀！"母亲笑着说，做去了。

"这还贪得无厌，最便宜的小吃了！"我笑着说。搅团要吃，慢慢吃，不能咥，以防噎住，干流泪，说不出想说的话来。

2019.10.29 匆于长安

贰·回故乡

咥面记（一）
——咥碗搓搓面

  上天眷恋，生在关中。从生下来就吃面，至今百吃不厌。老婆说，肚子有个"面蛔虫"，连身材也不顾了，看看胖得跟狗熊一样！小心"三高"大驾光临！老母亲每次见我就说，我娃又瘦了一圈，吃不上我做的搓搓面了。

  在我心中，搓搓面就是"面霸"，据说源于周代。我的家在关中西府，一年难得吃上一碗搓搓面（我们村子里叫"棒棒面"），逢年过节，母亲最爱做搓搓面。饿死鬼掏肠子，为了早早能吃上面，我不嫌烟熏火燎，帮母亲拉风箱烧锅。捞出第一老碗，我调好后就蹲在屋檐下或大树下美美咥上一顿，挺着肚子打着饱嗝在村里闲逛。后来进了城，二十多年海吃海喝，终是"酒肉穿肠过，搓搓面心中留。"可惜，很难找到传统特色的"搓搓面"了。为了快，都是机器压的面，也很难找到会擀面的贤惠女子了，在城里很难找到正宗地道的"搓搓面馆"了，没有手工面的味道，更不要谈什么乡村记忆了。

  有时候，我扪心自问，偌大的苍穹之下，繁华的城市街道，怎么容不下一间"小面馆"。

  记得某年夏日，有一位外地女诗人来西安，看完秦腔和皮影，听了一曲街头流浪歌手的《长安夜》："一弯千秋月洒下满城雪，风儿未动心摇曳，这头人影乱那边酒旗斜，我拉李白走过街，十里长亭街与你相离别，远处灯火在明灭。"晚上我请她吃饭，她点名要吃油泼辣子biangbiang（𰻞𰻞）面，凉皮锅盔肉夹馍，煎饼卷甑糕。现在有"网红"引导消费流量，照她的办。号称吃货的时髦美女一边嘴里念叨："一点飞上天，黄河两道弯，八字大张口，言字往里走，东一扭，西一扭，左一长，右一长，中间夹着个马大王，月字旁，心字底，留个钩钩挂麻糖，坐个车车逛咸阳。"一边先喝着面汤。待一条又宽又扁又长大裤腰带似的面上桌，吓得她花容失色，连声称奇，一根面跟长蛇一样，不敢下筷。我言说这是锤子砸扁的粗面皮，吃了无妨。她在我再三鼓励下，小心翼翼，勉强吃了几口，直言开眼界了开眼界了，饱了，小肚子撑爆了。其他，打包拿走。临别时，摸肚含笑，依依不舍，余味悠长，对我说，羊肉泡馍葫芦头就不吃了，明天能不能吃一个细一点的面。

那肯定没有问题。

南方人爱吃米，北方人爱吃面，虽说现在交融发展，已经南北不分，要说吃面，南方人喜味淡，北方人口重。陕西面食众多，尤其八百里秦川关中一带，堪称天下一绝。晚上辗转反侧，想了一夜。岐山臊子面、油泼扯面、蒜蘸面、户县摆汤面、乾县鸡丝面、菠菜面、棍棍面、驴蹄面、削筋面、旗花面、三原疙瘩面、箸头面、干烂臊子面、韩城大刀面、大荔炉齿面、合阳踅面、凤翔腊八面、耀州窝窝面、麟游血条面、礼泉羊肉合面、永寿长寿面、潼关一窝丝面、汉中梆梆面、米脂杂面、西安蛋黄面、彬县御面、富县鸡血面、牛肉拉面、剪刀面、饸饹面……按照不同的形状、地域、浇头等，面食分类实在太多，不知道该请她吃哪碗面？

第二天中午，我专门去一家老店，请她吃碗搓搓面。我个人觉得这个面好，适合我，吃了绝对欠活（关中方言，很合适的意思），也比较适合干脆利索精明富有一点浪漫色彩的女诗人。搓搓面和拉条子不同，需要人工在案板搓制而成，费时费力，对于现在讲究统一配送速度和效率的社会，一般卖面的不愿意做，嫌麻烦。胖嘟嘟的老板我认识，老家乡党，我提前一个多小时去店里，让他拿家里旱塬上磨好的原生态上等面粉，少加些盐，用水（井水更好）和好面团，再拿干净的湿布盖好开始醒面。然后和他胡谝家长里短，国内外新闻，街边花絮，感叹人生。我今日请贵客，要求他和出来的面要适中，不硬不软。他笑着问我，你老兄平时吃这搓搓面，一定要硬的，水一开，不等熟了就要捞，硬的如同盖楼的钢筋、城墙的老砖、门前的电线杆。今天咋客气起来，人老了，眼花了，不行了，胃吃不消了？你娃毕咧！我诡秘一笑，神秘地告诉他，今天有贵客。你这搓搓面，太硬了人家不好消化，过软了下锅时就断成几截，不筋道不说，软溜吧唧，和蟹黄包、鸡蛋糕、丝瓜瓤一样，没有骨气，色相也不好，好吃难克化（关中方言，消化的意思）。哈哈，你今天请的一定是个女娃！骚情很！老板识破了，笑着说。是女诗人，美女！你今天一定要做精细，拿出绝活，色香味俱佳。我装作严肃地告诉他。

大约一小时，老板开始搓了。我要帮忙，他不让。没有健康证，一边呆去！这不是瓢我这个搓搓面祖传秘方套把式么？老板把我赶出了厨房。不让就不让，我这身体有啥问题。我拍着胸脯，眼睛斜瞅着老板，看他"老实"不？他把面先切一小块，手擀成饼状，再切好多条，放在两手的掌心来回的揉搓上多次，直到搓成筷子粗细的面条，边搓边拉，粗细匀称，将搓成细的面条盘在两手上，拉开拍打在梨木案板上，搓好，撒一些干面粉，防止粘连。——就等看客下锅了。

女诗人守时，导航到位，秀发如瀑，一袭白纱裙，好似仙女下凡。我给她要了冰镇汽水，她说不用，喝大碗面汤就好，原汤化原食。懂的还不少，看来出门做足了功课。

我让她稍等。"头锅饺子二锅面"。给别人下上几锅咱再咥，到时稠糊乎的面汤也就好了。

老板下面，我告诉他煮到就行，不要粘糇，也不要过凉水，伤了胃。捞出干面，要配上盐、葱花、香菜、辣椒面、酱油、陈醋和焯好的青菜等，热油往上一泼,听到滋拉一声,再配上两头大蒜。一碗香喷喷、酸辣辣的搓搓面放在面前,让人垂涎三尺,真是撩咋咧!

女诗人忍住,没有动筷子。拿起自己的手机拍个不停,弄个支架还搞直播。我说朕赐你舌尖上的美食一碗——搓搓面,赶紧"咥",要不粘成一块,不好吃了。陕西人把"吃面"叫"咥面"。一个"咥"字,要多豪迈多实在多潇洒!店里播放着"喝一壶老酒,让我回回头,回头啊望见,妈妈的泪在流;每一次我离家走,妈妈送我出家门口,每一回我离家走,一步三回头……"女诗人开始还故作矜持,细嚼慢咽,后来看我狼吞虎咽,也不管什么精致容妆淑女形象了,"大快朵颐",香汗袭人,咥的"淋漓尽致",网上粉丝好评如潮。

这"咥搓搓面",不是靠嘴和牙齿消化,一根面滋溜一声直戳戳要吸到胃里,靠胃慢慢消化。我说。

"一箪食,一瓢饮,在陋巷,人不堪其忧,回也不改其乐。"这面,这汤,比大鱼大肉,生猛海鲜好吃!太好吃了!咥的我万般舒心,百肠舒坦,不仅满足了我的口腹之欲,还是舌尖享受!身在江湖,人在世间,唯特色美食和诗不可辜负。女诗人说道,当然还有朋友。

别小看这碗蚯蚓一样的面,你今天这面可是"私人订制"。这面富含蛋白质、碳水化合物、维生素和钙、铁、磷、钾、镁等矿物质,有养心益肾、除热止渴、恢复元气、精致肌肤等功效。我笑嘻嘻说道。

这面真好吃!美得太!你们陕西人"咥面",这叫豪爽!女诗人看到有的陕西楞娃还咥了两碗,不由感叹:你们真是咥的厉害!直升飞机买两架,一架挂着另一架。

这才是我们丝路起点大长安血性男儿本性。我说。

"长安城像是一匹被丢进染缸的素绫,喧腾的染料漫过纵横交错的街道,像是漫过一层层经纬丝线。只见整个布面被慢慢濡湿、浸透,彩色的晕轮逐渐扩散,很快每一根丝线都沾染上那股欢腾气息。整匹素绫变了颜色,透出冲天的喜庆。"咥完面，女诗人抹着嘴，辣得直喘气、泪眼婆娑，依然很优雅地说道。

我知道，这是"长安十二时辰"中的话语，生活在汉唐气象之下的长安城，对我一个普通老百姓而言，在人间；生活即诗；诗和远方在向我们招手，现实中我们在苟且偷生，但红尘滚滚、烟火的平凡简单生活不妨碍我们去追求些许诗意。对我而言，咥碗面，就受活。胸无大志，搓搓面就是当下的"诗生活"。我对她说："我在长安城当了九年不良帅，每天打交道的，都是这样的百姓，每天听到看到的，都是这样的生活。对达官贵人们来说，这些人根本微不足道，这些事更是习以为常，但对我来说，这才是鲜活的、没有被怪物所吞噬的长安城。在他们身边，我才会感觉自己活着。"

耶耶！因"面缘"我们两个人击掌而笑，丝毫不顾及嘴里喷出的浓重大蒜味和旁人疑惑的眼神。

2019.9.18 匆于长安

备注：此文刊发于2019年11月2日《陕西日报》副刊头条，《散文选刊》2019年11期、"今日头条"等转载。

咥面记（二）
——"面汉子"驴蹄子

吃驴蹄子面，纯属偶然。记得十几年前的夏季，我坐着西安到乾县的班车，沿着乡村公路，从早上九点一直颠簸到中午，出了汽车站，酷热难耐，饥肠辘辘。突然看见有一面馆，上写三个大字"驴蹄子"，抱着试一试的心态，准备咥上一碗。

店面不大，一间门面，里面却比较深，长虫沟子深罐罐，吃面的人不少，老少皆有。老板娘招呼我坐下，先端来一碗热面汤，问我吃啥面。我环顾左右，指着一碗就说咥这个。好好好，油泼驴蹄子。我真不知道这叫什么面，只是觉得大老碗里面的面跟筷子一样粗，面白辣子红，上面撒着葱花，远远就能闻到醋香和菜籽油泼辣子后的爨味。带着年轻人的勇气，也自信有一个钢铁般的胃，挑战自己，咥上一碗乾县的"驴蹄子面"。

在此之前，我在小雁塔附近的"乾州食府"多次吃过他们的乾州四宝：锅盔、挂面、馇酥、豆腐脑。特别是锅盔回锅肉、浇汤面，比较爱吃，除了吃挂面，我觉得汤好，醋味香。从小生活在关中西府，瞎（读哈）好也算个"面肚子"，如同井底之蛙不知天外有天，到了西安上学、工作，在我有限的活动范围内，在古城西安街面上，没有发现"驴蹄子面"。

不到十分钟，面就上来了，不是很白，小麦的原色，我知道这一般是自己磨的面，面很劲道耐嚼，上面盖上几片青菜，色香味俱佳。特别是面，手擀拿捏很准，滚开估计三次以上，硬而不干，韧而不软，刚熟到位，咥起来，不用细嚼慢咽，呼啦一口，配上几粒大蒜，直接入胃，慢慢去消化。我咥面就这个德性，不是靠牙咬，而是靠胃。

这样的面，这样的吃法，对于胃不好的人，难免不好消化；但对于我，无所谓，正合口味，滑爽利浪，豪气顿生。简单、耐饱、有味，咥完面，再喝上几碗汤，原汤化原食，干活、赶路，晚上不用吃饭，也不感到饿，久久不饥。

后来，就关注起来"驴蹄子面"。有人说，很久以前，乾县农村农人劳务繁重，回家过晚来不及擀面，就采用一种"偷懒"的方法制作面条，这种做法用时短，味道好，现做现吃，且方法简单，一学就会。由于做出来的面条形似驴蹄子，口感筋道，有"驴"的一身倔劲儿故称作"驴蹄子"。陕西关中人虽说性格粗犷，但做面细发，尤其女性，一般娶媳妇要求会手擀面。又据说起源于唐代，一代女皇武则天把梁山选为陵地（今乾县县城北部6公里的梁山上），进行大规模修建，（683年）唐高宗李治临终时乾陵尚未修建完毕，工匠修建乾陵时间紧迫，无暇更多时间做饭，于是用玉米面和硬直接用刀切成面片，既省时，吃了也顶饥，因其口感劲道，形似驴蹄子，被人们称作"驴蹄子面"，后来这一制作工艺，流传于当地民间，千百年来流传至今。给"驴蹄子面"一个美丽的传说故事不足为奇，但我个人觉得这面"形似驴蹄子"，有点不像。关中西府，特别是凤翔一代，产"关中驴"，"驴肉泡馍""金钱肉"名闻四方。小时候，我们生产队养过驴，我也吃过驴肉，清汤煮熟后只在上面撒些大颗食盐，美味无穷，现在再也吃不到这种味道；也见过给马、给驴、给骡子钉掌。钉掌，就是给牲畜钉上蹄铁以利行走。据文献记载，我国在2000多年前就发明了蹄铁术。"无铁即无蹄，无蹄即无马。"

我觉得做"驴蹄子面",就像给牲口切蹄(指为牲畜马、骡、驴切修蹄甲),似人剪指甲,和现在的美甲有点类似。钉掌的,先要顺毛安抚好驴,用绳子拴住,把一根一指多宽的皮条套在蹄寸子上,将蹄子扳弯,放在矮木凳上,用掌起子将老残掌铁起掉,开始切蹄子。切去老厚蹄甲,再将蹄尖及周边削光滑。一次不能切得太多,要分层切削,不能切到蹄肉。陕西人粗,老实干脆,豪爽大气,性格直戳戳,在切修蹄子时割削的片花恰与这种面食形状相似,就叫起了"驴蹄子面"。我觉得这种奇特、夸张、富有生活气息的起名,应该是"驴蹄子面"的真正来历。

"驴蹄子面",在过去,人们多用杂粮,诸如玉米面、高粱面、青稞面、大麦面等制做,故而难登大雅之堂。现在生活条件好了,选用上等小麦白面,讲究揉面,食材要保证,将面粉、水、少许盐和成较硬的面团,稍醒片刻,揉在一起,聚拢面絮,揉成硬团。将面团揉光滑后,盖起来存放5-10分钟后,将面团平均分开,压成适量大小长条,将其置小案板上,架滚开的锅边,飞快切薄面片入汤,"头锅饺子二锅面",三至五滚熟后即可捞入粗瓷大老碗内,上敷辣椒粉、葱花、姜末等,热油泼其上。再根据个人喜好调盐、醋及素菜类、肉菜类、西红柿炒鸡蛋等不同菜,满足自己胃口。

"驴蹄子面",源于陈炉,流传于乾县、耀县、礼泉、淳化等一带,有人说在秦晋豫见过,现在在古城西安能看到,种类也比较多,有油泼、素臊子、肉臊子、鸡蛋西红柿、二合一、三合一,是陕西特色风味。但是有的店里确实太"偷懒",打着"中央厨房统一配送"标准化的旗号,机器压制,冰箱冷冻,再也吃不到手工擀面的味道,硬得跟钢筋锯条一般,有的急于出锅,青菜早煮好放在一个笊篱里,面没有下熟,也很难下熟,就随意撒上几叶冰冷软唧唧的青菜,辣椒面好像掺上玉米麸子"胭脂红",便宜劣质冰醋酸勾兑的假醋,端上桌面,吃一口,外熟里生,没有鲜味,让人生厌,严重伤了吃面人(食客)的心。

中国是面食大国,陕西是面食大省。我喜欢吃的面食,舌尖上的美食,主要有搓搓面（西府也叫"棒棒面"）、削筋面、驴蹄子，各种"面霸"各有千秋，风味不同，皆可称为"美食一绝"。最近在宝鸡"陈仓老街"吃了一回"驴蹄子面"，方才知道宝鸡也有，但是宝鸡的"驴蹄子面"没有乾县的宽厚硬实，属于"削筋面"的升级版和加强版，姑且称为"小驴蹄子面"吧！现在宝鸡的凤翔过去和乾县一带，从秦汉以来，都属于汉族与胡人交界之地，气候、民风等也差不多，面食不光是老百姓的喜爱，也是战争、行军打仗的必需品。在某种程度上讲，有地缘之源，只不过西府人受周礼影响较大，多些宽柔，乾县一带人多些彪悍。"驴蹄子面"，我称它为"面汉子"，面中大丈夫也！顶天立地，牛气冲天，面对铡刀、枪弹，面不改色心不跳。性急、直接，制作省时省事，没有青菜干面一捞即可，咥一碗饱一天，行军打仗、耕作农田，方便实用。面如人、人如面，这种面，人吃了之后，精神大振，吼一声秦腔，地动山摇，回味悠长；这种面，钢铁一般，屹然不倒，有陕西楞娃彪悍、正直、血性的身影，我吃了这面，走起路来，脚上也有劲，虎虎生风，无所畏惧。

2019.10.7 国庆重阳节匆于长安

咥面记（三）
——来碗削筋面

小时候，我早早就咥上了削筋面。二十世纪八十年代，改革开放初期，西府关中农村大地，联产承包责任制刚推行，人们大多还停留在土地到户之后丰收的喜悦和肚子刚刚能吃饱的初级状态，每天两顿饭，实在饿得不行了才在晚上喝汤，粗粮细粮搭配，头脑简单，一心耕田，心里也没有多少曲曲弯弯，在"劳动致富"的感召下，起早贪黑、忙忙碌碌，劳动积极性特高，那种对劳动充满神圣的自豪感，现在想起来，都觉得自己的脸上洋溢着青春和阳光。

早上先下地耕作，九十点回家吃饭，小米稀饭加黑白相间的馍馍，就着地里刚刚拔出的酸辣红萝卜丝，还带着泥土的清香，感觉真是过上了人间的幸福生活。吃完饭，婆（奶的意思）在灶房收拾完毕，去地里干活，顺便拔些青菜或菠菜，大约十二点回来，用水、面粉和少量盐手工和好面，然后担水、摘菜，等着擀面。记得婆是三寸金莲，一家上十口人，需要擀一大案板面。老梨木大案板长二米，宽一米二，离地高八十公分，实木擀面杖有一米多长，婆踮着小脚，先在瓦盆里用鳖盖小心翼翼地掭好面，双手反复搓揉，揉好面，然后拿出面团铺开，中间夹的是高粱灰面，两边裹着的是麦面，如同"肉夹馍"一般。婆是六七十岁的人了，挥动着擀面杖，翻滚着一大片面，来去自由，技术娴熟，黑色粗布连襟来回摆动，衣袂飘飘，好似舞蹈演员，不用健身，也一直保持着修长的身材。面要硬软合适，一般偏硬一些，擀的厚实一点，有一小拇指厚，然后切成粗一些均匀的面条，长度在一柞，有时候宽一点，扯面那样，一般和筷子粗细差不多。擀面、切面的同时，已经用柴火烧着大黑锅的水，面切完，水要滚开，以保证撒上玉米面扑的削筋面没有粘连，连滚三开，出水利落，这才"倭也"。庄稼人实在，没有菜，一老碗干面，放上油泼辣子、盐和自家酿制的陈醋就行，筋而不硬，滑而不嫩，油而不腻，辣香爽口，咸酸适口，咥的胡里拉海，荡气回肠，痛快极了！我是草食动物、素食主义（当然，也不反对别人吃肥肉），不太喜欢北京的炸酱面，油多盐重，也不太爱吃烙面、御面、干蒸面，入不了味。有时候，燣些臊子，主要是素臊子，是一些常见的土豆、豆腐、胡萝卜，用菜籽油炒在一起，加少量水，不油不干不硬，和削筋面配在一起，更是软硬有度，色泽鲜美。自己调好，还没有动口，涎水不自觉流下来了！有的人笑着，拍打着自己的脸颊，心里暗骂着：青天白日，饿死鬼掏肠子了。

后来，在西安上学，除了节假日回家，偶尔吃一回削筋面。加上婆殁了，母亲喜吃穰和（陕西方言，意思为柔软）的岐山臊子面，这面以"薄、筋、光、煎、稀、汪、酸、辣、香"为特色，在西府流传千年，红白喜事必上。而我这个碎小伙，从小胃寒，不喜欢吃那些凉皮、醋粉等凉东西，喜欢咥捞出的干面，然后"原汤化原食"喝上面汤，留在钢铁般的胃里消化；不喜欢吃连面带汤软不唧唧的面食，胃胀得难受。三秦男人就要咥硬面，说硬话，干硬事，咥硬活，尼硬屎。但绝不是现在机器压的面，生硬而且还下不熟，生而吧唧的。

削筋面，主要源自凤翔一带，我家蟠龙塬隔着千河与凤翔陈村、长青相望。相传春秋时，秦穆公之爱女弄玉，擅长吹笛；而英俊小伙萧史，则擅长吹箫，萧史吹曲《凤求凰》于华山之巅，天作佳缘。后二人笛箫唱和时，龙飞凤舞于庭，夫妇遂乘龙成凤而去。萧史在秦都雍城（今陕西凤翔）鼓箫时，弄玉为之舞。衣巾随箫声而动，甚为壮观。公主化舞技于饮食之中，做出筋道、滑爽、香辣之面食献于穆公。公尝之大喜，赐名"萧巾面"。后该技艺传于民间，错讹为"削筋面"。因更贴近此面食特点,遂流传至今。另一说,传秦穆公大寿,爱女弄玉欲献父王长寿面,遂亲自下厨。但公主何曾入厨过,一番手忙脚乱,一团面翻来翻去,擀杖上下,却也香汗淋漓,终不得要领,仍一案厚面,再也无力继续,拿起菜刀一番切削,条条筷箸状面条入锅,终成一老碗面献父。秦穆公见面状甚多惊奇,但女儿拳拳孝心,强忍入口尝之,只觉面条特筋道而与众不同,遂大喜,命御厨照样做来众大臣分享,赢得赞声一片。后此做法传出宫闱至雍城各地,民间争相效之。因其切削而成,又特别筋道,被称作削筋面而流传千年不衰。

这些美丽的传说、故事,告诉我们削筋面历史悠久,深受宫廷江湖,各路人民喜爱。"搅团要好,七十二搅;搅团要黏,沟子拧圆!"这是对打搅团的赞言。面食要做好,也需要付出很大的心血。裤带面靠"扯",搓搓面靠"搓",驴蹄子面靠"硬",山西饸饹面靠"压",兰州拉面、新疆拉条子靠"拉",削筋面靠"揉",它要比刀削面软和,容易消化。年轻的时候,还敢咥凉削筋,炒削筋,胃能撑得住,年龄越来越大,到了"有馍没牙"之时,就不敢咥了。

在古城西安,红卫、陈仓等朋友领着我咥过"老凤府削筋面",在钟楼店、纬二街附近的店,开始觉得面不错,素臊子也很好,里面还有黄豆,后来慢慢地,感觉面有点软了,吃不出劲道的感觉了。我们就在西安大街小巷去寻,凡是有削筋面的店都尝一遍。有一回,在一个城中村里,老板一听是乡党,让我等了半个小时,亲自现做,咥得我直喊过瘾。后来再去,已经被拆除,空留遗憾。那些突然兴起的洋快餐、中式快餐,自动加热泡面等等,我的胃一直拒绝着,极度不合作不适应。削筋面,在"大海子"也咥过,寻不到儿时的美妙之味了。人生无常,一个人,从吃简单的削筋面,到历经山珍海味,又想去咥削筋面的时候,却很难寻到原始的印象。或许与物质生活丰富有关,或许与自己阅历有关,或许没有饥饿感,或许……人生就是这回事,轮回不了,无法可逆,每时每秒每天没有彩排,只有直播。

当我回到生我养我的乡村，夜晚的寂静让人感到几分恐惧；村里除了老弱病残，基本没人了。要想找人做一碗削筋面，比在城里吃大鱼大肉还难。村里的地基本没人种了，草比人高，劳动致富的村民们在城里安营扎寨，千方百计寻找着挣钱的办法和途径，享受着生活的美好。乡村没人了，大地没有了灵魂，我们的小麦还有自然的灵性吗？我们咥的面还有土地的清香吗？

"诸村杨村堰河村，马王沙庄草场村，好货出在杨柳村。"三秦大地，黄土高坡上的陕西女儿们，用自己的勤劳和智慧、聪明和贤惠，每天想着法子，变化着不同的面味，让男人们享受着"面食"的诱惑，满足着他们咥面的喜好。尽管面这种原材料很单一，但是她们不乏创造，包饺子，手擀各种面，包包子，做面糊糊、疙瘩汤（也叫"老鸹颡"）……各式各样，让单调的生活充满生气，千百年来，让生命在原始的图腾和血汗的劳作中，不断繁衍和传承。

如果拿一个人的一生作比喻，驴蹄子面是少年，搓搓面（也叫"棒棒面"）是青年，削筋面就是中年，那岐山臊子面、烩面片、旗花面就是老年了，虽然不尽确切，但面的硬软适合于不同的年龄和胃口。一个人历经的吃面的历史，就是成长成熟的历史，一个人的成长史在咥面的日常生活中逐渐完成。陕西岐山虽是农耕文明的肇始之地，礼乐之邦的源头，但在咥面上，关中人不太讲究，也有一些吃相、坐位等规矩，喜欢遵从自然和内心，坦诚面对，天然本色。经常可以见到圪蹴在门墩上的吃面者，衣衫随意，蒙头大吃，吃得满嘴辣子油，吐着大蒜味，打着饱嗝，连喊着：咥美了咥美了，这碗面撩咋咧！这种受活，这种舒服，只有咥了面的人知道。

陕西有句话讲："一天不吃面，走路颤三颤。"每个陕西楞娃都是从咥面开始，开始了自己的人生。"来一碗削筋面"，听到这句方言，我就感觉回到了家乡，沟沟壑壑，处处留着温馨可口的面味和慈爱的光芒。

2019.10.9 匆于长安

备注：此文刊发于2019年11月3日《三秦都市报》。

老味扯面

我喜吃面,到了饭点,就和朋友踅摸着去吃哪家"面"。

昨天,不惜开车十余里,和朋友去吃"老味扯面"。老味老味,就要原始的食材,原始的味道,原始的手工传承。不是简单的"西式洋快餐",也不是图快的"中央厨房",就是地地道道的"面"。

陕西是面食的天堂。扯面是关中老百姓最喜欢的面食之一。我觉得,吃扯面,就是吃裤带一样的面,不需要从中间三划四划,不用从中揪断,就是一根面,长约一米有余,宽约三五公分,厚度有铜钱那样,才吃起来涎水长淌大汗淋漓有劲有味有弹性有嚼头。

老味扯面,确实够"老味"。原材料不用说,我们讲,吃扯面首先要用八百里秦川不用化肥的小麦,泉水淘麦旋磨细箩精制的白面,要用高粱香醋,岐山鸡粪上长出的辣面;要请来农家师傅,和面、饧面、沃面、揉面,招招见功夫,步步做到位。小时候,我非常好奇,喜欢看下扯面。每逢过会,找个阴凉地,搭个草棚子,柴火烧着大黑锅开水沸腾,师傅拿起菜油抹过的面条子,在大梨木案板上,啪啪啪拍成扁的,两手勾起面条两端,哗哗哗甩长,灵活的指头来回勾回，在案板继续摔打，经过多次空中花式的甩，和案板硬硬的摔打，薄厚均匀，长度适中，远远地一甩，看也不看（有的还专门背对锅，双手把面举过头顶），扯面像鸟儿从眼前飞过，噗的一声，鲤鱼跃龙门，一道狐影飞落水中，不见溅起一点面汤。身手利落，惹得旁人啧啧称赞。这不是吃饭，是看一门民间达人的艺术，特别是在过去，人们的娱乐生活单调，简单的扯面，丰富了我们的生活和想象。锅中面条经过三旋六转，三开之后，用竹编罩笼捞出来盛到大老碗里，放上辣面、葱花、生姜等佐料以及焯过的青菜、豆芽，滚烫的油浇上去兹拉一声，再浇醋放盐，根据个人喜好，放入燣的肉丁或者红萝卜、洋芋、豆腐素臊子，一碗香气扑鼻、色香甚佳的黏擀面就"出笼"了！现在经过改进，臊子有二合一、三合一、秘制臊子等。可以圪蹴在屋檐、村头、场畔、碌碡旁美餐一顿，吃一口面，就一只蒜，然后再喝一碗热面汤。比四川成都洛带古镇上"一根面小哥"的销魂舞姿更实沉、更有力、更硬扎！陕西扯面贵在"扯"，贵在甩、摔、打，四川"一根面"贵在拉，和陕西拉条子有点类似吧，不同产地，各有风味。

如果吃带汤的岐山臊子面，底汤要绝对的好，它是面的"魂灵"！来碗岐山臊子面！面条细长，厚薄均匀，臊子鲜香，红油浮面，汤宽面少，汤味酸辣，筋韧爽口，老幼皆宜。汤的基本要求是"煎""稀""汪"，各区县还有些不同，岐山臊子面突出"酸辣"、扶风臊子面注重"鲜香"。岐山臊子面的漂菜是韭菜或蒜苗，扶风臊子面用的是大葱。我老家陈仓沿用岐山风味。要做好汤，先要熬好醋，"熬醋"既是秘诀，也是一门手艺，要用文火慢慢地在铁锅里熬，香味四溢，令人涎水欲滴。再加上油泼辣子和配菜，菜分五种，也是五色：红、黄、绿、黑、白。红是指红萝卜，切成小丁块。黄是指摊开的鸡蛋皮，切成小菱形块；还有金色黄花菜，切成小段。绿是指漂菜，一般用蒜苗、葱花或韭菜。黑是指黑木耳。白是指白豆腐块。五样食材，五种颜色，寓意生活丰富，人生绵长，融入汤中，营养丰富，颜色鲜艳，既实惠又赏心悦目，看了就让人眼馋。

老味面馆，继承了关中扯面古老的工艺。虽然由于后厨较小，不能展示三甩两曳的"绝活"，味道绝对的正宗！吃了绝对放心。

要吃好扯面，必须亲自到店里，要等，不要嫌慢，慢工出细活；如果图快身子懒，面黏成一疙瘩，就不能吃了。吃面，不是为了填肚子，是看一种民间艺术，一种乡间风情，享受整个制作和吃面的不凡过程。

臊子面是病，不吃治不好；面皮是瘾，咥过戒不掉！老味扯面，店面整洁，干净卫生，店名为："老味，岐山擀面皮"，在西安咸宁路交大三村附近，主要以经营关中特色面食为主，有老碗扯面、削筋面、臊子面等，老顾客大赞纯正实在。岐山擀面皮是特色，但因为是冬季，天寒地冻，我胃偏寒，不敢食用，恐不好消化。岐山擀面皮是关中名吃，绵软润滑，酸辣可口，爽口开胃，突现"筋""薄""细"，与麻酱凉皮、秦镇米皮、汉中面皮因做法、吃法、调料、用料上不完全相同形成四大流派。一年四季，深受美女喜欢，色香味俱全，令人赏心悦目，不只是色相好，凉皮加冰峰汽水，对于吃货们来说，享受了美食美味的过程，还减了肥，保持了修长的身材，走在长安大街小巷，红红的辣面还留在嘴唇，蒜香的味道远远便可闻到，长发飘逸，莞尔一笑，尽情地过足了被帅哥关注的目光，这个"瘾"，发自内心，永长心头。

2019.11.29 匆于长安

贰·回故乡

豆花泡馍

　　这几天余震不断,有关地震的各种预报和四处传来的流言让人心神不安。距四川汶川大地震已经十天了,波及老家宝鸡,房屋倒塌不少,父母相信黄土厚重,地震摇不动,迟迟不愿离开古老的院子,有时候睡在大院的架子车上。我在这近千万人口的古城,晚上随着求生的大军四处逃窜,住在近万人的水泥广场,彻夜难眠,身心疲惫。望着天上圆圆的月亮,梦想天堂的美丽,感怀人间的快乐和幸福。灾难无法躲避,死者已矣!但愿亡者的灵魂得以足够的尊敬和安息,生者能更好地平静生活。

　　豆花泡馍和地震本是风马牛不相及的事情。在灾难来临之际,人本是极其脆弱的,又是很恐惧的。我忐忑不安,脑子回想着人世许多美好的事情,困难、坎坷全都没有了,豆花泡馍便是一件让我回想无穷的小吃。

　　上月回宝鸡,在一家小巷子里吃到了久违的豆花泡馍,这便是第二次,可惜两次距离时间太久,二十余年。我客居西安十余年来,一直找豆花泡馍,令我大失所望的是除了羊肉泡馍,没有结果。

　　不知道豆花泡馍始于何年何代,也懒得去查资料,记得第一次吃豆花泡馍大约十三、四岁,上初中,是二舅领我去吃的。那是一只很大的白色粗瓷大碗,锅盔馍成片状已被煎火的豆花汤(豆浆)过过,宛如白玉的豆花盖在其上闪着温软的光芒,诱惑着一个饥饿而又怀春的少年!豆花泡馍上面再浇些陈醋姜汁和油泼辣子,色香俱全,过去不吃香菜,更是原汁原味。我喜欢吃硬馍,越硬越好,被煎汤一泡,奇软无比,吃在嘴里温顺舒服,生来吃饭也快,先吃馍后吃豆花,满头大汗,爽快无比!好像全身的污垢都随着臭汗而出,换了一副好身材!真是爽呀!人世间最好吃的莫过于豆花泡馍,这是一个乡村少年的美好的童年记忆。要吃豆花泡馍,宝鸡市区有,而我一直在乡间上学,离市区六十多里,全靠步行,加之当时好像也不便宜,吃了一碗记到今天,口水在嘴里直打漩。

宝鸡的面好筋道,锅盔硬脆,加之豌豆自己耕种,施以土肥,庄稼做的很细发、干净,凭借特有的甜水,再辛苦细致地加工下,豆花泡馍成了西府一道有滋有味的名小吃。我知道豆子的来历,耕种锄草施肥收割且不说,拔根带着清香的泥土背回麦场或家里,要一把把编在一块挂起来,在太阳下晾晒需要十几天,遇到下雨发霉豆子吃不成,然后人用槤枷一下一下拍打豆荚,用铁叉挑起干茎,捡掉土块等杂物,然后善良的农妇扭动好看的腰肢,用簸箕上下扇动,才得到比较干净的豌豆。当然,磨制时要用井水一遍一遍冲洗;种植豌豆的地要肥沃,用槤枷拍打弄不好手上会磨出水泡或血泡,真是来之不易。

待二十余年后,我终于在宝鸡人民路一个小巷子发现有豆花泡馍时,带着一种狂喜的心情去吃。女主人很是热情,钢筋锅代替了老土大锅,汤不是很热,馍放在一个大蛇皮袋里,好像批发来的,受潮软不拉拉的。吃在嘴里,更像牛筋一样,毫无脆感,豆花跟城里的差不多,香菜的味道压倒一切。期望越大失望越大,或许对童年的怀念太美好了。人有时候真是奇怪,过去我不吃香菜,现在吃;过去不吃大蒜,现在吃;过去一直不吃肉,连辣子也不油泼,辣籽干面,现在凑合着吃,而且还吃一点海鲜。我自己也解释不了,过去怕这怕那，现在随随便便；过去见女同学脸红，现在在大街上看见美女还要多看几眼，心里很平静，或许这就是成长的秘密吧？

这几天全国人民都在抗震救灾，我们的亲人还住着帐篷吃着方便面，自己却突然想起豆花泡馍，许多人可能觉得我有些自私。在死之前，人或许更多的是想着关于自己最美好的一段经历或事情，哪怕一瞬间、一刹那。面对我们无可选择的灾难，我们应有足够的自信心去克服和抗争。豆花泡馍，只是我对生活一种无限的回味和对未来的期冀！人的一生，生死难免，命运有时会掌握在自己的手里；有时面对无情的大自然，我们很渺小；让人人都感到生的伟大和甜蜜，未尝不可！我希望让死者得到足够的敬重，让生者得到自己自由的快乐！每个人都在通往天堂的路上。豆花泡馍，让我回味相隔二十余年不同的感受，可能也有其本身材质味道制作工艺等等的变化，也有我本人口味的变化，不管怎样变化，人总在追求自己的最大愉悦，软硬相结、酸辣相交，融在一起，全在其中。

好在今晚心情很平静，面对一切，毫无畏惧，也不担心睡在广场辗转反侧了，才有了这么一段乱七八糟安慰心灵的文字。

2008.5.21 夜于长安

闻香识故乡

忙忙碌碌，导游凤香准备今年过年要好好休息一下。自从当了导游，整天挨不着家，她记得老家正月初一，老驴老马都要歇一天。可自己呢？年年接待游客闲不下来。虽说现在游客防导游甚于防贼，导游落得姥姥不疼舅舅不爱。虽然鲜肉被晒黑，心直口快，热爱工作的小丫头凤香，每天工作还是快快乐乐的。

社里领导打电话了，今年有一个俄罗斯的小伙，过年要去凤香的县上寻故乡。看来，推是推不了了，这假是休不成了。

凤香的村是西府凤翔的柳林镇。一个俄罗斯的小伙大过年的跑到凤翔要寻祖，自己的家乡还有俄罗斯后代？凤香心里嘀咕着，这次带团充满了许多神秘。

车站见面。凤香小心肝微微一震，有点着迷。小伙子看来也就二十七八，比凤香大个四五岁，一米八的个子，高高的鼻梁，眼睛很有神，加上鬈发，显得很有气质，属于帅哥一类。他会俄语、英语和汉语，在北京留学，和凤香用普通话交流，没有一点问题。

帅哥告诉凤香,他汉语名字叫其莫德,祖先是蒙古人,因为天鹅之声拯救了先祖,自称"其莫额德",久而又演化成"其莫德"。他从俄罗斯小镇沿着丝绸之路寻找着自己的故乡,听说就在一个叫"大海子"的地方,找到故乡,是他最大的梦想。

凤香一听就明白了,他要去的地方就是有名的"凤翔大海子"。凤翔人都知道,这个村子的人是成吉思汗的后裔。凤翔有三绝:东湖柳、西凤酒、姑娘手。可大海子更有一绝:姑娘敢杀羊,男人卖羊肉。

这个村子在尹家务,自古为通往巴蜀之咽喉,离逢集日赶集数千人的陈村古镇不远,离凤翔县城也就十几公里。她带着俄罗斯小伙其莫德,不到半小时就到了。

沿途,村落棋布,自然清新。其莫德左瞅瞅右看看,小声问:"这就是传说中贫穷的中国西部乡村?"

"现在我们中国变了,乡村也富裕了,农民的腰包也鼓了。"凤香说。

到了,到了。从远处看,大海子村,北靠坡原,南临引渭渠,东西狭长,南北窄短,前临水后靠山,安安静静,确实是一块风水宝地。谁能想到,这片安静的黄土高原上有成吉思汗的后裔生活。

他们在村里溜达,远处有一队马社火威风凛凛,偶尔听到鞭炮的响声。在村头的老槐树下看到了一通残碑,讲了大海子蒙古族的来历,一言一句,她翻译给其莫德听,他不时地点点头。村里有卖烧烤的,有卖全羊的,没有吆喝叫卖,自由出入,丰俭随便。她找了一家带窑洞的,要了一个全羊宴:羊头、羊心、羊肝、羊肚、羊血、羊腿、羊排。去岐山要吃臊子面,来大海子当然要吃全羊宴了。黄土高原,冬季天冷,坐在热炕上,西府人好客,先端来一壶酽酽的热茶,其莫德惊喜得直叫。全羊宴上来后,止不住涎水的其莫德用手抓了起来,连声叫道:好吃好吃。

"还有好喝的呢!"凤香从包里掏出一瓶珍藏了十年的西凤酒,打开瓶口,香气袭人。

凤香轻轻地斟上酒,然后告诉其莫德,唐代有一个大官,叫裴行俭,送波斯王子从丝路回国途经柳林镇,饮了此酒后即兴赋诗曰:"送客亭子头,蜂醉蝶不舞。三阳开国泰,美哉柳林酒。"我们凤翔男人实诚敢干,女人心灵手巧,好东西多着,有秦腔、剪纸、泥塑、草编、刺绣、面花、削筋面、木版年画等等,说也说不完。

小伙其莫德,喝着酒,望着凤香,喃喃地说:"但使主人能醉客,不知何处是他乡。"

"花开美酒喝不醉,来看南山冷翠微。你不是寻找到故乡了吗?"凤香说。

"找到了,找到了!醉了,醉了,我醉了,因为故乡香味十足的美酒,醇香典雅、甘润清爽。下次,我一定也要带上我们俄罗斯的'陕西村'乡党重走丝绸之路——回老家寻根!和世界握手!共同交流发展。"停了停,其莫德扮了一个鬼脸说,"还因为这里有美丽任性的姑娘。凤香凤香,历久弥香;美食美酒,酣畅淋漓。她帮我实现了我的梦想,找到了心中美好的故乡。"

备注:此文获得首届全国青年散文大奖(西安晚报主办,2016年)。

贰·回故乡

秀秀，要去意大利卖凉皮

母亲节回家，遇见妗子，也来看望母亲，如今村里几乎没有人了，可是父母不愿意搬离，过着"二个人村庄"的清净生活。

看我回家，母亲不顾年迈去擀面，父亲吃着旱烟拉着风箱给大黑锅烧水，妗子要去帮忙插不上手，她和我圪蹴在外边拣小蒜，燣臊子用。妗子年轻时也算十里八乡一枝花，比起做事邋遢的老舅要干练麻利许多，除了有集在街上卖豆腐，家里还养鸡养猪养羊，硬是凭着勤劳的双手，起早贪黑将一双儿女送到了大学。

过去的"豆腐西施"，如今，皱纹悄悄地爬上了脸庞。一向乐观的妗子，也显得有几分忧愁。

"一儿一女活神仙，妗子你还有啥想不开的？"我微笑着问。

"你娃不知道妗子的苦，你舅是个老实拐拐，一脚踢不出个屁来，全凭我摔打，才让这两个冤家上了大学；上了大学，翅膀硬了，不听我话了，你弟壮壮毕业后要去深圳搞什么创业，你妹秀秀呢，今年毕业，一个姑娘家要去什么意大利米兰卖凉皮！考上大学全村人敲锣打鼓送，这卖凉皮还上什么大学呀？

羞死先人呢！"妗子说完，叹了口气，继续说，"我和你舅老了，不是腰酸就是腿疼，还挣扎着开农家乐，为娃们挣钱，你说这俩没良心的东西！"

我连忙给妗子倒了杯茶，说："妗子，你先不要着急，壮壮的事情我知道，他学的是动漫专业去深圳好着呢。"

"好啥呢！这娃也是个老实娃，听了我话，上个师范，回来教个学，我给找个俊姑娘，结婚生娃我看孙子多好呀！就是不听话，爱画画，要学个什么动漫专业，有啥用。再说了，跑那么远，不知道是哪个狐狸精给迷住了，鬼迷心窍，创什么业，还不是打工去，花了我那么多钱，跑那么远的地方，人生地不熟，听说住的没我这猪圈好！没钱买房买车，找不下媳妇，我们老了也没人伺候，你说是不有病？学把娃上瓜了！"

"我看壮壮灵醒着，一个男人，跑出去闯几年有啥不好；咱们陕西人，思想守旧，自古就不爱出门，三亩地一头牛、老婆孩子热炕头就满足了，现在新时代了，让年轻人出去闯一闯、开开眼界、锻炼锻炼是好事。——是不是，你怕老了没人管？"我话题一转。

"我老了，才不叫人管呢！地里吃的都是新鲜的，用你们的话讲，我们吃的都是原生态的，你舅也没啥爱好，就爱喝个小酒，一辈子了，身体也没啥大毛病。"妗子说完，还努了努嘴。我知道，她这个人一辈子自立自强惯了，不靠人。

"我听说现在农村土鸡蛋都成缺货了，把带土的鸡蛋叫上'土鸡蛋'了。"我开了个玩笑，岔开话题。

"怎么能没有呢？我的鸡全在山上放养，下的就是土鸡蛋，小蒜炒鸡蛋，可香了，改天来舅家，妗子给你做。有人还弄人造鸡蛋，和乒乓球一样能弹起来，心瞎啦！不说壮壮了，你看秀秀，也心瞎了！"妗子生气地说。

"妗子千万不敢这么说。我这妹子，一回家不是给你做饭就是给你洗衣，全村人都知道孝顺你，姑娘娃，咋能心瞎呢？我看水灵灵的，心好得很！"我说。

"心好得很？！姑娘家的，我让报个医生护士的，毕业了回咱乡村找个工作找个好婆家，多好呀！非要学什么国际贸易专业，这倒好，要去意大利卖凉皮！羞死人呢！"妗子捂着脸说，手上的泥土抹了一脸。

"如今三百六十行，行行出状元。现在催乳师、试睡师，什么胸模、手模，社会新职业多着，没有高低贵贱之分；你还是老传统，旧思想，官权在作怪。大学毕业，只要自己喜欢，干正当职业能赚钱有啥不好？总理都讲'工匠精神'，你是'豆腐西施'，知道做啥事贵在专心细致。洛阳大叔都在美国纽约曼哈顿卖起了凉皮，肉夹馍，一天要赚八百美元呢！"看着妗子，我故意睁大眼睛说。

"八百？"妗子有些吃惊。

"八百美元，现在相当于咱六千多元。一碗凉皮五美元，相当于咱三十多元呢！"我说。

"这么多呀！比我开农家乐赚钱了，可太远了！"妗子又一脸忧愁。

"地球就是一个村。过去从长安到罗马，从陆地走或者海上坐船，走丝绸之路要几个月甚至几年；现在飞机一坐，从西安到意大利开罗也就十几个小时，快得很！'世界那么大我想去看看'，年轻人都想出去看看，不要再发愁了，赶紧给秀秀准备一下，她去的米兰，我去过，'世界时尚之都'，还有水城威尼斯，嘹咋咧！"我大声说。

"会不会学坏呀！"妗子小声说。

"能学啥坏？给你找个蓝眼睛高鼻子小伙，生个洋娃娃，让你出国也美一下！"我笑着打趣。

"还是找个中国的好吧。我给娃准备些手工酿的醋和油泼辣子，让外国人尝尝咱们老陕的厉害！"妗子自己先笑了。

"还有酒，咱们的西凤酒，让老外来尝尝，让我兄弟出国也和老外干一杯！"母亲不知什么时候站了出来。

"我也要喝一杯美酒！"父亲在灶房说。

"秀秀去的时候,我也要干一杯!"我说。

"好好好,我准备一桌,大家伙好好聚聚,共同干杯!为秀秀平安送行!"妗子笑盈盈地说,"哎哟,妈呀,我们光顾挑菜说话,嫂子油泼辣子裤带面都做好了,吃吃吃!"妗子高兴地手舞足蹈,像个小孩。

"吃吃吃!咥咥咥!"一阵爽朗的笑声醉了黄土高原上寂静的村庄。

贰·回故乡

印记：从"千渭之会"到"沣渭交汇"

上周末，春光明媚，天气尚好，我一个人又一次回宝鸡故乡蟠龙塬（又名贾村塬）上，专门去了一趟桥镇附近的炎帝之母蟜氏葬身处白荆山，在这里发现的龙山文化时期的筒瓦，追溯到四千年以前，是我国迄今发现的最早的建筑陶瓦，把中国用瓦历史提前了一千年，堪称"华夏第一瓦"。下午看完西府老街，在"龙头"蟠龙山上党崇雅故居，遥望茫茫秦岭，俯视山城宝鸡，认真思索着"千渭之会"（史上又称为"汧渭之会"）之地。历史就是一团谜，关于"千渭之会"之处说法很多，但我认为"千渭之会"应是千河、渭河二水交汇之处西夹角处长青镇一带及附近地区。虽然历史变幻莫测，在春光里，这种河流走向、地理空间、历史格局让我不得不确认自己的推断。现在宝鸡市向东发展，一段时间荒芜寥落的"千渭之会"又开始要重演历史上的繁华。加之，最近，经专家初评，"凤翔雍山血池秦汉祭祀遗址"荣获"2016年度全国十大考古新发现"，获得179票，位居第一，更加坚定了我的这一认识。

从"千渭之会"到"沣渭交汇"，从周朝到秦朝，从生我养我的宝鸡陈仓到工作生活的古城长安，一路走来，我不停地触摸着历史，探求它的神秘。

人类文明起源于大河流域，世界四大文明古国的发源地有尼罗河下游，印度河流域，西亚的两河流域和黄河中下游地区。这些地方自然地理条件都比较优越，尤其是河流提供了肥沃的冲积平原和有利的灌溉条件，极大地促进了农业的发展，从而在此基础上发展了其他科学技术，创造出伟大的古老文明。中华文明源于黄河，作为黄河最大支流的渭河，也有秦人的身影；作为渭河支流的沣河，留下了大禹治水的踪迹。从"千渭之会"的斗鸡台、代家湾、陈仓城、陈宝祠到"沣渭交汇"的灵台、灵囿、灵沼以及丰镐遗址，都在诉说着中华文明的光辉历史。

"丰水东注，维禹之绩。"这是《诗经·大雅·文王有声》里的话。现存最早的诗集——《诗经》，据传为周代史官所采集、后经孔子删改编撰而成。《诗经》大约是从西周初年（公元前11世纪）到春秋中叶（公元前6世纪），以黄河流域为主产生的一批诗歌，可能由于政治的或实用的目的，受到收集和保护。成书于公元前6世纪的春秋时期，共305篇，又称"诗三百"。从某种程度上讲，是有一定的口传史料价值。

大禹治水没错，"丰水"是什么，是"丰地之水"还是现在的"沣河之水"？如果是"丰地之水"，"丰地"在什么地方？"文王受命，有此武功。既伐于崇，作邑于丰。"（《诗经·大雅·文王有声》）姬昌灭"崇"后，在沣河西岸崇国故地建立丰邑（史家亦称丰京），成为当时政治文化的中心，同时也是西周后来统一中国的出发地。朱熹认为，周文王"辟国疆广，于是徙都于丰，而分岐周故地以为周公旦、召公奭之采邑，且使周公为政于国中，而召公宣布于诸侯。"周成王时，周公任相国，制礼作乐。"崇"即为"崇国"，夏、商、周都有崇国。周代的崇国可能在丰镐之间的关中地区，今长安、户县之间，户县还有过鄠国。

周人也是古老的农业部落，兴起于今陕甘一带。传说其始祖名弃，号后稷。弃死后，子孙世代为夏朝农官。因夏政衰，失官而奔于戎、狄之间。其孙公刘率族人定居于豳（今陕西旬邑、彬县间），发展农耕，势力渐兴。后又传九世，因受薰鬻、戎狄的进攻，从豳迁徙到岐山之下的周原（今陕西扶风、岐山间）。周原土地肥美，宜于农作。商代晚期，古公在那里兴建城郭房屋，划分邑落，设立了官吏机构，国号为"周"。从后稷到姬昌，从豳地到周原，经历1200多年，迁徙多个地点，周文王灭了崇侯虎，在丰邑建都，周武王在灭商前，又把都迁到了沣河东岸镐，这是周朝的第一个都城。这里（关中八百里秦川）被誉为"四塞之国""金城千里"，西南北都是高山峻岭，只有东面一条通道，还有函谷关控制咽喉，可以说是进可以控制天下，退可以据关防守，地势开阔，平畴沃野，地理位置非常优越。周公把殷朝顽民迁到洛邑居住，另在洛邑营建王城，对洛邑监督，成了周朝的东都。周幽王是一个无道的昏君，为得到褒姒一笑，竟烽火戏诸侯。因废太子，最后被杀，周平王迁都洛邑，洛邑（洛阳）成了正式的国都。

我们不难看出，"丰地"便是"丰京"。《史记·正义》转引《括地志》云："雍州户县终南山，沣水出焉，北入渭也。""东注"，现在的沣河向北注入渭河，只是在快和渭河交汇的时候，由北向东拐了一弯道，形成了"沣渭交汇"的三角洲地带。"丰"应在现在的"丰镐遗址"，这一巨型都城遗址具体位于西安市长安区马王镇、斗门镇一带的沣河两岸，丰在河西，镐在河东。河流有改道的可能，但是大致方向不会改变。那时的沣河，"其源阔十五步，其下阔六十步（约合今100米），水深三尺"（《长安志》），河流水大，利于行舟，也容易造成水灾泛滥，治理是必须的。唐代诗人韦应物在《观沣水涨》中写道："夏雨万壑凑，沣涨暮浑浑。草木盈川谷，澶漫一平吞。槎梗方瀰泛，涛沫亦洪翻。北来注泾渭，所过无安原。云岭同昏黑，观望悸心魂。舟人空敛棹，风波正自奔。"可见沣河涨水时之大。退水之后，沣、渭两岸田园村落遍地，四季风光无限，人们在辛勤的劳动过程中诞生了伟大、原始、淳朴的爱情。

《诗经》的开篇之作《关雎》写道："关关雎鸠，在河之洲。窈窕淑女，君子好逑。参差荇菜，左右流之。窈窕淑女，寤寐求之。求之不得，寤寐思服。悠哉悠哉，辗转反侧……"这是一首炽热的爱情民歌。现在许多地方都在争《诗经》的诞生地，争论不休。《诗经·灵台》中写道："经始灵台，经之营之。庶民攻之，不日成之。经始勿亟，庶民子来。王在灵囿，麀鹿攸伏。麀鹿濯濯，白鸟翯翯。王在灵沼，于牣鱼跃。虡业维枞，贲鼓维镛。于论鼓钟，于乐辟雍。"一直以来在沣河两岸，民间流传着"沣河两岸的好苇子，大吉大羊的好女子"的歌谣，说明沣河芦苇茂盛景色宜人，岸边大吉村和大羊村的女性美貌贤淑闻名乡里。很巧，岐山民间也流传着一句话："岐山锅盔岐山面，岐山姑娘真好看。诸村杨村堰河村，马王沙庄草场村，好货出在杨柳村。"从"君子""淑女"这种很有文化的贵族称呼、诗中所写的美景美女以及周以岐、丰、镐为政治、经济、文化为中心等历史史实，我觉得《诗经》的诞生地，应是以岐、丰、镐为中心的沣渭河两岸的八百里秦川关中大地，包括现在的西安、咸阳、宝鸡。

祖咏在《苏氏别业》一诗中写道："别业居幽处，到来生隐心。南山当户牖，沣水映园林。屋覆经冬雪，庭昏未夕阴。寥寥人境外，闲坐听春禽。"

可以看出，沣水的清澈干净和其附近的园林景色。

历史有时候很相似，有水的地方就有川和塬，在古代由于水灾的凶险和难以预料和防治，都城就修在了离水不远不近、交通便捷、水位较高的地方。岐、丰、镐京基本修在河流上游三角地带、肥沃的冲积平原之上。"千渭之会"也罢，"泾渭交汇"也罢，都在寻求一种以此为据点（出发点）的战略扩张，而后一统天下。周国如此，秦也一样。西周时期，秦非子受周天子之令从天水来到关中为周王室牧马。位于"千渭之会"上游、千河西北岸（现冯家山水库附近）的黄梅山，俗称黄米山，满山翠柏、槐树成林、青山绿水、景色奇特。又称马迹山、马脊山。山下有马迹泉，相传为周穆王西巡马死所葬之处。蟠龙塬上桥镇有一村庄，叫马塚，为黄土沟台地貌，当年应树木茂密，也相传为秦非子养马葬马之地。现在的关山牧场、张家川一带有万亩草原，实为养马的绝佳之地。可以说，秦非子这一秦族部落，养马基本就在"千渭之会"附近，主要在千河两岸。"千渭之会"还从秦文公四年到秦宪公二年做过48年秦人从天水东迁后的都邑。《史记·秦本记》："三年，文公以兵七百人东猎。四年，至汧渭之会。曰'昔周邑我先秦嬴于此，后卒获为诸侯'，乃卜居之。占曰吉，即营邑之。"秦在周宣王四年，居西犬丘（今甘肃礼县东北），其首领不过为西垂大夫。平王东迁，秦始被封为诸侯，在与戎人斗争中发展。平王九年，秦始于汧、渭二水会合处筑城邑，是为平阳（今宝鸡陈仓东）。这是秦立国关中的起点。公元前677年，迁雍（今凤翔南），到了关中的西缘。以后，灵公居泾阳（今泾阳县境），献公居栎阳（今临潼北），都离丰、镐不太远。公元前350年，秦孝公迁咸阳（今咸阳东北），才不再迁移，逐步建立大秦帝国。可以说，秦人是在不断总结周人建都的经验，先有"沣渭交汇"才有"千渭之会"。

在和"千渭之会"相望的蟠龙塬上，出土了镇国之宝——何尊，它1963年出土于贾村镇陈家后院，1965年9月被博物馆发现并收藏，最初被称作"饕餮纹青铜尊"，直至1975年调北京展览时，才被故宫的唐兰先生（有的说是马承源）发现了底部的铭文122个字，印证了《史记》上关于周初营建洛邑的史实，特别是"宅兹中国"四字，从此便身价倍增，"中国"一词最早出现在这里，被定为国宝。因这件饕餮纹青铜尊的作者叫"何"，因此，这件青铜尊也就正式更名为"何尊"。

在丰镐遗址上也发现了许多夯土基址、制骨作坊、陶窑、墓葬、西周车马坑等等。周的先祖古公亶父居岐周，奠定了周王朝的基础，后周文王营建丰京，将都城从岐周迁至丰京，周武王时在丰水东岸建立镐京。《诗·大雅·文王有声》篇有"考卜维王，宅是镐京"。丰京是宗庙和园囿的所在地，镐京为周王居住和理政的中心，相隔沣水而望，合二为一，合称丰镐。《史记·周本纪》载："既绌殷命，袭淮夷，归在丰，作《周官》。兴正礼乐，度制于是改，而民和睦，颂声兴。"丰镐两京是中国历史上第一个有严格规划的都城,是中国真正意义上的第一座城市,是周礼的诞生地。

文献、文物的不断出现,让我们不断重新打量着丰镐遗址。

在一定程度上,可以说沣河孕育了周朝的文明,它和其他七条河形成了"八水绕长安"的奇景,千百年来滋润着这片黄土大地、关中古都。司马相如《上林赋》中说:"终始灞、浐,出入泾、渭、沣、滈、涝、潏,纡余委蛇,经营乎其内,荡荡乎八川,分流相背而异态。"这众多缭绕的河道,既有利于人民生活交通运输的需要,又增加了长安的美景,改善了城市气候,方便了文人雅集,多少年来,为人们所称颂。

现在宝鸡从蟠龙山穿过行政中心至火车南站新修了一条大道,把"龙川古镇"和"千渭之会"串起来,拉长了城市骨架,在以渭河为轴线的基础上形成了新的城市发展轴线。西安最近也规划了大西安空间格局"三带多轴多中心",三带为:北山生态带、秦岭生态带、渭河生态带。多轴为:科技创新引领轴、古都文化传承轴、现代服务生态轴。多中心为:西咸新中心、大西安核心区、东部新中心。

"多轴"实际上是南北方向贯穿大西安的三条轴线,第一条轴线指位于西侧、以西咸新区为引领的科技创新引领轴,主要沿沣河形成的南北纵贯西咸新区、高新区的城市发展轴,以商贸、科创、临空经济职能为主。第二条轴线处于中间位置,是指古都文化传承轴,也就是西安一直说的沿长安路的长安龙脉,南接秦岭终南山,中承西安历史轴线,北至大地原点,延伸至唐陵,传承大西安历史脉络,以文化旅游、现代服务职能为主。第三条"轴线"就是位于东边的现代服务生态轴,有说国际文化交流轴,其实也是一个内容,主要为沿灞河形成南北向联系国际港务区、浐灞生态区和曲江新区的国际文化交流、现代服务轴,以现代服务、文化、会展职能为主。将最终形成北望北山、南抵秦岭,渭河生态带贯穿其中的多轴线、多中心大西安城市空间格局。未来的大西安将以此布局为基础,带动和辐射整个区域经济快速发展,并以此助力大西安早日建设成为丝绸之路上国际化大都市和国家中心城市。

贰·回故乡

　　跳出城墙，扔掉沉重的历史，拿出我们先人当年的气魄！从"千渭之会"到"沣渭交汇"，我在历史中探求未来，沿丝路从长安到罗马，雄起的历史让我们骄傲！可是周秦汉唐之后，我们却被世界忘记！现在，渭河东入黄河的秦晋豫"金三角"在行动，长三角、珠三角都是发达之地，难道还让我们的"千渭之会""沣渭交汇"继续贫穷落后、默默无声？我们民族的伟大复兴正待时，世界需要我们去积极融入。追忆历史，沿着沣河，让我们徜徉于"沣渭交汇"——诗经里·沣滨水镇，感受与体验"醉美沣河，水镇生活"，通过"生态风景、文化创意、品质宜居"三大板块诗意再现，打造新长安大轴线上的区域人文生态名片。作为一名时代的见证者，我愿意为您朗诵：

　　关关雎鸠，在河之洲。窈窕淑女，君子好逑。

2017.3.11 夜于长安安业坊

蟠龙塬上望太白

我知道"太白",源于婆(宝鸡方言,即奶之意)的指点。小时候,每到夏收麦子碾完,一场大雨过后,天空湛蓝,视野广阔,云蒸霞蔚,尤为壮观。婆便会站在塬上的场畔对我说:"那是太白,太白山!你爷还在那挖过药,砍过柴呢!"

站在我们宝鸡县(现已改为陈仓区)蟠龙塬(又称贾村塬)上,远望太白山,高耸入云,伟岸高大,雪白一片,大美至极!虽相距有百公里之远,但却近在眼前,直逼而来,气势磅礴,暗含冷气,不言自威。虽是蓝天白云,阳光普照,却觉一股股冷风不断袭来,在天旱少雨的盛夏,让人倍爽!

"那是神仙居住的地方!"婆指着远山说。

"那山后面是什么呀!"我问道。

"我也不知道。"婆说,"听你爷说,山后面更美!山里面更奇!"慢慢长大,从书本中知道了"太白积雪六月天"的神奇之景!知道了太白山是秦岭山脉的主峰,也是中国大陆青藏高原以东第一高峰;知道了秦岭是我国南、北气候的分界线,也是长江、黄河两大水系的分水岭,生物宝库、中国中央国家公园、中华龙脊。太白山犹如一道铜墙铁壁，千百年来屹立在中华大地；如同一位睿智的长着，见证着几多历史风云，是伟大中华民族精神的象征。

太白山，就像远方一块磁石，吸引着我，伴我成长，让我的梦想一步步变为现实。

记得有一年大年三十，我们去街上跟集，碰到了邻组的一位伯，我们一起从家乡嘴头村起，去桥镇街道，雪下得很厚，步行缓慢但景色优美，在黄土塬边望着银装素裹、直插云霄的太白山，他不由自主地说："真美！"通过交谈，我得知他在太白县一林场当护林员，我更好奇了，忙问太白山后面有什么呀！

"太白无闲草。太白山背后有鳌山，有神女峰，有熊猫、金丝猴、羚牛等等，还有许多我们叫不上来的奇花异草，美的很！嘹的太！"伯说道，"太白县因太白山而得名，伯现在呆的林场，比城里的公园大不知几百倍上千倍，不要门票不收费，空气清新，夏季凉快，有时间我带你去玩玩！"

"我一定要去的！"太白山，已成为我儿时的精神之山，冥冥中，远远地召唤着我；太白县，蒙上了许多神秘的色彩，等待着我去探寻。

真正上太白山是在大学毕业之后，虽然在蟠龙塬上天天望太白，但真正去登攀它，我已经二十岁了。"风日恬煦，山水清丽，真神仙都也，其真仙都也。"（张读《宣室志》）且不说太白山有多么美丽！多么奇妙！多么神奇！我接连去了三次，也不知疲倦，更感觉到至今还没有读懂这座大山。站在太白山上，远望蟠龙塬，宛若苍龙游弋，时隐时现，明灭可见。

郦道元在《水经注》中写道："太白山于诸山最为秀杰，冬夏积雪，望之皓然！"的确，这座神山、大山、名山，"神仙居住的地方"，需我们深入其中，不断感悟，方才能读懂自然的伟大之处和其蕴藏着的无穷文化精髓。

在二十多年西安至宝鸡、宝鸡至西安的往返中，不管是坐火车、汽车，还是自己开车，经过太白山，我都要对他行注目礼，表达自己的崇敬之情。

　　我也曾几次去留坝张良庙，路过太白县，还曾应邀去过黄柏塬，做着穿越鳌山的梦想。在一个夏季的夜晚，住在了太白县城，万家灯火，星光点点，好好体味了一下"慢城"的感觉。太白县城不大，一个人散步，一两个小时就会走遍角角落落。我是在一个早晨开始散步的，太阳很高很耀眼，但县城一片宁静，空气新鲜而又有点冷，吸入人的心中，感到凉爽而舒服。步行街上人很少，流水潺潺，水质清纯，青山苍翠，花儿吐芳，没有大城市的喧闹、拥挤和雾霾，看到的是清爽，感到的还是清爽。据说太白县城海拔1543米，最高3767米，最低740米，平均海拔在1000米以上，是全省107个县中海拔最高的，绿色植被覆盖率95%，森林覆盖率89.5%，是全球同纬度生态环境最为良好的地区县之一，也是绿色、有机蔬菜的最佳生长地，有"天然空调城""大美秦岭绿色之县"等美誉，避暑养生之地名副其实。早上喝碗包谷糁，中午吃碗油泼扯面，晚上吃几口有机菜，晚上一觉睡到自然醒，简简单单，舒舒服服，返璞归真，"心将流水同清净，自古浮云无是非"，不是神仙，胜似神仙。

　　这里，还有淳朴的美女帅哥，好吃的美食小吃，有勤劳、质朴、热情的人们，走在街上，没有人死拉硬缠，没有人在店面大声叫喊。问个路，憨实一笑，领着你到了地方才走人，你说声"谢谢"，还是回头一笑。有朋友打趣道："乘凉不用扇子，姑娘不穿裙子，屋里没有蚊子，睡觉要盖被子，菜里没有虫子。小伙实在肯干，姑娘心灵手巧，一年四季恒温，太白县美得太！"说的不错。现在空调把人身体吹坏，姑娘越穿越短越少，还不如这里的美——自然原始之美，身心健康呢！

　　留给我深刻印象的还有石头河边，傥骆古道旁散落的村子，白墙黑瓦，时隐时现，融蜀秦文化，合山水精华，极具特色。生活在此，真正是神仙隐居了。现在太白县正在搞全域旅游，老白姓生活也慢慢富裕，这是好事。有人把太白县称之为"达沃斯小镇"，我去过瑞士，在小镇上住过几晚上，觉得颇有几分相同之处，我更喜欢太白县保持的原生态，没有高楼大厦，没有如梭的人群，让万物私语，人与自然真诚对话吧！

今年回家，同学来找，说女儿大学毕业找了一个太白县的男朋友，做什么土特产电商搞创业，死活不同意。我说，两情相悦，何必横加阻挠？再说了，现在的太白县变化可大了，再不是交通不便的穷乡僻壤，是田园都市，避暑仙境。做"创客"是一个新职业，既服务方便了大家，又赚到了钱，还怕钱烧手？有啥不好？不信你去看看。她没说什么，起码不再一味固执地反对了。

我的家乡叫"咀头村"，源于在蟠龙塬最边处吧？太白县有个"嘴头镇（咀头镇），我不知因何而得名。佛讲因缘，从嘴头村到嘴头镇，远望太白，让我一直向往着远方；从嘴头镇到嘴头村，让我又一次回归，回望太白，冷峻且傲然，深深地感到，人生不应苟且、慵懒、失望，还有远方，还有美、爱、善良和内心涌动的温暖。

2017.11.17 夜于长安

家有北京铜火锅

父亲住在农村，一辈子爱吃肉，却不胖；他也爱吃面，爱劳动锻炼，八十多岁的老人了，还抽旱烟，身体没啥毛病，满面红光，硬朗健康。

家里有一北京铜火锅，是父亲从北京带回来的。家乡出过一位老首长，常年住在京城，爱吃家乡的面，村长挑来挑去，让父亲去了。父亲看似心粗实际很细发，手工擀面赛过女人。面由家乡关中的优质麦子磨成，虽说水不是家乡的，这也没法；但父亲和面老道，不怕麻烦，揉的劲道，擀的薄厚匀称，切的宽细一致，加之炝汤酸辣，素臊子选料讲究，深得首长喜爱。秦人喜吃面，也善做面，陕西面食很多，尤以色、香、味俱全的岐山臊子面著称，"薄、劲、光、煎、稀、汪，酸、辣、香"的特点世人皆知。除了岐山臊子面，还有扯面、油泼面、biangbiang面、削筋面、蒜蘸面、驴蹄子面等等，不一而足。

老首长戎马一生，最爱吃削筋面。父亲把面醒到，揉硬擀厚，用大刀切成长约10厘米，宽、厚约3毫米的条，放入沸腾的北京铜火锅中煮熟，再调上家乡的西府辣子和高粱醋，劲道可口，很有嚼头，吃得人热热火火，满头大汗。由于削筋面硬且厚，需水滚时下，家乡人用大铁锅，京城没有，改成北京铜火锅，削筋面筋而不硬，滑而不嫩，油而不腻，辣香爽口，咸酸适口。老首长每次吃完，大汗淋漓，用手一抹油乎乎的嘴，连声说："好好好！"有时候，再喝几杯西凤酒，醉意朦胧，舒心至极。

送走了老首长，家里人就把北京铜火锅送给了父亲。父亲无意留恋京城，继续回到家乡种地为生，把我们姊妹兄弟一个一个送出了山村，投入到城市上学、工作。

年老的父亲一直住在村里，我们几次请他进城，他不愿意。他说城里让人憋屈，村里阳光好、空气好，自己还能劳动，种块菜地种点麦子小米，喝着家乡的水，心里舒服。父亲抽烟喝酒爱吃肉，但是"三高"没一样。好在我们离村里不远，坐车也就几个小时，也就由着父亲了。

基本上每个月，父亲就给我们打电话，说是要吃北京铜火锅。他不顾年迈，亲自洗菜擀面，等着我们回家。兄弟姊妹都带着孩子去团圆。

我说："爸，不用你再累了，我们请你外边去吃火锅吧！"

父亲说："只有我的火锅健康环保。什么羊蝎火锅、肥牛火锅、蹄花火锅，我吃不惯，再说保不准还是地沟油！"

我一时无语。任由他折腾吧！

每次吃火锅，他都不觉得累，从准备火锅底料到蔬菜肉食调料，洗菜洗碗，一直笑呵呵。

妻子有些怨言，说："每次吃个火锅，比油费还贵！"

儿子说："我最喜欢爷爷擀的削筋面！吃了管饱一天。"

我说："难得父亲有这个雅兴，全当我们尽孝了。"

火锅古称"古董羹"，在四川和重庆等地叫"火锅"，在广东称为"打边炉"，在宁夏称为"锅子"，在江浙一带称为"暖锅"，在北京一带则称为"涮锅"，还有"仆僧"等说。老家在西府，属于西周之地，据说火锅也来源于青铜器"鼎""鬲"。但是四川、重庆的火锅太油腻麻辣，我吃过，吃不了，还是喜欢父亲弄的火锅，底料就是开水，自家种的大葱和生姜。

"围炉聚饮欢呼处,百味消融小釜中。不似此间风满屋,燕炭不嫌撄火毒。"宫廷每年春、秋、冬吃火锅,可是父亲一年四季都在吃。他在家里养有关中黑土猪,家产土鸡、土鸡蛋,自留地里种有蒜苗、西红柿、黄瓜、土豆等时蔬,内蒙草原的牛羊肉太远不新鲜,他就从宁夏固原弄来羊羔肉,"涮羊肉",配有自制的酸辣汁,让大家吃得津津有味,口留余香。

铜火锅,每次吃前被他擦得光亮光亮,吃后被他洗得亮光亮光,像珍藏宝贝一样放在炕上的床头柜。他活得豁达乐观,从不计较个人得失,大口吃肉,大口喝酒,大口咥面,然后美美睡一觉。

有时候,时间长了,父亲不打电话,儿子就提醒我,该吃爷爷的火锅了。

看着父亲满足地伺弄着木炭铜火锅,火光下银发飘飘,红光泛在脸上,我也有些醉意了。

如今有电磁火锅、燃气火锅、酒精炉火锅、景泰蓝火锅等等,材质也有铁、铝等,形状不一,各有千秋。但是相比父亲的木炭铜火锅,味道不足。火锅讲究慢火细热,铜火锅由于锅壁很厚,中间的烟囱很高,炉膛高,利火而慢热,有科学的道理。涮在锅里的牛羊肉和蔬菜,新鲜而味美,不至于太烂。

据说铜火锅有许多优点:不会像铁一样很容易就生锈。金属质地,导热迅速,涮东西时更快涮熟。补充铜离子,保证机体不缺铜。不会像铝锅那样用多了,吃进太多铝而可能导致老年痴呆症。外观颜色一般为金色或赤红色,较一般铝火锅铁火锅更好看。纯铜较铝和铁而言,比较有惰性,即不容易与酸碱等化学物质反应,因而在涮食物时可能产生的未知化合物较少,相对来说也就更安全。但是,经常吃火锅,有些让人受不了。

终于有一次,外甥忍不住了,问父亲:"爷爷,你说你这铜火锅有啥吃的?"

父亲似乎知道有人会问这样的话,显得十分淡定。他说:"我就喜欢这清清淡淡的火锅,慢慢地吃,一家团团圆圆的,有啥不好?"

全家人沉默不语。

贰·回故乡

父亲接着说:"看着铜火锅滚烫的沸水,我喜欢;听着'咕咚咕咚'的水声,多么美妙呀!我想到了生活,想到了这个家,红红火火!多好呀!"

我懂了。父亲用北京的铜火锅,西京的肉菜,搭起了我们常回家看看的桥梁,伴随着京剧和秦腔,让我们围在红火的铜火锅面前,慢慢品尝故乡的味道,亲情的味道,这种清清爽爽的幸福味道,无法抵御,直到永远。

2013.8.25 匆于南山

端午满园香

在西府宝鸡,农历五月五"端午节"前后,基本是麦黄收割的日子。"端午日,两水来,年大熟。"因天气、地理位置、光照等原因,在八百里秦川、关中大地,从潼关到大散关,麦子从东到西开始收割。既不能误了收割麦子,端午节还要过。

端午节与春节、清明节、中秋节并称为华夏的四大传统节日。端午从字面上还有"端五""重五""重午"等名称。"端"古汉语有开头、初始的意思,称"端五"也就如称"初五"。《风土记》里说:"仲夏端午。端者,初也。"每月有三个五日,头一个五日就是"端五"。因仲夏登高,顺阳在上,五月是仲夏,它的第一个午日正是登高顺阳好天气之日,故五月初五亦称为"端阳节"。此外端午节还称"午日节、五月节、龙舟节、浴兰节"等。端午节起源于中国,最初为古代崇拜龙图腾的部族举行图腾祭祀的节日,百越之地春秋之前有在农历五月初五以龙舟竞渡形式举行部落图腾祭祀的习俗,后来为了纪念诗人屈原跳汨罗江自尽。古人把五月初五视为"恶月""恶日",不乏典籍记载。除《礼记》外,汉·应劭《风俗通义》:"五月五生的子女,不祥之兆,男克父,女害母。"故有去恶辟邪的习俗,插艾、配艾、蒲酒以避虫。"五月到官,至免不迁""五月盖房,令人头秃"。人们一直认为五月五日是令人深恶痛绝的"恶日"。虽是"恶月恶日",但人们通过带有神秘色彩的各种丰富活动形式进行改善,变为"善月善日",寄托着人们对美好生活的追求。

我记得家里过"端午节"是很隆重的。从记事起,年年过,但自从上了中学,待在学校,就没法过了,只有晚上回家,凑合吃几个土蜂蜜抹的粽子了事。

生在农家,虽家乡所处之地贾村塬有崇尚"诗书传家久,耕读继世长"的传统和氛围,但家人从不勉强娃们学习,主要靠自觉。小时候,每天早上太阳照到屁股、一觉睡到自然醒才从炕上爬起,端午节也不例外。等我起来的时候,大约九十点,父母已经从地里割麦回来,他们为了趁凉赶时间收麦,一般五六点天擦亮就去地里,镰刀都是前一天晚上磨好的。西府农村,一般一天吃两顿饭,早上九十点一顿,下午两三点一顿,晚上基本不再吃饭,这个习惯一直延续至今。

父母回家,打扫完庭院,把我们这些孩子和老人叫到院子里的八仙桌上吃饭。一般吃食是,玉米糁子锅盔馍,油泼酸辣灰灰菜,外加自己做的红豆蜜枣粽子,还有买的绿豆糕。包谷稀饭,母亲在下地前就用慢火熬上,非常耐喝。在吃饭前,要插艾叶、抹雄黄酒、戴裹肚、佩香包、缠五色线。整个农家小院,满园飘香,有泥土地的清香,麦子的熟香,艾叶的芳香,雄黄酒的浓香,裹肚香包的药香,还有花草树木的香味,香气扑鼻,沁人心脾。

村民将家艾、艾蒿,叫做"艾"。也有"端午百草都是药"之说,端午节当天,"清明插柳,端午插艾",在家里的门窗上,甚至树上、烧炕的烟筒上都要插上几把从田野里刚刚拔来的艾叶。古人说,插艾有驱虫防病功能。现代科学也证明,它的茎、叶都含有挥发性芳香油,它所产生的奇特芳香,可驱蚊蝇、虫蚁,净化空气。农村人没有"蚊香",但很聪明,用土办法,夏季晚上七八点用"艾"驱蚊,点燃晒干的艾草,香味飘起,烟味熏得蚊蝇跑走,然后舒舒服服美美地睡一觉。后人将艾叶加工成"艾绒",是灸法治病的重要药材。中医学上以艾入药,有理气血、暖子宫、祛寒湿的功能。我肚子不舒服的时候,躺在炕上,爷婆就给我揉揉,然后用艾灸,把肚皮擦干净,把大蒜或者生姜切成片贴在肚皮上,用大艾炷灸,很快就好。后来知道这叫"隔蒜灸"或"隔姜灸",中华医学博大精深,民间的许多偏方自然经过多次验证,有它的妙处。还有人在端午节用红绳串几个古钱币扎束一把艾挂在门上的,寓意避邪镇宅。

插完艾叶,父亲要在地上洒雄黄水,在我们耳孔外边、手足心处抹雄黄酒,再象征性地让我们抿一下雄黄酒。端午时节及节后,气候炎热,蝇虫飞动,毒气上升,疫病萌发。古人认为人是吃五谷杂粮生百病的,而病从口入,多为邪杂之气,经口鼻吸入,雄黄酒抹鼻额,以防蚊虫叮咬。人们在长期同各种病魔斗争过程中,发现饮雄黄酒、佩戴香包能驱邪解毒、激浊除腐、杀菌防病。小时候,还戴过母亲亲手做的"五毒裹肚"呢。手工绣制的五毒裹肚可是非常重要的节日礼物,被称为"儿童的保护神。"黄色缎子底的裹肚上一般是绣蛇、蝎子、蜈蚣、壁虎、蟾蜍,人们用针刺绣五毒,希望以此杀死这些毒虫,保佑平安,让孩子们健康成长。

香包也是早准备的。母亲早早为每个孩子绣好,有老虎、公鸡、猴子等各种生肖。形态逼真,栩栩如生。香包又叫容臭、香袋、香囊、香缨、馨包、佩帏,也称荷包、耍货子、绌绌。它是西府以及其他地方广大妇女创造的一种民间刺绣工艺品。香包最早称容臭,屈原《离骚》中有"扈江篱与辟芷兮,纫秋兰以为佩",当时的香料是辟芷、秋兰。在明朝仍有容臭的称呼。家乡的香囊用绸布制成,内装雄黄、熏草、艾叶等香料。缝制成形状各异、大小不等的小绣囊,内装用多种浓烈芳香气味的中草药研制的细末,主要作为节日的一种纪念。现在多做一种艺术观赏品。香包用青、赤、黄、白、黑五色丝线刺绣而成,色彩绚丽,自然有装饰衣着、把玩欣赏之审美功用,又因填有特殊的中药材,兼有驱邪辟秽、除菌爽神功效。《礼记·类则》载,未成年男女,晨昏叩拜父母,必须佩戴香包,说明香包还有礼仪作用。西府端午节的香包，我觉得主要功能是驱蚊避邪保平安吉祥，也是一种节日仪式的需要。老年人为了防病健身，一般喜欢戴梅花、菊花、桃子、苹果、荷花、娃娃骑鱼、娃娃抱公鸡、双莲并蒂等形状的，象征着鸟语花香，万事如意，夫妻恩爱，家庭和睦。小孩喜欢的是飞禽走兽类的，如虎、豹子、猴子上竿、斗鸡赶兔等。青年人戴香包最讲究，如果是热恋中的情人，那多情手巧的姑娘很早就要精心制作鸳鸯戏水等内容别致的香包，赶在节前送给自己的情郎。当然，陕北的"香包"，还表达一种男女相爱的感情。一般是我们娃娃戴香包，大人因收割庄稼不太方便，不予佩戴。

  大人们都要给孩子戴上香包腿，手腕绑上花花绳。到六月初六日才解下来，丢到井内或河渠边，意在防止蛇咬。端午前几十天最忙活的是女人，五色线缠粽子，搓花花绳，绣香包，做绌绌。

  吃完早饭，我们这些娃娃被大人领到麦地，跟在割麦的父母、麦客后面，冒着烈日，弯下腰去，在田地里拾麦，也感受着"粒粒皆辛苦"的滋味。

  晚上，一直到了伸手不见五指才回家。老人们坐在炕上抽着旱烟，饮着"罐罐茶"。"泥火盆，黑木炭，三角撑，千里驹，一口饮"。西府人喜欢沸水"熬茶"，无论冬夏，凡是有客人到来，先让上炕，在炕上喝浓茶说农事。有句话讲的好："老汉喝了罐罐茶，干活一天不觉乏"。年轻小伙们，看到丰收的年馑，忙碌一天，还不累，弄几个凉菜，吃吃喝喝。划拳猜令，好不热闹！大声叫喊着："一个螃蟹一张壳，两个大夹夹，八个小爪爪，夹呀夹得累，扯呀扯不脱。一心敬你，两家相好，三桃园来，四季发财，五经魁首，六六顺来，七个银巧，八仙庆寿，九命长寿，十满堂来，亲家你喝。"让夏日寂静的村庄沸腾起来。

  从原始驱疫仪式，到战国龙舟竞渡、纪念屈原到今天大家移风易俗，今天传统意义上的端午节成了与家人团聚，观赏体验泥塑、剪纸、刺绣、草编、木版年画等宝鸡民间工艺，一起旅游放松、沐浴香汤、休闲度假的好日子。我觉得，人们过端午节，不仅仅在于一种情感的寄托和怀念，更是一种物质生活基本满足后，活在当下，追求快乐轻松精神生活的一种选择。

月照大地明

中秋满月,家庭团圆。作为中国传统的节日,每到中秋节,回家和父母团圆是一件必须、而又美好的事情。

中秋节,又称月夕、秋节、仲秋节、八月节、八月会、追月节、玩月节、拜月节、女儿节或团圆节,是中国传统文化节日,时在农历八月十五,因其恰值三秋之半,故名。中秋节始于唐朝初年,盛行于宋朝,至明清时,已成为与春节齐名的中国主要节日之一。2008年起中秋节被列为国家法定节假日。现在,春节、清明节、端午节、中秋节成了中国人必过的"四大节日"。

从小我就跟着三爷过中秋。在关中西府,要吃月饼,需要先"敬月",这是民间普通老百姓的一种仪式。古籍《礼记》记载:"天子春朝日,秋夕月。朝日之朝,夕月之夕。" 据史书记载,早在周朝,古代帝王就有春分祭日、夏至祭地、秋分祭月、冬至祭天的习俗。其祭祀的场所称为日坛、地坛、月坛、天坛。分设在东南西北四个方向。天子祭月,以求风调雨顺、国泰民安;老百姓敬月,以求家庭团圆、幸福美满。

三爷,当过兵,扛过枪,打过仗,据说参加过很多战役,获得过许多"战斗英雄"等称号。新中国成立后,他自动回到农村,耕田种地,娶妻生子,当了一名成天跟泥土打交道、老实巴交的农民。有村民问他,不好好当兵当官在城里享清福,跑回农村吃苦为啥呀?他淡淡地说,我本身就是一个农民,仗打完了，就想回家种田。三爷凭本事吃饭，做事公道，力大无比，经常是干脏活累活，他坚信，只要辛勤耕耘，一定会有收获。改革开放初期，我十几岁的时候，还有人开着"屎巴牛"小卧车寻到村里看望三爷，说是三爷的战友。惹得我们围着这个"怪物"看上半天。

三爷很少给我们讲打仗的事情，他说现在日子多好，和和平平，自己比起死去的战友不知道要幸运多少倍！在农村种庄稼吃点苦算什么。我们要珍惜呀！

每到中秋节，他就早早在院子里摆上木质的小供桌，桌上摆满瓜果梨枣苹果葡萄和月饼，燃香祷告。三爷很严肃，不说话，"三上香""三祭酒"完后，拿起唢呐，要吹一曲秦腔《祭灵》，哀婉动人，悲壮悠远。吹完后，还要唱几句："满营中三军齐挂孝，旌旗招展雪花飘。白人白马白旗号，银弓玉箭白翎毛……"老泪纵横，哽咽不已。我们小孩子一直静静地听着，等待他唱完。

敬拜完成后，他会把供桌上的瓜果月饼分给我们。随着年龄增长，我们才渐渐懂得，三爷"敬月亮"，其实心里是怀念战友，祭拜死去的亡魂，也表达了自己对生活的美好愿望。

"世之万物，惟天惟人，月之神明，惟斯有灵。"在三爷心中，他一直思念故乡、思念战友，偷偷把自己攒下来的钱捐给社会，毫无私心，不求回报。

"年怕中秋月怕半，学生娃怕的星期三，一日怕的晌午端。"这首关中童谣告诉我们时间短暂，要珍惜时光，中秋节一过，很快就要过年了。

现在，三爷去世了，院子里的草长了一人高，没人理会。村里的老人，很少有人"敬月"了，年轻人也不爱回家了，就是家人见面，也抱个手机看个不停。地也没人种了，荒了，都等待着"流转"，收个现成的！可敬可爱的乡村少了"灵魂"。无论我身处何方，在我的记忆中，中秋节的农家院子里，天空一轮圆月，大地一片明亮，雪白雪白。三爷的身影，踩着柔软的步子，还在忙碌着"敬月"。

2019.9.3 匆于长安

清明时节哭祖坟

今年迎来了新中国第一个有假的清明节。清明节这几年在我的脑海记忆中,就是在城市十字的马路边上大家晚上烧烧纸钱,以示对先人的祭奠。虽说这种方式有一定的污染,也不文明,但在快速城市化的今天,人情愈淡,而什么都要讲钱,有的老百姓死后可能连一块墓园都买不起,更无需死者对生者、亡人对后人有所苛求。

过去在家上学时,西府农村是讲究清明节的。好像没有"清明时节雨纷纷,路上行人欲断魂"那种凄惨悲情的景象。春天来临,麦苗返青,野花开放,和风吹拂,一派充满生机的田野原始风光。联产承包责任制后,土地分户到人,没有过去生产队统一规定的"墓园",每家祖先的坟墓均是经风水先生看过、罗盘定位而精心修建的,一般都修在自家最好的地里。一怕修在别人家的地里打墓赔产麻烦;二怕祭祀无路踏地起纠纷麻烦;三怕修后有的人将墓四周削减,直至夷为平地,对不起先人;更怕自家的"脉气"被别人"拔走",出不了大官或者商贾,有点自私了。生为一家,死后的坟墓一般也是世代修为一家,祭祀方便,也有团圆之意。死后,一般要放七天,夏季天热可以三天。此间告知朋友、亲戚祭拜、唢呐齐鸣、秦腔助兴、打墓埋人、答谢乡党等一系列事情很严肃很讲究。人死后,后辈基本祭祀一次哭一次,特别是直系关系,更要大声痛哭,哭的时间越长声音越大,才显出自己的孝敬和对死人的关心。

清明节，哭祖坟是永远抹不去的一片记忆。

如果人死的时间不长，还讲究披白穿素，一家人全部出动，在先人的坟头用胡基或者小瓦垒一小屋，用于避风烧纸，也怕西北风乱吹，迷信一点，阴魂不散或者死时有遗憾，纸钱乱飞，引起火灾。

纸钱是用黄纸自己刻木一张一张印的，面额越大越好，生前对自己节俭，埋入黄土的人在地底下有钱花，无忧无虑，也寄予了一种理想生活的期望。在向阳的坟头放瓜果、面食等祭品后，把白酒向黄土里倒几杯，才点纸钱，如果生前爱好吸烟，顺便拿上大烟袋，会点一锅劲大的旱烟让先人享用。纸钱一沓一沓由年长者用蜡烛点燃，全部要化为灰烬。哭声便开始了，大家齐声恸哭，跪着，亮开嗓子哭，天高地远，一般是在中午烧纸，太阳高照，在空旷的原野里尽情地哭，大声地哭，尽情地宣泄，追忆死人生前对自己的各种好处和自己内心最深处的相思。有的女的会哭晕过去，农村的"土方子"就是掐人中，凉水浇面，我见过多次这样的事。开始哭，大家都跪着磕完头低下头，有的甚至把头贴着黄土，没有人拉，各哭各的，时间一长，大约是十几分钟后，男的主家会停止哭，并且相劝其他人不要哭，拉起来准备回家吃"臊子面"，一年难得兄弟姐妹回家，借清明节大家祭祖扫坟后，可以叙旧闲谈。死人不能复活，有的哭的没有办法，止不住的，只能两个人强行相搀回家。哭坟，哭出了相思、哭出了追忆、哭出了世事的艰难和对死人生前不易生活的理解、哭出了自己的忏悔、哭出了以血缘关系为纽带的人类朴素原始的真情。这些年回家很少，不知道，现在还真心哭不？

哭完后，大家要把坟墓旁边的杂草清理掉，用锨把坟四周的黄土聚起来，常年的风吹雨刷，剥蚀着坟，后人不愿将这一永远的"先人"象征早早消失。有钱的，在清明节还立碑唱戏、修家谱；讲究的，栽上一棵青松，让先人德泽后代、福佑家人。农村的清明节就这样过。至于踏青谈情，"三月三日天气新，长安水边多丽人"，在西府深受周礼影响的土地上，还没有萌芽。我觉得。

在终南/杨广虎散文随笔集

清明回家接地气

"清明断雪,谷雨断霜。"不想今年,临近清明,古城西安的天气有些寒冷,有人称之为"倒春寒"。我从小在关中农村长大,喜欢寒冷,反而觉得比较舒服。住在城里的暖气房,出出进进,冷暖交替,弄成了鼻炎,自己命苦,享不了清福。

弹指一挥间,马上四十不惑,年龄到了,但是遇到事情能明辨不疑没有达到,面对多变的社会,越来越觉得自己"弱爆"至极!二十岁离开西府陈仓贾村塬来古城上学,转眼间又过了二十年,等于自己是宝鸡一半,西安一半,农村一半,城里一半。虽说有房有车,表面还有几分人模狗样,但是一开口说话,浓重的西府口音,便暴露出了自己。

村里人说自己是城里人,城里人说自己是农村人。再看看自己,有点"四不像",像是老屋胡基墙缝里生存的壁虎。

英雄不问出处。谁能借我一双慧眼,读懂人间红尘,疗治内心无言的暗伤?

说到本质,我还是一农民。年轻时,害怕被人瞧不起,装作"城里人",虚伪在作怪。慢慢地觉得,是啥人就是啥人,活得要真实,一切顺从自然,

贰·回故乡

有些东西是与生俱来的，装不会、学不会的，别扭。就像找对象一样，门当户对可能长久些。

在农村时，天天奔走在西北风盛行的泥土路上，风土入鼻，异常呛人，没有觉得泥土的珍贵和芳香；在城里生活一天一天，觉得自己要飘起来，且不说水泥路面，每天从高层房子的窗子望下去，总感到自己越来越轻，要飘起来；城市的日益增高的水泥森林、乱七八糟横穿的汽车、乌烟瘴气的各种气味等等，不断地在掏空我们的心灵，没有了降落和抵达的地方了。

想来想去，今年必须要回家接地气了。

大地回春，满园春光；气清景明，万物皆显。踏着春的节拍，清明回家接地气。城市在摊着大饼，我们却无处生存；现代城市化发展是必然，生我养我的村庄必将在某一天消失，我无能为力，只能自己努力着贴近大地，靠近村庄，把自己的灵魂找个地方安顿。

家乡清明有祭祖扫墓的讲究。贾村塬属于旱塬缺水，一般一个村是一两个姓，杂姓很少，村上的坟墓被选在风水极佳的地方，穴位得气，龙脉相传，一个个坟墓依次排开，常年的风吹日晒，雨淋雪覆，坟头会变得小而平。祭祖扫墓会选在十二点前进行，一般家里的男人，以及姑姨亲戚都要去，上上高香，点上蜡烛，烧些纸钱，滴上美酒，大哭一场。走时，拔掉坟上的野草，用锨把周围的土垫在坟上，攒上坟头，焕然一新，只求先祖安享大地之香，子孙万代平安吉祥。

趁着这大好时光，不光祭祖扫墓，我是要接地气。我不懂地气，过去听久病在床的老人不时说要下床走走，接接地气，否则，离驾鹤西游不远了。地气究竟是什么？不大清楚。只是觉得自己需要，需要踏着麦苗，呼吸新鲜的空气，挖些苜蓿、剜些荠荠菜，油泼辣子醋调上，喝碗小米稀饭，吃一口白面馍，五谷入怀，气血畅通，地气就接上了，心里也有底气了。

记得有一次埋人，对我影响颇深。棺材上留有一小口，放至墓堂，在其下挖有一小洞，埋一装有五谷的陶罐，说是人死后也跟活着一样接上地气。

尽管棺材被黄土埋了，但是地气没有断，记忆最深处，遥远的秦腔一直相伴。

"天气下降，地气上腾，天地和同，草木萌动。"大地回春，万木复苏，天人合一，和谐共长。清明回家接地气，让我的心又亮堂一次。大地是我们万物之母，她发出的地气是精华，哺育我们人间生灵健康成长。不管我们身处何地，身归何方，有些事情可能无法改变，但是优良的传统不能忘记，我们的心灵因接地气而更加美好和充满慈爱，我们因地气而更具气场，这种气场，不可说，是可以凭智慧之心感觉到的。

贰·回故乡

簸箕庄

世界上好多地名，或因地理位置，或源于地形，或者历史或传说故事而得。簸箕庄是我家对面的一个村庄，因为自然拔起，上小下大，呈梯形状，远望如同簸箕，而得名簸箕庄。

簸箕庄北面后靠大山，南面是沟渠纵横，河水流淌，风水极佳，玉树临风，易守难攻。从小到大二十年，天天面对这个村庄，听着对面的鸡叫狗吠，我一直在思考，居住在簸箕庄上的村民如同身处世外桃源，早晚炊烟升起，日出而作，日落而息，活得多么悠闲自得。

十几年没有回家了。今年回家在塬上割麦，挥动着镰刀，或者跟着收割机来回奔波，簸箕庄不时在眼前晃动。田地交错，麦子金黄，丰收的景象呈现在眼前。我蹲在田头细细咀嚼着新麦的清香，麦芒在手中变得无比温柔，乐呵呵地欣赏着簸箕庄的田园美景。远远地可以看到，只剩下几座院子，看来居住在那里的村民已经很少了。

小时候，我曾经跑到那里去摘苜蓿。现在城里人吃的苜蓿很老，还滋滋有味。我们那时候摘的苜蓿是刚露出的新芽，自己用钢锯条做的小刀一个一个摘,一个晌午只能摘一小笼子。等苜蓿长大了,就不吃了,太老,留给家里的牛羊吃。簸箕庄的苜蓿是香苜蓿,蒸馍时添上一点,真是馋涎欲滴,回味无穷,香得很。现在我回想一下,世上没有比这好吃的东西了。

挖药也去过,放羊也去过。记忆深处,是陪自家一个叔去簸箕庄新订的媳妇家。村里人有讲究,过年去新媳妇家,要本家一个男孩陪同。进了簸箕庄村,跟外边的村子没啥两样。有种"不识庐山真面目,只缘身在此山中"的感觉。我远远地坐在对面欣赏簸箕庄,宛如一幅山水国画,再升起几缕炊烟,很有烟火气息。

高中有一同学就在簸箕庄。我准备借机去看看。岁月如梭,无法挽留,能让人怀念的东西弥足珍贵。

收割完麦子,我去了一趟簸箕庄。同学不在家,他的母亲在晒麦子。这位老人看起来很健康,面红骨子硬,走起来风风火火,非常干练。她说,儿子高中没考上大学到广东打工去了,这么多年也没有回来,不知道怎样。现在世道变了,我们这个村子,只剩下老人娃娃了,年轻的都出去打工了。现在又搞农村小学集中化,碎碎的娃娃们去乡里上学了,小小个娃离了家长,寄宿着,都不知道咋办。男的基本都上门入赘到了塬上,女的嫁到了城里吃上了轻省饭。留下的都不愿意走,粮食养人。不种粮食干啥,农民就靠的粮食么。自己也一把老骨头了,干不动了就埋在自家自留地了,给儿子也不添麻烦了。

我连忙说,哪能呢,你肯定能活一百岁!

活不过了。她说,我天天盼儿子回来,准备了刺绣枕头和五毒肚兜,唱着秦腔,吃着八大碗十大碟,还有臊子面,要给儿子体体面面娶个十里八乡的俊媳妇,可是连个音讯都没有。我知道外面现在难呀,买房子、娶媳妇、生娃、看病呀都要大把大把花钱呀!农村人皮实,老了我还能干动,不用进养老院,就是死了,一个炕大的地方也不用花几十万元。这些年,我也攒了一些钱,准备给儿子娶媳妇,现在也不知道给谁了。说着就流泪了。

贰·回故乡

我连忙去劝，说，儿子会回来的。你不用担心，有消息我会告诉他你一直想他。

不说了，不说了。羊有跪乳恩，鸟有返哺义。这年代说不成了。簸箕庄，簸箕庄，就是像我一样一点点用簸箕把麦子簸干净，剩下的是麦子，风刮走的是麦草！好在，我吃自家种的粮食身体硬朗很，城里人吃的那些乱七八糟的东西能好吗？

我说对对对，你这里是个好地方，能长寿呢！

长寿不长寿，不想了，只要死时不要受苦。我娃可怜，出去打工，连我孙子都耽搁了。我昨晚想娃了，梦见了娃，早上起来，娃的鞋就在窗前，你说怪不怪？

山里怪事多，看来是实在想儿子了。你们这里会好的。我说，听说有人发现了簸箕庄下面有煤有气，你们不再贫穷了，马上要发大财过上幸福日子了。

祖辈都说簸箕庄下面有宝贝，但是都不知道是啥。我这老太婆都一把年纪了，要钱没啥用了，管什么煤和气，把地下挖得都成了空窟窿，不是自己给自己挖墓么。只要我们在，簸箕庄和我们血脉相连，谁也不能动她一个指头。

我听着、看着这个执著、守护家园的普通母亲，心底生出久违的敬意。

我们农村用藤条编的簸箕滴水不漏。簸箕庄，秦始皇他先人在这里还放过马呢。我们祖祖辈辈世世代代生活了几千年，编织了许多美梦，一代一代人在这里生长，难道就要在我们手中让簸箕庄没了？

簸箕庄，就是要簸掉那些混杂的浮尘，留下饱满的麦粒。

曾祖父有把紫砂壶

曾祖父（宝鸡话叫把爷）去世的时候，父亲拿出了一把紫砂壶，曾祖父没有传给爷爷，而是直接传给了父亲，因为父亲是长孙，也已经成家立业，曾祖父非常喜欢他，就传给了父亲。

我那时还很小，只有五六岁。依稀记得曾祖父经常拖着一双布鞋，在村里转来转去。二十世纪八十年代初期，村里已经实行了土地改革承包到户，曾祖父已经九十多岁了，家里人不让他劳动，他急的没事干，转来转去，不是地里，就是村里的小学。他最喜欢听村里小学的朗读声。

"人之初，性本善。性相近，习相远。苟不教，性乃迁。教之道，贵以专。昔孟母，择邻处。……"从小，曾祖父就教我《三字经》，先死背再讲解，如果背不过，他会打我屁股；实在背不了，就不许吃饭。母亲看不过去，总会偷偷给我吃的。

据村里的老人讲，曾祖父世代耕读，他是清末的秀才，曾祖父才十几岁就中了秀才，是我们塬上的第一名，当年有人乘一骑棕红马从县城专门报喜，曾祖父的父亲高兴之极，请了西府秦腔名角，在村里唱了三天三夜大戏。

曾祖父的这把紫砂壶，就是他中了秀才之后去长安，在大雁塔下，朋友送的。"雁塔题名"，苦读圣贤书，离仕途不远了，文人骚客聚集于此，曲江流饮，斗诗百篇。就有朋友送了紫砂壶做留念。

这是一把方壶，外形很简单，朱砂色，宜兴产，刻有"二泉"字样，古朴大方，典雅简练。"人珠宝间何足取，宜兴紫砂最要得"。曾祖父最喜欢简单，简单生活，生活简单。

曾祖父的理想是先秀才，后举人，再状元。可惜世事多变，清朝完蛋，科举制度被废除，他的人生轨迹就变了，陕西人不爱出门，不得不当私塾先生，耕田劳作了。一个读书人，要去每天种地，曾祖父无法适应，就抽起了旱烟喝起了柳林春。好在家里有十几亩地，先人置业，不穷不富，给他娶妻生子，也就勉强过下来了。

曾祖母老家在天水，很是贤惠，勤于劳作，曾祖父就整天端着一个茶壶，读书，闲转了。这种闲人的生活，最终被"改造"，被用细铁丝在脖子上挂了一个沉重的木牌在戏台上挨批斗，被强行改造每天清晨打扫茅坑和街道。曾祖母给我讲过，曾祖父每次都是把头昂得很高，不顾铁丝渗进肉里疼痛难忍，大汗淋漓。

外圆内方。曾祖父却是内圆外方，没有文人的胆怯，眼睛揉不得沙子，敢说敢做，黄土地的汉子，铮铮骨气。

当然，在这个时候，曾祖母把他的紫砂方壶藏在了土炕里。就是在解放前土匪把曾祖母吊在树上烧，头发烧掉，她也一声不吭。

我见到曾祖父端着紫砂壶喝茶的时候，已经改革开放了。曾祖父留个大背头，头发稀疏，个高而精瘦，穿一身土布短褂短衫，留着长长的白胡子，走起路来昂着头，有几分仙风道骨的味道。张三丰出道在我家不远的金台观，村里人就说曾祖父是张三丰再世。曾祖父听了，微笑着，不做声。

曾祖母从炕里掏出了方壶。祖父用井水细细地冲洗了一遍，洗掉壶上的尘污，然后放了一块街上寡妇豆腐在壶中，置于大铁锅中用沸水煮了约莫半个小时,捞出来,在太阳下暴晒了一个中午,再把甜甜的玉米杆弄成短截放在壶中继续煮,煮上一个多小时,捞出来,放上茶叶,支起来,用南山的柴木沸煮。

"这叫热身、降火、滋润、重生。茶壶也跟人一样,苦尽甘来,轮回重生。"曾祖父告诉我。南方产茶,北方不产茶,曾祖父喜欢喝泾阳茯茶,黑砖一样,酽茶浓茶,茶里面"金花"散发出来香味,整个村子里都能闻到。这方壶坚硬如玉,朱砂壶在跃动的柴火中愈发生动,特别是在大雪封路的农闲时候,窗外北风刺骨,屋内茶香阵阵,"煮雪问茶味,当风看雁行。"听雪、品茶,和曾祖父在八仙桌一块喝茶是件愉快的事情。

父亲不知道从哪里弄来了西湖龙井和紫阳毛尖,但是曾祖父不习惯喝这些茶,嫌清淡。他还是喜欢喝健胃消食的砖茶,金花茂盛,菌香四溢,色泽黑褐油润,茶汤橙红透亮,滋味醇厚悠长。

方壶随着岁月的流逝,在曾祖父的火烤中闪着油亮的光芒,曾祖父说,那不是茶垢是茶油;方壶久经考验,愈发坚硬,烈火中不爆裂,浓浓的泾阳茯茶沁润其间,茶味没有减更加醇香。这把壶,在和井水、茶叶、火的相处中,不经意闪着温润的亮光。老年的曾祖父就喜欢端着,不爱说话,似有所思;不需要什么复杂的茶道,方壶不烫不烧手还保温,有时候用嘴直接去喝,茶养人,人养茶,隔夜的茶照样喝,没有茶叶的方壶倒上开水照样有清香,方壶与曾祖父情同兄弟,相互融合,充满灵气,不能割舍。

有人曾拿来一百个银元来和曾祖父换这把方壶,曾祖父断然拒绝了。他不是把玩,也不是徒增雅趣,而是喝茶所用。方壶陪伴了他一生的酸甜苦辣、荣辱与共,他舍不得这把宜兴紫砂壶。

曾祖父去世的时候,知道他要走了。过了八十,他就知道自己不久就要离开人世了。曾祖母因为土匪吊在树上烧烤留下了后遗症,七十多岁就走了。曾祖父全靠茶做伴了,更加沉默寡言。孔子活了七十三,孟子活了八十四,这是两道门槛子。八十二岁,曾祖父离开了我们。我记得是个秋天的早晨,村里有几分冷了，阳光柔和地照在炕上，我陪曾祖父喝完茶，曾祖父觉得自己呼吸有些困难，便让我找爷爷和父亲，临走前他挣扎着吃了一小碗手擀面，抽了一小袋旱烟，就安详地走了，好像睡着了，永远地睡着了。

听到大人们的哭声，我才知道曾祖父永远离开我们了。

一生堂堂正正，光明磊落的曾祖父把方壶传给了父亲。

放了七天，在唢呐声中我们披麻戴孝埋了曾祖父。父亲把这把宜兴紫砂壶放在了曾祖父的墓道里。还有五谷杂粮，柳林春大坛酒，玉石嘴烟杆旱烟袋，上好的一捆旱烟。棺材下葬的时候，父亲把棺材擦了一遍又一遍，我看到方壶在烛光下闪着飘忽不定的亮光。

风水先生点燃三炷香，烧了几张黄纸，口中念念有词。

"你曾祖父离不开方壶，方壶离不开你曾祖父，就让方壶陪伴他去吧？！"父亲说，"天地有灵气，日月有精华，方壶不能离开你曾祖父。"

"三道之间，天机主宰地脉，地脉主宰人伦，上接天机，下育人伦。"曾祖父的坟头，面朝南山，脚踏渭水。

我长大后，去过宜兴，看过各种各样的紫砂壶，方圆不一，颜色多样，制作精良，让人眼花缭乱。由于紫砂泥近年来几乎绝迹，紫砂壶越来越珍贵，成了文物和古董，人们纷纷收藏。但是我觉得，无论哪一件，没有曾祖父的方壶好，心中有壶便是壶，壶如人，人如壶，壶人相识便是机缘，人壶相伴才是人生。岁月静好，烟火尘世，从曾祖父的一生中，从一把方壶中，我们便可参透人生，足足可以品味，简单而不凡。

备注：此文刊发于《中华手工》杂志等。多家报刊转载，并作为多所中考阅读试题材料。

收麦的日子

记得家乡收麦的日子一般是在农历端午节前后。那个时候,黄土高原一片金黄,关中大地处处飘荡着麦子的香味,农人的脸上洋溢着按捺不住的喜悦。麦子成熟了,一年的辛苦,就下镰要"收割"了。

可惜,这些年呆在城里,早已经忘记了农事。整天被繁杂的事务缠身,日夜奔波于城市的高楼大厦,忘记了日月星辰大江大河,麻木僵化,被滚滚红尘裹挟着不知东西。

家乡把"割麦"叫做"收麦",细细品味,我觉得中国文字很有意思,一个"收麦",表意准确,扎实有力,自己种的麦子自己去"收",有些自信,有点骄傲,信心满满,自己就是"土地、庄稼"的主人,应该拥有,值得拥有。

"小满小满,麦粒渐满。"日子飞快地疾驰,天气也越来越热。人过四十,老感觉时间不够用,还没干事,一不小心,一天就没有了,日子比磁悬浮、高铁、动车还跑得快,而且无影无踪。帝都长安,这几年虽说也有过雾霾沙尘暴、有过"热岛效应",车辆拥挤,交通堵塞,高楼整整齐齐韭菜一般遮挡着我们仰视的空间,和许多大城市一样的"通病";但我还是爱着这所所谓的"网红"城市,据说因为"长江三峡"修建,西安的空气变得湿润,没有了春季,花儿朵朵,绿草如茵,湖景、大树、公园不少,晚上还有数不清的"灯笼"照明,呈现出一派大唐不夜城的繁荣景象。

昨天给老家打电话,得知村里又死了一名八十多岁的长者,父亲叹着气说:"眼看着要收麦了,吃不上新麦了。""吃不上新麦!"可见,农村人对麦子是多么的珍惜和重视,麦子代表着"生存"和"存在",农人的生命和大地里的麦子是息息相通,生死相依的。《弟子规》总讲到:"骑下马、乘下车、过犹待、百步余。"在关中农村,深受周秦文化熏染,无论你在外边干多大的事情,是什么权贵或者富豪,走到村口,都要下马下车,步行进村,哪怕是泥泞的土路,穿上"泥梯"左右摇晃,逢人要点头问好,遇人要发糖发烟。只不过,这些年,"宁要城里一张床,也不要村里一院子",年轻人要饭睡大街也不回村子。村庄成了"空心村",少了人气,好好的良田荒草丛生无人耕种,新农村环境确实变好了,还有文化广场、农家书屋等,可惜很少使用;家家大门紧闭,"村村通"水泥路上也难见到几个人,逢年过节,很少有人回村,没有共同交流,互相也不认识,大家都成了"陌生的客人",农村"熟人社会"不复存在,打招呼的旧习惯渐渐没有了。

"要收麦子了!"一语惊醒梦中人。我方知,收麦的日子来临了。"农民不种麦子干啥?!"尽管种麦子是一个"赔钱的买卖",很划不来。但是,村子的老人,依然日出而作日落而息,在地里务弄着庄稼,毫无怨言。或许他们经历了太多的饥饿,或许他们对土地、对庄稼有着深厚的感情和情怀,不让地闲着,否则会遭人看不起,或者被骂的。

在我的记忆中,收麦的日子里,村里人声鼎沸,大家忙忙碌碌,和老天爷比拼,全家出动,热火朝天,"龙口夺食",日子也变得亮堂起来,整天田野一片生动的画面。过去,到了收麦的日子,单位要放假,学校要放忙假,我们小屁孩干不了重活,可以给大人送饭,捡收过田地里落下的麦穗,交给老师,给学校"创收",以弥补教育经费的不足,给民办老师发些生活补助吧？！给我印象最深刻的是，那些甘肃、青海、宁夏的"麦客"们，头发乱糟糟，身子黑黝黝，跟随着麦子从东向西成熟的节奏，候鸟一样迁徙，身穿厚厚的黑棉袄，戴个烂草帽，手握一把锃亮的镰刀，背个尿素化肥袋子，装着简单的行李，为了生计四处流浪，碰到雨天，只能躲在供销合作社的屋檐下或者废旧的窑洞里，啃着干馍或者硬得跟钢铁一样的锅盔，讨要一碗开水，艰难维持生命的延续。一旦日头放晴，被人请去"收麦"，一天最少要割上二亩左右，传说有奇人，力大无穷且耐力很好，从早天麻麻亮到晚上月亮出来，最多能割七八亩，每亩十元左右，他们从无怨言，从事着繁重的超负荷劳动，承受着夏日炎炎的烈日。那时候的人真好，"麦客"很少计较主家的亩数，说多少就是多少，主家也不亏待麦客，擀上最好的手工面让咥个够。没有地方睡，有的主家还腾出自己的大炕，让"麦客"好好休息，酣声长鸣，成了夜晚最好的声音。人生不易，互相体谅。现在，有了收割机，麦子在冰冷的铁器中翻滚，缺了一些人气，缺了和大自然、植物的交流。

"田家无闲月，五月人倍忙。"收麦绝对是个"硬茬活"，非常辛苦；农民需要实在，矫情没用。女人怕坐月子，男人怕割麦子。男人割麦子腰酸腿疼背抽筋，那个累不比女人坐月子好受。夏忙的日子，我最怕收麦了。收有五忙：割、拉、打、晒、藏。爷一大早起来就蹲在磨刀石边，给全家大人磨起了镰刀，以便收起麦子来利利索索。土地承包后，大家都视土地就是自己的孩子，需要好好侍弄，来不得半点虚假。你哄地，地哄你，"你哄庄稼一天，庄稼就哄你一年。"这是真理。收麦的时候，先要去地里看看麦子的成色，用手捻一下，看是否饱满成熟，然后再下镰。割麦时，全家男女齐上阵，需要全副武装，穿上长袖衣和长裤子带上草帽，以免被麦芒扎伤，麦芒尖硬尖硬，皮肤被扎一下，痒痛无比，再流些汗，更是奇痒难忍，热辣辣的，无处下爪。如果皮肤过敏，一疙瘩一疙瘩的，身上再起些风疙瘩，真是难受至极。割麦的时候，一般也是半蹲着，腰直不起来，左手扒拉着一排麦秆，右手镰刀霍霍快速割一大把，一只脚顺势接住倒下来的麦杆踢到一边，割上几镰刀，就用麦杆现成挽个腰，打成捆；麦茬要割低，麦子要割干净，所有动作连贯一气呵成，姿势优美，节奏流畅，需要长期的锻炼和经验。有时候，割麦的时候，还会遇到土蜂，莫名被骚扰，头上被叮上几个包，大蒜一擦，也就没事了。还有技术高的农人，用钐麦杆子割麦，比镰刀快。这东西不仅需要力气，还要有一定技巧，右手主要掌握平衡，弄不好容易受伤。我只见过一次。

唐代大诗人白居易在《观刈麦》一诗中写到："足蒸暑土气，背灼炎天光，力尽不知热，但惜夏日长。"这就是农人真实的写照。

我一个毛头小孩，割不了麦子，就背麦子。家在贾村塬的最东北边上，若把塬比作"蟠龙"，则属于龙尾，典型的黄土高坡丘陵地带，地势起伏不平，天气干旱少雨，不利用大面积机械耕种。羊肠小道，弯弯曲曲，架子车、"蚂蚱腿"（手扶拖拉机）不能进入田间，要靠人工用背篓、背夹，或者用一根木棒把麦捆穿起来绳子绑紧，倒运到地势较平的地方，便于运输。我一口气可以背八九捆麦子，从沟底背到平处，中途还不用休息，任凭麦芒扎得脖子刺痛，汗水滴滴答答，模糊了双眼。来来回回，一个下午要背上十几次，又饥又渴，万般无奈，真正体会到了："谁知盘中餐，粒粒皆辛苦"的含义了。后来长大上学，基本脱离了劳动。在农事中，我觉得背麦子，打胡基，是最重复、最无味、最累人的事了。虽说可能腰肌劳损，但腰椎间盘突出，通过这样的劳动，绝对治好。

收麦子的日子，最害怕下雨，大家都希望太阳把人烤熟。割完麦子，拉到麦场，害怕下雨，要摞成麦垛。待阳光充足，把麦场碾平，用牛或者拖拉机碾场，翻场，再借风扬场，晒麦子，用竹席围成的大包在大房的二楼上把麦子贮存好。我们小孩子在麦草场翻筋头，尽情戏耍。每道程序，都是汗水的结晶，来不得半点马虎，断断续续，大约需要半月以上。如果遇到白雨，大家可以闲一下，吼一声秦腔，蹲着丢方，也是趣事。晚上，还可以逮蝎子，换些零花钱。

　　农村人，一般把麦子放上一年，才磨白面，这样的面吃起来筋道。麦子丰收，是件大喜的事情，忙罢村里要唱大戏，请省市的名角，唱上三天三夜。媒人也忙活起来，给到了年龄的男女拉扯。过去娶个俊媳妇用几石麦子，现在没有上十万彩礼钱，再加上县城要有房、有车，哪怕空着、放着生锈都行，没有这些，一辈子就只有打光棍的份了。

　　今年，收麦的日子越来越近，我真想回去痛痛快快酣畅淋漓地收割一把，出出汗，和大地对话，和麦子交流，咥一顿原生态食材的白面。看看对面的簸箕庄，回味一下匆忙的人生。人这一辈子，想想，也如同种地、收麦一样，辛辛苦苦，勤勤恳恳一辈子，到头来，空留苍茫的大地，无边的苍穹，那些齐刷刷的麦茬，在城市的每个夜晚，深深刺痛我思乡的神经，让我彻夜难眠。

走・天・下

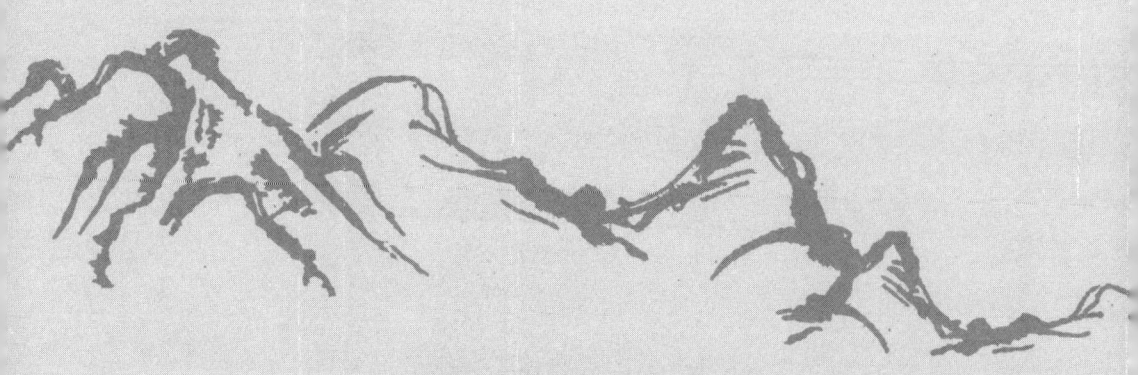

叁·走天下

春来商洛

西安近日雾霾来袭，友邀我去商洛，曾经去过几次，感觉不错，一路前行，走高速一个多小时便到。

友为商洛人，极尽地主之谊，好像要把商洛的一切展示给我。这些年，商洛的变化极大，高楼林立，汽车穿梭，街道整洁，四处绿化，一座古朴自然的小城也有了现代化的模样。

陕南多秀色。商洛因春秋战国时期商鞅的封地而得名，又称商州等，历史悠久，古时属"秦首楚尾"，商於之地，四皓隐居，闯王屯兵，沟壑纵横，河流众多，素有"八山一水一分田"之称，有"鹤城"美誉。历史上有一段时间，也属于京兆尹、西安府管辖之地，便和关中平原有了地缘上的关系。二十世纪八十年代，我知道商洛，是村上小伙从商洛娶回来媳妇。当时交通很不便，缺少粮食，商洛姑娘大多细皮嫩肉，白里透红，丰润匀称，孝敬父母，谨言少事，也很能干。"丹凤眼，山阳脸，商南的女子赛神仙，洛南的屁股赛蒲扇。"这次给我们做向导的是一位大学刚毕业的商洛妹子，她是一位幼儿园老师，天生丽质，自然本色，一双丹凤眼满含春光，兔子一样蹦蹦跳跳，时不时唱几句"听学生喊一声老师妈,我就是世上最富有的人",这是《月亮光光》主人公林怡芳对其兄林怡男的一句唱词,还有《刘海新金蟾》《夫妻观灯》《一文钱》《屠夫状元》《六斤县长》《泉水清清》《大云寺》等选段。朋友们起哄,让唱几句情歌,妹子也很大方,唱起了:"郎在山上起歌声,姐在房中慌了神;靠背椅子坐不稳,手拿棉线抽不匀,情哥哥勾了姐的魂。"肆意真切,情深动人,夹带一些俏皮,我们有一朋友不答应了,也开唱:"红红太阳花花云,花花乖姐花花人,头上搭条花手帕,腰上系条花罗裙,花上加花爱坏人。"虽然五音不全,尽是走调,也博得我们男人的掌声。

春天来临,整个商洛小城笼罩在阳光和鲜花之中,丹江缓缓而流,我喜欢这种不急不慢、山明水秀的样子。朋友们提议要去"仙鹅湖"看看,走至一半,正在修路,尘土飞扬,和这草长莺飞、桃花盛开的美景似乎不太协调。"仙鹅湖"其实就是"二龙山水库",属于水源地,没有开发,沿路农家乐倒不少。朋友说,不去"仙鹅湖"的"四龙戏珠",就算没到商洛来。向导妹子也在一旁煽惑,我们便坚定信念,一路颠簸,爬了上去。湖水清澈,悬崖耸立,站在一座村里人修建的小关公庙面前,"四龙戏珠"就在眼底,飞龙腾跃,栩栩如生。向导妹子给我们朗诵了一首李白的《过四皓墓》:

"我行至商洛,幽独访神仙。园绮复安在,云萝尚宛然。荒凉千古迹,芜没四坟连。伊昔炼金鼎,何年闭玉泉。陇寒惟有月,松古渐无烟。木魅风号去,山精雨啸旋。紫芝高咏罢,青史旧名传。今日并如此,哀哉信可怜。"

一阵春风吹来,烟雾飘渺,宛如仙境,向导恰似仙女,清逸洒脱。一会儿,又是朗朗蓝天,白云朵朵,棉花一样。

中午要去莲园明月楼吃饭。我提出去大云寺看看,这座寺院很有名,武则天因《大云经》里写有"弥勒下生作女王,威伏天下"而大造"君权神授"之舆论,"制颁天下,令两京诸州"所修建的。据说这个寺内有《五戒本生》的壁画,描写佛教"五戒"(戒杀生、戒偷盗、戒邪淫、戒妄语、戒饮酒)缘起的五个故事。可惜寺门紧锁,没有缘分。草草看了一下"商洛市博物馆",

略显局促狭小。大云寺前是条商业街，人来人往，川流不息，仰头而望，高楼环卫，欲与蓝天试比高。

莲园水质清纯，湖光倒影。向导说，下面有鱼和莲藕。走在商洛市民间文化创意园的古朴小街上，微风而来，有些暖意，当地的美少女们已经穿起了短裙薄衫，轻飘飘的，似仙女落入凡间。这座园子，是一个体验区域文化的平台，也是一个创意文化平台，以"一街八馆一客栈"为骨架，其中"一街"为休闲购物及农产品展销街，"八馆"为一区六县民俗文化美食会馆及商洛地区特色美食馆，"一客栈"为最具地方特色的民俗客栈，以亲水烧烤酒吧及休闲娱乐为补充，是集休闲旅游、地方美食、农特产展销、民俗客栈、创业孵化、民俗艺术展示、文化沙龙、科教交流等多功能为一体的最具商洛特色的民俗文化交流之地。吃饭就在上面二楼，临窗而望，莲园、大云寺等尽在眼前，赏心悦目。

商洛景美人美，文化名家不少，我们熟悉的贾平凹、孙见喜、方英文等，都出自这片山清水秀的土地。商洛美食居多，寺坡橡子凉粉、浆水豆腐、商州糍粑、山阳腊肉等。现在，吃饭本身就是浪费时间和人力的事，大家嫌颇烦，建议上了一些特色小吃，喝些商州茶。商芝肉，是要吃的。商芝条子肉，或叫商芝肉，商芝呈淡紫色，雅称紫芝，因其幼芽远瞧似鸡爪，近看像拳头，又叫鸡爪、拳芽，是一种含有异香、营养极为丰富的野生名菜，类似蕨菜。商芝因其古老美味，在商山深处的农家被称为商山的"地灵"。史料记载：秦末吴实、周术、唐秉、崔广四位博士官同来商山隐居，"岩居穴出"，以商芝充饥。他们在自编的《采芝歌》中云："莫莫商山，深谷逶迤，烨烨紫芝，可以疗饥。"商州人用商芝可烹调出十几种菜肴，如商芝蒸肉、商芝小炒、商芝拼盘、商芝滚汤等等。商芝肉在商州的席面是必不可缺的一道菜，用料讲究，猪肉肥瘦适宜，带皮入油锅炸至皮色金黄，上酱色，切成片状整齐排列碗底部，肉上配商芝浇高汤入调料，笼中蒸，熟后商芝调料入味，打开蒸笼，趁热快速翻入盘中，不可散乱。翻入后保持原摆放形状，上面条子肉呈棕红色极具诱惑力，肉下便是商芝，释放奇香。特点是肥而不腻，烫而不烧，爽滑顺口，香气缭绕，回味悠长。我不属于佛系，从小不爱吃肉，虽到"油腻之年"，也经不住鼓捣，尝了一小口，确实不错，不油腻、入口即化，韧中带脆，柔绵适口，味道醇香，余味悠长。陕北人讲大口吃羊肉大口喝酒，商洛人却是小口细嚼，慢慢品味，关中人则是划拳行令，最终吃一碗黏面了事。

打打闹闹，喝喝谝谝。酒足饭饱，玩得高兴，心里受活；已近傍晚，大家还要回古城西安上班，微醺之余，有朋友开玩笑问向导妹子："跟我们回去，给你在西安找个婆家怎样？"

"我才不去呢！你们是国际大城市，没有我们小城好。秦岭最美是商洛，商洛最美是姑娘。我们一片净土，空气好、不堵车、没污染，主要是人的心灵美，健康色，欲望少。哪像你们大城市的男人花哨，心眼比我们山阳特产九眼莲还多呢！我们才是'色白质脆味香甜，山阳特产九眼莲。淡水芙蓉堪称羡，沃泥佳藕更值钱'。"娇美的向导姑娘明眼皓齿，莞尔一笑，说完也脸红了。

"你们商洛姑娘看似老实单纯，才狡黠可爱着！"哈哈哈，呵呵呵。一阵大笑，有银铃之音，也有自我嘲笑之意吧？当然，商洛的小伙也不错，清秀风雅。

春来商洛，青山绿水，桃红柳绿，一座秦岭小山城充满活力；春来商洛，一个冬季灰暗的天空和心情变得亮堂起来，十里春风不如你我，迎着春的气息，喝完包谷酒，便陶醉在这无限风光的地方，不肯离开了。我们的心要解冻了——"出了青山姐有庙吆，小情哥你不来自讨俏……"撩妹子的哥哥们醉了，却真真切切听到了妹子呼唤的歌声。

2018.3.18 二月二记之

叁·走天下

马嵬驿

小时候知道"马嵬驿",是因为婆跟集赶会,去了那里带回了一包黄泥土,说是从杨贵妃的墓地采的,姑娘娃抹了会越来越漂亮,长大了就会成为美人。

当我上了小学,真正看到"马嵬驿"三个字的时候,顺口读出了"马鬼驿",读过书的父亲给我纠正,"嵬"读作"wéi"不读作"guǐ",马嵬驿古时候是丝绸之路上有名的驿站。当然,传统的父亲隐去了马嵬驿兵变之事和唐玄宗与杨贵妃的爱情。

上了大学,每次从宝鸡到西安坐绿皮火车,火车穿梭在八百里秦川的关中平原上,虽然很慢,需要五个多小时,但外面的田园风景美不胜收,特别是到了夏季,视野开阔,麦浪滚滚,扑面而来的麦香让人陶醉。有兴平的同学下车,就热情地邀我去马嵬驿看看,家里收割在即,我不敢贪玩,只能说声谢谢。

当真正去马嵬驿贵妃墓,是女朋友拉去的。记得是二十多年前的一个夏季,天气很热,风也很大,路上黄土乱飞,但心情甚好。"回眸一笑百媚生,六宫粉黛无颜色。"女友是受美人杨玉环的吸引而去的。贵妃墓为一半坡上的小陵园，大门顶额横书"杨氏贵妃之墓"，墓两侧是古代碑廊，其后是毛泽东手书半部《长恨歌》之巨碑，园内墓冢呈圆形，高三米，周长约十米，封土四周砌以青砖，上面长满杂草。据说用贵妃墓上的土搽脸，可去掉脸上的黑斑，使面部肌肉细腻白嫩。因此，其墓土被称为"贵妃粉"，可能有些类似现在的"硅藻泥"吧？远近女人争相以土搽脸，于是墓堆越来越小，只好用青砖将其包砌，人们就再也无法从墓上取土了。女友虔诚地烧香默默祈祷，许下了自己的心愿。虽然难以取土，我还是悄悄地用手抠了一些黄土，谁不希望自己的女友漂亮些？"在天愿作比翼鸟，在地愿为连理枝"，谁又不希望与自己的爱情伴侣比翼齐飞呢？

岁月无情，生活静美。"六军不发无奈何，宛转蛾眉马前死。花钿委地无人收，翠翘金雀玉搔头。君王掩面救不得，回看血泪相和流。"唐玄宗作为一代皇帝，都无法挽留自己心爱的女人，爱情是伟大的，现实很骨感，谁也无法躲避。"天长地久有时尽，此恨绵绵无绝期"，马嵬驿，马嵬坡，在我青春的记忆中，成了一种遗憾，爱情的一道深深的伤疤。

这二十年客居西安，每次回宝鸡老家，走西宝高速，都要经过马嵬驿，远远地看，已经没有年轻时的好奇，穿越历史的烟云，该消失的就消失，该留下的依然存在。老家的村里除了稀稀疏疏的老人们还在坚守，年轻人都跑到外边打工去了，带给我儿时无限欢乐的故乡成了"空心村"。马嵬驿因东晋一武官在此筑城而命名地名，是长安到蜀地，长安到吐蕃的首个驿站，是古丝绸之路、唐墓古道、秦蜀古道的重要驿站，因修建民俗文化村，让世人关注。

我是为了寻找美食而来，谈不上"吃货"，就爱咥陕西面食，听说马嵬驿的小吃不错。来到这里，确实有些吃惊，一些乡村的集市已经萎缩，而马嵬驿人山人海，异常火爆。马嵬驿占地约六百亩，不收门票，随便出入，店铺林立，古色古香，依托黄山宫、贵妃墓、古驿站、关中地方美食风情等独特的资源顺坡而建，融历史文化和现代生活，集文化旅游、民俗文化展示、休闲体验、旅游观光为一体，包括文化广场、民俗文化展示区、民族小吃文化街、垂钓区、家禽生态养殖区、百果林采摘园等八大功能区。我去过一些名镇古镇，但对现代的"人造古镇"比较反感，但是马嵬驿我觉得做得不错，体现了一种农耕文化的原汁原味，管理也比较到位，开了乡村旅游的先河，是升级版的"农家乐"，虽然它也存在基础设施薄弱，停车困难等问题。袁家村、茯茶古镇、沙河、花田公社、宏兴码头、重泉古镇、将军山、高陵场畔、簸箕掌、白鹿原等等，一些旅游古镇借鉴了它的一些做法，但不应该雷同，千篇一律，千镇一面，要有自己的特色。我觉得实际上，这是中国乡村文化失落的体现，在城市化进程中，可能几十年后没有了村子，但需要一种文化的记忆，马嵬驿等担当了这一责任。

我在马嵬驿听了秦腔，咥了一大碗乾县驴蹄子面，又咥了一碗搓搓面，确实过瘾。都是手工擀面，面粉筋道，酸辣可口，感觉回到了家乡。还有驴拉碾子磨辣面，勾起了人的乡村记忆，又真真实实感到了辣面的真，不是假冒伪劣产品，值得信赖和拥有！我也作回广告，为马嵬驿！

大唐美人杨玉环，到底是无法奈何自缢马嵬驿，还是东渡而逃安享晚年，至今仍是一个历史之谜。马嵬驿，过去因为一段爱情，一座驿站而名；现在因为修建民俗体验村而世人皆知，闻名而去。百姓说，马嵬驿的老鼠皆白毛，是给冤死的贵妃戴孝。这是善良的传说，诗人袁枚写到："莫唱当年长恨歌，人间亦自有银河。石壕村里夫妻别，泪比长生殿上多。"马嵬驿是一座历史凝固的小镇，给了我们许多思考，作为一个普通的老百姓，在华清池看完《长恨歌》之后，我们为自己现在拥有的爱情、婚姻、幸福生活感到幸运和自豪。

2016.7.18 匆于长安秦岭终南山

大汉雄风看阳陵

在去往西安咸阳机场的高速路上，有一座长、宽约百米，高30余米，呈覆斗型的雄伟陵墓，这便是阳陵了。在咸阳塬上，大小陵墓众多，约有近百处，而阳陵居于西汉九陵之首，气势恢宏，南北俯瞰渭、泾两河，与秦岭终南相望，天子之气油然而生，让人敬畏。

这便是我在去外地经机场之路对阳陵最初的印象。在此之前，听说过阳陵，但真正看到他芳草萋萋、宛如一位关中大汉立于天地间时，我被折服了。

"事死如事生"。历代皇帝死后，都要大肆修建自己的陵墓，企图让自己在地下永享太平，更不用说"文景之治"强盛的皇帝刘启了。汉阳陵是汉朝第四个皇帝景帝刘启与王皇后的同茔异穴，占地3000亩。我们从历史教科书上，知道了关于刘启崇奉"黄老之术""平定七国之乱"，偃武修文，轻徭薄赋，关注民生；自己清静恭俭，勤政为民，推行文教；对当时强大的匈奴和多战少，保证国家安康的史实。历史的烟云让我们无法看到许多事实的真相，当我走进这座号称"世界第一座现代化地下遗址博物馆"，看到罕见的文物地下世界，几乎震撼了。

各种断臂裸俑形态各异，栩栩如生，仿佛穿越历史的神秘隧道，来到我的眼前。虽说没有"世界八大奇迹"兵马俑的阵势强大，但汉阳陵的彩俑从目前发掘来说，数量较大，绘塑均有较高的艺术特色，给我们提供了汉朝政治、历史、文化、军事等一些可贵的信息，我觉得更为可贵的是，比之冷峻的军队秦俑，它更富有强烈的生活气息，活灵活现，神采飞扬。在目前挖出的土俑中，大多面色喜和，裸俑中男俑一般高约60厘米，女俑高约50厘米，是真人的三分之一，身体各部分基本合乎比例，身体细部的塑绘极其精致：男阳、女阴、肚脐等均可肉眼看得很清楚。土俑的颜色接近真人，颜面和身体为橙红色，头发、须眉、瞳仁则是黑色。或许在2000多年的历史沉淀中，有氧化的原因。各种土俑极富生活情调，惟妙惟肖，有不同的年龄、地域、表情等，关西大汉、儒雅美男、温柔俊妇等都有，充分展示了西汉当时高超的雕塑艺术，我们完全有理由认为，中国雕塑艺术在西汉已经很成熟并且富有强烈的生活气息。

今天，透过脚下的玻璃，我们看到的是不穿衣服的西汉土俑。难道是一次集体展示的人体行为艺术？他们是我们中国最早的"东方大卫""东方维纳斯"？解开历史的疑团，原来，这些裸俑早年埋葬时装有木质的可以活动的臂膀，穿着代表各自不同身份的衣服。但经过2000多年地下环境的腐蚀，衣物和木臂腐朽殆尽，发掘出土时就成了缺臂的"裸体俑"了。今天，他们失去了当年无比华丽的衣服，也就是我们说的汉服吧！呈现在世人眼前的是人体美的艺术本色，所以许多人体器官可以看到。而临潼兵马俑本身在烧制时已经等于穿上"土"衣服了。在今年（2008年）8月8日晚的北京奥运会开幕式上，曾经出现了活字印刷的汉字、身着汉服的汉女，汉字、汉服等已经成为我们中华民族、华夏中国一个必不可少的文化元素。

"但使龙城飞将在，不教胡马度阴山。"当我想起汉景帝时期这位伟大的李广将军时，更想到的是皇帝刘启的英明。可以说我们在《大汉天子》中看到的汉武帝刘彻时的繁荣昌盛，有其父刘启的奠基和佑护。刘启为了便于中央集中统治，消弱各地豪强的权利，"消藩"之后，采取迁徙豪强以实关中的做法，把部分豪强迁至阳陵邑，使他们宗族亲党相互分离，削弱他们的势力，以达到强干弱枝的目的。从这层意思上来说，汉阳陵也是江山社稷稳固的见证。

徐州狮子山也有汉俑，但是它的数量、规模、形态等与阳陵无法相比。汉阳陵是全国第五批重点文物保护单位，被列为"1990年全国十大考古发现"之一，现代科技与古代文明的完美结合，保护开发和教育展示互相统一，是西安展示"周、秦、汉、唐"一张金灿灿的国际"名片"。走在汉阳陵，零距离、多角度、全方位与各种文物接触，与土俑见面，与历史对话，让我们重温大汉国力雄厚、威震四方、和谐发展的赫赫雄风！站立在黄土高原，不自卑、不自傲，我无不为我们中华民族感到骄傲与自豪！

公元前141年正月，景帝刘启患重病，临终前对太子刘彻说："人不患其不知，患其为诈也；不患其不勇，患其为暴也。"不但要知人、知己，还要知机、知止。汉阳陵不仅展示了我们过去的强大，也告诉我们无论个人或者国家，在共同的发展之中，也要抓住机遇、奋力而起，才无愧于我们现在多民族融合的伟大时代！

叁·走天下

千灯古镇访顾绛（顾炎武）

国人趋之若鹜的"上海世博会"赶集一样盛况空前。我因公匆匆而过，这次盛会，每天都在通报一个入园的惊人数字，仿佛接待总数超不过7000万人次，就是耻辱，只求数字不求服务质量，深度参观，拿着"护照"乱盖章成了一窝蜂。天气炎热，提前预约，排队等候，匆匆浏览，急忙赶车，这就是每个参观上海世博会普通人的真实过程。

趁闲暇去了一趟乌镇。对海宁的徐志摩故居起了兴趣，可惜车经过之地有12公里，失之交臂。朋友带去千灯古镇吃饭，我对吃饭无多大兴趣，关键是明朝遗老，一代宗师顾炎武生于此。我去时，上午下起了大雨，走在石板路上，慢慢寻访大师的足迹。

千灯原名"千墩"，名出吴越争霸。昆山南三十里处的高墩为第一千个墩，所以称"千墩"。这里曾有吴越争霸烽火台，建于秦始皇南巡过的胜迹秦望山上，距今已有两千五百年的历史。清宣统二年（1910年），易名茜墩，其来历传说有二：一谓文人雅称；一谓因墩上长满茜草之故。茜墩是一个人文荟萃之地，人们感到叫"茜墩""千墩"都有点不妥，应该用这个"灯"更好。

这个"灯"字,象征着光明的使者,象征着辉煌,象征着富裕,与"金千灯"相符。"千灯"这个地名就由此而来。1966年4月,经江苏省人民委员会批准,改名千灯迄今。改名蕴含着美好的祝福,我倒没有看见什么千灯,或许晚上能看到。

千灯古镇并不大,加之雨大,秦峰塔高耸,游人不多。我打起伞转了一圈,江南小镇的风貌保持基本良好。我从小生活在北方,不太习惯江南的烟雨和潮湿。

顾炎武(1613-1682),汉族,苏州府昆山县(今江苏昆山)人,原名绛,字忠清。明亡后改名炎武,字宁人,亦自署蒋山佣,被尊称为亭林先生。明末清初著名的思想家、史学家、语言学家。曾参加抗清斗争,后来致力于学术研究。晚年侧重经学的考证,考订古音,分古韵为10部。著有《日知录》《音学五书》等。我们知道他,最有名的莫过于"天下兴亡,匹夫有责"了。《日知录》中写到:"保国者,其君其臣肉食者谋之;保天下者,匹夫之贱与有责焉耳矣。"他一直反清复明,经世致用,耗尽一生。

"昆山城陷,死难者四万余人,顾炎武的生母何氏被清兵砍去右臂,两个弟弟遭杀害,好友吴其沆也被捕蒙难。顾炎武奉嗣母王氏避兵于常熟,王氏闻城陷,绝食十五天死节,临终时给顾炎武留下遗言:'我虽妇人,身受国恩,与国俱亡,义也。汝无为异国臣子,无负世世国恩,无忘先祖遗训,则吾可以瞑于地下。'"良好的家庭教育,正统的儒家思想,让他努力去实现自己的梦想,并期待着民族的复兴。他的一生波澜曲折,晚年居陕西华阴,观天下之势,卒于山西曲沃,由嗣子顾衍生、从弟顾岩扶柩回昆山千灯故里。

为什么他要居住在华阴。除了他与"关中三李"(富平的李因笃、眉县李柏、周至李二曲)交往颇深外,还与"关中大儒"王弘撰有深层的交往和切磋。我曾看到顾炎武曾为王家写的《华阴王氏宗祠记》,强调礼教的作用和意义。明末清初,朋党之争、南北之争、官宦之争等斑斓起伏,在康熙年间,江南基本一统,对于复社以及反清的志士打击很大,西北相对宽松些。他还看到了华阴的"金三角"地理位置。"凡天文、地理、兵农、水土,及一代典章之故不可不熟究。"他在给家人的信中写道:"秦人慕经学,重处士,持清议,实与他省不同。……然华阴绾毂关河之口,虽足不出户,而能见天下之人,闻天下之事。一旦有警,入山守险,不过十里之遥;若志在四方,则一出关门,亦有建瓴之便。"他的一个侄儿从家里来信,认为陕西天气寒冷,土地也不肥沃,劝顾炎武回江南去。吃不惯、住不惯西北的顾炎武,为了自己的追求,晚年主要来往于陕西、山西之间,寻找出路。1682年正月初八,年迈体弱的顾炎武访友准备回归华阴时,不幸落马坠地,次日溘然长逝于山西曲沃。

他"不仕异朝"的思想伴随一生,可以说是民族英雄。康熙十七年,当时朝议以撰修《明史》,特开博学鸿词科,征举海内名士。许多江南文士都不得不低下高贵的头颅,屈膝出去做官,顾炎武的同乡叶方霭等人也联合举荐他出来,顾炎武回信严词拒绝。第二年,清廷还不死心,让主持编写《明史》的大学士熊赐履派了两个差人来到华阴,请顾炎武到北京做他的助手,他毫不迟疑以死自誓,"唯办刀与绳"。可以看出民族气节!

千灯古镇的雨很大。我一直在走,顾大师的一生可以说烟雨风云。在历史的改朝换代之际,一部分人坚决抗击誓死殉节,例如顾炎武、王夫之、黄宗羲等;一部分人迎接新朝,顶礼膜拜,"贰臣传"里实在太多,例如洪承畴、钱谦益等;一部分人隐居山林,了却残生。失节、变节,还是顺应,我们无法统一要求一个人去选择道路,每个人选择的道路令人深思。

顾炎武先生给我们一面镜子,红尘的历史在江南古镇——千灯的烟雨中越发不可捉摸。

谜一样的人生,谜一样的历史。解开的密码可能就在我们的心中。

夜走江阴长江大桥

我喜欢在夜里散步,很慵懒,不急不慢,一个人好像想什么,又没想什么,夜伴随着我空空如也。

但我仍然喜欢夜里散步,虽然什么也没有得到,最终什么也没有想通。

生活一天天过,夜一天天来临,我一天天散步。

就是到了水乡江南,到了江阴,这座很现代很时尚、工业很发达的现代化滨江港口的花园城市,我还是喜欢一个人在夜里散步。

我就一个懒汉,没有女汉子的风风火火。

高楼耸立,万家灯火,各种霓虹灯、激光射灯交替变化,横盛着夜的盛宴;繁华似梦的都市,丰富的夜生活在光怪陆离中开始了。

夜,如此美好。有点让人陶醉,有点让人迷离。

我一步步走上了江阴长江大桥。"山环芙蓉城,私怪鹅鼻状。"白天坐在车上已经远远看到了这座大桥如同鹅鼻伸入水中,曲线柔美,蜿蜒多姿。在夜的庇护衬托下,江阴长江大桥愈发显得高大雄伟,两座"天梯"直插天宇,傲然挺立,无数钢索在灯光下熠熠放光,宛如嫦娥出月,洒下人间万丈蚕丝,或如同大戏开始前的帷幕,让我们期待一场精彩绝伦的表演。

还有水面上的游船,灯火点点,慢游江中,徐徐而来。

据导游讲,江阴长江大桥是中国首座跨径超千米的特大型钢箱梁悬索桥梁,是国家公路主骨架中同江至三亚国道主干线以及北京至上海国道主干线的跨江"咽喉"工程,是江苏省境内跨越长江南北的第二座大桥,其长度、宽度和雄伟规模,居世界第四,中国第一。我生于黄土高原,原上干旱少水,难见江河,也不游泳,从小对水有一种畏惧感。记得我去过南京长江大桥,车经过时,桥面晃动厉害,看见桥下滚滚长江,没走几步,就下来了。

可以说,在夜里,俯视忽明忽暗的长江之水,脚下可过万吨豪华游轮,走在江阴长江大桥,就是一种美的享受。夜,少了许多白天的烦恼,线条简单色调浓黑,让人放松,令人深思。遥想当年如有这座桥,伟大的旅行家徐霞客先生从此走过,定会写下千古不朽的游记。

读万卷书,行万里路。当我们走过八千里路云和月,当旅游不再是"白天看庙晚上睡觉",我们不再满足简单的观光游览,需要更深的心灵体验,独特的个人感受时,走在一座上是天下是水通往两岸的桥上,又是一种什么样的心情?

历史风云变幻莫测,但是自强、正义不可抹杀。斜阳下的大明王朝,在朝代更替之际,多尔衮的圈地、投充、逃人法三大恶政,"扬州十日""嘉定三屠",谁也不会忘记江阴"守城八十一天,击毙清三王十八将,清军死伤过万。"虽最后被残酷屠城,但"留头不留发,留发不留头"的英雄豪气直冲云天,万世留名!"露胔白骨满疆场,万死孤城未肯降。寄予路人休掩鼻,活人不及死人香。" 全城殉节,无一人投降,仅老幼53人藏于古塔中幸存,活人不及死人香,繁华之城化为废墟,活着的人还有什么意义?活着的价值在此体现得淋漓尽致。

不管是古代还是现代,也不管中外,人活着的意义是什么呢?

江阴这座婉约小城,孕育了许多历代名人,有为避王位"弃其室而耕"

于江阴的春秋贤人季札,也有从这座城里走出的"驴友"徐霞客,其一生志在四方,游历世界,不避风雨虎狼,与长风云雾为伴,以野果充饥,以清泉解渴,不断探索,勤于实践,出生入死,在所不惜,记录文字,鞭策后人。还有我们所知的刘半农、刘天华、刘半茂、吴文藻、巨赞等等,为生于江阴而自豪,为国家大业而奔忙,付出自己最大的努力!

徐霞客、红豆树和心经碑共同构成了江阴三奇。游览过"枕山负水""水环峦拱"的江阴,夜里走在江阴长江大桥,不需明月高悬,只有清风作伴,混沌世界,凭栏临风,让我的头脑清净几许。

桥,本来是给人方便,普度众生的。一花一世界,一桥一人生。夜里走在桥上,仿佛走过漫漫人生,沧海桑田,风云变幻,唯有自己心灵最真。

元代诗人王冕在给江阴的同僚朋友诗中写到:"耕田凿井亦足乐,短歌长啸随所之。溪谷无尘人事少,纵有饥寒能自保。花村月夜犬不惊,可是太平风俗好。"一春又一春,一年又一年。我们无法让时间倒流,在岁月的长河里我们看到了自己的影子,被悄悄打磨,身瘦而硬朗。

夜里就这样走在江阴的长江大桥。就这样懒散地走,海阔天空地想,通过桥,抵达心灵的深处。

"黄田港口水如天,万里风樯看贾船,海外珠犀常入市,人间鱼蟹不论钱。"这是过去的江阴,繁华可见。

江阴这座现代之城,不大,很自然,有幸福,还温馨,慢生活;山有势,水有灵,物有来历,出出进进,人有精神。

无论魏晋,还是当下。

2013.9.18 夜于长安

备注:此文获第三届中国徐霞客游记文学奖。

叁·走天下

永远的"月亮门"

最近，我又重新看了一遍张艺谋的电影《红高粱》，更加感动。缘于今年莫言先生获得诺贝尔文学奖，也缘于我十年前，也就是 2003 年一个人去过镇北堡西部影视城，还缘于我看过张贤亮先生的《绿化树》《灵与肉》等小说，我期望在这片黄土大地上探求一种轰轰烈烈、酣畅淋漓、英勇顽强、蓬勃向上的人性和生命力。

电影《红高粱》中不断出现的"月亮门"，让我感到了无比的兴奋和震撼，黄河东去，大山依旧，喷薄不尽的生命在这里得到了讴歌和礼赞！当我走进这座离银川不远的镇北堡西部影视城，亲眼看到这座可能是世界上最简单又最有艺术感染力的"门"，我惊讶之余更多的是感谢艺术家的思想创造力，感谢这座"月亮门"修在了他应该矗立的地方！这里历史在沉睡，这里的八月，太阳高照，天高云淡，没有一丝风，远去的黄河、巍峨的贺兰山历历在目，一切的一切，光明磊落，没有什么隐藏，一个人孤独地行走在大地上，喝着烈性"高粱酒"，大唱"妹妹你大胆的往前走"，才符合黄土地上汉子的剽悍性格！

各处景点眼花缭乱，游人络绎不绝。我怀着对电影的好奇主要参观了明、清两堡，深感尽管这里道具比较简单，但通过艺术家的表现，给人以强烈的视觉冲击力。张贤亮先生不仅是一位著名的作家，更是一位成功的商人。他将一片荒凉、古时屯兵的镇北堡两座废墟打造成银川首家国家AAAAA级旅游景区，被国务院和文化部评为"国家文化产业示范基地"和"国家级非物质文化遗产代表作名录项目保护性开发综合实验基地"，实在不易。听说20世纪60年代，张贤亮先生在南梁农场时，在一个休息日赶集的时候偶然发现了这块地方，大为感动，后来谢晋导演将他的小说《灵与肉》改编成电影时，张贤亮向谢老推荐了这一外景地，此后，来镇北堡拍戏的剧组便络绎不绝。奇特、雄浑、苍凉、悲壮、残旧、衰而不败的景象，原汁原味的荒凉、粗犷、原始和风情，让电影艺术家们在这一片西部风光中尽兴地发挥他们的想象力和创造力。可以说电影成就了镇北堡西部影视城，镇北堡西部影视城也成就了电影，两者密不可分。镇北堡西部影视城被誉为"东方好莱坞""中国一绝"。在这里拍摄了《牧马人》《红高粱》《大话西游》等经典影片及具有影响力的影视片100余部，享有"中国电影从这里走向世界"的美誉。

记得我当时还去过《大话西游》的拍摄场景，旅游不在于简单的观光，更在于体验感受和休闲放松，特别是自我心灵的放松。我要在这片广阔的大地上，在时光倒流中彻底放松自己。盘丝洞前，我也默念着经典台词："曾经有一份真诚的爱情放在我面前，我没有珍惜，等我失去的时候我才后悔莫及，人世间最痛苦的事莫过于此。如果上天能够给我一个再来一次的机会，我会对那个女孩子说三个字：我爱你。如果非要在这份爱上加上一个期限，我希望是……一万年！"致青春，我也曾经浪漫过！

我曾到过法国的凯旋门，雄伟的高楼，精美的浮雕，洋溢着法兰西人民的爱国主义和争取自由的思想，这种让人骄傲的法兰西精神至今不朽；而镇北堡西部影视城的"月亮门"，虽然不够精美绝伦，但是他的雄浑豪壮，他的屹然不动，在生我们、长我们的黄土大地上，矗立了一块永恒的无字丰碑；

这座丰碑，超越了我们人世间任何一座"门"，是思想的凝聚、艺术的升华！在电影《红高粱》中不断出现的经典镜头，是20世纪30年代中华民族抗日精神的象征。我想至今，"月亮门"仍是我们黄土地上汉子不屈不挠、坚贞气节的写照，是镇北堡西部影视城二十年不断发展的见证，是美丽中国甲天下，天下黄河富宁夏的历史丰碑。

永远的"月亮门"，让我难以忘怀。当我走进宁夏银川，在这座"塞上江南"的美丽城市穿梭，和朋友吃肉喝酒，或者一个人悠闲漫游时，感受、体验大漠风情时，我总想起"月亮门"，想起西夏党项族神秘的王陵，贺兰山上岩画那写满石头的密语，还有这几块土坯垒砌的"门"。从小我已经和黄土大地血脉相融，苍凉质朴，"月亮门"就像遥远的大钟，旗幡招展，穿越时空，不朽的经典，定格的镜头，让我静静地思索，不可自拔。

"落日照大旗，马鸣风萧萧"。谁是英雄？又是谁骑着汗血宝马从"月亮门"英勇出征？

2013.5.26 夜于长安匆

备注：原文刊发于2013年6月1日《银川晚报》。

穿越西咸的梦想

从1994年在西安上学开始,我就穿梭于西宝线上。每次回家、上学,透过火车的窗口,外边是关中大平原的庄稼,四季更替,景色不同。特别是深秋,沿途一片寂寥,空旷而悠远。

这里曾有的大秦帝国,大汉雄风呢?都化作了尘土,在历史时空中,看不到痕迹。花开花落,春耕秋收,我们在这片热土上,一代接一代,开垦着美好的未来。饱满的热情和希望,从没有放弃或者停止。

听不到铁马秋风,看不到疆场征战,当历史走到今天,现代文明的发展,西安又遇到了难得的契机,西咸焕发了生机。

我仿佛看到,丝绸之路上,连接长安—罗马的大道上,驼铃阵阵,万人来朝!

我们古都西安伟大的复兴时代来临了!建设国际化旅游大都市的帷幕已经拉开。

十年磨一剑。2011年6月13日,国新办"西咸新区规划"新闻发布会举行。标志着我国按国家战略打造的第四个城市新区——西咸正式诞生。打破行政区域和各种壁垒,共创和谐美好的西咸新区,西安、咸阳,两个古老的千年文化名城终于携起手来了!要以周秦汉唐深厚的文化积淀为底蕴,以秦汉大道为轴带,连接秦咸阳宫与汉长安城遗址,构建大都市秦汉文化主轴带;把新区建设成为世界秦汉文化中心、周秦汉唐文化综合展示区、西安国际化大都市文明形象的重要窗口、西安进行国际文化交流活动的重要区域。西咸新区，要成为连接欧亚、关天经济区"新丝绸之路"上的"国际会客厅"。

我曾去过这里的渭河、泾河，去过万历年间的崇文塔，新中国修建的大地原点，去过昆明湖遗址等等，泾渭两河需要我们治理，生态需要我们去保护，文化需要我们去挖掘，旅游需要我们去开发。

这里沉睡的土地，需要我们唤醒。

我想起了今年在最美丽的欧洲小镇——瑞士"卢塞恩"上欣赏它的雪山湖水，建筑风格。这个小镇给我留下了美好的印象。展望未来，在我们的眼前，神奇的西咸新区，黄土大地上将会出现属于我们自己，有自己特色，世界上最美丽、最理想的绿色"田园小镇"，难道不值得我们高兴吗？我国历史上第一个人工蓄水工程——昆明池也将在西咸新区沣东新城重现，难道不值得我们祝贺吗？一切的一切证明，我们有理由相信，西咸新区正在积极行动，造福人民。

穿越西咸，秦砖汉瓦，历史的烟云悄然褪尽，时代的强音正在响起。我们行走在这片蕴藏无限宝藏和充满无限魅力的土地上，描绘着美好、灿烂、绚丽的未来。我更愿守护、建设我们的乡村家园；居于泾渭河之畔，远眺南山，在未来的田园都市，放歌一曲，歌唱我们伟大的祖国、我们西咸的建设者、我们现代田园城市幸福生活的人民！

点评：读着作者饱含热情、充满遐想、优美清新的文字，展现在你面前的是一种全新精彩的城市模式，让你有惊异中的新鲜。作者无疑有较高的驾驭全篇的功力，拿捏分寸到位，收放自如，笔调生动，声情并茂地唱响西咸新区这一让我们眼前一亮的时代主旋律。是一篇让人读后有一种暖意融融的舒畅、清风扑面的爽意的好散文作品。

（朱文杰：中国作协会员、一级作家、西安市文史馆馆员）

备注：原文刊发于2011年11月25日《陕西日报》。

夜醉周庄

夭夭专门选择这个夏季的夜晚到周庄,她精心挑选了一条古船和船老大,准备夜游周庄。

船老大是沈福,也已经过了四十岁,据说是江南首富沈万三的后代。

夭夭精心打扮了一番,她也四十了。年龄永远是女人的秘密,但是岁月的风霜不近人情在她的脸上烙下了皱纹,尽管保养得不错,但是眼角很容易被人发现。夭夭略施粉黛,轻轻地喷了一点香奈儿,戴上宝格丽眼镜,穿了一件带着牡丹花的大红手工缎面旗袍,她知道周庄年轻俊俏的姑娘也喜欢牡丹,希望吉祥富贵。

今晚,这条船她包了,她喜欢古船,喜欢船老大轻荡船橹,悠悠向前的感觉。

只有夜可以掩盖一切,也只有夜让人无限遐想。

周庄的夜流光溢彩,美妙动人。古桥倒映在水中,如梦如幻;水巷不时传来丝竹之声,声声入耳。还有水上的荷花灯,伴随着水波,一闪一闪,飘忽不定。这就是夜的水乡,让人如醉如痴,让人迷乱。

风儿轻轻吹来，夭夭闻到了万三蹄让人垂涎三尺的溢香；忽大忽小的昆曲小调随风而来，隐隐约约可以听到"袅晴丝吹来闲庭院，摇漾春如线。停半晌整花钿，没揣菱花偷人半面，迤逗的彩云偏。我步香闺怎便把全身现。"夭夭一声未吭，双眼微闭，享受着人间美景的慢生活。

船老大沈福一直摇着船，迂回曲折，柳暗花明，沉默不语。西湖有船娘，周庄有船郎，每个人的兴趣爱好不同，但只要坐船人满意，这就是他们最大的知足和幸福。

夏季的夜晚，有了几分凉意，小桥流水人家万家灯火，夭夭觉得自己有些孤单，心里也凉了起来，竟有几分睡意，她强打精神，把身子抖擞了一下，打开了自己从法国庄园买来的波尔多红酒，慢慢品了起来。

往事如梦。十八年前，她不到二十，和大学男朋友来到过周庄。夭夭是北方的女孩，有北方女孩的豪气和身骨，那时的周庄，白天人也不多，非常安静，往来的人步子迈得很轻很慢，好像在享受一种软绵绵的时光。

她从小不喜欢快，懒洋洋的，喜欢安静，直到现在还是早起困难户，什么摇快船、鱼鹰捕鱼等等，她没什么兴趣。尽管看起来她有几分胖，但是她长得很匀称，不需要节食运动。她记得，甜甜的万三花生糕很好吃，三味圆肉馅她不习惯，她喜欢吃素吃面，北方的姑娘生下来就吃面，米饭很少吃。就这样，她喜欢吃甜食吃面，却不胖，一直保持良好的身材，走在大街上，面如满月，裙裾飞扬，几分优雅，几分自信，回头率是很高的，男男女女都喜欢。

男朋友的奶奶很热情，请她喝"阿婆茶"。在男朋友徽派建筑的家中放置一只大龙水缸，在其中积储天落水。喝茶时，要将此水舀入陶瓦罐中，搁在风炉上，用树枝燃煮，沏茶用密封的盖碗或紫砂茶壶，放入茶叶，始用少量沸水先点"茶酿"，后将盖子捂上，待片刻，再冲入多量开水，喝了此茶清香浓郁，甘冽爽口。青花瓷盖茶碗、细巧玲珑的茶盅、高雅古朴的茶壶和釉色光亮的茶盘，还有那些明清的古老家具，都成了记忆。

送人玫瑰手留余香，喝人茶水沁人心脾。

烟雨江南，碧玉周庄，唐风孑遗，宋水依依。一晃眼，已经十八年了。王宝钏在寒窑等夫薛平贵一十八年靠挖荠荠菜艰难度日，自己十八年呢，远嫁国外结婚生子，丈夫的生意越来越忙一个月很难见几天，自己越来越老了，疑心重重，总怀疑丈夫外边有人，却没有十足的证据。虽说现在对于成功男人来讲，二奶小三已经司空见惯，但是她接受不了，心里永远在抵触，抵触永远。

现在，她是一名世人眼中的阔太太，有钱有名有姿色，只要是钱的问题一切都能解决，但是，夭夭她觉得太累了。她需要把心放在一个安静的地方去休息，这就是周庄。

"碧桃天上栽和露。不是凡花数。乱山深处水萦回。可惜一枝如画为谁开。轻寒细雨情何限。不道春难管。为君沉醉又何妨。只怕酒醒时候断人肠。"

夭夭记了秦观的《虞美人》。当年他们上的是导游专业，但是夭夭的记性很好，特别爱记古典诗词，她觉得很美。

当然，爱情也很美。

船老大一直摇着小船，慢悠悠的。夭夭也不说话，任凭他走。今夜，在周庄，她把自己交给了这条船，古老的船。

要是毕业不去国外，她或许就嫁到周庄生活在此桃花源了。想到这里，夭夭心里一震，也像这里的妇女，穿上对襟短袄，腰系蓝布百褶围裙，脚蹬素色布鞋，质朴清雅。但是她不能，她天生就是个尤物，极度自信极度要强，不喜欢世俗平静的生活，父母也不喜欢，跟着潮流留洋镀金去了。男朋友回到了家乡。

爱情在现实面前不堪一击。

如梦初醒。夜游周庄结束了。船转了一圈，又回到了原地。

夭夭摘下了眼镜，她要看一下真实的周庄。船老大沈福站在一旁。

你还认识我么？恨我么？夭夭说。

不认识。沈福很平静地回答。

我是夭夭。只要你生活好就行。或许这一别一辈子永不能相见。夭夭控制着自己，不让眼泪掉下来。

我知道，从你上船起。你身上的味道。尽管你喷了香水。沈福说。

"桃花春色暖先开，明媚谁人不看来。可惜狂风吹落后，殷红片片点莓苔。"

夭夭主动去和沈福拥抱，可是他身体冷冰冰的，灯光下，流出了眼泪。

不远的双桥，时隐时现；这座桥一横一竖，桥孔一方一圆，在水中倒影，像是古代的钥匙，又叫钥匙桥。

看来心里的锁永远解不开了。夭夭喃喃地说。为了今晚周庄十八年后的拥抱，她竟然脆弱得不堪一击，险些摔倒，碎了，醉了。

2013.8.10 夜于南山

秋雪湖,一位导游姑娘叫芦花

过去读过短篇小说《秋雪湖之恋》,没有想到世上还真有个"秋雪湖",这是一个多么有诗意的地方!

身在黄土高坡,虽对雪不陌生,却很难想象江南水乡芦苇遍地秋风吹起芦花飘荡是一种怎样的旷世美景。"排空雪蔟丛芦曳,泻地霜铺一苇浮。"秋雪湖呀秋雪湖,在我心中扎上了根。

重阳节假期,在我的建议下,几个朋友一商量,带着家人,就去泰安,我主要想在秋季去看看秋雪湖。

从西安到泰安,在导游的带领下,游玩了古寺庙宇、安定书院等,吃了泰安美食小吃蟹黄汤包、长江三鲜、中庄醉蟹、泰州干丝、泰兴白果、宣堡小馄饨、泰安三麻(麻油、麻糕、麻饼)、黄桥烧饼,我们还喝了梅兰春酒,色泽微黄,清澈透明,不浓不烈,平和顺口,香气幽雅,醇厚悠长。

导游是个小姑娘,大概二十出头,聪明干练、热情大方,以生在"国泰民安、富康之都"的泰安引以为豪,说起家乡头头是道,让我们叫她"芦花"。芦花姑娘多才多艺,唱起歌来很好听,"芦花白,芦花美,花絮满天飞;千丝万缕意,绵绵路上彩云追,追过山,追过水,花飞为了谁?"

秋季的秋雪湖是最美的。芦花姑娘带我们穿梭其中,如入白色的花海。听说以前的秋雪湖是徐圩与马港之间的一片滩涂湿地,叫徐马荒,因《秋雪湖之恋》而得名。导游介绍,秋雪湖总面积10.68平方公里,区内有陆地2000亩、林地3000亩、荒滩水面4000亩、鱼池5000亩。现在已形成了休闲农业观光区、畜牧文化展示区、渔业科普示范区、花卉博览观赏区等四大特色景观区,包括田园牧歌科技园、秋雪湖欢乐世界、花卉博览园三大主题景点及渔业生态园、绿园果蔬生态园等特色生态景点。芦花姑娘认真讲着,我的思绪却随着漫天芦花飞舞。

秋雪湖真是"水世界、苇海洋、林天地、鸟天堂"。天空湛蓝,空气清新,水域宽广,芦花似雪,秋风吹来,吹起层层涟漪,芦花摇曳多姿,充满诗情画意。漫步行舟,柳暗花明,宁静的水面上,偶尔看到鸟飞,几声鸟鸣,愈发显得安静。这里是养老修行的天堂,休闲度假的最佳选择,天然的诗意生活栖息地。我忍不住折一枝芦花,轻轻贴在沧桑的脸上,柔柔的,好似抚摸我受伤的心灵;我亲吻着,陶醉在一种美妙的畅想之中。秋风过后,芦花飘起,漫天飞舞,似花非花,洁白无瑕,宛若天使,降落人间,覆盖四野,飘飘洒洒,轻盈飞舞,婀娜多姿;芦花不似雪花胜似雪花,秋雪湖,江南的秋雪湖,上演着千里冰封、万里雪飘的壮美画卷!芦花,涤荡着我们心灵的尘埃,清新了宇宙,纯洁了人间。

"蒹葭苍苍,白露为霜。所谓伊人,在水一方。"芦花之美,芦花之恋,难以忘怀;风情万种的芦花,只有在慢城泰州,只有在秋雪湖才可以用心去感受到。秋雪湖自古为"江水、海水、淮水"三水交融之地,历史人文深厚,800年前的南宋名将岳飞曾在此摆过"八卦阵"抗金,泰州早期共产党人据此从事过革命宣传活动,新中国成立后涂上了浓重的农垦色彩,现在成了一处老百姓爱去的好地方。

"惟有南来无数雁,和明月,宿芦花。"我喃喃道。没有李后主"芦花深处泊孤舟"的悲戚，没有画家林风眠《芦雁图》的大雁的强劲，我只想做一名无忧无虑的"苇间居士"，慢慢走近芦花深处，奏响一曲田园牧歌。

我深陷秋雪湖无边无际的花海，不可自拔。

"夹岸复连沙，枝枝摇浪花。月明浑似雪，无处认渔家。"只有漂泊在外的游子才能感受到这种复杂的情怀。

"走吧！"导游芦花说，"心若安好，便是晴天，秋季这种美景人人难舍，却也伤情；累了就休息吧，换我来坚强。"

"呵呵，小姑娘还很坚强么。你有男朋友么？我给你介绍一位帅哥！"一位朋友问芦花姑娘。

"有了！早有了！"她爽朗地应答，"也是我们秋雪湖边上的，从小我们就是同学，他在南海海军陆战队当兵，保家卫国！"

"哎呀！真了不起！"朋友竖起了大拇指。

"哎呀！我不小心泄密了。"小姑娘捂上脸。

"我们为你保密。"我说，"芦花白，芦花美，也祝福你们幸福！秋月湖见证，芦花见证。"

2017.4.11 匆于安业坊

备注：此文已刊发文化部主管《中国文化报》2017年6月6日。

叁·走天下

海南，椰树之恋

我的大学老师韩文忠每年冬季寒假都要去海南小住。当老师就有这个好处，每年有寒暑假，哪像我们只能呆在雾霾笼罩的城市无法逃脱。

韩老师是我们中文系的老师，教授唐诗宋词，一首"在天愿作比翼鸟，在地愿为连理枝。天长地久有时尽，此恨绵绵无绝期"的《长恨歌》，一讲就是半个月，每堂课都讲得我们涕泪长流，感慨不已。当时我们上大学，他刚从师范大学毕业，比我们大不了几岁，一起还踢过足球，喝过酒，好朋友一样。他酒量不大，爱喝酒，一喝就醉，我经常把他背回去。路上，诗情不减，嘴里吟唱："红酥手，黄藤酒，满城春色宫墙柳。东风恶，欢情薄，一怀愁绪，几年离索。错！错！错！春如旧，人空瘦，泪痕红浥鲛绡透。桃花落，闲池阁，山盟虽在，锦书难托。莫！莫！莫！"然后，大哭一场。

有消息灵通的同学说，韩老师失恋了，被女朋友甩了。我听后，不以为然地说："甩就甩了么。就凭韩老师这文采，这英俊，怕找不到老婆？"男同学们就撺掇女同学去追，可惜"妾有情郎无意"，韩老师不温不火，石头一样，最后不了了之。

我是 20 世纪 90 年代初期上大学的，社会上下海从商之风正在盛行。自从认识韩老师，就知道他每年一到寒暑假就去海南，不知道什么原因。后来听人说了，原来是去找女朋友。1988 年海南大特区建立，吸引了全国的目光。在大学里如胶似漆的女友一毕业，就被商海所吸引，整天股票、期货，放弃分配，自谋出路，离开韩老师投奔海南淘金了。韩老师是陕西楞娃，生性保守温软，乡土情结很重，父母也不愿意他远走天涯，只好按部就班，被分配到我们大学教学。虽然自己无法脱离现实，但对爱情充满希望。每次回来，在课堂上，"文臂郎君绣面女，并上秋千两摇曳"，激动一番，唱着："我爱五指山，我爱万泉河，双手接过红军的钢枪，海南岛上保卫祖国。"还跳起芭蕾舞剧《红色娘子军》，舞姿有些滑稽，但却很认真。

　　前年过年，我曾经跟着韩老师去了一趟海南。他已经在三亚海边买了房子，过着候鸟式的生活。冬季西北大雪飘飞雾霾迷茫，海南却是碧海蓝天，另一气象万千之景，处处充满着活力和生机，让人的心一下子豁亮起来。韩老师领着我去了东坡书院、南山大佛、大小洞天、天涯海角等地，潜水、冲浪、泡吧这是年轻人喜欢的事情，更多的时候我们在海边散步，大口呼吸着带着海味、清新的空气，辽阔广袤的碧空、澄清透明的海水、平坦柔软的沙滩、树影婆娑的椰林，构成了一幅幅美丽的画面。虽然住在海南，韩老师还不忘带上陕西的挂面，我们一边清水煮面，一边唱着"阳光沙滩海浪仙人掌还有一位老船长"，歌声随风飞扬，晚风吹来，拂动起门前的椰树，就像拂起姑娘的秀发，楚楚动人。"侍儿扶起娇无力，始是新承恩泽时。云鬓花颜金步摇，芙蓉帐暖度春宵。"韩老师吟诵完后，摇摇头。

　　我知道，"单身狗"的韩老师一直在寻找着女友，在女友过去租住的海边买了房子，希望能在海南不期而遇，可是，这样邂逅的奇迹会出现吗？找了二十多年，大海捞针杳无音讯；再说了，海南国际旅游岛现在发展变化很快，高楼林立，五彩缤纷，即使女友回来，也不一定能寻到旧时的地方。

　　喝了几杯"老西凤"，我劝韩老师，"花褪残红青杏小。燕子飞时，绿水人家绕。枝上柳绵吹又少，天涯何处无芳草！"

韩老师似醉非醉，摇着头，吟诵道："春牛春杖，无限春风来海上。便丐春工，染得桃花似肉红。春幡春胜，一阵春风吹酒醒。不似天涯，卷起杨花似雪花。"一首"迎春曲"，少年壮志当拿云！看来他还抱有希望。但听说他的女朋友在海南呆了几年，已经移居海外了。"十年生死两茫茫，不思量，自难忘，"这种情感，或许只有韩老师自己心里最清楚。

"他年谁作舆地志，海南万里真吾乡"，韩老师有几分醉了，他说，"等我退休了，就住在这里了。门前的椰树就是我的身影！"

"门前的椰树就是我的身影！"这是一种对爱情的执着，一直永远的等待。

"生怕离怀别苦，多少事、欲说还休。"韩老师醉了。醉了，就不要喝了，我心想，就让他好好做一回梦吧，在天涯，在海角，在椰风里……

"给我放一段秦腔王宝钏的《寒窑》！"打着鼾声的韩老师突然说。

我连忙用手机给他下载，是秦腔名家唱的。

"寒窑虽苦妻无怨，一心自主觅夫男。

二月二飘彩随心愿，三击掌离府奔城南。

四路里狼烟起战患，五典坡送夫跨征鞍。

柳绿曲江年复年，七夕望断银河天。

八月中秋月明见，久守寒窑等夫还。

十八年、十八年，十八年彩球存心坎。

十八年孤苦尤觉甜、尤觉甜，十八年未进相府院。"

看着渐渐熟睡，嘴角露着微笑的韩老师。我的心久久难以平静，不知道他的女友知道会是怎样。在这个薄情的世界里，因为爱情，不会轻易悲伤，所以一切都是幸福的模样，我们还深情而又勇敢地活着。

2017.3.17 于安业坊

风中椰子树

我到海南的时候,是一个下午,刚下飞机,就遇到了台风。尽管风很大,但还是按捺不住激动的心情,一下子跑到海边,去欣赏大海的美景。

海上白茫茫一片。台风很大,还下着雨,我们站在海边,几乎被风吹倒,但是一排排椰子树蔚为壮观,"腾空直上龙腰细,映日轻摇凤尾松",尽管被风刮得摇来摇去、起伏不定,但屹然挺立,强劲不屈,搏击长空,毫不褪色。

第二天一大早,我醒来一看,台风之后的海南,街道上干干净净,椰子树笔直笔直,好像正在迎接远方的客人。行走在三亚海边,亚龙湾的海水碧蓝碧蓝,一尘不染,蓝蓝的天空辽远空旷,阳光不冷不热,非常舒服。行走在海边,微凉的海风吹起,椰树舒展着枝叶,就像少女的秀发,空气清新,那种海的味道,让人陶醉。有人不由自主地唱起来:"大海,啊大海,是我生长的地方,海风吹,海浪涌,随我飘流四方,大海,啊大海,就像妈妈一样,走遍天涯海角,总在我的身旁。"

阳光、沙滩、海水、蓝天、白云、椰树……构成了海南特有的美景。这里四季如夏,可谓三冬不见霜和雪,四季鲜花常盛开。我所居住的北方多以黄土雄起而称,在海南,让我领略到了南方嘉禾的秀美和风情。

饮上一口椰子汁,看着伟岸的椰子树,遥想大学士苏轼在海南的三年生活,让人感叹不已。椰子树正是东坡先生的写照。他遭人陷害,被贬蛮荒之地,但生性率真乐观的他毫不气馁,很快就和当地的土著居民黎族建立了很好的关系,并帮助他们改善生活。儋州,即今海南儋县,位于海南岛西北部。据《琼州府志》记载:"此地有黎母山,诸蛮环居其下,黎分生、熟。生黎居深山,性犷悍,不服王化"。六十多岁的老人,亲自带领乡民挖井取水饮用,积极垦荒种植粮食作物,创办学堂,讲学明道,教化日兴。困境中的他,还不忘写诗:"借我三亩地,结茅为子邻。二舌倘可学,化为黎母民。"诚心交朋友,他保持着文人的纯真、善良、自由和快乐。

20世纪80年代末、90年代初期,处在改革开放前沿阵地的海南是多少人追逐梦想的热土,我的许多朋友去那里下海淘金,成功者有之,失败者也不少,大浪淘沙,正是他们用青春和激情建设了现在美丽富饶、现代文明的国际旅游岛,椰子树可以作证。听说,有人说椰子树不遮荫;有人强调,要注重生物的多样性;有人甚至说椰子树椰果砸人,不适合做行道树。找着许多理由,要在海南减少椰子树。物竞天择,适者生存。椰子树树干挺拔,枝叶分裂,树大但不招风,根系不发达,少见破坏道路地面。我想,椰子树从古到今,陪伴着一代代海南人走过了艰苦的历程,他是海南人民的骄傲和自豪!不仅在海南人心目中,跳出海南,在世人的目光中,他就是海南之树,海南之魂!

椰子树浑身是宝。树干高,单项树冠,整齐。椰子是椰树的果实,内有汁可做饮料。椰子富含蛋白质、脂肪和多种维生素,促进细胞再生长,可吃可饮,明目健胃醒酒。椰子果肉可以吃也可榨油,营养丰富。果皮纤维可结网,树干可做建筑用材料,树皮有药用价值。它还可以做成多种有趣的旅游产品,简直就是上天带给我们美好的礼物。

白天,有椰子树为我们遮挡阳光,可以玩钓鱼潜水、摩托艇、滑水、空中拖伞、帆船、香蕉船、海底漫步、玻璃船底观光等游乐项目。黄昏里，夕阳西下，椰子树留下了美丽的剪影；夜晚，伴着海风，我们在椰树下，在大海边，我们吃着烧烤，享受海鲜，喝着啤酒，轻松自如，好不快活！唱着："如果大海能够唤回曾经的爱 就让我用一生等待"，海南不愧为"东方夏威夷""休闲度假天堂"的美誉。椰子树一直静静地聆听着，是我们最忠实的守护神！也是南海天然的守护将军！

"九死南荒吾不恨，兹游奇绝冠平生。"在海南，让我们忘记了一切的烦恼，重回激情燃烧的岁月。记得五公祠浮粟泉照壁上刻有一副对联："泉飞藻思，云散清襟。"我们也不妨学一下东坡先生，在椰子树下夜饮茗茶，临海听风，释放自我，把心里最愿意说的话，轻轻告诉椰子树，让风儿带给他。

"旧藏龙焙，请来共尝。盖饮非其人茶有语，闭门独啜心有愧。"我要与最知心的朋友——椰子树对饮，只有他，懂得我，在这个薄情的世界里，保持着独立的精神和向上的勇气。

2017.3.22 匆于安业坊

叁·走天下

家在太行大峡谷

离开壶关太行大峡谷的时候，已是黄昏，清明前后的天，变脸很快，刚才还是太阳高照，忽的又是大雨而来，山中天气真是让人捉摸不透，下山的途中，云雾缭绕，啥也看不清楚。虽然还陶醉在峡谷美景之中，但已经饥肠辘辘了。

下了青龙峡，朋友发现有一小店，一位六十多岁的老人在忙碌，连忙去打探，发现有不少好吃的，连忙招呼我们的吃货去品尝。老人她步伐敏捷，很麻利地给我们泡上茶。

我们坐在一起，胡诌乱聊，一边喝着茶，一边欣赏着太行大峡谷。天还没有黑，雨早停了，空气清新，泥土的淡淡香味随着微风吹来，沁人心脾；远处，太行山蜿蜒曲折，高大雄伟，千峰竞秀，万壑争奇，有的像仙人对弈，有的像雄狮怒吼，有的像金鸡报晓，有的像玉女亭立，一幅幅剪影，千姿百态，栩栩如生。

"哇塞。这茶有点像咱们陕南的绿茶！"一位男友品出了茶的味道。

"你怎么知道呢？这是在山西，哪能有陕西的绿茶？是不是你娃渴坏了脑袋，这太行山哪有茶？"一位女友立刻反驳。

两个人你一句我一句，争论不休。

"这确实是我老家陕西汉中的仙毫绿茶"，老人慢吞吞地说，"儿子从汉中带来的，你看看用这里的泉水泡上，香高、味浓、形美，多绿呀！"

"哎呀！都成茶圣了，能品出家乡陕西的茶味来！"两个人握手言和，女友给男友伸出了大拇指。

"不过，你们别看太行山是黄土山，也产茶呢！"老人笑眯眯地说，"太行山的野生冬凌草茶，生津止渴、清热解毒，先苦后甜，令人回味无穷。"

"你是汉中人？"我问道。

"是的。我六十年代初中还没上完，就当知青到这里了。"老人说完，忙活去了。

我看了看招牌，这家"秦晋人家"店，只卖壶关羊汤和汉中米皮，真是很奇怪，结合了陕西和山西的风味，自古有"秦晋之好"之说，连卖饭都体现出来了。我见过人吃凉皮加啤酒，自己胃不行，不敢乱吃，陕西的肉夹馍、羊肉泡馍、葫芦头大家都吃过，就是没有吃过壶关羊汤。

有一吃货给我讲，壶关羊汤是当地传统名吃，同大同一带的羊杂割汤、南面运城一带的羊汤泡馍，可称之为山西羊汤三大流派，各有特色，味道也不相同。喝壶关羊汤先要讲究时令，羊不吃青草了才开始做，吃开青草就停做了，怕吃上青草，羊肉带上青草气，风味受损，选羊也是百里挑一，约是从当年中秋到次年清明之间七个多月时间。壶关羊汤一大特点是讲究尝全羊，即一碗汤中要有七八个羊肉饺子、三五个羊肉丸子、几块炖肉、血条、脂油与头、蹄、口条及胃、肠、心、肝、肺、腰等内脏切成的条条或块块，除羊的皮毛之外，应有尽有，连羊骨髓也熬在老汤中。壶关羊汤又一特点是讲究老汤。每座羊汤馆里除正锅外，另设一口大砂锅专供炖羊骨架和羊肉块，此锅从中秋做汤开始坐在火上，到次年清明止，边舀边续，老汤不断。喝羊汤还要配吃黄蒸才算最好配伍。黄蒸是用黍米面包豆沙、枣泥馅做成的馍，极软、极甜、极粘。喝一碗羊汤，吃一两个黄蒸，热乎乎、香喷喷，足以称得上是美餐一顿了。

老人给我们每个人端上来一碗汉中米皮，一碗壶关羊汤。米皮鲜嫩劲道，羊汤鲜香味美，真是天下美食舌尖上的"绝顶搭配"！老人还端来一碟子黄蒸，吃一碗米皮，喝一碗羊汤，再吃一两个黄蒸，暖中补虚，美极了。

吃着饭，我和老人谝起来。

老人告诉我，"自己当知青到壶关时，还是一个十五六的女娃娃，现在都六十多岁了，真是岁月如梭，时间无情。看到壶关太行山的一树一草，一山一水都很美。山岭、峡谷、洞穴、泉眼、瀑布、水潭、河流，还有庙宇、栈道、关隘、寨堡、城墙、戏楼等等，泉峡、红豆峡、黑龙潭、紫团山、青龙峡，俊美、秀丽，好似一条画廊，无不美丽！这里的人老实、勤恳、节俭，心灵更美，就嫁到了这里，没有回汉中。老头去年去世后，自己继续经营这家店。现在一个儿子在汉中工作，女儿在太原上班。"

"那咋不回汉中呢？"有朋友问。

"落叶归根。汉中父母也去世了，回去有啥？儿子要寻根我让回去了。老头走了，我不能离开他，我的心就在太行山！"老人说完，眼睛有些发红。

"过去，这家'秦晋之好'店，不光卖壶关羊汤，汉中米皮，还卖原浆豆腐、刀拨面、凉粉、酥火烧与腊驴肉。来这里的人，大多喜欢吃。现在我老了，做不了这么多了，但必须保留羊汤和米皮，不图挣钱，只图每天看到太行山大峡谷的山山水水，就好像看到了年轻的我们，还有我的老头，在远方等我。"

"那你就是当年的'豆腐西施'呢！"有朋友说。

老人低下了头，灯光下我发现有几分羞涩。

"一碗壶关羊汤，一碗汉中米皮，在千里太行山大峡谷见证了人间最朴实的爱情！"有人发出感叹。

我们要赶路回古城西安了。辞别老人，回头远望，太行大峡谷在黑暗中，谜一样，隐退巨大的身形，只为，让渺小的事物不虚此行，让卑微的我跋涉，在路上。

2014.5.29 夜于长安

二府庄

二府庄很有名，因为西安有四个，西安本地的人一般也弄不准，更不要说外地朋友了，经常弄错。我所说的二府庄是紧靠西安美术学院南边的二府庄。

有时候，事情往往很巧合。二十年后，我住到了西安美术学院的后面。西安美术学院号称西北地区唯一的一所高等美术学院，创立于1949年，其前身是1948年9月成立的西北军政大学艺术学校，贺龙元帅为首任校长，西安人喜欢称之为美院。过去美院老址在长安少陵原畔，阡陌交通，视野开阔，桃园桑田，云横终南，算作写生的好地方吧！不知道啥原因，20世纪90年代搬到了现在这个地方，横堵纬二街，突兀挺立，尖尖的楼顶，呈几何形状的西洋化建筑，带有几分杀气，或许是为了集聚风水，或许是为了辟邪吧？中国人讲究道，讲究一物降一物的因果转化，讲究比较柔性的文化。

千城一面，这是中国城市化进程中不可回避的现实。一段时间，大学进城，纷纷扩招；一段时间，大学组合，易帜改名；一段时间，出城圈地，浩浩荡荡等等。折腾来再折腾去，美院在临潼也建起了校区，暂不说对与错，正由于美院进城，才和二府庄攀上了近邻。

　　大约二十年前，我那时候在小寨附近上学，中国校园文学之火熊熊燃烧，帮忙办一个中学生文学杂志，叫《中学生文萃》，后来叫《青少年文萃》。大家都沉醉于文学的美梦中，不图索取，不可自拔。杂志设计是当时在美院上学的郭三省同学。记得有一次，他约好我周末去二府庄找他玩。那是一个冬季，很冷，我记忆犹新。没有手机，我骑着破自行车，一路寻着门牌号找到了他租住的二府庄小屋，屋子在二楼，不是很小，算是宽敞吧！当时租金大概每月二三十块钱吧。三省的屋子全是画好的没画好的油画，乱七八糟，很前卫很先锋很新锐。也没有生炉子，很冷，我们胡诌着，现在也记不起来具体诌些啥，反正到了中午，他下去买了一包挂面，我们哥俩用电炉子钢筋锅清水下挂面，没有一丝青菜，也吃得很香。

　　当时的二府庄，是美院学生的"艺术村"。由于天气很冷，街上也没有卖啥的，吃饭的地方也不多，巷道的行人也不多，远远没吉祥村洗脚按摩店繁荣昌盛。

　　毕业后，三省在西安几家影楼打过工，最后北漂后就没有见过他。近些年，闲时翻一些摄影杂志才知道他弄成了，成了有名的时尚摄影师和平面设计师。陕西娃难出门，我是求安稳等日子，郭三省怀揣梦想，以一颗赤诚之心和踏实认真的工作生活态度，敢于闯荡，去抓住机遇和创造机会，思想超前，难能可贵！有人说他注重照片后期处理，气势磅礴，色彩绚丽，个性十足，其实在上大学时，他上美院的经历养成的构图视角，油画处理以及敏锐的时代嗅觉和文化感应，我觉得美术对他的摄影影响很大。

　　估计，像郭三省这样走出二府庄的闯荡江湖而成功者，应该不会少。

　　今年夏季，我从"荞麦园"吃完饭回家，慢慢地享受了一下二府庄的夜生活。二府庄的路不宽，但是灯火辉煌，人声鼎沸，人流穿梭，很是热闹。据说，因为经常有人醉酒放歌，得意忘形，尿憋放松，烧死几棵街道绿化树，园林工人几次移栽，都因为土质火气过旺而死。可能这是一个杜撰的故事！

几百米的街上，摆地摊的，卖烧饼的，卖冒菜的，卖砂锅的，卖麻辣烫的，卖烤羊肉串羊腰子的，卖拉条子油泼扯面的，应有尽有。叫喊声、吆喝声，轻言细语、窃窃私语，混杂一起。空气中有香水的味，臭豆腐味，烟味酒味充满雄性荷尔蒙的臭汗味，夹杂在一起，烟火纷飞。来往之人或三五成群，或勾肩搭背，穿戴另类，亮着肚脐钻眼佩戴首饰的，光着膀子纹身的，还有夏季戴着帽子搞不清是人体模特还是文艺小青年，流浪歌手、年轻情侣、行为艺术，反正大家各行其道，其乐融融。偶尔因为一件小事起摩擦，高喉咙大嗓子最终会被那些看似弱不禁风的奇侠烈女所震倒！一个小村庄，一个小社会，一个文艺圈，和平相处，相安无事！

没过多久，二府庄就被挖土机一夜之间夷为平地了。高音喇叭天天宣传，三轮车出出进进忙活着搬家。化为平地的二府庄让我看到更为伤心，碎砖块一地，啥也不长，比农村的庄稼地让人看着难受，它没有了生机！没有了青春和艺术的气息了。虽然美院旁边还有郝家村、罗家巷、吉祥村等城中村没有被拆迁，由于距离、艺术氛围等原因，属于美院学生的"艺术村""自由地"没有了。那些考前培训班之类，只能搬家了。无数的梦想，成为一地鸡毛。

每时每秒，在中国大地，村子随时消失着；记忆成长的土地，文化的符号，精神的故乡，正在离我们越来越远！城镇化之路要走，但属于我们每个人心灵中的精神家园在哪里呢？

现在，看到拆迁之后光秃秃的二府庄，我就想到郭三省，这片土地没有了灵魂，失去了人气。

我过去从没有问过他为啥起个"郭三省"这样日怪的名字。可能文学中毒太深，我曾经武断地认为是取"一日三省"之意吧！父母希望他经常自省。后来才知道，三省的妈妈是四川人，爸爸是陕西人，爷爷是湖北人，所以叫"郭三省"，这又是另一层意思了。简单的名字，不简单的生活和经历，暗藏着奋斗、坚忍和执着，对生活永远的微笑。

叁·走天下

夏访人祖庙

最近，在临潼仁宗玉川村驻村扶贫，和村人聊起，得知原来是土桥与仁宗两个乡镇合并，而且"仁宗"历史悠久，有"人祖庙"，每逢"单子会"，古历七月十五庙会，游人甚众。

在来仁宗之前，我曾去过蓝田簸箕掌的"人祖庙"，庙里供奉着伏羲、女娲神像，下山之时，突降大雨。

全国"人祖庙"很多，我也去过一些，或大或小，都寄托着后人对先祖的敬仰。从玉川开车到仁宗"人祖庙"大概需要四十多分钟，道路蜿蜒曲折，忽上忽下，满山青翠碧绿，直抵云端，俯视关中平原，天高云淡，临潼县城如在眼前，"世界八大奇迹"之一的兵马俑博物馆、秦陵，变得很渺小。

"人祖庙"在一山头平地，极目四望，视野开阔，特别是南门的松树，估计有近千年历史。现在庙不是很大，庙门也比较破旧，我从北门而进，院子有点杂乱，正殿三间，供有伏羲、女娲神像，看似近年所塑，历史不是太久远，有一道士值守，问之，是骊山明圣宫代管。听当地村民说"人祖庙"过去很大、很宏伟,后来被拆,修了微波站,现在该站搬走,一些民间的善男信女在此进行了重修。

"人祖庙"为秦岭骊山最高峰,海拔1302米。站在上面,"一览众山小",九条山梁四面八方宛如飞龙,共聚山顶,万山来朝,《临潼县志》写到:"九峰既峙其下,形如九龙之首,故名曰'九龙头'。"

查看有关资料,临潼"人祖庙"历史悠久。乾隆本《临潼县志》记载:"骊山东岭离邑二十余里有人祖庙,相传为天皇氏邑。"在秦代,"人祖庙"叫做"始皇祠"。《三秦纪》说:"骊山巅有始皇祠,不斋戒而往,即风雨迷道,强行即死。"在汉代,"因山川丘陵皆曰神",开始泰山封禅,后因路途遥远、奔波劳累等原因,在秦岭终南山祭拜"太一(乙)神","人祖庙"被称作"汉露台"。《旧唐书》载:"(唐)广德二年八月,道士李国祯以道求见,因奏皇室仙系,宜修崇灵迹请于昭应县(临潼县)南三十里山顶置天华上宫露台、大地婆父、三皇、道君、太古天皇、中古伏羲娲皇等祠堂,并置扫洒宫户一百户。"《西安通览·仁宗庙》注说:"秦汉以前,所谓始皇是指伏羲、女娲等上古传说中的人类始祖。"元代骆天骧《类编长安志》称"骊山绝顶始皇祠,俗名人祖。"先庙的北门有一古匾,上写:"人祖庙"。村人也叫"人种庙",有人说是转音为"仁宗庙"。我想"人祖庙",后来也被叫为"仁宗庙",恐怕不是简单的转音问题,"仁"的最初含义是指人与人的一种亲善关系,孔子把"仁"定义为"爱人",并解释说:"夫仁者,己欲立而立人,己欲达而达人","己所不欲,勿施于人。"仁"号称是中国儒家学派道德规范的最高原则,孔子思想体系的理论核心。汉朝"罢黜百家、独尊儒术"之后,我想,人们对先祖的祭拜变成了对儒家的遵从吧?至于,有人把"仁宗"与历史上几个称"仁宗"的皇帝联系起来,有些牵强附会。

洪水肆虐,沧海桑田;盘古开天,始有人类。东西方文化有时候也很相似,在神话中,夏娃亚当因受蛇的诱惑去发生性交从而繁衍人类,在中国上古神话当中，伏羲、女娲也是人面蛇身最后兄妹结合在一起，便成了中华民族的始祖。女娲作为中国古老神话中的创世女神，抟土造人，补天炼石。《淮南子·览冥训》云："往古之时，四极废，九州裂，天不兼覆，地不周载，火炎而不灭，水浩洋而不息，猛兽食颛民，鸷鸟攫老弱。于是女娲炼五色石以补苍天，断鳌足以立四极，杀黑龙以济冀州，积芦灰以止淫水"。才使得"苍天补，四极正，淫水固，冀州平，狡虫死，颛民生"，人类得以安居乐业。"天下未有民，议以为夫妻，又自羞耻"，伏羲、女娲兄妹向天祷告，从骊山顶上滚磑下沟，结果，磨磑两扇自然配合，留下了千年纪念"婆父磑"，至今还躺在磨子沟内。兄妹"天作之合""结为夫妇，为人类始祖"。现在以"人祖庙"为中心，向四周辐射形成了众多奇异景观，站在庙上，能看到一些，如"拜天地石""神龟石"，还有那个"磨盘石"及民间传说如"滚石成婚""伏羲创八卦""女娲补天""女娲抟土造人""女娲伏羲人面而蛇身"等，似乎在印证这一神话传说。现在这块大地上还比较缺水。

站在秦岭骊山"人祖庙"，其背面就是蓝田华胥陵，华胥氏踩雷公脚印而怀孕生育。《太平环宇记》中载："蓝田为三皇旧居，境内有华胥陵。"华胥，也称华胥氏，风姓，是中国上古时期华胥国的女首领，她是伏羲和女娲的母亲，炎帝和黄帝的远祖，誉称为"人祖"，被中华民族尊奉为"始祖母"。其南远望"桥山黄陵"，滔滔渭河，华清池、兵马俑，韶文化的典型代表西安的半坡遗址以及临潼的姜寨遗址等均在眼下，骊山西绣岭上的"老母殿"也近在眼前（骊山老母即女娲，亦称无极老母，"古女神而帝者"。她同伏羲、神农史称三皇，是人类始祖），遥遥相望。如果从这种地理、空间等格局来看，临潼仁宗的"人祖庙"应是纪念女娲氏建立最早的庙宇，其他地方类似的"人祖庙""女娲庙"等，应该在其后。其实，我觉得，在老百姓的心中，幸福安康是他们的生活真谛。"人祖庙"不仅是祭奠祖先的地方，更是追寻朴素的"仁义"诚信之地，一种对"仁爱"

的敬慕和追求之神地！

　　历史是神秘的，特别是传说神话故事，赋予了我们更多的想象。我从现在的秦唐大道仰望，"人祖庙"深藏秦岭骊山高不可测，回来的时候，我由天文台从最美的盘山公路穿越而下，夕阳如残血，晚霞漫天空，大银杏香味四溢，美丽的石榴花红似火焰。"烽火戏诸侯"，在临潼这块古老的土地上，过去发生了许多动人的美丽故事和爱情传说，现在的临潼正以"开放、包容、合作"的心胸喜迎八方来客！沐浴温泉，洗心润肺，感怀女娲开天辟地的精神，走在扶贫攻坚的路上，勇气倍增，跋涉不已！

2017.6.24 匆于临潼

叁·走天下

紫阳喝茶

去紫阳是几年前的事了。每到安康,就有朋友撺掇去紫阳,说是紫阳如何如何美,茶如何如何香,姑娘如何如何漂亮。

当时,安康到紫阳的高速刚开始修。我们开着车,不顾夏季的炎热,一路颠簸了四五个小时才到紫阳县城。万山错综,河溪密布。沿途都是不高的山,曲折蜿蜒,柳暗花明。和许多南方的县城一样,紫阳县也是临河而建,渐次而上,显得高低不平,错落有致,如同山水画廊。县城不大,但很干净,人也不多,闲适安静,天高云淡,草木繁盛,属于乐居的小县城。

同行的朋友中,有人哼起了紫阳民歌《郎在对门唱山歌》:"郎在对门唱山歌,姐在房中织绫罗,那个短命死的发瘟死的挨刀死的,唱得个样好哇!唱得奴家脚耙手软手软脚耙,踩不得云板丢不得梭,绫罗不织听山歌。"唱得风趣幽默,生动活泼,高亢明亮,拖腔悠长,尾音下滑,柔丽婉转,加上是男扮女声,有几分高亢,几分挑逗。

紫阳虽属陕西南部秦巴之地,但是明显有南方县城的味道。因道教南派创始人紫阳真人张伯端而得名。紫阳人大多是明末清初从湘、皖、赣、豫、闽、粤各地来的移民后裔。居于汉水上游的紫阳,南北交会,水运发达,商贾云集,交易繁盛,过去肯定是繁华的码头,在此基础上而建的。粉墙青瓦,石阶遍布,我喜欢石板房,房顶一层一层的薄片石头,当地取之,太阳晒不透,阴雨淋不透，保温透风，冬暖夏凉，真是伟大人民智慧的发明！

走在街上，不是很热，紫阳油糍、紫阳浆巴馍、紫阳水煎包子、紫阳洋糖饺子、紫阳椒盐饼子、蒸盆子等等地方小吃很多。但由于是夏季，加之我喜吃酸辣，口味较重，不想吃饭，只吃一碗凉皮果腹；我让店家给我切成扯面一样宽，调上辣子和醋，凉皮很劲道，吃了感觉还不错。

朋友，一群男女喊着要去茶园喝茶、买茶。县城茶馆不少，但我们还是步行到了县城不远的一处石板房下，有一女子正在此卖茶。远处是汉江，好像发过洪水一样，浑浊发黄，房子后边是百亩茶园了，郁郁葱葱，近在眼前。女的都不顾茶园道路狭窄，裙裾飞扬不时被茶树挂住，去茶园嘻嘻闹闹去了。我们几个男人坐下喝茶。我们是大老粗，不懂品茶，喝茶的基本初衷就是解渴。女子大约二十三四，圆脸温润，双眼皮大眼，穿着黑白相间的小花土布短衣短裤，前凸后凹，腿部太短，娇小玲珑，健康明朗，就是我们梦中的采茶姑娘形象。她微笑着，招呼我们坐下，用玻璃杯给我们泡茶。紫阳茶，因为层峦叠嶂，云雾缭绕，气候适宜，土质疏松，矿物质丰富，有机质含量高，通透性良好，呈酸性和微酸性，富硒，耐人品味，早为贡茶。"山水上，江水中，井水下"，紫阳茶，泡在玻璃杯中，我们清晰可见茶叶鲜嫩、紧细、肥壮、匀整，色泽翠绿，白毫显露。女子说，紫阳茶，至少要品三次才能品出味道来，初品，会觉得味较淡，淡过之后，又有些小苦；再品，苦中含香，味极浓郁，放在舌上有点舍不得下咽，入肚之后，一股沁人的凉意油然而生，再品一次，茶味更是越来越香，丝丝缕缕绕鼻旋肺，让人越发回味无穷。

我们不懂品茶，只觉得越喝越香，回味悠长，香气醇厚，沁人心脾。我从小生活在农村，喝的是山里的溪水，甘甜可口。据说，茶的生长与水有关，泡茶更与水有关。一是甘而洁，二是活而鲜，三是贮水得法。现在工业发展，环境恶化，水质污染，在城里只能喝"死水"泡制的"死茶"了。

现代科学技术的进步提出了科学的水质标准，卫生饮用水的水质标准规定了感官、化学、毒理学和细菌等四方面的内容。泡茶用水，一般都用天然水，天然水按来源可分为泉水（山水）、溪水、江水（河水）、湖水、井水、雨水、雪水等。自来水是通过净化后的天然水。自来水有时用过量氯化物消毒，气味很重，可先将水贮存在罐中，放置24小时后再用火煮沸泡茶。水的硬度和茶品质关系密切。水的PH值大于5时，汤色很深，PH值达到7时，茶黄素倾向于自动氧化而消失。软水易溶解茶叶有效成分，故茶味较浓。另外，水中的含铅量达到0.2mg/kg时，茶叶变苦；镁含量大于2mg/kg时，茶味变淡；钙含量大于2mg/kg时，茶味变涩；若达到4mg/kg时，茶味变苦。因此泡茶宜选软水或暂时硬水为好。在天然水中，雨水和雪水属软水，溪水、泉水、江水（河水）属暂时硬水，部分地下水为硬水，蒸馏水为人工软水。

这是网上一段话，我且借用之。女子泡茶，没有高深理论，也不讲茶道，只让我们喝，啥时候喝个够啥时候结束。大家都喝得肚子滚圆滚圆，想上厕所，却不愿意走。女的从茶园回来调侃道，是被茶迷住？还是被茶女迷上？

女子一笑说，是茶，也是女。这茶和水，就如同山与河，伟岸和柔润于一体；也如同男人和女人，两情相悦，泡在一起才可甜甜蜜蜜。我和丈夫就是紫阳的茶和水，清清爽爽，甘冽质朴，虽说不富有，但很美满，生有一个小孩子，快乐幸福。众人大笑，笑过之后，思之不语，良思很久，都倾囊买茶，回去自己喝或者送人。只可惜，回来之后，不管用啥水，都没有紫阳的味道了。

女人们又说了，肯定那个泡茶女子是个茶仙狐妖，你们的心啊在紫阳被她迷上，掏走了，魂也留在了紫阳。

老实说，三千里汉江，八百里任河萦绕的紫阳，令我神往；紫阳茶令我向往。"紫阳腰，汉阴脚，安康女子爱做作，要看水色下白河。"我心里还有一个秘密，就冲着"紫阳腰"去的，虽然没有看到，泡茶女子结实、敦厚、丰满、灵活的少妇之腰，可能就是美艳的"紫阳腰"吧？！紫阳县城美景宜人，紫阳茶清冽明心，健康长寿，"紫阳腰"作为辛勤劳动的美好尤物，也算与紫阳民歌一样让人在心底深深着迷吧！

差 茶

朋友在长安小雁塔附近，南稍门的中贸广场开了一家茶店，起名"差茶"，去过几次，喝过不少茶，一直心里有个纠结，为什么叫"差茶"。

现在盖个房子，动不动就叫什么广场、什么世界、什么中心的，纽约城、曼哈顿，什么府邸、什么公馆、什么华庭、什么花园、什么小镇的，从心里讲，不太喜欢；但也阻止不了这种西洋式、复古式，怀抱各种心理"起名"，有名无实，花园无花、湖畔无湖、广场无场、商城无城的现象继续蔓延。有时候想想，莫非自己清高，杞人忧天？这好比人家的孩子，家长给自己娃娃起个名字，有啥错？后来一想，也不对，我们业主花了大价钱买的房，自己的娃，凭啥让别人"起名"？

说的有点远了，这样的事情每天都在发生。我只想说，"差茶"开在长安城的中心地带，闹中取静，实属不易。我忘记了，不知道通过什么形式联系上的，朋友是我大学的小师弟，师弟真心请师兄喝茶，不去不行，这份心意，世上难得。

我对茶不太讲究，也比较随便。什么虫茶、雪茶、糯米香、琴鱼茶等奇茶，听都没听过。小时候在关中西府农村，土地干旱，不适种茶，看爷爷"煎茶"，浓浓的，跟熬中草药差不多，没有喝就觉得苦不堪言，估计是黑茶沱茶砖茶一类，可能是现在到处能见的泾阳茯茶吧。后来，不知不觉也喝起了茶，仗着自己年轻的钢铁胃，饮酒喝茶，谈古论今，茶酒穿肠过，什么都没留，不知道浪费了多少粮食美酒好茶。想一想，不免有些糟蹋好东西的惭愧。

我把饮茶就叫喝茶、吃茶、品茶，我觉得好像很高深，需要慢慢体悟。什么样的茶，就像酒一样，对我而言，只要是真的，管什么花茶绿茶青茶红茶，我都喜欢，来者不拒。如果条件允许，我还是喜欢"泉水"泡茶，对水讲究些，或许小时候在农村旱塬喝惯了深井水、黄土高坡沟里的泉水，干净微甜，这种口味难以改变。唐代白居易在诗中说："蜀水寄到但惊新，渭水煎来始觉珍"，认为渭水煎茶很好。《茶疏》中说："黄河之水，来自天上。浊者土色，澄之即净，香味自发"。祖国大好河山，大江大湖，名泉美井，雪水矿泉水、冰水自然水，处处有好水。记忆最深的莫过于在紫阳，用当地的富硒水泡绿茶，茶叶饱满，根根站立，翠绿翠绿的，不喝，看着也赏心悦目。可换了地方、换了水、换了人，发黄，就像秋天的树叶一样干枯无味。在秀秀书院喝茶讲茶艺，很有仪式感，在"差茶"喝茶，讲茶道，需要静心。对我而言，我喜欢拿着玻璃杯，大口喝着滚烫的茶，爽快淋漓，少些套路，不太讲什么茶具、茶室等等，只要和对劲的人喝就行，什么宜兴紫砂壶，现在几乎没有真的，所以也不感兴趣了。

我是外行，肉体凡胎，俗人一个，没有"茶圣"陆羽精于茶道，风雅一生。"差茶"的主人善良、热情，茶室古色古香，简洁大方，各种好茶先尝后买，他一直拿好茶款待，我实在过意不去。"春夏宜喝生茶，秋冬宜喝熟茶；上午宜喝生茶，下午宜喝熟茶。"他亲自上阵，用纯净水浸泡，净具、置茶、冲泡、敬茶、赏茶、续水，"凤凰三点头"。一边泡茶，一边给我讲些茶的知识，所谓茶头即渥堆，便是普洱熟茶渥堆发酵时在高温高湿的环境下自然结块的茶。也称"疙瘩茶"。相对条索状茶，发酵度正常范围的茶头内含物更丰富，茶汤更浓，更经久耐泡。老，则是指存放的年限长。以茶沱的紧实度及菌丝含量而定，茶坨越紧实，菌丝含量越多，品质越优良。朋友最懂舍得，经常拿古树老茶头招呼，茶头自然卷曲、明亮干净，泡后茶汤清澈明亮，味道厚重柔滑，含有的茶多酚，具有很强的抗氧化性和生理活性，长期喝它，有暖胃养胃，帮助消化，祛除疲劳，提神醒脑，减肥降脂等作用和功能。当然，茶不是"长生不老"。

在他的帮助下，我的胃也能识辨一些茶叶的好坏，一品便知，口味越来越高了。也更深刻明白了一些道理：公道自然在，人世间没有瓜怂货，便宜没好货，好货不便宜，一分钱一分货，便宜的茶买的时候开心，喝的时候闹心；贵点的茶买的闹心，喝着舒心。人总要为自己曾经的不努力，悔恨和买单。

茶乃"百草之首，万木之花，贵之取芯，重之摘芽，呼之茗草，号之作茶。"人生，需要一杯茶。或悲或喜，或忧愁或高兴，虽说"茶酒不分家，"茶有时候比酒好些，我认为，起码不醉，能开车，不误事。

现在，开茶店的朋友不少，开茶馆的也有几个，还有租地种茶的，从水源、土壤、气候等源头保证没有污染，还有做茶的，各有千秋、各有特色。"差茶"虽不很大，却很精巧，自有它的韵味。

"差茶"我琢磨很久，从左到右、还是从右到左读，似乎都可以讲的通，不可讲开，只能意会，我想有这么几个意思吧？差（chà）茶，我们的生活中缺少一种茶，需要一种物质基本满足后的良好的精神状态；茶差（chà），是茶主人自谦的说法，绝对不是说茶叶太差，类似请你"吃茶"，一半烟火，一半清欢，生活，在粗茶淡饭中生香。差（cī）茶，大意应为茶接茶、茶挨茶，形容拥有的茶多吧。我倾向于第一种解释，后面可能有些望文生义，有点勉强。通过和主人交流，他说，这个名字，喝茶的人怎么理解都行，人海茫茫，茶海深深，喝茶，图的就是个心境。

听说现在有从外边来的人气网红"差茶"很吃香，我没喝过。我不是个老顽固，但随着年龄的增长，经常心里坚持自己的一些东西，有点固执，有点"杠精"的味道。年轻人喜欢快节奏，有商人发现商机，打着让喝茶成为一种风格，一种生活方式，一种美好的体验。喜茶、茶予、奈雪の茶、答案茶、一芳水果茶、COCO都可茶饮、新鲜里等等，还有英国Fortnum & Mason、意大利la via del tè、新加坡TWG、日本LUPICIA等轻奢茶，受到了小鲜肉小美女的喜欢，赚足了眼球，也赚够了银两。还有"丧茶"快闪店，为了怼喜茶而开的一个小玩笑，听说排队才能买上，什么你的人生就是个乌龙玛奇朵、你不是一无所有你还有病啊乌龙茶、加油你是最胖的红茶拿铁、前男友过得比我好红茶、爱上一匹野马头上一片草原奶绿，这些冗长的名字实在让人难记，"丧文化"绝不仅仅是葛优躺，自嘲自黑，也说出了年轻人的一些心声，注重个人价值的实现：面对现实，绝不逃避。这个世界很精彩，这个世界很现实，诗和远方永远在遥远的远方，连茶都分"喜""丧"，能分清吗？我们接一杯白开水，人生，就能一片空白吗？人生如菊，昙花一现，自然有惊艳的美丽，不会有长久的深情。

　　一个人喝酒，容易大醉；一个人喝茶，容易睡不着。一个四十多岁的油腻男，保温杯里泡枸杞，也难遮掩大腹便便的极度空虚。

　　"茶"字出于《尔雅·释木》："槚，苦荼（即原来的"茶"字）也。"。茶的古称还有荼、诧、茗等。有人也粗俗地讲，茶叶就是树叶而已，确实是树叶，但还需要一些手工或现代工艺去改良。现在大街上，各种茶叶盛行，品种繁多，良莠不齐，看得人眼花缭乱，无从下口，一段时间热炒猫屎咖啡，现在又开始炒象屎咖啡了。还有近年在共享经济背景之下盛行的小清新咖啡厅，说是藏着一个城市的灵魂，一个城市的会客厅，伟大的文学、变革的思想、精致的生活、无限的创意都从此孕育。我不明白，我们古代没有咖啡厅，没有星巴克，难道就没有变革与创新？我们需要按照事物的基本规律去融合，文化是个筐，不是啥都能装，更不能生搬硬套拉郎配硬组合；我们应该包容开放，还应该独立自信，有自己做人的底线和原则，但不能矫枉过正，就像书店,就是看书的地方,不是旅游景点,不是网红打卡地。喝茶,就好好地喝,慢慢地品,一个人静静地,在城市的中央,在秦岭终南山的石洞里,慢慢去一个人领悟。我们心底里需要一种与后现代工业社会对峙的东西去抵御,去过一种慢生活,不需要什么快节奏花里胡哨的东西。

朋友姓胡,温州男生,小伙子长得秀气可嘉,精神抖擞,我总觉得他透明镜片后面的眼睛,充满机警和活泛。古有秦晋徽商,开拓商道,纵横天下;今有义乌、温州等南方商人,头脑灵活,走遍世界。"差茶",因你的世界里"差"一道"茶",一道味道,而在古城西安等你。"差茶"的主人,胡姓公子,因大唐长安的一位美女而爱上一座城。这不是童话,这是现实,活生生的事实。

2019.10.7.国庆重阳节匆于长安

叁·走天下

吃蓝田荞面饸饹

二十世纪九十年代初期，我来西安上学，每天骑着自行车穿梭于翠华路与体育路。

记得一天中午，路过陕西历史博物馆后门，看到一位三十多岁的男子正在买吃食；我肚中咕咕，看着那金黄色的面条一样的东西，停了下来，上前一问，原来是蓝田荞面饸饹。

蓝田荞面饸饹。我没有吃过，听说过。西府宝鸡的塬上在我上初中的时候，村里突然流行吃饸饹，是小麦做的。村里人喜食硬面，有的人专门做了饸饹床子，供村里人借用。饸饹床子底部有铁制的漏孔，漏孔上有圆形盛面槽，槽里面放入母亲和好的面团，用一条胳膊粗的二米多长的木棍，利用"杠杆原理"，压在面团上往下压，面团从漏孔挤压成长条，直接进入开水锅中煮熟，再添加臊子、油泼辣子、盐醋葱花和蒜泥等便可食用。用羊肉泡馍的碗咥一碗舒服极了。我最爱用大铁锅头压饸饹了。

男子倒也干净。荞面饸饹也不贵，一斤一块钱，我买了一斤，用筷子给我夹着，在上面撒了些香菜末、韭菜末，淋了些香油，放到一个塑料袋子。

我拿了回去，加了些油泼辣子、盐和从宝鸡家乡带来的手工香醋。真是花花绿绿，色味俱佳，香味十足，辣味过瘾，筋细滑软，色泽光亮，咥了能舒服几天。

以后，每天上午在老地方总能等见这位男子。据说，每天早上，在家做好荞面饸饹后，从蓝田骑着他那辆除了铃不响其他都响的二八自行车赶到城里来卖，刮风下雨，天天如此。

有人牵着奶牛奶羊进城卖奶，人们图的就是个放心；卖蓝田荞面饸饹的男子说他的饸饹绝对是纯手工的，没有加任何添加剂，也没弄虚作假，苦荞和甜荞是按照一比九的比例秤过的，也很新鲜，放在藤条笊筐里面透风，上面盖着白土布，一句话"没麻达！"从买的人来看，大家都很满意，吃在嘴上，香在心里！

蓝田勺勺客有名。几乎天天买他的荞面饸饹，和这位男子熟了以后，我知道了蓝田荞面饸饹，也叫"河漏"，是北方人喜食的一种面食，外观滑滑细细像粉一样，一般用桦木饸饹机压制而成。男子和媳妇一大早做好，他来城里卖，媳妇伺候年迈的父母和两个娃娃上学。一家人的生活全凭他的这门手艺了。

蓝田出美玉，也出美食，是中华文明发祥地，中华始祖华胥氏故乡，传为女娲故里，更有大诗人王维的"辋川别墅"让人羡慕，王顺担土葬母于王顺山，蓝田人不仅聪明吃苦、勤劳勇敢，"首孝悌"的精神在蓝田人心目中从小就有了。

我从小喜欢吃凉面，这样的凉荞面饸饹最适合我了。

荞麦营养丰富，富含淀粉、蛋白质、氨基酸、维生素P、维生素B、芦丁、镁、总黄酮等。而且荞麦中含有人体必需的氨基酸。李时珍《本草纲目》载："荞麦最降气宽肠，故能炼肠胃滓滞，而治浊滞、泄痢、腹痛、上气之疾。"因荞麦性寒，就有了"荞面，离不开三样好调和，油泼辣子、蒜、芥茉"之说。

"荞面饸饹黑是黑，筋韧爽口能待客。" 我的胃很好。就喜欢吃些简单的粗食，筋道利口，虽说不易消化，但由于我是毛头小伙，火气旺盛，吃着这硬邦邦的蓝田荞面饸饹，越嚼越有味，回味悠长，精神抖擞，有时候再听几句老陕吼出的秦腔，倍感舒服！

不想，吃着这位男子的蓝田荞面饸饹，一下过了十几年，男子由中年也变成了老年。期间，自行车也换成了摩托车。但是饸饹口味绝对正宗，每天有他一大帮子"粉丝"等着吃呢。

熟了以后，我问他，你说你这荞面饸饹有啥秘方。他说秘方吗？首先要诚实，而且要讲信用，二老出去时，我也没有忘记这里吃饸饹的人，按时送到。至于其他，倒也有，不知道算不算"秘方"？就是调料的水，要用蓝田的水，调料是自家产的，祖上要用一块鸡蛋大小的蓝田玉石放在火中烧，烧到一定火候用火钳夹到水里，"火石击水"，冒起一股股白烟，然后用这种水来做调料。

我说，这也算吧。只有蓝田的水、蓝田的玉石、蓝田的乡党，才能做成"蓝田荞面饸饹"。

大概前年吧，虽说我上班后离买饸饹的地方有点远了，有时候自己去，或者托人去买。但是很久没有见他了。我找了几次，据知道的人透露，他回蓝田老家了，凭着这门手艺和人品，供养一双儿女都大学毕业上班挣钱了，自己也老了，跑不动了，叶落归根，回老家去了。在最后卖的三天里，不收一分钱，尽管吃！

我吃不到原始纯净的蓝田荞面饸饹了。虽说一些饭店宾馆也有，但让人不放心。我就喜欢吃这简单的蓝田荞面饸饹。虽说有什么羊肉饸饹、牛肉饸饹、饸饹冒羊血等等。我从小不喜吃肉，不喜欢汤汤水水，喜欢干干整整、堂堂正正，个人的口味还是偏重"健康的简单。"

昔日蔡文姬不能"回归故乡""母子团聚"。今日不能因为我们的偏食和喜好让一位老人忙忙碌碌，穷于生计。这有些自私和苛刻。老人回到蓝田老家安享晚年，也是一种解脱和幸福！蓝田荞面饸饹成为一种甜蜜的回忆了！

"蔡女昔造胡笳声，一弹一十有八拍；胡人落泪沾边草，汉使断肠对归客。"去年，路过蓝田女诗人蔡文姬纪念馆，去了蓝田东汤峪温泉，在一家农家乐吃了一碗蓝田荞面饸饹。已经吃不到过去的味道了，老板说现在都是机器压制，他们批发，连岐山擀面皮都实现了机械化，谁还费那功夫弄呢！社会总在发展，无可厚非。我舌尖上的记忆却非常固执地停留在了蓝田荞面饸饹上了，那里有我的青春，有我的守候，有我的最原始的淳朴情感，有令我荡气回肠的劲道、瓷实和结实，有大千世界万象入怀的气概。

2012.6.23 夜于长安

叁·走天下

人间千古至爱
——《长恨歌》

坐在华清池九龙湖边,夏季的凉风夹杂着黄土的清香一阵阵袭来,不时还有水雾软软地拂面,非常舒服。在我的眼前,正在上演中国唯一的真山真水真历史的户外大型实景舞剧——《长恨歌》。

朋友几次邀我看,均因各种事情未能成行。心中也想,大唐舞剧,西安陕歌、阳光丽都、唐乐宫、大唐芙蓉园均有上演,大同小异;国外此类演出,譬如美国的拉斯维加斯、法国巴黎红磨坊、韩国华克秀等,太多了,多为民俗风情,时尚情色演出而已。今夜无眠,在美丽的山水画卷、人文胜景华清池,近距离看着看着,我被华丽缤纷、美轮美奂的盛大演出震惊了,这场令人荡气回肠的实景演出完全超出了我的想象,把文化与旅游巧妙地融合在一起,在故事的发生地,以唐明皇李隆基与贵妃杨玉环一段凄美绝世的爱情贯穿始终,大唐气象,激荡人心,至爱情感,引人发思,堪称近年来大手笔制作的文化旅游"盛宴"和艺术经典。

虽然舞台有限,演出的时空和观众的座位都很有限。就是在这样一种有限之下,在确保文物遗址不受破坏的前提之下,敢于创新的"华清人"给我们奉献了一出历史与现实、旅游与文化、人间与仙界、传统与时尚、古典与现代、文明与科技等等相交融的神奇乐章。从2007年至今,《长恨歌》听说改版多次,每次改版均有不同的惊喜,主要以"两情相悦""恃宠而骄""生离死别""仙境重逢"等四个层次十几幕情景,300多专业演职人员倾情奉献,以势造情,以舞诉情,情舞结合,打动人心,令许多游客看完后还回味无穷,陶醉于浪漫爱情的神话之中。

"回眸一笑百媚生,六宫粉黛无颜色"。绝世佳人杨玉环成为中国人心中的"神仙美眉",至于到底有多美,只能在如梦如幻、如诗如画的演出中自己去揣摩、去想象。大唐以胖为美,《霓裳羽衣曲》惹人眼神,杨玉环迎合了一些现代人的审美观念,瘦巧、灵活,加了许多独舞、双人舞、群舞等,突出了时尚的元素。"春寒赐欲华清池,温泉水滑洗凝脂"。在闻名于世的华清池故地,历史重演了一出感人至深、动人心魄的爱情传说,令人神往。"云鬓花颜金步摇,芙蓉帐暖度春宵"。多么浪漫的爱情,什么权利、金钱统统丢在脑后了。那些闪烁的星空、迷人的森林雾霭、气势恢宏的唐代皇家宫廷,都臣服于伟大的人间爱情。"六军不发无奈何,宛转蛾眉马前死。"最让人惊栋的莫过于"安史之乱"场景,兵器之声不绝于耳,湖面火海滚滚燃烧,朝廷大乱,六军不发,让君王的爱情黯然失色,不得不让自己心爱的人,自缢马嵬驿,无奈、自私地保住自己的大唐江山。最后只留得"在天原作比翼鸟,在地愿为连理枝。天长地久有时尽,此恨绵绵无绝期。"《长恨歌》成了人间千古至爱的爱情"遗憾"!反思今日之爱情、婚姻、生活,我们又该怎样坚守?

大视角、大寓意的开放性演出,灵活自如的隐蔽式升降舞台、华彩出众的舞台设计、多姿善变的灯光照明,在骊山的大背景下,以九龙湖真水为舞台,加之楼、台、亭、榭、垂柳等舞美元素,效果凸现,场面宏大,气势恢宏,华丽惊艳,不同一般。人为的在黑夜利用高科技制造星月,更是烘托了气氛,达到天、地、人浑然一体,让游客不自觉地进入到演出之中,身临其境,心灵交错，感受立体化的活历史，激活了历史，让华清池景区舞动起来，有了几分青春的活力和生机。很是遗憾，我看的这一晚上，天空满月明亮，与人造共存，不免有些假意。

在这场演出之中，我时刻感受到了高科技给舞台带来的无限魅力和生机。水中升降LED舞台，超高高度的大面投影机，香气扩散系统，LED可折叠转屏，如幕灯光，激光展示等技术，绝不亚于国外，真是有世界一流的感觉。我看《长恨歌》，几乎是在现场把自己融入其中，好像在看一场电影，有种"蒙太奇"的感觉。画面转化，从古到今，从此地到彼地，很好地表达着爱的美好旋律。几个场景几乎是精心选取的，因为在70分钟、在空间比较狭小的华清池，要充分表现这场千古爱情，需要不断打磨和放弃一些缭乱东西，突出主要思想，拓展视觉，娱乐大众，尽量适合各种人群口味。虽然是近距离观看，演员的细腻表演有时看得不够真切，甚至觉得有时有点繁琐，浪费时间，但人群式的造势演出看得多了觉得又没有意思，如何突出，协调处理这些矛盾，实在勉为其难。另外，在绝美的场景演出之时，有时为了表现冲击力，搞一些现代的的LED电子屏幕，有点太现代之感。飞鸽祝福、天女散花，在种种神化的感召下，爱情应该很饱满，但"安史之乱"场景技术化太吓人了（可能为了突出对比效果吧），为了爱情，能不能设置得唯美温软些，起码现场的有些布置可以考虑变一下。陕西秦腔融入其中是件好事，地域特色无法逾越，但解释词我听了，好像从词、声上应该更凝重、庄严、统一些。

瑕不掩瑜，无论如何，无论从那个角度上讲，《长恨歌》的完美，我震惊。它的横空出世，不是《印象刘三姐》《风中少林》等实景演出的翻版和延续，它是一种原生态的大胆创新，没有停留在简单的"印象之上"，有冲突矛盾、跌宕起伏的爱情主线，在事件发生地演出，突破了旅游、舞蹈、文化等等不同层面的局限，实现了一次有机的大整合，这个尝试，投资上亿元，但影响深远，不能仅仅看作是一台娱乐舞剧，对华清池的可持续发展、对改变游客对西安旅游目的地的形象贡献了一份力量。

历史终要远去，《长恨歌》让我们又重温了一次大唐历史，更感受到了感天动地泣鬼神的生死之恋，千古爱情的高度凝结。自然万象，皆因人而鲜活。华清池，布满了唐明皇与杨贵妃的爱情足迹，千年积淀的温泉沐浴文化，从开放包容的大唐传至今天，发光夺彩。

爱是人生永恒的主题，歌颂爱、赞美爱，不仅仅古人，今人更应倡导追求健康、快乐、美丽的爱情。华清池的风给我带来音讯，宁静的夜有几分忧郁，万木低垂，一切无言。白居易的《长恨歌》给了我们爱情的缠绵悱恻无比遗憾，华清池的《长恨歌》实景演出更给我们爱情传奇，给我们爱的力量和信心：

万事沧桑唯有爱是永远的神话

潮起潮落始终不悔真爱的相约

几番苦痛的纠缠多少黑夜挣扎

紧握双手和你不再分离………

2009.6.10 夜于长安

叁·走天下

"雕刻时光"师大路

师大路上现在有一座"雕刻时光"的咖啡馆,我去过两次。

第一次,是和诗人苏非舒"约会",他被大家称为"最具争议的先锋冒险诗人"。其实,他人很好,很平静,很有思想。和妻子花子、孩子一起从北京来到西安,在终南山的西翠花,开启"新上山下乡运动",搞起了"终南山物学院",远离城市,过着质朴简单的生活,实现着自己构建的伟大理想。

另一位,是一位广西的女编辑,来西安,我请她在"雕刻时光"喝过茶。

师大路已经今非昔比了。这个老陕西师大的西门,大概也就1公里长吧,老西安外院也在此路开有一门。现在这两所学校已经搬到"长安大学城"了。老校区学生不多,两边基本不是银行就是餐馆,还有一些时尚的购物店,大药房以及美容院,三三两两出来的学生行走在师大路上,昏暗的灯光下,影子摇动,有些凉意。

大约1994年吧,我在西安上学,经常去西安外院找同学玩,师大路是必经之路。那时的师大路熙熙攘攘、人来人往,很是热闹。师大路两旁大多是各种大小不一的书店,浸润在文学历史天人地理各种各样的书香中,陶醉于师大路上质朴的少男少女单纯的阳光眼神里,是一件很惬意的事情。

我经常骑上自己的二八破自行车在这里买书,青春年少,有时候远远地看着美女情侣,养养自己的眼。

师大路热闹，基本是在黄昏。万家灯火，谈情说爱的最好时光就在此时了。尽管钟楼、小寨也可以看美女，但是没有这里的单纯和书卷气，有股弥漫着的天真与纯净的味道。

进入外院和师大校园，就黑漆漆的，异常安静。一路之隔，两种世界；象牙塔和烟火红尘分得很清楚。老板们停在校门口的名车异常扎眼，愤青的同学们总想偷偷踢几脚。

今天，我在师大路等一个人，进去想买几本书。但是，师大路已经悄然变色了，几乎没有书店，即使有的，也是卖四六考级的，索然无味。

秋天的师大路树叶已经飘落，踩在落叶上，往事堆积，而不知所言。海内外不知道多少大学都有"爱情路""情人林"，我最喜欢南开大学和西农的了，法桐高大，秋叶金黄，浓荫密布，清爽诗意。师大路，这条爱情、友情生长的路，现在没有了情调。特别是，我每次从长安路上路过，下午有时候无意看到家长在师大路上接上幼儿园的孩子，道路堵塞，汽车鸣笛声声。教育产业化，片面追求名校化，大肆扩招、学术造假等等涌上心头，心像掏空一样，倍感无助、无奈、无言。

十几年前，慢慢行走在师大路，遍闻书香；行走、阅读、感悟，在悠悠岁月里"雕刻时光"。

现在，师大路上这座"雕刻时光"的咖啡馆，有着古旧的书架，散放着一些线装书籍，可以看到一些文化的符号；虽然可以品茶，有时候还可以品尝意大利简餐和哈根达斯，抽烟喝酒，上网聊天，自信姿势优雅，体验异域情调，虚荣地等到一场艳遇；但是已经是我们在躲避红尘，在刻意营造的时空中，苛求一种自我迷离的生活状态罢了。

时光无需雕刻。它每天来临，自然又离开。它需要我们真实地去自然度过。

2011.10.13 夜于长安

叁·走天下

固原遇雪

去过固原好几次，多是夏天，太阳直照，北风卷起，因背靠"绿色岛屿"六盘山，很是凉爽，颇有几分高原的味道，避暑于此，也算是一块风水宝地。

今年，大年初五启程，从古城西安前往固原过年。固原这个地方离母亲河比较远，是宁夏唯一一个不临黄河的城市，有固原的六盘山国家森林公园，火石寨景区还有须弥山景区，过去交通不便，闭塞拥挤，这些年好了许多，再也不用害怕翻越"六盘山"了。随着固原新区的建设，高楼林立，道路宽敞，小城摊大饼一样快速扩散，向着"大城市"迈进。过去，在固原，不用坐车，我喜欢逛街，一个人就能走完，权当散步，现在看来不行了。

固原，位于宁夏南部，作为丝绸之路上的重镇，城市不大，地理位置却很险要，它地处陕、甘、宁三省省府城市西安、兰州、银川所构成的三角地带，回汉交汇之地，伊斯兰和中原文化的交融之处。"左控五原，右带兰会，黄流绕北，崆峒阻南，据八郡之肩背，绾三镇之要膂"。公元前114年，汉武帝为加强西北边地军事防御，置安定郡，治高平城，固原史称高平第一城，历代修建，到了明代，固原成为明西北边境地带设置的九个军事重镇之一，也是陕西三边总督驻节之地，可见其政治、军事、文化等重要性。只不过，随着时代的发展，冷兵器时代的结束，显得有些寂寞了。

寂寞的是固原这座城池，但是生活在这座小城的人们却从不寂寞。街道上，人来人往，络绎不绝，人们从大锅里直接捞出来，大口吃着五香羊头和羊蹄，津津有味，配菜就是孜然辣椒干蘸碟和两牙生洋葱，爽快地吃完，再喝上一杯热茶解腻，露出心满意足的微笑。

今年的雪，纷纷扬扬，断断续续，大片的雪花飞舞着，固原不愧叫"高原之城"，冷风直刷刷的吹来，刀子一样割着人的脸，不出几天，我的脸就蜕皮了，迎着高高的日头，通红通红，成了无坚不摧的"红苹果"。

雪，下着。逛街的人，热情不减。人民会堂附近的几个大商场，人满为患。现在的固原，平和中时尚来袭，冷风中穿得很薄的固原女子，尽管吃肉却瘦脸长腿，白脸泛亮，眼睛黑睫毛长，精致而有几分傲骨，也不失温柔大气，很是让人羡慕。商场前的广场上，卖烤红薯的、羊肉火腿肠的、烧烤羊肉串的，应有尽有，热气腾腾。大雪中，吃着又软又沙又香的烧洋芋，啃着羊羔头有滋有味，固原不缺风味小吃，大口喝酒，大声唱歌，我想，这可能与这里特殊的地域文化有关吧？！每次去固原，杨建虎、单永珍、红旗等朋友热情招呼，大口喝着白酒，吃着羊肉，一醉方休！外贸的燕面糅糅、地软包子、酸辣可口的羊肉炒揪面片、风味独具的荞麦饸饹，还有水盆羊肉、固原烧鸡等，我是老陕，喜欢吃面食，不喜食肉，爱吃甜食，枸杞酒、团子茶比较合我的口味，固原的羊肉我情有独钟，没有一点膻气的味道。如果您是吃货一枚，一定要在固原好好品尝一下！

雪很大，大片大片，让人眼睛几乎睁不开，不知道过去打仗，官兵们怎样御寒，又怎样去迎接一次次战争？白天一片苍茫，晚上的固原，宁静中更多了万家灯火的璀璨和温暖。

初七一大早，我们开车冒雪去黑城，听说现在没有黑城这个地方了，已经划给了海原县。下雪，没有影响高速，但开车速度很慢，几乎是蜗牛式前进，不敢加油，稳着油门，颤颤巍巍地向三营方向前进，沿途发生许多车祸，让人惊心。平时半个多小时的路程走了两个多小时。固原地处大西北，地广人稀，干旱少雨，形成丘陵起伏，沟壑纵横，梁峁交错，山多川少，塬、梁、峁、壕交错的地理特征，和陕北的地形特征相像。坐在车里，外边的风景很好。天空一片白茫茫，大地辽远雄浑，近年绿化种植的树木，充满着生命的礼赞和诗意。

万籁俱寂。除了辽远，还是无边的辽远。

朋友唱起了"花儿"：

上去个高山

嗬哟呀

望哎平哟川呀

哎哟 望平哟川

——呀 平川里

哎——有一朵个牡丹

看起那容易着哟呀

哎——摘取哟难呀

哎哟——摘取哟难呀摘不到，

哎——手里是呀枉然

婉转、激昂、质朴、高亢。

我笑了笑说，这哪里有牡丹呀，连个人影都没有！

正因为没有，才要心里有！心里的牡丹比真的还要美！朋友说。

看来这里的男人，即使在贫瘠的土地上，依然怀揣梦想和激情、活力，也喜欢做梦，做着和牡丹一样雍容华贵的美人梦。

这样的好梦，被高速公路上的秦长城打破了。连绵不断的秦长城，被高速划了一刀，虽说缩短了路程，却让长城在此拦腰折断，一分为二了，在雪中，这样的场景更十分明显，耀人眼目。

亲戚家在三营，在固原，诸如头营、三营、七营的地名不少，跟固原这座军事重镇有很大关系，基本上过去是守边屯粮牧马之地，后来慢慢发展为集市交易，成为村落小镇了。村外边尽是规模不大的砖厂，村里就像散落的棋子，村中古老粗大的榆木树诉说着岁月的沧桑，相比现在整齐的移民村，没有规划，有些凌乱，房子朝向不太统一。各家都是一家一院，院中有羊圈，临近瓷砖大门的一边盖有"小高楼"，类似瞭望的哨所，精巧秀气，可能遗传祖上的传统，用于防卫，保护家园，现在多是装饰或者堆积杂物。传说古时未出阁的姑娘要住在"小高楼"，是她们的"闺房"了。

院外雪花舞动，屋内温暖如春。房子不高，烧着煤炉，坐在炕上，不管风雨，不问出处，就享个清福，图个过年热闹。大雪堵路，新年也讲究"瑞雪兆丰年"。固原人好客，在新年，客人来了要吃羊肉臊子面。羊肉臊子面讲究"面好、汤香"，面好，固原当地人讲的是："擀的就像纸，截的就像线，下到锅里莲花转，捞到碗里揽不断，客人吃了三大碗，过了七个州，跨了八个县，赞的就是咱的面。"臊子汤主要用肉、辣椒油、时鲜蔬菜、豆腐及各种调料做成。一般选用好里脊肉，肉要切得细碎均匀，热锅炒炼（炝），随后依次加入辣面、葱、姜、调料以及米醋等。炝汤讲究油温火候，注重调料。炝好的臊子红汤，色浓而味淡，油重而不腻，加上黄花、木耳、蒜苗、豆腐、鸡蛋等，红、黄、绿、白相间，酸、辣、香、甜皆备，看上去色泽鲜艳，闻一闻香气袭人。再加上巧妇之手，更有滋味。面不白，但劲道，这是由于固原高寒所致，小麦生长期长，没有污染，自己种植、收割、加工。我吃了两碗，和陕西岐山臊子面不同，固原人喜欢吃羊肉，口味淡些，没有"重口味"的陕西酸辣味道。

吃完饭，身子暖和了许多。雪越下越大，高速封闭，我们提心吊胆地开着车沿着小路赶路。路过杨郎，有一个很大的水库，我没有想到，在如此干旱的地方，还有这么大的水库。朋友叹息着说，过去这里的水很干净，人都可以直接饮用，现在有些污染了。

"绿水青山就是金山银山"。车内一阵沉默。人类城市化进程的高速发展，不可避免要付出破坏生态平衡的代价。固原地处黄土高原暖温半干旱气候区，是典型的大陆性气候，形成冬季漫长寒冷，昼夜温差大。过去干旱、大风、沙尘多，现在通过绿化植树、生态治理，空气清新，成了难得的一块"养生之地"。

我对"杨郎"这个乡镇名字很感兴趣，因为我姓"杨"。朋友说这是杨继业一家守卫边疆的地方，后人为了纪念而得名。我去过陕北神木"杨家城"，北宋与辽、西夏并立，大战多年，付出了很大的代价。过去交通不怎么好，从固原到神木，杨继业保家卫国，要穿越一条多么长的防卫线！再加上风雪交加，需要付出多么大的代价！

《诗经·六月》云："薄伐猃狁，至于大原，文武吉甫，万邦为宪。"固原很早就是兵家相争之地，秦人和西戎在此大战。考古工作者在杨郎发现了春秋战国青铜文化墓地，清理发掘的文物中有金、银、铜、铁、骨、陶、石等多种质料，可分为兵器与工具、生活用具、服饰品和车马器四类。同时发现，这个墓葬的葬俗处处透出羊牛成群、纵马扬刀的牧猎争战气息。我在固原博物馆也看到了许多珍贵的文物。

回到固原城里，天没有黑。朋友开车专门穿过了"靖朔门"，据说过去固原的城墙比西安的城墙还雄伟呢！明代中叶，固原古城池周长9.3里，城池址厚3.8丈，顶厚2.2丈，外修垫壕宽厚深各2丈。当时，有四道大门，南门"镇秦"、北门"靖朔"、东门"安边"、西门"威远"。而今，这赫赫有名的古城池仅存了"靖朔门"，而"和平门"则是后来人为的为了复古怀旧而连接起来的砖包！

我记起了，前几年，我发现固原医院附近有一小段城墙，被周边的民居包围，我想方设法走进照了几张照片留念。

关于一座城市最初的记忆越来越模糊了。

雪，不停地下着，似乎要掩盖一切。夜晚的灯光下，我看到了雪的惨白。

本来我还准备去看一下历史著名关隘——萧关、东函谷、南武关、西散关、北萧关，萧关为秦汉时期四大名关之一，是拱卫关中的门户，是控扼中原通往塞北乃至西域通道的雄关。固原市泾源县大湾乡瓦亭村是"萧关"旧址，也称"驿藏关"，是汉唐以来雄踞西北地区的重要关隘之一，有险隘"铁瓦亭"之称。可惜，因为雪，无法成行，难以完成夙愿了。

　　固原的雪，下个不停。朋友讲，固原干旱难得下雪，今年给神了，不停。固原的雪，打在人脸上是柔柔的，很干，落在地上，也很难泥泞，刨开雪，下面尘是尘，土是土，跟做人一样，很分明。

　　"天下黄河富宁夏"。我多次去过"塞上江南"银川，去过镇北堡影视城、沙湖、西夏王陵等地方，感受到了宁夏人民的淳朴、善良，好客。回族在我国处于"大杂居、小聚居"的分布格局。固原回汉民族在长期的沟通与交流过程中，民族之间的经济、文化、生活习俗等方面表现出很大的相似性，在一定范围内出现了民族文化融合现象，共同讲述着美好的"宁夏故事"。固原与宁夏其他市一样，以回族饮食习惯为主，多清真菜，喜食面食，也多用荞麦等杂粮做成风味独特的小吃。因六盘山的主峰在固原境内，而六盘山的植被丰富，盛产多种野生植物，如固原的"山菜之王"蕨菜、苦苦菜、刺五加等等。用这些野生植物所做成的菜品也成就了固原的山区风味。　固原的美食众多，"固原烧鸡"就是一例，它的制作方法是将宰后的鸡收拾干净，配料入锅煮八成熟后取出，加食盐、葱段、酱油，上笼蒸。蒸好后放入盘内，用鸡蛋清、水淀粉制成糊抹在鸡身上，再投入油锅炸至色黄、熟透时捞出装盘，撒上胡椒粉、花椒粉、细盐。此种烧鸡烹制技艺别具一格，吃起来内嫩外脆，鲜美爽口，和西安的"葫芦鸡"有些类似。

　　"烧鸡！个大味香的烧鸡！"我听着这吆喝的声音，寻上去，也禁不住买了几只，准备送人品尝。

　　如果仔细看一下，你会发现固原人的眼睛，是清澈见底，没有忧愁的；虽然这个地方有过"疾苦甲天下"，但他们没有放弃执着和激情，让生活充满阳光和乐趣。他们的眼睛透射着太阳和月亮的光芒,和这片裸露的大地,融为一体,相互拥抱相互取暖,生生息息,永不枯竭!

因为要上班,冒着大雪要赶回西安,老天有眼,高速开放。从固原到西安,雪越来越小,开到崆峒山下,我想起了某年某月我曾登此山最高处,见一位断掌师父为人解签算卦,不知现在何处?

灵签求得第一枝,

龙虎风云际会时,

一旦凌霄扬自乐,

任君来往赴瑶池。

"雄浑西部风光,天高云淡固原"。雪依然下着,滋润着贫瘠的土地,雪无法阻止前进的步伐。

七月七·乞巧节·昆明池

我从小生活在关中农村,农事之余,一直上学,是从历史教科书上知道"昆明池"的,西安有"昆明池",北京有"昆明湖",但一直很纳闷,为什么云南昆明没有"昆明池"呢?慢慢长大,才知道一些原委。

在此之前,关于七夕织女和牛郎的故事,从小就从婆(宝鸡方言,奶的意思)的口中得知,每天晚上,婆在我睡觉前就不厌其烦地讲着这个故事,尤其到了夏季,天空明朗,星光灿烂,婆会指着夜空,说这是银河,那是织女星,那是牛郎星,心里和银河一样亮堂。

"七月七日长生殿,夜半无人私语时。在天愿作比翼鸟,在地愿为连理枝。天长地久有时尽,此恨绵绵无绝期。"这是唐代大诗人白居易写的一首伟大的爱情诗歌,千百年来,脍炙人口,流传至今。每次我路过华清池,看到蜿蜒起伏的骊山,想起唐玄宗和杨贵妃的爱情绝唱,感慨万千。一个堂堂"皇帝",也没有能力留下自己心爱的女人。诗人"煽情"的背后,在凄美的爱情面前,更多的是人生的无奈。

通过这首诗,至少说明了唐代以前,"七夕节"应该就有了。这个节日,我想主要还是来自牛郎和织女的故事传说。我们经常羡慕莎翁笔下罗密欧与朱丽叶的浪漫爱情故事，在欧洲的博物馆、教堂随处可以看到"文艺复兴"时期艺术大师们以爱情神话为题材创作的各种名画、雕刻等；在"中国古代四大爱情传说"中，梁山伯与祝英台、牛郎织女、白蛇传、孟姜女哭长城的爱情故事表现了人们追求爱情的浪漫和决绝，和国外比，丝毫不逊。以爱情为主线的牛郎与织女"鹊桥相会"、以"孝为中心"的董永与七仙女"天仙配"都与"七夕"有关，因而七夕也是中国传统节日中最具浪漫色彩的一个节日。

关于"牛郎织女"的传说，最早的文字记载出现在大约成书于公元前11世纪的西周时期，现存文字的记载最早出现在《诗经·小雅·大东》："维天有汉，监亦有光。跂彼织女，终日七襄。虽则七襄，不成报章。睆彼牵牛，不以服箱。"应劭《风俗通》逸文：织女诗中牛郎被称为牵牛，但当时牛郎和织女只是指天上的星星而没有爱情方面的描述。西汉时，牛郎织女被描述成两位神人，班固的《西都赋》中曾有描写："临乎昆明之池，左牵牛而右织女，似云汉之无涯。"指昆明池两边的牛郎、织女雕像。后"古诗十九首"进一步有描写，其中的一首描写《迢迢牵牛星》："迢迢牵牛星，皎皎河汉女；纤纤擢素手，札札弄机杼。终日不成章，泣涕零如雨；河汉清且浅，相去复几许？盈盈一水间，脉脉不得语。"已称牛郎织女为夫妻。

《黄帝内经》中女子的生命之数为七：女子七岁齿更发张，二七就发育有了月事，为生育做好了准备，三七四七都是身强体健之时，五七身体渐渐衰弱，六七开始生白发，七七天癸竭，生育能力终止。这样一来，七月初七既是人日，七又对女子意义非凡，两个吉祥数字叠加，七夕乞巧祈福顺理成章。可以说，由星宿到神话传说，由传说故事到世俗意义上的祭祀、膜拜，"牛郎和织女"越来越贴近人和真实的生活，更加世俗化、人情化。从各种文字记载，我觉得，"七夕节"形成至少在汉朝以前。也可以说，自从汉朝开始，"七夕节"真正成了老百姓的传统节日。

"天上有银汉，地下有西汉。"流传了千百年的"牛郎织女"故事的起源地，一直争执不休。其中，最具中国特色、流传最广、影响最大的是著名的牛郎织女、孟姜女、梁山伯与祝英台和白蛇传这四大民间传说，后三个故事都有自己的故事发源地，唯牛郎织女传说的故乡一直存有争议，况且它把天上和人间放在了一个层面上演绎，这在四大传说中是最为特殊的一个。

说到"七夕节"，必须谈一下"乞巧节"。"七夕乞巧"，这个节日起源于汉代，东晋葛洪的《西京杂记》有"汉彩女常以七月七日穿七孔针于开襟楼，人俱习之"的记载，这便是我们于古代文献中所见到的最早的关于乞巧的记载。后来的唐宋诗词中，妇女乞巧也屡屡被提及，唐朝王建有诗说"阑珊星斗缀珠光，七夕宫娥乞巧忙。"据《开元天宝遗事》载：唐太宗与妃子每逢七夕在清宫夜宴，宫女们各自乞巧。这一习俗在民间也经久不衰，代代延续。宋元之际，七夕乞巧相当隆重，京城中还设有专卖乞巧物品的市场，世人称为乞巧市。宋罗烨、金盈之辑《醉翁谈录》载："七夕，潘楼前买卖乞巧物。自七月一日，车马嗔咽，至七夕前三日，车马不通行，相次壅遏，不复得出，至夜方散。"在这里，从乞巧市购买乞巧物的盛况，就可以推知当时七夕乞巧节的热闹景象。人们从七月初一就开始办置乞巧物品，乞巧市上车水马龙、人流如潮，到了临近七夕的时日，乞巧市上简直成了人的海洋，车马难行，观其风情，和中国传统的春节、端午节、中秋节不差上下。

七夕节的妇女穿针乞巧、祈祷福禄寿、礼拜七姐、陈列花果与女红等诸多习俗影响至日本、朝鲜半岛、越南等汉字文化圈国家。

家乡属于西北，也有过"乞巧节"（也叫"女儿节"）的传统，七月七牛郎织女相会之日，有"乞巧节"。现在有些人叫"中国的情人节"，我不太同意，在中国汉语言语境下，"情人"和"爱人"还是有些区别的。农历六月六日，碎女子（小姑娘的意思）们用绿豆、大麦、豌豆、谷子、高粱等五色杂粮入水浸泡，藏于箱中，让其生芽，到七月七日晚端出来，名曰"巧芽"。据说，姑娘们把巧芽放在一起，看谁的芽生得白，长得高，谁将来就心灵手巧，能找一个如意郎君白头到老。同时还要聚集灯前，先把巧芽收集起来，放到一张八仙桌子上，桌上供尊七仙女神像，供品包括茶、酒、鲜花、新鲜水果如西瓜、五子（桂圆、红枣、榛子、花生、瓜子）等，众女轮流上香化表，最后围在一起唱《乞巧歌》："天皇皇地皇皇，俺请七姐姐下天堂。不图你的针，不图你的线，光学你的七十二样好手段。"乞求七仙女赐以灵巧之心之手；并穿针引线作刺绣状，意思是请织女星传授女红技巧，叫做"穿针乞巧"。嘴里不停念叨："巧芽芽，生的怪。盆盆生，手中盖；七月七日摘下来，姐姐妹妹照影来；又像花，又像菜，看谁心灵手儿快。"把自己做好的巧芽置于织女像前，然后掐出一寸长的短节，投放在清水盆中，视巧芽影子所呈现的形状卜巧拙。如影子像一苗针、一条线或一朵花，就认为该姑娘心灵手巧；若像一根椽、一条檩，就是手笨、愚蠢了。有些地方有"乞巧会"。乞巧同时也祈祷父母长寿："乞手巧，乞容貌；乞心通，乞容颜；乞我爹娘千万岁，乞我姐妹千万年。"我们村的老人，在"乞巧"的晚上弄得神秘，不让我们这些男娃娃看，十几岁的女娃娃也要挑选一些灵醒的，不光"卜巧"，还要"赛巧"。听说，这些女娃娃忽然会被神灵附身，天眼开窍，预知未来，开口说话。

根据史料记载，乞巧活动始于汉唐而兴于宋，历史悠久，流传广泛，要过七天，整个活动过程分为坐巧、迎巧、祭巧、拜巧、娱巧、卜巧、送巧等七类仪式，后来大多只有七夕这一天活动，参加者大多为各村年轻媳妇或未出嫁的姑娘。"乞巧节全民参与，由登高、曝衣、晒书、乞富、乞寿、乞子、乞平安等活动，逐渐归一化为仅由妇女们穿针引线，向织女乞巧，向月亮祷祝，以此诉说她们的隐曲深衷。"由七个小姑娘分别表演穿针引线、织布纺线、弹琴等七种技艺。小姑娘们用稚嫩的双手摆弄出纳鞋底、纺线、织布等动作，如勤劳巧手的织女一般。掐巧芽之后，当七个小姑娘依次写成"七夕我们来乞巧"后，活动推向高潮。乞巧的姑娘们还会唱巧歌："七月七、七巧来，梧桐树下花儿开；花儿开、树儿摆，我把巧娘迎下来。我给巧娘献西瓜，巧娘教我学绣花；蜜桃献给巧娘尝，巧娘教我缝纫忙。我给巧娘献李子，巧娘教我纳底子;各种水果齐献给,我把技巧要学深。姑娘们、来乞巧,乞了巧、就能巧;心儿灵、手儿巧,梦想成真不可少。传统文化年年搞,来年我们再乞巧。"移风易俗加入了一些现代的味道。

乞巧活动,除了有掐巧、乞巧、讨巧等内容,现场周围还展示着村民亲手制作的绣花鞋、鞋垫、手工织布、剪纸、刺绣、花馍以及字画,一场村子民俗文化盛宴。我们村,应属于秦人,从甘肃沿着渭河而下,离"汧渭之会"不远,继承了周秦文化。《史记·秦本纪》中说,"帝颛顼之苗裔孙曰女修。女修织,玄鸟陨卵,女修吞之,生大业。"女修,在母系氏族社会中,是秦部落的女首领,也是心灵手巧的纺织女,有一些学者认为,女修就是织女星的原型,故而受到后代的崇拜。司马迁的《史记·天官书》中谓"织女,天女孙也",很清楚地将织女星说成是天帝之女,是位女神仙。晋周处有本《风土记》,除了描述女子供奉瓜果于庭、祈福祈寿之外,七夕还首次有了求子的功能:"七月初七日,其夜洒扫于庭,露施几筵,设酒醴时果,散香粉于筵上,以祈河鼓、织女,言此二星神当会。守夜者咸怀私愿……见者便拜,而愿无子乞子,唯得其一,不可兼求。"可以说,"乞巧节"由来已久,包含着勤劳的老百姓最朴素的祭拜情怀。

七月七、七夕节、乞巧节,节日从天上到人间、由神话到落地世俗社会,达到天人合一的中国哲学主张。汉武帝修建西安昆明池,承载了人们对传说故事的物化,让这个节日、"牛郎织女"的故事发扬光大。

位于云南昆明的大观楼,悬挂有一副由清代孙髯翁所作、驰名于世的长联,其下联开头为:"数千年往事注到心头把酒临虚叹滚滚英雄谁在想汉习楼船唐标铁柱宋挥玉斧元跨革囊伟烈丰功费尽移山心力……"其中的"汉习楼船",说的就是两千多年前汉武帝刘彻,在京城长安(西安)南郊斗门镇开凿巨大的人工湖,训练汉帝国的"楼船水师"的历史故事。

据《史记》《汉书》记载:汉武帝建元元年(公元前140年),张骞应募出使西域,历经坎坷,至元朔三年(公元前126年)才回到汉朝,向汉武帝详细报告了西域诸国情况,并特别提到在大夏(今阿富汗)国,竟有蜀布(四川细布)、邛杖(邛都即今西昌一带产的竹手杖)出售,问商人,得知由身毒国(今印度半岛)可直通大夏,并说那里的人骑象打仗、临近大海……于是,劝汉武帝开西南夷道,以避免匈奴劫阻。

汉武帝采纳张骞建议,命蜀郡、犍为郡派使者四路并出,企图打开西南通道,但为昆明部族所阻,历经一年都未能开通,不过也摸清了昆明部族的情况。

昆明位于云贵高原中部,四面环山,中间一马平川,有一广阔水域,古称南泽,周匝三百里。昆明部族人,多居水上,善于水战,只有熟练的水军,才能前去征讨。

于是汉武帝便想用武力打通这条经过昆明通往印度的路,在长安西南郊建"昆明池"用以习水战,攻昆明。乾隆皇帝后来根据这个典故,将颐和园里的原西湖改名为"昆明湖"。

《汉书·武帝纪》记载:(元狩三年春)"发谪吏穿昆明池"。根据《西南夷传》记载,汉武帝得知西南昆明国有滇池,且方圆三百里。元狩三年(公元前120年),为征讨西南各国,训练水师,汉武帝在长安斗门镇一带,模拟"南泽",开凿了昆明池,以象征天河,池中刻置石鲸,两岸刻置牛郎、织女,也叫"守池神"。池神根据古代地理古籍《三辅黄图·关辅古语》记载:"昆明池中有二石人,立牵牛、织女于池之东西,以象天河"。《三辅旧事》中记载着昆明池,说它有三百三十二顷,池中有戈船数十艘,楼船一百艘,船上立戈矛,四角皆幡旄葆麾。它是在上林苑周、秦皇家沼池的基础上,扩建兴建的我国历史上第一座大型人工湖泊。那时的昆明池很大,池的周长约40华里,面积约332顷。陕西考古部门经多年考古发掘,已获得当年昆明池大小的确切数据:东西长4.25公里,南北宽5.69公里,周长17.6公里,面积16.6平方公里,相当于6个杭州西湖、2个多西安城的面积。昆明池具有训练水军、蓄水供水、植物养殖、皇家观光巡游等多种功能,发挥了军事、经济、生态、文化多重效用。昆明池从兴盛到衰落，从湖泊到农田，跨越了周、秦、汉、唐13个朝代近两千年历史，凝聚了深厚的历史文化资源。历史上，昆明池最初是作为汉武帝操练水军之用，历代为皇家园林，老百姓认为千古爱情佳话牛郎织女的传说最早起源于此，这是有道理的。

牛郎织女及"七夕"传说源于天象星宿之说。早在西周，就有对"牛郎""织女"的记载。这里，对织女、牵牛二星仅是作为自然星辰形象引出一种隐喻式的联想，并无任何故事情节。此时，它们只作为一种文化因子，开始进入文学这个大系统之中。正是这种"因子"，为这个传说的生成准备了潜在的文化条件。王逸《楚辞章句》卷十七《守志》："举天罼兮掩邪，彀天弧兮射奸。"表述了牛郎织女合婚之说。随着时间推移，织女、牵牛已被传为两位神人，昆明池畔的牛郎织女石刻像也被当地群众尊称为"石爷神""石婆神"。久而久之，人们对石像崇敬而迷信，开始顶礼膜拜起来，唐德宗贞元14年，修织女庙设案供奉，千百年来香火一直很盛。两千多年的变迁，昆明池早已变为良田，但屹立在斗门镇街东的牛郎和镇东六里常家庄村北的织女石刻却准确地标明了昆明池东西两岸。牛郎石刻身高2.15米，仅露上半身于地表之上，高约190厘米。底座与身宽相近，高1.25米。此像保存较好，五官清晰，头发的刀痕尚历历在目，身着交襟式衣服，腰间系带，右手曲肘上举作持鞭状，左手紧贴胸作用力握缰状。织女像作跽坐状，身高约2.3米，底座与身宽相近，高为1.20米。此像眉头微蹙，嘴角下撇，头结髻垂于颈后，颈部有断裂痕，身着右衽交襟长衣，双手环垂于胸前。二者均为花岗岩雕，我看和茂陵的石雕艺术笔法有些相同，无论从面容，还是服饰上讲，是汉朝石雕无疑，刀法粗犷，朴实浑厚，运用适当夸张手法，更使其形象动人，富有神韵意象，在艺术表现上，寓意深刻，主题鲜明，其象征性、浪漫性更为浓厚，写意性更加突出，反映了两千多年前劳动人民高超的艺术造诣。这两座火成岩的石雕是我国迄今所知时代最早的大型石雕遗物，在中国雕刻艺术史上占有重要的地位。

昆明池建成后,受当时牛郎织女传说的影响,汉武帝把昆明池视作天河,河的东头立牛郎石像,西头立织女石像;池中间还立有3丈长的石鲸一尾。杜甫写到:"昆明池水汉时功,武帝旌旗在眼中。织女机丝虚夜月,石鲸鳞甲动秋风。……"诗中的"织女",就是指竖立在昆明池西头的织女石像。汉武帝可能依据《诗经》内容,把昆明池当成天河,把牛郎与织女分立于东西两侧,能看见,但不能相聚,不能对话交流。班固在《西都赋》中有:"集乎豫章之宇,临乎昆明之池。左牵牛而右织女,似云汉之无涯。"张衡在《西京赋》也有:"乃有昆明灵沼,黑水玄址。周以金堤,树以柳杞。豫章珍馆,揭焉中峙。牵牛立其左,织女处其右,日月于是乎出入,象扶桑与濛汜。"南北朝时代任昉的《述异记》里有这么一段:"大河之东,有美女丽人,乃天帝之子,机杼女工,年年劳役,织成云雾绢缣之衣,辛苦殊无欢悦,容貌不暇整理,天帝怜其独处,嫁与河西牵牛为妻,自此即废织纴之功,贪欢不归。帝怒,责归河东,一年一度相会。"元代在《类编长安志》中载到:"汉昆明池,在长安县(今西安市)西南三十里,丰邑乡鹳鹊庄。昆明池今为陆地,有织女石,身长丈余,土埋至膝,竖发,戟手怒目,土人屋而祭之,号为石婆神庙。唐人童翰卿的《昆明池织女石》曰:"一片昆明池,千秋织女名。见人虚脉脉,临水更盈盈。苔用青衣色,波为促杼声。岸云连鬓湿,沙月对眉生。有脸连同笑,无心鸟不惊。还如朝镜里,形影两分明。"由此可知织女庙之建,应在宋元之间,而人们随将牵牛、织女称之为"石父"和"石婆"(《三辅旧事》《宋。长安志》《类编长安志》《西安府志》《关中胜迹图志》)。宋元以后,织女石几经辗转,几度风波终于又回到原址。牛郎织女传说地西安石婆庙位于西安市长安区斗门镇常家庄村外田地中。牛郎位于斗门镇棉花厂院内。"牛郎"离"织女"两公里。织女庙,当地人叫"石婆庙"又名"织女寺"。

昆明池,到了唐代,就开始干涸,到了唐文宗大和年间(827-835),周长40华里的昆明池,全部干涸、荒废。在全部干涸前,昆明池附近的斗门人民,于唐德宗贞元14年(798年)在今斗门镇南丰村修建石婆庙,供奉织女石像;在今斗门北街三组修建石爷庙,供奉石爷石像。千百年来,石婆庙、石爷庙,香火不断。直到今天,每年"七夕",石婆庙还非常热闹,如同庙会一般,方圆几里几十里的善男信女,都会来到石婆庙,敬一炷香,吃一碗"神面",祈求平安吉祥。1956年8月,"牛郎织女石刻"被列为"陕西第一批重点文物保护单位"。其碑阴刻有:"汉武帝元狩三年(公元前120年),为训练水师,在长安斗门镇一带,开凿了昆明池,池中刻置石鲸,两岸刻置牛郎、织女,以象征天河。两千多年的变迁,昆明池早已变为良田,但屹立在斗门镇街东的牛郎和镇东六里常家庄村北的织女石刻,却准确的标明了昆明池东西两岸。"

沧海桑田,日夜更替。我多次路过、行走在昆明池的时候,当年烟波浩渺的昆明池,成了千亩良田。

2011年西咸新区沣东新城已规划建设昆明池遗址景区昆明池·七夕公园。一方面,保留昆明池、丰镐二京遗址、周灵王台、阿房宫、牛郎织女等历史遗迹,文脉相传;另一方面,按照规划,昆明池文化生态景区将围绕"石婆""石爷",修建"鹊桥长廊",连接昆明池东西两岸,在昆明池周边建设七夕文化园、七夕鹊桥公园、七夕文化展示中心,这些展示区域在传播七夕文化方面将起到重要作用。西汉时的昆明池遗址景区最大水面面积曾经达到十六平方公里,相当于四个杭州西湖。现规划昆明池水面面积四平方公里多(约七千亩),接近于杭州西湖的面积,这相当于在西安之南再造一个"杭州西湖"。2014年1月6日,国务院批准设立了首个以创新城市发展方式为主题的国家级新区西咸新区。2017年开春,西咸新区由西安市整体代管,二月份昆明池启动蓄水,中国古代最大人工湖重现西安,这里将成为城市绿肺、宜居之地、文旅融合之地。

"一面飞镜天上来,一泓碧水落人间,曾经汉武训水师,舰船纵横起狼烟。"（薛宝勤歌词《又见昆明池》）昆明池·七夕公园七夕湖波光涟涟，鹊桥凌波含情脉脉，汉堤锁烟芳草离离；荷花岛莲歌渺渺，自香阁茶香绵绵；卷云台望云卷云舒，织云阁品御宴珍馐；泛鹥台登舟亲水，落霞坞凭栏观鱼；石鲸吹浪若隐若现，银杏摇金似有似无。池泮亭台楼阁灿如霞帔，桥边牛郎女渡焕若列星；二十六婚见证爱情真谛 五十二鹊传唱七夕传奇。丹鹤白鹭，肆意颉颃；舟帆舫影，渔歌不息。

人们在这里，可以欣赏到北方秦岭之下，"落霞与孤鹜齐飞，秋水共长天一色"的千古美景，无限诗意；体验"云想衣裳花想容，春风拂槛露华浓"的绝妙之处；观赏"汪汪积水光连空，重叠细纹晴漾红"的旷世奇景、人间大观；还可以去不远的"沣滨小镇诗经里"，朗诵中国诗词……

光绪十二年（1886年），慈禧太后颁布懿旨："恢复京师昆明湖水军操练，并建内外水师学堂。"

水战原非陆战同，昆明缅想汉时功。

谁知万里滇池远，却在堂阶咫尺中。

这是光绪皇帝在昆明湖观看操练水军后，联想到汉武帝文治武功所写的《观昆明湖习水战》诗。短短四句诗，不仅道出了昆明、昆明池、昆明湖的渊源，还可看出昔年汉武帝凿昆明池训练水师对清代昆明湖操练水军的影响。

秦少游在《鹊桥仙》云："纤云弄巧，飞星传恨，银河迢迢暗度。金风玉露一相逢，便胜却人间无数。柔情似水，佳期如梦，忍顾鹊桥归路。两情若是久长时，又岂在朝朝暮暮。"当我站在丝路起点，长安大地，从汉长安城遗址遥望秦岭脚下的昆明池，当年训练水军之地已经成为老百姓旅游放松的好去处，回首牛郎与织女的伟大爱情传说，相遇就是美好。物欲之下，面对爱情、婚姻，我们自己的路怎样走？

2019.6.5 匆于长安

周家大院，飘荡着秦商奔波的身影

凤翔就在我家对面，小时候，我跟着父母去陈村赶会，过年买版画门神。我的老家贾村塬干旱少雨，消息闭塞，世代以农耕为主，祖辈崇尚"耕读人家"，做生意的甚少。通俗地讲，我们把有钱的人叫"地主"，书面上应该叫"财东"。附近的虢镇、贾村、县功等乡镇每年会唱秦腔过庙会，我们村所属的桥镇，每年农历七月十二古庙会，也是商贾云集，熙熙攘攘，一街两巷，人声鼎沸，名为庙会，实为物资交流大会。现在人讲"文化搭台、经济唱戏"，其实，在过去，聪明的先人早已熟知此理了。

凤翔，离我家不远，小时候，我就从老人口中知道"东湖柳西凤酒姑娘手"了。关于周家大院以及儒商周家的故事，隐隐约约听过一些。有人说，"商"发源于中原，"商人"一词即由商始祖王亥带领商族人用帛和牛当货币在部落间进行交易而来。王亥不仅是中国商人的始祖，也是世界商人的鼻祖。这有待进一步考证。但可以说，自从出现了交易、市场等等，商人伴随而来。商朝时期发明了海贝、石贝、骨贝、蚌贝、绿松贝等货币，晚期还发明了铜质货币，商人交易的地方叫做"市"，店铺叫做"肆"。"商邑翼翼，四方之极",在商朝甚至早于商朝的夏朝,商人的地位实际上是很高的,商人的贸易很受部落首领重视,有"殷人富贵"的说法。春秋时期孔子的学生子贡,越国大夫范蠡,秦国时期的吕不韦等等,都是我们历史上熟知的商人。在古老的中国,由于各种原因,一段时期,商人的地位是很低的,"士农工商",民间还有这样一种排法:帝王、圣贤、隐士、童仙、文人、武士、农、工、商。特别是商鞅的重农抑商,汉武帝的"罢黜百家,独尊儒术",对商业、商人的伤害是比较重的。随着海陆丝绸之路的开通,唐朝的长安成为了世界的贸易中心,商业得到了繁荣和发展,宋朝农业和手工业的发展,城市繁华,促使商业日益兴盛。明代商业的兴起,促进了商品经济的进一步发展和资本主义的萌芽,涌现出许多地域性的商人群体,叫做商帮,秦商、晋商、徽商于此时勃兴而崛起。清朝金融业与贸易业发达,商人分成十大商帮。其中晋商、徽商支配清朝的金融业,闽商、潮商掌握海外贸易,出现了红顶商人胡雪岩。秦商走向了没落。到了现在,我们塬上的瓦工、包工头居多,有极个别成了房地产大老板。清末文人郭嵩焘说过:"中国商贾夙称山陕,山陕人之智术不及江浙,榷算不及江西湖广,而世守商贾之业,惟其心朴而心实也。"

关中西府至今流传着:"岐山的郭宋家,凤翔的周郑家。"凤翔周家先祖周恕在明朝中叶因少年读书家资不济,遂远出扬州经商,苦心经营,获利千金,成为周家经商创始人。历经几代人努力,清时达到鼎盛时期。同治回乱间,周家生意遭遇冲击,于清末逐渐衰落。民国初年,周家在凤翔县城的商号遭到军阀的巨额勒索而破产,汉口、广元、成都、重庆等地的分店也因战乱山匪等而凋敝。可以说,"西府大贾"的周家史,也是一部秦商史。

现在,我们总被一些大款纸碎金迷、一掷千金的豪华奢靡所迷惑,其实,作为商人,是最懂得勤谨节约的。我们也被电话诈骗、传销等新型"投机"所祸害,对一些商人不齿甚至痛恨。其实,从古到今,大多商人是遵纪守法、按规办事的。特别是秦商,自重名节、不毁商誉,生性耿直、崇义尚德,生在"八百里秦川"的陕西楞娃,迷恋于"三亩地,一头牛,老婆孩子热炕头儿。"思想保守，一般不愿意出门经商，看人眼色。周家人不畏艰险，不惧困难，励精图治，不断扩充着自己的"商业帝国"，清咸丰年间，形成陕西最大的糖庄。周家开设的长春益、长春丰专营糖业生意，在关中居垄断地位。每年四川糖商发货至凤翔，均下榻于周家商号，然后批销西安及关中地区，远销甘肃、宁夏、青海等地。还有药材铺长春林、长春和商号，银楼以及周邓两家合办的当铺"敬太当"、酒庄"曾祥昌""大德丰""大同昌"等。无论生意做得多么大，周家人都懂得钱财来之不易，保持着勤俭恭恕、廉洁清正的良好家风。

  凤翔周家，有史载于明初，初居县城文昌里，明中叶经商发迹，其后科甲数十人，周家遂成为西府名门望族。周家经商致富后，大力扩建周家大院，占地面积达两万多平方米，并购置良田千亩，在城东桃园里修建十余亩周家花园（现为周家门前村），在城西陈村建大型养马场（现为料地村），其后周家便分为三支，大东家居于县城周家大院管理周家生意。

  凤翔古称雍，秦孝公在雍城设雍县，是周秦发祥之地、嬴秦创霸之区、华夏九州之一，离汧渭之会很近。唐朝的都城是上都长安、东都洛阳、北都太原、南都江陵、南都成都、西都凤翔。凤翔自古以来一直是渭河平原（即关中平原）西部的政治、经济、文化中心，与西安相辅助，从先秦建都以后的各个朝代，均为州、郡、府、路之治所，遂有"西京"之称。其地处长安西部，在京西北防御吐蕃的格局中至关重要，同时又是川蜀之地进入关中的交通咽喉，具有重要的战略意义。长期处于边塞和贸易交流之地，凤翔之地的秦人其实是民族大融合的产物，特别是宋金交战，构成了这里的居民成分较杂，有汉人，也有"胡人"；屯兵、作战，这里的人行事也有一些"军人"的风范和作风，做生意也有果断、刚毅、坚忍不拔的精神，我觉得。明清凤翔府领七县一州：凤翔、岐山、扶风、宝鸡、千阳、麟游、眉县及陇州（今陇县及宝鸡县西北部），与三原、泾阳形成不同的商业中心，相互发展。我的老家宝鸡（县），属于凤翔所管。我也听过村里的老人讲，祖上从山西大槐树迁移而来。周氏后裔周峻在《周氏族谱》中写道："我周族始祖由山西洪洞县迁移而来。"明初，战争频发，多次将陕西卫所将士调往外地屯戍，形成大规模人口外迁。后来由于赋役繁重，自然灾害频繁，陕西因流民而引起的人口外迁日趋增多。在外省流民纷纷涌入陕西的同时，关中的百姓也流入陕南，并有不少人流往外省。陕西人口大减，许多地方人口稀少。朝廷遂下令："迁山西汾、平、泽、潞之民于河西，任土垦田，世业其家。"我们贾村塬上至今还有名叫"大槐树"的村子。从这个意义上讲，"秦晋一家"，"秦晋之好"，是有历史渊源和道理的。

"商之有本者，大抵属秦、晋与徽郡三方之人。"（明朝宋应星著《天工开物》）秦商在中国历史上曾据显赫地位，开创了"丝绸之路""蹚古道""走西口"历史上的三大商路。秦汉时期就以独立自由商人登上了经济舞台。秦统一六国后，建都咸阳，修"直道"，通"栈道"，在咸阳城设"咸阳市"，作为商贩贸易的最大场所，还设置直市、平市、奴市、军市等专业市场，汉王朝建都长安，是名副其实的国际大都市和全国商业中心，使"长安商人"第一次名副其实地流播于世。陕西富平汉代以来就有一个叫"直镇"的市镇，做生意一言九鼎，不言二价，故曰"直镇"。唐代以"帝国商人"的身份傲视天下；明清时期，形成了名震全国的商业资本集团，被尊为"西秦大贾"。

凤翔周家，也是在这个社会大背景之下，以敏锐的眼光，超前的思维；以忠厚为本，诚实不欺，不尚空言的品格；诚信经营，耿直仗义，丁是丁、卯是卯，不投机取巧，不拐骗坑人，稳健持重，取得了生意上的大发展。

周家先祖周恕，紧紧地抓住了商机。明朝时期，政府为了巩固边防，在陕西等地实行"食盐开中""茶马交易""棉布征实""布马交易"等一系列的特殊经济政策，厚重质直的周恕抓住历史机遇，以"干肉水囊老羊皮，骏马快刀英雄胆"的豪气，"人硬，货硬，性格更硬"的"三硬商人"气魄，闯荡"秦蜀古道"，输粮换引，赴扬州贩盐，赢得人生"第一桶金"。清初为恢复川盐生产，清政府实行"招商引领，计口受食"的食盐产销政策，为秦商"弃淮入川",挤入川省贸易提供了难得的机遇,周家又携资入川,开拓商贸经营的新天地,在四川等地设立分店。

　　商人挣钱不易。我从周恕的身上看到了"孝敬父母,信守诺言,积德好善,延师重教"的良好品行。乾隆年间的《重修凤翔县志》记载:"周恕,字推己,文昌里人,少业儒以家计弗赡,遂商于淮扬数年,获利万金,乃歎曰:'富己,而无济于物奚,贵于富耶',值关中饥,邻里亲友有不能自存者,遂出所蓄以周之。嫂孀居无嗣,凡饮食、衣服奉事惟谨,叔殁殡葬祭奠一一如礼。曾入蜀有同伴客溺死,遗货值千金,恕谨封贮,俟其子至还之。恕虽货殖,谓子孙曰:'商而富不如儒之贫',遂延师以课子孙,其后科甲相继为邑望族。"挣一点小钱微利是小商,大商、儒商应有大格局大胸怀,才能行走于天下。

　　"周正谊堂"是周氏家族的宗谱堂号,"正谊"的文字含义就是西汉大儒董仲舒的名言"正其谊不谋其利,明其道不计其功"。周家富而好义,热心公益,敦诗书重礼仪。凤翔位于关中西部,北接北山及黄土高原,西靠陇山,南依秦岭,渭河及其支流贯流其间,是个典型的"凹"字形和"喇叭"状的河谷地带,是商业中心,亦是灾害多发区之一。据清《光绪朝实录》记载:周家人不仅富有,且富而有德、乐善好施,冬施棉衣、荒施粥米。光绪年间,周鼎为凤翔通判,时逢关中遭灾,他带头捐银八千两、小麦数百担,赈济灾民,在当地传为佳话。周家创立的正谊书院,筹添膏火,刊印先达著作多种。

　　秦商万里征程,含辛茹苦,梦寐以求的就是富而还乡,在家乡能构建荫避子孙的高房大院,衣锦还乡,光宗耀祖,反哺乡民,回馈乡亲(乡党),淡泊名利,过上平静的生活。"富贵不还乡,如锦衣夜行"。中国农村是一个熟人的社会,过去很长一段时期,多半靠家族血缘和乡绅贤达治理。周家大院位于凤翔县城的文昌巷内,距今已有300多年历史,现面积仅有原来的十分之一,房间数以百计,建有占地十余亩大的周家花园和大型养马场。大院坐北朝南,有三座相连的四合院子,砖木结构,是北方典型的民宅古建,经保护性修缮,焕然一新。漫步其间,恍如隔世。大院门前的石鼓门墩上刻有狮子和孝子，体现出家风既威严又和睦。进门后，首先映入眼帘的是一道黑色石户，户楣中央刻有"勤俭恭恕"四字，这四个字分别代表勤劳、俭朴、恭敬、宽恕，反映了主人为人处世的态度。字的下方刻有"众仙捧寿"图案，两侧刻有花瓶、松、鹤、鹿，取平安、长寿、富贵之意。进入中院，刻有凤凰和麒麟的东西厢房前山墙格外显眼，凤凰展翅高飞、麒麟仰天长啸，栩栩如生、美轮美奂，后山墙上刻着金鸡和莲花，寓意吉庆有余。中院两侧，东山墙头刻有"喜鹊弄梅"图案，寓意喜上眉梢，西山墙头刻有"秋菊繁茂"图案，寓意高风亮节，其下都刻有蝙蝠，寓意福从天降。通往东院的侧门，门头刻有"行笃敬"三字，东院以前是学堂，这三个字警示着每天从这道门穿过的学子。通往西院的侧门，门头刻有"戬穀罄宜"四字，根据《诗经》和《礼记》的解释，这四个字应为与人为善、顺应自然的意思。中厅房北侧东西山墙上，分别刻有琴棋书画和笔墨纸砚，可以看出主人对修身养性的追求。后院门楣上刻有"言物行恒"四字，这是主人"言须有物，行须有恒"的自警。两侧门柱分别刻有"经训不荒真富贵"和"家庭有礼自平安"，从这副对联不难看出主人严于律己、宽以待人的性格。

周家大院是展示凤翔府民俗文化的主题馆，其东院"府城人家"为民居陈列、后院为生产工具陈列，西院"通衢市井"为西府民俗陈列。东西两院按民居和民俗场景分别有婚房、闺房、厅堂、后院、私塾、酒坊、油坊、药铺、当铺、凤翔非遗陈列等若干功能展厅，生动再现了旧时西府大户人家的生产生活风貌。马厩的两匹仿真马采用真马的皮，系统还原了西府人的日常生活和民俗文化。相传一条神蛇卧在周家的粮仓里，无论每次取多少粮食，粮包翌日都会自动补满，周家的粮食因此"年年取不尽，月月有剩余。"周家的药材生意更是日进斗金，为了感谢神蛇的帮助和庇佑，将其药铺改为"长春林"（陕西方言称"蛇"为"长虫"，谐音即"长春"）。今天凤翔东大街的长春药店，据说因此得名。

我去过山西平遥古城、乔家大院、韩城党家村、三原周家大院、泾阳安吴堡的吴家大院、长安的关中民俗博物院,去过老百姓口中流传的"下了王曲坡,稻地都姓郭""冯家的山,杨家的房,卢家的骡子比车长,郭家的银子拿斗量"的郭家大院,也去过聊城运河边上的山陕会馆、商洛龙驹寨的船帮会馆,去过国内丽江古镇、皇城相府、秦淮河夫子庙、苏州园林、棣花古镇、凤凰古镇、洛带古镇、和顺古镇等等,还看过一些名人故居,也看过欧洲一些城堡。这些民族瑰宝、历史遗存,我们都可以"窥见"当时的一些日常生活和社会文化。人类的文明是与商业的发展牢不可分的,虽然有时候会受制于制度、环境、交通等影响,但市场是一只"无形的手",推动着我们不断前进,走向富裕和文明。

"闲观世事如修史,细嚼方俗始信书。"从儒从商,到延师重教的周恕、再到周家数代人以及周家大院,就是一部秦商(西商)"尚气概,先勇力"而"忘死轻生"的奋斗史,值得我们后辈学习、反思和借鉴。透过历史的烟云,我对秦商更加佩服。

"先把那渭南县当铺坐下,西安府开盐店咱当东家。兰州城京货铺招牌悬挂,西口外金刚钻发上几车。穿皮袄套褐衫骑驴压马,烧黄酒猪羊肉美味有加。娶妻小赛过那南京俏画,买丫鬟和小子装烟倒茶。清早起人参汤先把口下,到响午把燕窝拌成圪垯。张口兽琉璃瓦高楼大厦,置九顷水浇地百不值下。银子多使不了这该怎咋?寻几个好伙计四路访查。幸喜得四路里粮食涨价,百十名走粟行银赚万八。捐功名只要那官高势大,访巡抚坐总督布政按察。" 这是秦腔《张连卖布》中的一段唱词,也是他们当年的生活写照,现在听来依然脍炙人口。遥想当年,秦商作为"西秦大贾",有辉煌光鲜的一面,的确也富有,富有的背后,一定是充满血泪的历史和不断奔走向前的身影。

2020.4.4 清明节匆于长安

叁·走天下

梦幻扎尕那

没有想到，今年的夏末，我从丝路长安来到了绿色甘南，我从兵马俑走到扎尕那，一生也没有想到，一个叫"扎尕那"的地方，让我重新认识了甘肃。

"陕甘一家亲"，历史上陕西和甘肃曾是一家，从家门口流过的渭河发源地在甘肃省定西市渭源县的鸟鼠山。老家宝鸡陈仓和甘肃天水接壤，曾祖母就是从甘肃张家川嫁到蟠龙原。十七八年前，我曾经开车从天水、白银、景泰等一线，穿过甘肃到宁夏，老实讲，那时候沿途黄土遍布，少有人烟，土胚打制的房屋低矮，田地里也看不到庄稼，感觉生活在此的人很恓惶、命很苦。隔着车窗，远远地，我望着黄河石林，莫名烦恼，深陷沉思。

就是当年一次，也算唯一一次的"甘肃之旅"，让年轻时候的我"管中窥豹"，留下了深深的烙印，或许只看到了甘肃的一面，却异常顽固、挥之不去；塞北风光、大漠风情，"九色香巴拉"等等，只能停留在视频图文上。

而今夏，去甘南，彻底刷新"甘肃"留在我头脑中的初次印象。我从八百里秦川的陕西关中慕名来到"心灵的香巴拉家园"——秀美甘南。从夏河机场到迭部，沿途经桑科草原，天高云淡，草肥水美，空气新鲜，花草吐芳，格桑花竞相开放，牛羊悠闲地在绿草地散步，缕缕炊烟充满诗情画意，藏族村落遍布山川草原，尽显文明、地域、民族之气。路过拉卜楞寺、尕海、郎木寺等地，浓厚的藏族文化深深地感染了我。甘南"全域无垃圾"，处处皆美景。在朝圣的路上，诗和远方向我不停地招手，越来越近。

同车的朋友忍不住唱起了："草原的风，草原的雨，草原的羊群，草原的花，草原的水，草原的姑娘，啊……卓玛，啊……卓玛——草原上的姑娘卓玛拉，你有一个花的名字，美丽姑娘卓玛拉，你有一个花的笑容，美丽姑娘卓玛拉，你像一只自由的小鸟……"此情此景，不唱首歌对不起草原上美丽的姑娘。也有人唱起来高亢的陕北民歌《兰花花》："青线线（那个）蓝线线，蓝格英英（的）彩，生下一个兰花花，实实的爱死人。五谷里（那个）田苗子，数上高粱高，一十三省的女儿（呦），就数（那个）兰花花好。……"十里不同风，百里不同俗。一方水土养育一方人，甘南、陕北同属西北，但还是有区别的，相比而言，"卓玛"就温婉可爱些。

一路欢歌笑语，旅游就是一种体验，只有融入其中，才可以感受到旅途之美。内蒙的草原一望无际，甘南的草原有山有水。我们达到扎尕那的时候，是第二天的早晨，早早起床，只为目睹扎尕那的"群山云雾"。从石门穿越而上，看到气势恢宏的"宫殿"，震人心魄！宛如进入仙境，让人震撼！神仙能不眷恋？这可能是人间最后一块未开垦的"处女地"！群山耸立，刀削剑劈，众峰呼应，傲视大地，云烟缭绕，如梦如幻，乡村宁静，醇和质朴。我感觉自己走入一种"秘境"，虚实相间，心儿和自由飘荡的云烟荡漾，和神山圣地悄悄密语，进行一种神秘的仪式，万物纯净，洁美无瑕。冥冥之中，心旷神怡、物我两忘，我在和天地对话，默默私语，不忍惊扰这里的一切。扎尕那，因你我来到；扎尕那，因我而不言。一切的语言、文字在你无法抵御的自然之美面前显得多么苍白！我不得不来，因你的大美；我却要不得不走,快速离开,我不忍心打扰这人间"桃花源",不想留下自己的一丝印痕。这里的一切是和谐大美,不容我们外物侵扰。扎尕那——这是大自然赐予甘南最好的礼物。

突然,天光云开,站在观景台,俯视踏板房泛起最亮的青光,仰视空中展翅的雄鹰,尘世中的心灵,在遭受一次最美的洗礼。达日、代巴、业日和东哇村,生活在此的人,我想一定会长寿健康,和善和美。

导游告诉我,扎尕那山迭部县座落在岷山、迭山形成的大峡谷里,传说是神仙用大拇指摁开的地方,是名副其实的香巴拉王国。"扎尕那"藏语意为"石匣子",是一座完整的天然"石城"、石宫、石宝箱。地形既像一座规模宏大的巨型宫殿,又似天然岩壁构筑。约瑟夫·洛克近百年前曾在迭部考察过:"迭部是如此令人惊叹,如果不把这绝佳的地方拍摄下来,我会感到是一种罪恶。""我平生未见如此绮丽的景色。如果《创世纪》的作者曾看见迭部的美景,将会把亚当和夏娃的诞生地放在这里。"

我相信导游的话。扎尕那确实如同梦中的"伊甸园",她能够同时聚集着高山,峡谷,怪石,云海,森林,牧场,高原,山泉和梯田。这般巧夺天工的景色,可以说绝世无双。

除了留下美丽的照片,什么都不用留下。下午我们随着导游还去了有红军长途中的"俄界会议"会址、茨日那毛泽东故居、天险腊子口战役等革命遗址,在感受甘南迭部县绿色之美的同时,体验一下"红色之旅",精品民宿的舒适。

晚饭,喝酒是必须的。来到扎尕那,看美景,品美食,听美丽的姑娘唱歌,酥油奶茶,香气扑鼻,不喝青稞美酒是没有道理的。"春雨要下透,美酒要喝够。"年轻的一男一女,端着盘子,盛满三杯美酒,情歌意浓,载歌载舞,捧觞敬酒,不饮不饶,唱起了美丽动人的原生态"酒歌":

女:美酒融进我的情,双手高高举过头。

合:阿拉亚里耶——阿拉亚里耶。

男：酒歌唱得月亮圆。

女：云雀飞来不想走。

合：哈达连着颗颗心，情与天地共长久。

无法拒绝、也不能拒绝，陕西人，"二杆子"直戳戳脾性，端起美酒一干二净。见到腼腆、漂亮的藏族美女，更是干脆！恨不得一口喝个底朝天。据说，现在的藏族姑娘找对象，不图钱财房产，还陪牛羊上百头，结婚后一心一意，伺候丈夫，让人羡慕。秦腔就不唱了，有朋友唱起来男女对唱流行歌曲：

我的思念是不可触摸的网，

我的思念不再是决堤的海，

为什么总在那些飘雨的日子，

深深地把你想起。

……

到最后，快乐之极，幸福包围，酒喝得晕晕乎乎，恍惚中邂逅美女，倒地便睡，一觉醒来，已经早上八九点。天空湛蓝，太阳高照，难得美美睡一觉，好好休息一下。

没有想到，有朋友下午还要去扎尕那。我真不忍心打扰，又按捺不住前往的心情。听说扎尕那每天每时每秒都有变化莫测的不同风景。扎尕那现在常规有三条旅游线，徒步需要好几天，因时间紧张，下午大家骑马直接去了石林一线。正北是巍峨恢弘、雄伟壮观、璀璨生辉的光盖山石峰，古称"石镜山"，因灰白色岩石易反光而有其名，远远望去如同皑皑白雪；东边耸峙壁立的峻峭岩壁，凌空入云，云雾缭绕；南边两座石峰拔地而起，相峙并立成石门。骑着马，我们不断向深山迈进，不断探秘。在藏区，人们相信每一座山都属于神的居所。我们越走远高，离山越来越近，在朝圣的路上，一路风景，目不暇接。山上植被良好，有高大的树木，还深藏着大熊猫、雪豹、羚羊、梅花鹿等国家珍稀保护动物。天空如洗，阳光普照，不是很热，凉爽舒服。走了半个多小时，原路返回，一切尽在眼底，群山之下，一切显得色彩斑斓而又安详无比。

更没有想到，我们走的时候，下了一场大雨，几分钟就过去了。雨过天晴，云雾飘荡，空气清新，景色清晰，空旷的原野阡陌纵横，溪流上有经幡迎风飘扬，峰尖傲然，大地肃穆，寺庙之顶金光闪闪，非常耀眼，灵气飘逸，构成了一幅浓墨重彩的油画，美得令人窒息。

迭部县是甘川地区保存最好的原始森林区，也是长江上游的重点水源涵养林区和青藏高原东部重要的绿色生态屏障，也是甘肃省主要木材生产基地之一。浩瀚的森林中，繁衍生息着具有极高的经济和药用价值。这里出产的野生菌类植物猴头、狼肚、蘑菇、珊瑚菌及蕨菜蜚声中外。几乎每顿饭，我都可以吃到蕨菜，蕨菜是天然野生蔬菜的代表，被称为"山菜王"，有很好的的营养和药用价值。

扎尕那森林植被良好，我发现扎尕那的松树是直直的，直插天宇的那种，树叶零零碎碎的，或许天气已经到了初秋；扎尕那属于古代山谷冰川侵蚀地貌，强烈风化所形成的泥石滩以及冰斗、角峰、悬崖耸立，构成了壮丽的自然景观。岩石也属于石灰岩，如果我没有猜错的话，地下应蕴藏着温泉。

听说每年农历六月十五日前后，甘南有"香浪节"，节日源于拉卜楞寺僧人每年的外出采集木柴活动，逐渐演变成僧俗一同郊游的节日。农历五六月扎尕那有传统的"浪山节"，那一定是一件更有趣的事情。过去由于山大沟深、交通不便，整个迭部，包括扎尕那，"养在闺中人未识"，保护得非常好。现在交通便利了，社会发达了，人们富裕了，人为的频繁入侵，让人有些担心。

夏天即将过去，我望着绿涛阵阵的扎尕那，那条穿越她的公路，如同天路，奔向天堂。据说上面风景更美，冬季大雪封山，无法行走。秋季的扎尕那应是更美，色彩丰富，华彩美丽，健壮、成熟的牛羊，坦诚、热情、剽悍、好客的藏民，一幅气象万千的草原画卷徐徐展开。当然了，每个季节的甘南、迭部，扎尕那，都有不同的景致。天造地设的扎尕那，有秦岭山的雄浑，有九寨沟水的灵秀，有瑞士小镇的安宁，处处流淌着原始和自然，让人流连忘返，依依不舍，梦中想去看，现实中不敢迈步，实在太美丽，唯恐惊天宇。

有现实，就有梦想；现实，令人逼仄；梦想，就在远方，旅游让我心灵展翅飞翔。扎尕那，让我在梦幻之中，给予我希望；梦想和现实之中，给我童话般的天真、诚实、自然，让我在慢生活中和自然万物同呼吸共命运。大道至简，无需刻意终南隐居修炼，在扎尕那，只需你静静地，慢慢地把心放下，聆听阳光落地的声音，看着黑的发亮单纯的目光，自由随性，虔诚敬畏，和这里的一切融为一体；人生这场修行，会让你的内心越来越丰盈，充满真善美。

肆

在·人·间

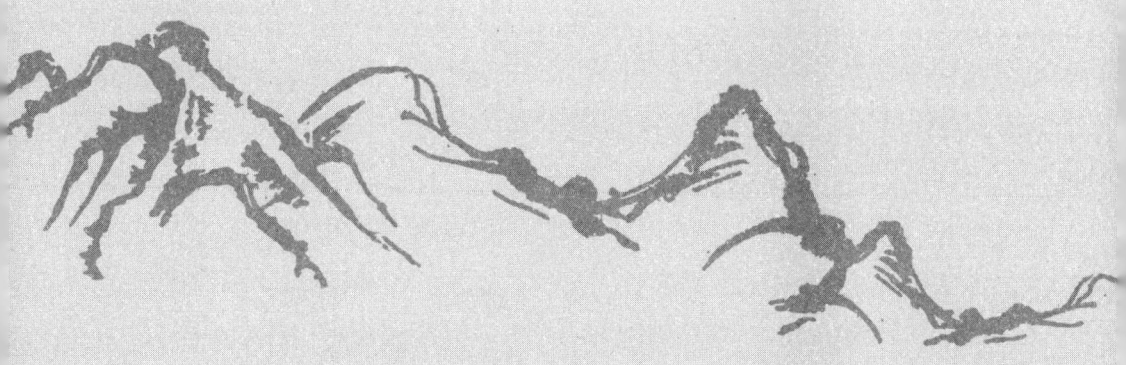

肆·在人间

父爱如酒

父亲这几年明显老了。每次说接他进城，他都不愿意来。故土难离，家园难弃。他的烟瘾也越来越大了，经常一个人蹲在瓦房墙角，晒着太阳暖暖，听着收音机里的秦腔，吧嗒吧嗒砸摸着玉石嘴，长长的旱烟杆冒着呛人的味道，他望着熟悉的黄土沟壑，经管多年的大地，还有撂地荒田、寂寞乡村，显得陌生而又迷茫。

这些年，每天早上从炕上起来，他要抿上几口白酒，然后在地里走上几圈，这是他六十岁后养成的习惯。

家在贾村原，又名蟠龙原，隔着一条日夜流淌的千河，"汧渭之会"就发生在此，对门就是西府凤翔的陈村、长青、柳林镇，古丝绸之路从此经过，西凤酒厂就建在那里，经常能闻到飘来的酒香。在父亲眼中，除了种好庄稼，诗和远方就是，说远不远说近不近的西凤酒了。

父亲和酒有缘，源于村里修建酒厂。二十世纪八十年代中期，队上有一村民从西凤酒厂退休后，改革开放乡镇企业如雨后春笋一样蓬勃发展，村干部就请他做"师傅"把关，号召村民种高粱，贷款建了一个酒厂，安排村民劳动就业和发展经济，酒厂叫"宝凤酒厂"，酒叫"宝凤酒"。厂子修在家门口，父亲去厂里打工，跟着师傅学习酿酒，可闻酒香，不能喝酒，这是师傅告诉他的"箴言"。水同脉，地相连，人同源，在师傅的亲身指导下，酿酒采用纯粮人工窖藏，酒海贮存，一时受到乡人喜爱，供不应求。我曾多次看到父亲和村里一帮男人光膀子赤身翻酒糟的场景，雾气蒸烫，能把人热死，但香气扑鼻，每个人充满劳动的喜悦和兴奋。不想，没过几年，因为管理粗放、规模小，市场意识不强，村酒厂还是倒了。

父亲为此还病倒，几个月病恹恹的，打不起精神来，后来慢慢好了，却喝起来酒。他托人从西凤酒厂打来散酒，盛在一个酒缸里，无论冬夏秋冬，阴晴雾雨，每天坚持用一个粗瓷小碗喝几口，大概有二两左右，这样日复一日年复一年，身体健康，面色红润，没有啥大病。

我从小不喝酒。尽管村小学就在酒厂的隔壁，每天早上上学路过就可以闻到"头锅烧酒"的阵阵清香，让人心醉；尽管每逢过节过年，父亲都要祭祀神仙祖先拿出酒来上敬天敬地敬鬼神再敬先人，酒中蕴含着一种原始的神秘和敬畏；尽管村里婚丧嫁娶打打闹闹喝不倒不罢休，但是没有人强求，我只闻其香，却不曾品尝其中的滋味。

和父亲第一次喝酒，是收到大学录取通知书。二十世纪九十年代初期，家里温饱问题已解决，父亲吃苦耐劳、善于琢磨，学了一门瓦工手艺，做活细致，有板有眼，备受乡邻称赞，农闲之余，出门修楼盖房"搞副业"，能赚些钱以补家用。父亲用一双满是厚茧的手摸着"大学录取通知书"，几欲掉泪。西府农村深受周礼影响，"耕读传家"，但在当时，村里出个大学生还算个新鲜事！在中国城乡户籍二元化的现状下，农村娃要"鲤鱼跳龙门"，一是上学，二是当兵，只有这两条路可走。当年麦子丰收，我也没让家人失望，父亲高兴，让母亲去乡上集市割了几斤肉，炒了尖椒土鸡蛋、蒜薹炒肉、醋溜土豆丝等几个菜，擀了美美一案面，要吃臊子面。他从炕桌里拿出了一瓶酒，这瓶酒存了十几年，55度，乡里人俗称为"长脖子绿西凤"，透过绿色玻璃瓶，可以看到里面清亮的酒色，每遇大事才喝。父亲给我倒上，要我和他"对放炮"，我说我不会喝。父亲不管这些，给我倒上，满满的，然后一碰，他先喝了。我只有喝了。村里有人说这酒劲大，我喝了，香味绵长，不辣口，不烧喉，可能存放时间长的缘故吧？酒成了"酒精"。父亲告诉我这叫喝"壮行酒"，以后上了大学就像士兵出征打仗，就靠自己打天下了！我们两个人没有多少话，喝了半宿，我喝得飘飘欲仙，神仙一般，昏昏沉沉睡了一觉醒来，感觉神清气爽，头也不疼。

这以后，我喝酒有些胆量了。

第二次和父亲喝酒，那是我结婚。父亲坚持要喝西凤酒，我买了大家喜欢喝的"西凤六年"。在结婚的席面上，端起酒杯，和我们夫妻喝，告诉我们这次喝的是"同心酒"，人生有缘，以后你们夫妻两人要同心同力，建好自己的小家庭。我娶媳妇的时候，无钱无房无车，裸男一个。喝了"同心酒"，我既感到幸福，又感到压力和责任，古有"萧史弄玉"，今有"西凤来朝"，喝了它，清而不淡，浓而不艳，酸、甜、苦、辣、香，诸味谐调，少了烈性，多了些甘甜。

第三次和父亲喝酒，我买了西凤酒的"华山论剑"，那是在儿子的满月酒席上。父亲告诉我，这次喝的是"祈福酒"。古人说得好，人生有三大事：金榜题名、洞房花烛、他乡遇故人。你现在有了孩子，人生基本圆满，但是后面的路还很长，肩膀担负的责任更重，需要自己继续努力，我喝了这杯酒为你"祈福"吧！无论什么时候，做人要诚实、做事要厚道，也是该看管一下自己身体了，要爱惜自己，顾全家庭，才能在外干好事情。"华山论剑"酒液无色，清澈透明，清芳甘润，醇厚丰满，酸而不涩，苦而不黏，香不刺鼻，辣不呛喉，有发酵果香之味、饮后回甘、味久而弥芳之妙。饮此酒，宛若在西岳华山，感悟人生，巅峰在心，柔雅于行，勇智敏仁，抵达美好。

至今，父母还喜欢喝他从酒厂打的散酒，每天品上一口，细细地品，少了大口喝的豪爽，好像品味自己的人生。我几次要给他过生日，喝他的"长寿酒"。父亲总是拒绝，没有商量的口气，他说万物生长一切随缘。

恍惚间，离开家乡已经二十多年，蓦然回首，原上村里的往事乡党如在眼前。"西凤酒、东湖柳，姑娘手"，盛产美酒的西府凤翔自古就是周发祥之地、嬴秦创霸之区。"百礼之会，非酒不行"，"桃李春风一杯酒，一曲新词酒一杯，白日放歌须纵酒，李白斗酒诗百篇，……"酒和琴棋书画等互相成全。如今喝酒成了百姓常事，酒不可多喝，喝好就行。我自然喜欢喝我的家乡酒——西凤美酒，凤香典范，"酿甘泉以致爽，汲瑶月于芳盅"。父亲和我喝酒，让我慢慢懂得，酒中蕴含的无限味道；父爱如酒，大山一般高大海一样阔，都化作一杯"西凤酒"，渗入心间，融入血脉，有着陈年珍藏的味道，还有现代生活的健康、幸福、甜蜜，雅致追求。这些，需要自己去好好品味，沉下心来品。

2018.6.6 芒种于西安

肆・在人间

儿子，是我的老师

有时候我们一些父母总爱"好为人师"，动不动就拿"我吃过的盐比你吃过的饭多"来教训孩子。我用这句话来说儿子的时候，没有想到，儿子却说："你吃那么多盐有啥用，只能和爷爷一样早得三高！"呛得你半死。

孩子的思维就是和大人不同，儿子更是闹出许多笑话。有一天，他妈妈的同事来家里玩，儿子看着漂亮的阿姨恋恋不舍，难舍难分，阿姨娇嗔地说"一看就是一个小黄人！"儿子不服气地说："幼儿园老师说了，我们宝宝就是黄种人！"阿姨要走，儿子却拉住她的手说："阿姨，你今晚不要走了，我和妈妈睡，你和爸爸睡！"笑喷大家。"美死你爸爸！"阿姨说完，假装不理儿子了。儿子却唱起了：妹妹你坐船头，哥哥我岸上走！妈妈发起了脾气说："和你爸一样，从小就是骚情货！""妈妈，啥是骚情货？"儿子一脸无辜，打破砂锅问到底。没人理，哇哇哭个不停。

窗外一片雾霾。我走到阳台，希望看到绿色的春天。儿子却撅着小屁股一晃一晃地跑来，奶声奶气地说："爸爸，不要跳楼，会和宝宝一样摔坏的！"晕死我了。但是儿子的关心，让人不免感动。

要过年了，他爷爷写春联。人老了，拿起毛笔手有些颤，旁边的儿子却笑呵呵说："爷爷，写个毛笔字就需要扎这么大的势！"爷爷一时无语。老人写完问孙子，"你看爷爷的字写得好不好？"孩子撅着屁股，捂着嘴说："臭臭臭！和我拉的一样，一截一截的，没喝水，干巴巴的。"我害怕老人伤心，连忙说："这是书法艺术，你爷爷练了几十年了。"儿子摇着头说："什么艺术，就是那个棍棍，装上鸡毛，蘸些墨水，写字么，有那么神秘吗？"

走亲串友、吃喝玩乐场面应付的事情很多，老婆不让参加。我就尽量在家看娃。手机一响，儿子比谁都接的快。他妈妈告诉他，"就说你爸爸不在家！"儿子拿起电话，不假思索说道："我妈妈说了我爸爸不在家！"我接过话来说："爸爸在家呀！"儿子又急呼呼说："我爸爸说了他在家！"老婆大人一脸不高兴，儿子一脸呆萌，我一脸无辜。谁在说假话？晚上的酒席去还是不去？

家里有了活宝儿子，真是欢喜冤家。所有的插座都用胶带糊了，最怕他用个小手手去抠，冒出火花咋办？雷人的事情不断。一天我回家，儿子伸出手来对我说："爸爸，拿支烟来！"我一脸惊诧问他："要烟干什么？"他说："水管得了前列腺炎，心烦，抽烟，解闷！"哈哈，从此以后，我不在家抽烟了。

儿子的故事还很多，童言无忌，道出了许多简单的做人道理。有时候，我们大人反而越活越糊涂。小小儿子，是我的老师，让我在嘻嘻哈哈之余，反思自己，一日三省。

2017.2.13 于古城安业坊记之

肆·在人间

我期待着一场雪早点来

我期待着一场雪早点来。每到冬季，凛冽的北风迎面而来，吹得人硬生生的干疼。我站在异常寒冷的西北黄土高坡，嘴里冒着热气，仰望苍穹，俯瞰江山，期待着一场雪赶快降临，温柔滋润干涸的大地。

二十多年前，我因一场雪的约定，至今难以忘怀。

二十世纪九十年代初期，那时候，大学刚毕业，同学们各奔东西，青春飞扬，激情澎湃，有服从分配的，也有自主择业的，有去海南淘金的，也有安稳工作的。我按照家人的意见，求得一个比较安稳的工作，傻乎乎的，每天按部就班，按照领导的要求，做好自己的事情，对这样一上班就能看到自己一生到头退休样子的工作，谈不上喜欢不喜欢，也不想什么房子车子，傻大白一般，日出上班日落下班，一天又一天，吃吃喝喝，平庸地打发着日子。

突然接到了同学晓雪的电话，周末约我要去黄河岸边的洽川景区看雪景，吃踅面，看捏面花，她在那里等我，顺便去她家。我不知道她是怎么知道我办公室电话的，毕业后，同学们很少联系。我和她上学期间仅有的一次说话还是学校组织春游去合阳洽川景区。那是春末夏初的季节，沿途芳草萋萋，沟壑纵横，洽川景区也刚刚开放旅游，黄河近在眼前，天空一片蔚蓝，万顷芦苇碧绿，朵朵白云飘荡，大小泉眼难以计数，小者如蚁穴，大的似车轮。导游讲，大家熟悉的"关关雎鸠，在河之洲，窈窈淑女，君子好逑"，就讲的是这个地方，这里是"诗经源头，爱情圣地"。朱熹老先生在他著的《诗集传》里说，"河"指黄河，"洲"是黄河中的沙洲，"淑女"是洽川的美女太姒，君子是周文王，这首诗说的是当年周文王与太姒定情的故事。我生在西府，祖辈相传，知道周文王从岐山到丰镐，沿河而上，一统天下，《诗经》中所描述之景大多为渭河沿岸风光。据说，在此祈福发愿，爱情自然到来。最神奇的是"处女泉"，水中含有丰富的锶、铜、氮、磷、钾等微量元素，经常洗浴，可以润肤滑肌，添香纳芳，祛病健身，益寿延年。"情诗之源，水秀洽川"。处女泉实际上是一个由大小泉眼组成的泉群，泉水的浮力特别大。即使你一点都不识水性，也不用担心掉下去，只要保持身体平衡，便可尽情享受如绸拂身的美妙感觉。晓雪不管三七二十一，脱了鞋子，挽起裤腿，两脚伸进水中就去泡脚，闭上眼睛，一副很享受的舒服样子。大家可能习惯了她平时大大咧咧的个性，不足为怪，四散而去，找自己喜欢的风景去了。我一个人闷头瞎转，突然听到一声"哎呀"的叫声，寻声而去，原来是晓雪掉到水里去了，水倒不深，吓人一跳，我站在旁边不知所措，还是晓雪提醒了我，赶快拉我一把！我方才明白，死死抱住她拽了上来。等同学赶来哈哈大笑，我才发现还抱着晓雪没有放手！松开手，掌心全是汗，脸也烧红，狼狈的样子，恨不得钻到泉水里。有同学起哄，"英雄救美女"，"晓雪同学失（湿）身了"！晓雪没说什么，一双丹凤眼瞪着他们，没人敢喊了。

　　就因为这一次带有故事性的"小插曲"，我注意到了晓雪。她父母在政府工作，家境不错，自己各门功课很好，人长得不十分漂亮妖娆，但五官匀称，身材丰满，性格外向，朴素大方，善良温婉，俊俏可爱，很有气质。特别是英语，擅长口语，讲起来非常流利，悦耳而有磁性。有好几次，晓雪要请我吃饭谢恩，我都找个借口推掉了。年轻气盛，同学少年，我没心没肺，不解风情，只知道跟一帮子男生整天就是玩。

本想毕业后不联系了，那时候还是比较封建的，虽说有同学谈情说爱，也是秘密进行，经常校园里有保安拿着手电筒"抓人"。男女有别，各有命运。我出身农村，生性松散，上完课不是读书就是睡觉，懒得染上"情爱"二字，纠缠不休。

听说晓雪父母给她安排了公务员工作，这是好事。毕业找工作靠自己太难，有父母帮忙，再好不过。这次晓雪主动约我，看来不去不行，经过一晚的折腾，我还是准备去。当时没有手机，传呼机也才开始，很贵，买不起，交通不怎么好，天刚刚亮，我就坐车去合阳，再倒车去洽川，路上有积雪，一路颠簸，到洽川处女泉的时候，已经一点多了。我远远地望着，晓雪穿着红棉袄很鲜艳，一直站在"处女泉"边等着。我没有惊扰，一直远远地注视着她。天空下着雪，飘飘洒洒，泉水清澈，冒着热气，"北风其凉，雨雪其雾"，好一副"人间仙境"！我硬忍着，没有上去，默默地一个人离开了，算是一次擦肩而过的"失约"吧？！就让这样的距离，成为一种美好的祝福吧！"蒹葭苍苍，白露为霜，所谓伊人，在水一方；溯洄从之，道阻且长；溯游从之，宛在水中央。"我喃喃道："所谓伊人，在水一方。"

后来，晓雪再也没有和我联系。我知道，她性格刚强，做事决绝。但我因为辜负一个女孩的初心而惴惴不安，特别是随着岁月的流逝，年龄的增长，历经许许多多事之后，才懂得彼此的珍惜，弥足珍贵，才懂得一个人对你的好是多么的不容易。她杳无音信，好像从这个世界上消失了。我多方打听，她家里已经没人了，有人说她辞职后去北京上研究生不知去向，有人说她出国移民了，有人说她下海从商了，等等。

"昔我往矣，杨柳依依。今我来思，雨雪霏霏。"

有多少爱可以重来，有多少人值得等待。

我期待一场雪早点来临，其实多年来，从内心期待着一场爱情的约定，纯洁的感情，让爱前行，让自卑、愧疚的内心在世俗薄情的世界里相信真情与温暖；沧海桑田，人已苍老，我不知道有谁还会相信世上有没有"真爱"。我期待一场雪早点来临，也想掩盖自己在感情面前的怯懦，一场大雪覆盖大地，所有的往事与思念都成为秘密。不想，阳光照耀，冰消雪化，苍茫的大地定会一览无余，和自己内心一样，饱受日月冲刷，空寂而辽远。

2019.1.1 于长安

肆·在人间

情若丹霞

去韶关,当地的朋友邀请我有时间一定要去丹霞山转一转。丹霞山的大名我早听过,因"色如渥丹,灿若明霞"的奇特地貌和景观闻名于世。丹霞山肯定要去的,我还有一件事情要办。

十多年前,村里有个叫红霞的姑娘,去广东打工,认识了一名来自丹霞山的小伙,两个人私定终身,谁的话也听不进去,嫁到了这里。一个西北,一个南方,一个原上,一个山里,因为炽热的爱情,年轻的红霞义无反顾地离开了自己的家乡。她的父母是坚决不答应的,家乡的风俗一般是嫁到邻村乡间,大家彼此有个照应,可以说,红霞是我们村第一个嫁到遥远地方的姑娘,当时轰动全乡,她的父母觉得似乎低人一等,永远在乡党面前抬不起头了。

都说故土难离。红霞走的时候,是一个人偷偷离开的。

十多年,家里权当没有这个女儿,和她断了来往。红霞也给家里邮寄过钱和东西,但都被原封不动地退回去了。随着慢慢变老,加上观念的更新,她的父母思念女儿的情感越来越强烈,有时候我回村,她父亲会悄悄拉我到一边，哽咽着说，你这熊娃经常走南闯北，去了广东，帮我们找找、看看红霞。我点点头，红霞是我小学同学，要不是家境贫寒，学习很好的她也不会到南方打工的。

刚好趁着这个机会，转丹霞山的时候，向朋友打听一下。

丹霞山果然名不虚传。天气晴朗，孤峰耸立，红色砂岩遍布，赤壁丹崖交错；造型奇特，结构完美，尤其是色彩丰富，红石、蓝天、白云、碧水、绿树，形成强烈的色彩对比，和谐而具视觉冲击力，错落有致，气象万千，宛如一幅自然生成的油画。山不是很高，徒步登山也不觉得累。走进这座"红石公园"，峰回路转，树木浓荫，禅寺深藏，花草丛生，让人倍感幽静修心；摩崖石刻，丹梯铁索，一次次让我体验到了丹霞山悠久的历史文化。

生活在丹霞山外围的古越族先民，流传着女娲在此造人补天的传说，据说现在的坤元山就是女娲憩卧留下的形骸。山下的锦江产五彩锦石，为女娲补天散落的石子。朋友还告诉我，距今4000多年前，舜帝南巡经过此地，登山而奏韶乐，其因韵出奇动听，遂命名为韶石山，并命三十六石，即现在的韶石山景区。隋代以韶石之名改东衡州为韶州，即韶关市。沧海桑田，如今的丹霞山，大放光彩，我觉得不仅是一座地质科学奇观之山，更是一座文化名山。

明末清初，李充茂在《丹霞山记》中写道："是山也，有险足固，有岩足屋，有樵可采，有泉可汲，其亦避世之奥区乎。"避世也罢，隐居也罢，丹霞山自古就是一座修身养性之山。特别是丹霞山的阳元石和阴元洞，自然造化，鬼斧神工！朋友讲，阳元石酷肖男性生殖器，其高28米，直径7米，是世界同类山石中最高大的，堪称世界一绝！有好事者计算过，阳元石高度是普通男性勃起时长度的175倍，直径却是普通男性勃起时的204倍。阳元石高大、挺拔，还有几分自信和骄傲，阴元洞却似少女，娇艳欲滴，满含羞涩。大自然本就是生命之山，充满原始的激情；而丹霞山的阳元石和阴元洞，让人不得不进行生殖朝拜，不得不羡慕自然的伟大魅力！

山是大山，处处裸露着红色的热情。我一边走，一边让朋友打听红霞的下落。没有费多少周折，就知道了她的家，我急切地想见到她，带去家乡父母的问候。

乡党见乡党，两眼泪汪汪。在朋友的带领下，见到了红霞。她家是一座精致的小楼房，和丹霞山过去躲避战乱的岩壁窝穴群完全不一样。虽然岁月是把杀猪刀，红霞还是认出了我，几乎不相信，我用陕西话叫着红霞，她的眼睛流出了亮晶晶的东西，我告诉她是她父母托我来看她的，她跪在地上向西北接连磕了三个头，为我沏上韶关白毛茶，拉起了话话，做起了丹霞山的生态美食：炒山坑螺、丹霞臭豆豉鱼、龙归冷水猪肚、樟市黄豆腐等等，我连忙劝住，少做几个少做几个。红霞笑着说，老陕爱咥面，可惜我这里没有呀！今天就换个口味，尝尝鲜！她告诉我，自从嫁到丹霞山，就和丹霞山心连心了，她和丈夫开了这家农家乐，靠着发展向上的丹霞山旅游业，生意很不错，家庭也美满；儿子已经上初中，今天丈夫不在家，出门去了，要不然陪我一醉方休！我连说不了不了。饭菜味道很不错，红霞留我住几天，我没有时间，只得道别。她流着泪说，自己也不怪父母，当年自己性格也太倔强！当然啦，也不后悔！说完，破涕为笑。我说，你有时间带上家人回老家看看父母。她说，肯定要啦，不是中秋节就是春节。临走的时候，一直送我很远，还塞给了我"丹霞山三宝"（兰花、相思豆、还魂草）。

依依惜别，我为她，她的爱情、婚姻和家庭祝福。

朋友告诉我，关于丹霞山的由来有这样有一个传说：传说在很久以前，丹霞山上有一个木佛精。一天，木佛精抓了一对情侣，阿丹和阿霞。他们无时无刻不在想办法逃离苦海。木佛精身上有两件宝贝，火葫芦和水葫芦。若要逃生，得先把两件宝贝偷走才行。一天，木佛精喝醉了，阿丹和阿霞看逃走时机已到，准备逃跑，但不小心踢倒了木佛精身边的茶壶，惊醒了它，木佛精马上起来追赶他们。它打开火葫芦，烈火沿着阿丹、阿霞逃跑的方向一路燃烧，最终，两人全身被烈火烧得通红，变成了一座焦岩。就是我们大家看到的人面石。后人为了纪念阿丹、阿霞宁死不屈的爱情故事,就把这里取名叫丹霞山。

听了之后,想想红霞为了爱情,嫁到这里。丹霞山,不仅是地理意义上的山,还应该是一座传奇的爱情之山,自然、裸露、无私、大美,雷电劈不开,彼此不分离,情若丹霞,大放异彩,宛若丰碑,永留人间。

2014.9.7 夜于长安中秋节前夜

肆·在人间

守山的女人

雨嘉喜欢这山里的秋色。清清爽爽，干干净净，裸露的石头没有一丝害羞，毫不隐瞒自己。

丰收的果实被人采摘之后，连枝干都干净利索，一片叶子不留，一阵秋风，扑打着光秃秃的树枝。

秋天是诗意的。在雨嘉看来，秋天是温馨的，那些腐烂的野果香味四处飘散，空气也是香甜的。阳光不是暧昧，是平和，空中总有一双慈目一直注视着她，懒洋洋的。

在这座小寺庙里，她已经呆了十几个年头，庙不大，没有名，背靠山，不知何年有人挖了一个石洞，里面供着观音像，可以躲雨避寒，凑合住宿，不成想，这一住就住了下来，竟有些岁月。

雨嘉没有法号，没有落发，自己住在寺庙，算是自我静心。每天抄写一段《心经》，出去种树种菜。过着不知外面世界的日子。

庙在浅山区，她在庙门前种的树，方圆几里，已经有扁担粗了。

青灯古佛。有些善良的施主给她带了柴米油盐，够她吃了。

听说女儿已经上了大学，在她的记忆里，女儿还是八九岁的可爱样子，现在长大了，应该更漂亮了。摸摸自己松弛的皮肤，哎哎哎，真是岁月催人老了。

有朋友告诉她，丈夫早已经娶了一个年轻的女人，宝马香车，如醉如痴。她懒得管这些了，早已经离婚了，只是委屈了女儿。

十几年前的一场大火，让她和这座大山有缘，和这座寺庙有缘，和这里的一切有缘。

雨嘉知道丈夫和一个女子约会去了。周末，她把女儿放到父母家，和一帮驴友进山了。跋山涉水，她忘记了自己的烦恼，大家带来了帐篷，吃着烤肉，喝着啤酒，疯疯癫癫。

山里的夜晚真美，可以看到天上的星星。也是一个秋季的晚上，在这座寺庙的前面，是一大片树林。一想到丈夫和"小妖精"去约会，雨嘉心口莫名的疼痛，她要来一包烟，辗转反侧，用自己骨感的指头消耗着一根又一根，迷迷糊糊地不知道怎么的，引发了一场大火。

等发现的时候，已经来不及了。消防车赶上山，他们和村民一起扑灭了大火时，已经天亮。一场大火，烧掉方圆几里的树木，烧死了一位和她碰杯的男朋友子轩。

村长围着他们要赔钱，但看到死了人，也不敢说什么。雨嘉找到了子轩的老家，在一个很深很深的大山村里，母亲已经去世，当民办老师的父亲半身不遂躺在炕上，炕头放着药瓶和绳子、剪刀，看来是不想活了。她在席下偷偷放了些钱，背过身去，抹了眼泪，没有哭出声。

她把子轩埋到了庙门前。

丈夫知道，自己的妻子雨嘉竟然和驴友过夜，还引起了火灾，好不容易抓到把柄，坚决要离婚，要求雨嘉净身出户，防止带坏女儿，不能和女儿见面。

自己一不小心，惹起了火灾，烧死了人。雨嘉就这样离开了城市、丈夫和女儿，还有家。

她真想种上红玫瑰，种上薰衣草，让这块烧焦的土地火红一把，爱上一把。但没能，最终，她还是选择了种松树，绿油油的油松，充满朝气和活力。

一个优雅漂亮的年轻女人，独身一人，来到寺庙，那些光棍没少打她主意，晚上敲门拍窗声声不断。

雨嘉紧握着一把剪刀，嘴里念着佛经。

村长也偶尔过来，嬉皮笑脸说，真是可惜了！雨嘉拿出剪刀，太阳下，白晃晃的很刺眼。

有人晚上捣乱，偷偷拔掉她种的树苗，她继续种；村长说这地是他们村里的地，不能白让她种。她问村长，烧荒的地自己种树有何过错？村长说，我就不让你种！荒着也不让你种！你的地荒着咋不让我种！

雨嘉，扬起镢头，要拼个死活，吓跑了村长。

一晃十几年过去了。这南山里大茅棚、小茅棚，辟谷的人越来越多。来她寺庙的各路货色很多，她懒得理，闭门谢客。松树一天天长高了，绿油油的。

她平静地生活着，不去想她为什么要来到这个寺庙，又为什么要种树，为什么要拿青春赌明天守山守树。

村长来了，叼着烟，露出补上去的黄金大牙，嘻嘻地说，村里要开发这块地，有人看上这里的风水了，要在这里盖别墅。他指的大款土豪，雨嘉看清楚了，是她原来的丈夫，化成骨灰她也认得出。

她扬起了镢头，村长这次没有怕，轻轻地拿了下来。

只要不砍树，你什么条件我都答应。雨嘉说。

世事变了，师傅！我这牛也耕不动地了。过去是你的地值钱，现在是我这块地值钱。村民已经都投票决定卖了。村长说完，鄙夷地看着雨嘉。

雨嘉没说什么。背后是村长和她过去男人的大笑声。

等人发现的时候，她已经把自己吊在了庙门上。冰天雪地，直硬硬的，眼睛直勾勾盯着一棵棵松树。

何必呢？有人叹着气。

看来这块山里地，阴气太重。

2014.11.3 夜于南山

"灵修大师"

朋友最近不知怎的,对"灵修"极其感兴趣,或许是看了电影《催眠大师》之故吧?"灵修"从国外传到国内,迅速兴起,倍受欢迎。我是世俗之人,贪恋红尘,整天嗜睡不醒,自感生活无限美好。"辟谷"都怕饿死,更不要谈什么"灵修"了。

但朋友说的神乎其神。据内部圈子消息,此人仙风道骨,隐居南山中,弟子云集,其中明星不少。"灵修"能打开人与人之间的心灵体验,美妙无比!

说来说去,我还是不相信,但碍于友人面子,还是勉强答应了。

友人是一资深美女,虽谈不上白富美,但事业风生水起,性格活泼,自由奔放,有点"女汉子"的味道,三十多岁了仍然独身,喜哉乐哉!每天跳舞练瑜伽,美容加补水,身材保持不错,不细看真还看不出悄悄爬上的细眼纹。她多年从商,阅人无数,是不是"奸商"不得而知,对朋友倒也真诚,思维缜密,理性大于感性,是她的性格特点。

这次,她要和我一起去山里拜见"灵修大师"。

美女驾车,一路山青水绿无暇顾及。美女一边驾车一边给我介绍着"灵修大师"的绝技：蚂蚁写字、白纸显字、天日观书、滚油治病等各种特异功能。我笑着说，这点功夫我也有，稍微有点常识的人，都会这！美女嘟噜着说，不信不信。我说，不信，给你说一下蚂蚁写字，就是利用蚂蚁喜欢吃甜腻的东西，在地上用蜂蜜撒成字，蚂蚁自然就会聚成字的样子。其他骗人的江湖把戏，那就更多了，只要用心，就会揭穿它！魔术耍得再好也是假的呀！美女撇着小嘴说，人家大师还会算命、看病呢！不用药物和治疗，只要心里祈祷赎罪，疾病便可治愈。我说，那你让他去给癌症患者发发功，看能好么。

不给你说了。美女赌气了，只管一路开车。

那我下了。我做个拉车门的姿势。

不能不能。你就不怕我被劫钱劫色。美女急了。

劫钱可以，劫色就算了。我说。

为啥？美女急了。

都一把年纪了。呵呵。我说。

美女没哭，却笑了。说，过去讲老牛吃嫩草，现在流行姐弟恋了，土鳖！

我不和土豪交朋友。我说。

呵呵，我不是土豪，我也是一土鳖。说来说去，都成鳖算了。

美女说了，哈哈大笑。

车上放起了秦腔《三滴血·虎口缘》唱段："空山寂静少人过，虎豹豺狼常出没；除过你来就是我，二老爹娘无下落；你不救我谁救我，你若走脱我奈何；常言说救人出水火，胜似烧香念弥陀。"

不到一个小时，我们就到了半山腰的一个小山庄，隐藏在绿树红花中。门头不大，门框上写有对联："静心排忧忘岁月，世尘不占待圣明。"人还没到，就有狗叫。友人打起电话没有人接，敲了几下门，才来了人，好像对暗号一样叽叽咕咕了一通，我们才进去。

"灵修大师"长须美髯，脚蹬白袜，一身黑色道服，四十左右，有点仙风道骨的影子。我们被人领进去，大师似乎没有看见，只顾自己喝茶。环顾屋里，阴森森的，跟庙里一样，挂满了官员题词、明星合影，还有一些比较粗糙的锦旗。那些放大的照片上只有在电视电影歌唱会上才能看到的女明星左拥右抱着大师，真仿佛是心灵相通了。

大师背对我们。剪了一个纸人，向前几步贴在墙上的画轴上，然后退回丈余，突然扔过去一个铁皮小刀，小刀就直直地贴在鬼像的头顶上，掉不下来了。然后猛地回过头，指着我的朋友说：你被鬼附身了！吓得美女乱窜，无处可钻。"刀扎鬼"这种小把戏我知道，只需在画轴中间夹进一块强磁铁而已。一些村里，巫婆神棍耍弄"跳神驱鬼"时，借烧香、点烛烧钱、贴神符、念咒语等制造阴森、恐怖、神秘气氛，说自己是玉皇大帝派来的神，表演一番"斩妖见血"等骗术，显示"驱鬼避邪"本事，有的还把病者直接当成鬼，四肢捆绑、上吊下踩、乱棍打、灌屎尿，折磨得死去活来，贻误病情，祸害无穷，人们越来越不相信了。

我冷冷地看着大师，只是觉得他的眼睛有些熟悉。

大师背着我们，对下面人说：领他们出去看看，如果心诚，几万元的培训费交了就体验；否则，送客出门，让他们去忍受人间的苦难吧。

下面的人领着我们出门，透过窗子，我和朋友看见一间大的房子内十几个男男女女正在"叠罗汉"，这种"狗血场面"，让人大跌眼镜。朋友问，这是什么？回答道：这就叫打开人性的体验，互相裸露、欣赏、触摸身体，让性灵得到释放和回归。还有其他培训的么？我问。答道：有，叫"男女双修"。那只有师傅能打通你的心灵，一般情况下，只有特别的女学员才能得到师傅的关爱。什么是"男女双修"？有人问。下面人不耐烦了，答：只要心诚，掏钱才有希望体验。问那么多干什么？

友人平时叽叽喳喳，此刻，完全一副淑女的形象，不敢说话。

我还准备再转转。下面领的人不愿意再走了。

"我看他们心不诚，送客！"突然听到大师大喝一声。我转过身去，看到大师正盯着我们，显得有些愤怒。这双眼睛真的有点熟悉，现在却陌生无比。

院子里狗乱叫。

下面人直催我们，走走走。

友人早被狗吓坏了，跑着出了院子。

出院子的时候，我猛想起，这位大师有些像我们村的"王大锤"，对，就是这个人！

王大锤！王大锤！王大锤！我叫着。万籁俱静，没有回音。

远远地，我看见"灵修大师"探出头来，眼神露出一丝惊恐。

狗放了出来。友人车技不错，加油跑了，吓得一身冷汗。

车上无语。回到城里，我慢慢想起来了。这个王大锤，原来是我们村里的兽医，走村串户阉猪，专治牛羊配种，不知怎的给人也看起了病，给人家女娃娃打了一针麻醉药趁着人家迷糊直接就野兽一样扑上去了。坐了几年监狱回来，反而更有名了，但村里人没有人信他。他四处游荡江湖，吹嘘祖传秘方，专治疑难杂症。呆在南山，也想给自己寻个"终南捷径"吧？！额的神，王大锤就是这位神人，"灵修大师"呀！他连我们村都不敢回，害怕腿被打断。当年出了监狱，还骗我们村几个娃娃去南方当小姐，搞传销。村里人恨不得把他千刀万剐！他父母羞得给全村人下跪：我们没有这个孽子，我们没有这个孽子。

在一茶馆，我把"灵修大师"的故事讲给美女朋友，她说：我还是自身修炼吧。至于"灵修大师"，我早已报警了。如果真有这神人，那我们中国足球、篮球不都早成世界冠军了？

喝茶。加油。我举杯，说了一句。

2014.10.14 夜于长安

楼下卖凉皮的女人

整整一个暑假,楼下的凉皮店一直关门。

门上告示写得很清楚:"因本人休假,暑期关闭,敬请谅解。"但每次走到店门口,我还要仔仔细细看一遍,心中有一点期盼,这个凉皮店能开门。

但像这样关门的事情似乎很正常。凡是休息日、假期,都张贴告示:本人休假,小店关门。

虽然店面不大,仅容两人侧身而进,里面也就七、八平米的样子,放着几张简单的桌椅,快餐店的那种,但是要在楼下这地方开店,算不上黄金路段,一月的租金也几千块银子,不算便宜。开店就是为了挣钱,日日夜夜的加班,可是这家凉皮店动不动就休假关门,有点奇怪。

9月1日,楼下的凉皮店开了门,作息时间为朝九晚五,绝不延迟时间。其实,她的凉皮在没有下班前就卖完了。还是老板娘一个人,约二十八九岁,个子一米六左右,白白净净,很是干练,一笑起来一双不大的眼睛就眯成了一条线,如果打眼一看,总是一张微笑的脸。进店的人很多,但很有秩序,每个人都自觉排队进入,坐下,然后她一碗一碗端上。凉皮是主营,有时候也卖个肉夹馍、啤酒、冰峰之类，这属于凉皮加这些的套餐了，粉丝很多。我连忙要了一碗，慢慢吃着，虽然肠胃不好，还是喜欢这家凉皮，皮子是自己手工蒸的，辣子和醋是自己从老家西府捎来的，连豆芽也是自己泡的，不是那种化肥养出来的长腿豆芽。陕西凉皮做法很多，有擀面皮、烙面皮、蒸米皮、麻酱凉皮等等，我喜吃面皮做的凉皮，硬度和韧性刚好，酸辣有味，用大刀切成菱形的片片，风卷残云，很过瘾。当然了，凉皮是凉的，再加上辣子面，容易上火长痘痘，严重的还会得便秘、痔疮，但这些丝毫不能动摇人们吃凉皮的热情。我有一位朋友，夏季，每晚不吃一碗凉皮，不喝一瓶啤酒，外加几串羊肉烤肉，睡不着觉。

她每天只卖两百碗，每碗市场价五元，不多不少，卖完结束。一般中午就完了，下午没事干，就收拾干净，端上一杯茶，慢慢地品。

店里四壁干干净净，有时候会放一段音乐。总有人爱操别人心，你说这娘们，不算很漂亮，倒也长得周正，难道是孙二娘卖人肉包子，凉皮有啥秘方，一天不吃能把这些男男女女吃货的鬼魂勾去？还有人打听这老板娘的来历，你说这日怪了，放着钱不挣，每天就卖两百碗，还动不动就休假吊人胃口，难道是被煤老板官大爷包了，钱烧的没球事干？那也不像呀，有钱弄啥不行，进会所搞美容享受一下按摩去海天盛筵消费一下身体也行，这娘们难道脑袋进水不是短路就是差一相电，被钱烧坏了？是不是在海南当小姐坐台弄了上百万，现在从良了，弄个凉皮店洗钱招婿？这个社会，看似人人忙碌，行色匆匆，闲的蛋疼的人大有人在，乱嚼舌根乱咬人的也不只是女人，啥事都敢做，啥人都有。反正，说啥都有，但老板娘依然我行我素，听见和没听见一样。

是不是，她也有小资情结？

我算不上吃货，老陕爱咥面，不可顿顿无面。可叹呀，岁月是把最阴毒的杀猪刀，随着年龄慢慢变大，已有些老龄化迹象，"爱钱怕死没瞌睡的毛病"渐长，也像一些人一样，人模狗样的讲起了少食多餐，粗细搭配的科学进食。老中医讲"早上吃好中午吃饱晚上吃少"，早上上班时间紧张打卡催的十万火急,基本是半生不熟的温不拉几的袋装奶哄一下自己,中午有点厌食,凑合吃一点,晚上忘记了吃饭,胃严重萎缩,不吃了。尽管美食和美人一样处处诱惑,但该控制还得有节制,偶尔吃一下凉皮倒也无妨。

凉皮店开了有一年多了,就像老板娘一样不卑不亢,独立一角。我住的楼虽不是别墅复式,算不得寸土寸金,但这个小区也是高楼林立,几万人都被浓缩到这几座鸽子笼了。楼下的门面房租金昂贵,门面常换是正常不过的事情,经常看到一些拿充值卡的人找不到北,也经常看到一些老人省吃俭用被投资公司洗脑吸金最后连本钱也捞不到的事情,没有免费的晚餐,也没有白弄的事情。一夜之间,千树万树梨花开,这里是一夜之间,门面房易名改姓逃之大吉。

泥沙俱下,清浊自愿。就是这家看起来不起眼的凉皮店,在风雨中没有飘零,慕其大名者趋之若鹜,特别是一些时尚男女,千里迢迢,屈就在此,就为吃一碗凉皮,也不顾糟践宝马香车,满嘴流着辣子油的窘态。凉皮店的一边是烤鸭店,一边是按摩店,很有意思。

经常吃凉皮,和老板娘也就慢慢熟了。人少的时候,也就谝两句。

凉皮这么地道,生意这么好,咋不开几家连锁店?我问老板娘。

还开什么连锁店?这家店都忙得要死?娃上幼儿园,天天得我接送。老板娘说。

那你男人咋不送娃呢?我问。

她看了看我,没有理我。

你也不多做几碗,雇几个人,多卖些,多赚些钱?我说。

世上的钱能赚完吗?多欲为苦,生死疲劳,从贪欲起,少欲无为,身心自在。老板娘说。

这娘们儿还蛮有文化的。我心想,流氓不可怕,就怕商人有文化。我接着说,那你不为挣钱开这家店为啥?

为自己。老板娘说完,莞尔一笑,露出几个酒窝,但掩盖不出暗藏的阴郁。

她没有理我，拨弄着鱼缸里养的乌龟。

别人都养狗呀猫呀蛇呀，你喜欢乌龟？我又多一句。

呵呵，我就是龟孙子。我不喜欢那些动物，街上到处是流浪狗，这是我爸给我养的，可惜他走了。说到这里，老板娘眼眶湿润，明亮的泪水在眼里打转转。

我不再问了。

人说，女人心似井深，看来这个女人很有故事。

此后几天，我吃凉皮，只管埋头，不再多嘴了。世道复杂，咱吃咱的凉皮，该多钱就多钱，自作聪明、自作多情、多管闲事，自己会把自己莫名其妙地"作死"，跨过奈何桥，到了阎王爷面前报道，还不知道咋死的。

没有想到，吃完凉皮。老板娘给我倒了一杯茶，坐在我对面，也慢慢品着绿绿的龙井。

店里没有多少客人，都在闷头吃凉皮，赶着上班。

我不爱打听别人隐私，每个人都不很容易。特不喜欢听一些喷饭狗血的故事，也不希望成为倾诉的垃圾桶。但却无法拒绝这位成熟女性的邀请，虽然谈不上年轻貌美，但凉皮一样的纯白，满是期望的眼神，赛不过"豆腐西施"，也算一枚"凉皮女神"。

茶，很翠绿，需慢慢品。

看你也不是个坏人。老板娘轻轻地喝了一口茶，微笑着说。

坏人脸上没刻字！你看现在女大学生经常走失被害，能分清好坏，也不至于失身丢命。我说。

你说的也有几分道理，我过去经常就被人迷乱。老板娘说。

一个"迷乱"，很有意思。

她接着说，你看我这店，左边是烤鸭店，右边是按摩店，左边还祖传手艺，打着文化的幌子，出出进进的全是富婆帅哥，做鸭子就做鸭子，还需要祖传手艺？真应了流氓不可怕，就怕流氓有文化。右边按摩店，说是按摩，小姐给小伙按摩，不出事也擦出火花，当小姐就小姐，还说什么 客官请自重，小女子只卖艺不卖身。我这凉皮店，自己做自己卖，不亏心不乱来，就图干个事情解解闷。

哦。我点点头。

现实比小说更复杂。原来老板娘叫冯秋云，母亲死得早，父亲一手带大。高中没有毕业为了家和自己青梅竹马的男朋友去南方工厂打工。其实她学习很好，但没有办法，只能牺牲自己。自己辛辛苦苦不怕化学污染打工赚来的钱舍不得吃舍不得穿，全供给男朋友上大学。男朋友大学毕业了，跟了一家富二代的姑娘，争取早点脱离旧社会解放自己快速上位，一走杳无音讯，从人间蒸发。冯秋云知道后，寻死寻活，跳水被人救，上吊树枝断，父亲也病了，得的是胃癌，过去没有吃好落下的病根，一直没有管，再疼也忍，就等死。父亲知道她为男朋友而要死的时候，自己反而坚强了，总不能白发人送黑发人，劝女子这世上三条腿的蛤蟆难找二条腿的男人遍地就是。可是父亲的胃癌看病需要几十万，从哪弄？父女两个抱头痛哭一晚后，达成协议，女儿不能死，父亲更不能死，为了给父亲治病，女儿冯秋云愿意嫁人，只要能拿钱给父治病。就有亲戚做媒，嫁给了离我楼下不远的城中村，两人一见面，都基本满意，只是男人个子有点低，一米五左右，但为了救父，不再弹嫌，结婚完事。不想，花了几十万，父亲胃癌是晚期，开膛破胸，钱花了人没命。冯秋云信守承诺嫁了男人。城中村的男人吸毒、打麻将的不少，但这男人不算精英和精品，也知道踏踏实实过日子。眼看着城中村改造，赔了些钱和几套房子，结婚生娃后，开销日增，总不能坐吃山空，就买了辆拉土车跑运输。不想，祸从天降，晚上拉渣土，为了挣钱，速度过高，一不留神，车翻人也失去双腿。男人要离婚，只求留下女儿，可是冯秋云没有抛弃男人，爱情，曾经让她堕落，更让她成熟和坚强。她开这家凉皮店，就是为了守住自己，自己的丈夫和家。

那很不容易。我很赞赏这个大义的女人。

这个社会赚钱不是什么不光彩的事情。但我不求赚更多的钱，只不想让自己无事可干，头脑生锈，慢慢等死。老板娘说，门面房是我买的，没有房租就是赚。店小不欺客，凉皮自己蒸，干干净净，实实在在。至于休息关门，大家都有休息的权利，我也给我放假，照顾一下家，放松一下心，有啥不可？

倒也是。我应声道。

明天是中秋节了。我照样给自己放假。老板娘自豪地说。

好好好。可惜我们没有休假的概念了。我叹声道。

佛说：放下，即拥有。老板娘微笑了一下，接着说，这个世界上我只相信两个人，一个是我，另一个不是你。感谢你陪我聊天，今天的凉皮我请客了。

不用不用。我连忙说。

我说了算。老板娘肯定地说，看，我女儿向我招手呢？！

妈妈！有稚嫩的声音从对面楼上传来！

美美，乖乖！等妈妈回家！老板娘很快收拾完。

出了凉皮店，隔着马路，我看见对面六楼上有一双小手，在不停地招手，阳台的玻璃后面，轮椅上坐着一个男人，静静地盯着凉皮店。

我不在回家的路上，就在凉皮店。老板娘说完，风一样闪过。

中秋节快乐。我不知道说什么。

2014.9.6 夜于长安

杨贵妃与华清池"兰汤"

多次去过华清池,都是匆匆而过,唯看了《长恨歌》实景演出,颇觉震撼,对唐玄宗与杨玉环的千古爱情而扼腕长叹。"骊宫高处入青云,仙乐风飘处处闻。缓歌慢舞凝丝竹,尽日君王看不足。"怎样的一个"天生丽质"杨玉环,"回眸一笑"就能倾城倾国,醉倒一代帝王?

今年过年陪外地朋友去华清池,自己不免要当导游。认认真真走了一趟,对华清池的汤池遗址有了更深一步的认识,特别是"海棠汤",又称"贵妃汤",汤池呈海棠花状,石块砌成,现在已经干涸,据说杨贵妃在此洗浴。从现在恢复的殿堂来看,当时肯定是奢华无比,在水雾缭绕之中,美女沐浴,时隐时现,殿内帘纱轻飘,唐乐悠扬,此情此景,赛过神仙,肯定让人无限遐想。

"春寒赐浴华清池,温泉水滑洗凝脂。侍儿扶起娇无力,始是新承恩泽时。"华清池位于骊山之下,骊山温泉水温常年43℃,水质纯净,低碳化、弱碱性、中等放射性泉水,故又称之为硅水、氟水和放射性氡水,具有神奇的医药价值,有"自然之经方,天地之元气"之称。出口的温泉井冒着热气,洗在身上不是很涩，我亲身体验，比楼观台的温泉要滑润得多。

温泉不仅可治病、美容，也可消除疲劳。"此有温泉，何不一洗"，古有秦始皇汤戏神女的传说，传说不可信，温泉的科学价值理应相信。长期洗温泉可"凝脂"，可以去掉一些老化的角质，活络筋血，增强免疫，保养肌肤，但要达到"凝脂"，恐怕还需一定的"添加护肤品"；"侍儿扶起娇无力"，温泉沐浴之后，人本身放松，有些疲惫，这是一般的反应，但也不至于"娇无力"，有杨贵妃撒娇的因素，娇若桃花的玉体，怎样这样无力？温泉本身起了作用，更重要的是水中增加了一些香料，起到了保健养生的非凡之效。这种功效是渗入肌骨的，不是现在在水面上撒些玫瑰花，增加观效，流于形式。

古人把洗澡的热水，温泉统称为"兰汤"。"兰汤"究竟为何？屈原在《九歌》中写道："浴兰汤兮沐芳，华采衣兮若英。"有人作注，兰即香草，太笼统，香草又到底是什么？《兰说》："兰生深山丛薄之中，清风过之，其香蔼然，在室满室，在堂满堂。"让人很是困惑。从流传至今的端午节习俗来看，"兰"应指菊科的佩兰，不是现在的兰花，佩兰有香气，可煎水沐浴。明代人因"兰汤不可得，则以午时取五色拂而浴之"。"五月五日，谓之浴兰节"。古人过节之日皆为恶日，过节通过各种形式，是为祈福平安。关中老家，至今在端午节，收麦前后，用雄黄入酒而饮，门窗上挂着艾草，再用加雄黄、朱砂的酒染在小孩的手、脚心和耳垂，用五彩绳系在手臂，以避邪祈福，消毒杀菌，是有一些科学道理的。

长安，天府之国，四塞之地，属北方，柏叶、艾蒿等均可发出草木之香，有时老人还用艾蒿沾上水，在院子四周轻洒，驱逐晦气。可以想象，把兰、桂、柏、艾、檀等植物的叶、皮、茎、根等放入沸水中煎煮之后，冷却到一定程度加入水中才可沐浴。这种汤据称之为"和香"，是"兰汤"的一种，这种混合的香料一般在煮沸的"兰汤"中使用，多用于驱逐邪气。随着丝绸之路的打开，西域的一些香料也进入长安，据记载，西汉胡人"香料"供不应求，已成为上流社会女子的日常用品。"七香汤""豆蔻汤"等等，具有许多药理、美容功能。"冷香"作为"兰汤"的另一种，因来自西域，还有一些产自神秘的西藏高原，在比较低的温度下能保持挥发性，能使沐浴之水活色生香。杨贵妃用的哪种"兰汤"，很难说清，从"水滑""凝脂""娇无力"等词来看，"冷香"可能性大，藏香与矿物质发生反应，出浴后容易"肤如凝脂"。但我们也应认识到，这些诗句饱含诗人白居易的大胆想象和浪漫情怀。

  唐代的"兰汤"，传到了日、韩等东南亚国家。我在富士山下体验过，那种"男女同浴"的时代已经过去，温泉一般因地制宜，择地而建，露天宽敞。可以说，唐代的华清池"春寒赐浴"之时，还是比较冷的，怎样保暖？怎样"用汤"？值得研究。现在有冬泳，不知那时的杨贵妃怕冷不？

  清时出现过体香袭人的"香妃"，更衍生了皇帝与香妃的许多故事。唐玄宗与杨贵妃的爱情千古流传，华清池的"兰汤"，不仅仅是一次沐浴，沐浴之后，缓歌慢舞，霓裳羽衣曲，更将心情愉悦的帝王爱情推向极致，我觉得有可能在沐浴之时，焚炭而烧，柏木也有可能，还有可能燃香去晦等等，激情四射，环境诱人。有一点可以看出，唐代绝对是一个开放、包容的时代，不仅仅是"兰汤"，也不仅仅只是情色，光芒万丈的情爱遮蔽下，华清宫内留下多少历史文化之谜有待我们去解。

2010.3.14 于长安

肆·在人间

树生长的地方

"这是块长树的地呀！"拴柱爷站在村头，叹了口气说。

这是村里的"白菜心"，秦岭脚下的南山村的老人们，过去在这里打纸牌，晒暖暖，谝闲传，有时候也讨论国家大事、国际形势，唱秦腔，说家长里短。现在，挖了、拆了，一片狼藉，准备复耕植绿呢。

前几天，这里还是四层别墅，高大巍峨，金碧辉煌，被围成小院，安上了红通通的大铁门，说是什么"会所""私院""私家花园"，里面有鱼池、奇花异木、名贵东西不少，养了一只大狼狗看院子，整天给吃活鸡，看到村民，狗冰冷的眼睛里全是杀气，有村民说不是狗是狼。房子的主人神神秘秘，村里人白天很少见，有人晚上见过，行迹匆匆，好像很忙。有村民说，里面人喝的是矿泉水装的茅台酒，吃的是野味熊掌、空运的澳洲大龙虾，还有美女作陪呢。有人说是什么大官，有人说是什么腰缠万贯的大老板，也有人说是书画家、艺术家，莫衷一是，为此，几个村里的老汉争得面红耳赤，几天不说话。

是什么不重要。反正这块地"卖"给人家了。村支书长贵是拴柱爷的侄儿，当时，拴柱爷劝过，不能卖、不能卖，过去村里的私塾在此，后来村民集资建了小学，被撤并了，村里的娃们去了镇上上学，父母在外打工，碎碎的娃们吃住在学校，是玩游戏还是学习不好说，倒也省了老人们的心，除了给父母要钱，和家人没感情了，冰冷得很。这是村里的"魂"，过去人们经常在此商议村中大事，这是村里的"根"，原来有一棵老古槐，据说是明朝栽的，距今有七八百年历史了。人民公社、生产队的时候，这棵槐树上挂着铁犁，听到用石砖敲响的声音，就是上工了。

老古槐，祖上传下来的，当年从山西大槐树迁移到此，亲手植槐，以表纪念。这棵树为大家挡风雨，遮烈日，谁能忘记？因为村上要修自来水、蓄水池，土地承包到户，一夜之间，集体财产分完了，没有钱，只能卖掉这棵"老槐树"。拴柱爷和几个老汉劝过，阻挡过，不顶用，家人也不支持。"人家城里人喜欢，万棵大树进城市，掏钱也不少，就让人家弄去吧！"村支书长贵说："不卖这棵树，村里的自来水进户啥时才能通？再说了，树只不过移了一个地方，还在中国大地，给城市增绿养颜，又不是卖到国外去了。""忘了祖宗的东西！人挪活树挪死。城里哪有咱这里的风水好！"拴柱爷一个耳光过去，幸亏侄儿长贵躲得快，一溜烟跑了。村主任，老百姓叫村长——黑蛋不答应了，说："现在是新社会，法治社会，不是旧社会，你班辈高，就乱打人！村民自治，要讲民主集中，大家投票，决定卖不卖！"大年三十，村里人大多回来了，投票决定，百分之九十的人同意卖树修水。拴柱爷和几个好伙计，老泪纵横，给树披了红，上了香，跪在地上，磕头作揖，就是不起来。

"这是树生长的地方呀！"栓柱爷说。

树还是在大年初一被人用大吊车拉走了，拴柱爷几个人去挡，躺在车轮子下，没用。村长黑蛋说："看在你们是长辈的面子上，就不报警了。你们这是搞封建迷信，破坏正常交易，妨碍执行全体村民的决定！"几个老人，被儿女们抬走了。

树被挖走后，落下一个大大的深坑。站在高处看，就像一颗大大的眼泪。

没出正月十五，村长黑蛋又顺势开会，说："有老板要搞公益，为咱村免费修体育文化广场，村委会，建卫生室、图书室，搞民宿，发展农家乐，再掏三十万修'村村通'，水泥路面，出门不再带泥，以后还准备投钱修太阳能光伏发电，不用掏电费呢。村基础设施建设、公共服务提高、人居环境提升，致富奔小康，指日可待呀！村里出地，人家投钱，五亩地，给人家两亩，修个"休息停留的地方"，合作期三十年。"说得唾沫星乱喷，激情澎湃。

年轻人都叫好，老人不答应。最后还是投票，大多数通过。

拴柱爷想不通，现在上面国家的政策多好，这支持那支持，下面为什么总要卖"家当"？南山村有山有水，咋不靠自己求发展呢！就去村委会论理，村支书长贵躲着不见，村长黑蛋说："现在兴村委公开，阳光施政，群众决定的事，只能按照群众意见办！"

拴柱爷说："真理掌握在少数人手中。"

黑蛋说："那你给大多数群众讲真理去。"

"败家子的东西！眼光短浅！人心散了呀！南山村恐怕要毁在你们手中了！"气得拴柱爷乱骂。

"你不要倚老卖老，胡乱骂人！"黑蛋说，"我也是一村之长，大小是个'父母官'，大家选出来的，代表群众利益的。至于南山村毁不毁在我手中，现在要搞城镇一体化，大家都出去挣钱买车买房住城里了，谁还回这个破村里？——南山村迟早会消亡的！"

"我不相信！"拴柱爷说。

"你不相信，就等着瞧吧！"黑蛋抽着烟，发动车，去"赴宴"了。

"这是树生长的地方呀！"栓柱爷说。

树坑被改成了"鱼池"，四层别墅说是给村委会盖的，也被围墙包围了，群众进不去。只有村长黑蛋可以随便进入。村里的体育文化广场，弄了几个单杠，横七竖八，孤零零的放在那里。

几个老人,就是晒个太阳,惊动了大狼狗,扑过来扑过去,铁锁哗啦啦响,听的人既害怕,又闹心,只好四散而去。好好的南山村,钟灵毓秀、流水潺潺、鸟语花香、空气新鲜,全被这大狼狗的叫声"扰民"了。

现在,这块地被推土机、挖掘机弄平了,地上的"违建"全被拆除了。折腾来折腾去,恢复了最原始的模样。可是"老古槐"没了,几间承载着记忆的破房子也没了,空荡荡的、空空如也。

"这是树生长的地方呀!"栓柱爷说。

几个信佛的老太婆,准备化缘,修个村里的小庙。

上面的领导说不行。百年大计,生态第一。要进行"复耕绿化",全部植上树苗,千万年后,一片绿油油,长成大树木。

村长黑蛋也被抓了,关在"号子"里,涉黑涉恶,犯罪嫌疑人。据说盖"会所",狮子大张口,强迫交易,还在外面开赌场、放高利贷。

拆了好,绿化好。有苗不愁长。拴柱爷,吧滴吧滴扎着玉石嘴的长旱烟杆,心里念叨着,恐怕我死了,也看不上"老古槐"了。

明天,他准备约上几个老伙计,进城去找找"老古槐"。用手机合个影,给外面打工的孩子发个微信,带到另一个陌生的地方。

2019.4.2. 匆于长安

备注:此文获首届"绿宝杯"全国征文大赛二等奖。

肆·在人间

王小我的家国情怀

多年不联系了,王小我突然给我村里的群发微信,腊月二十八要在村里举办结婚仪式,唱秦腔,演皮影,不收礼,管吃喝,要求我必须参加。母亲也从村里捎话,王小我的婚礼一定要我回来。

这个王小我,三十出头了,按照班辈,我还叫"爷"呢!听说这些年在国外发展不错,怎么想起来回家结婚了。当年他大(父亲)因为得了肝癌,死之前,省吃俭用、东拼西凑,家里出了大彩礼给他在邻村找了一个姑娘,急着抱孙子,他无论如何不答应,说什么"没有爱情的婚姻是耍流氓",他要等自己最爱的女人,哪怕等不到,一辈子不结婚。顶不住家里的逼婚,初中没毕业,从家里跑了,去外面闯荡世界。学过厨师,干过水工,卖过水果,摆过地摊,一直折腾,反正没安生过。埋他大的时候,王小我都没回来,父亲死不瞑目,母亲痛哭连天,王小我在村里落了个不肖子孙的骂名。族里的老人气愤不已,这个王小我死也不能进祖坟。

过了腊八就是年。关中农村,"二十三,过小年",祭灶,扫尘,买菜蒸馍,剪窗花写春联,准备好好过大年了。腊月里,村里人都回家团聚,也是结婚的好日子。

这个王小我的婚礼我一定要参加。"孙子"参加"爷"的婚礼，是必须的。虽然他年龄小，骨头可老呢！过去在村里见面还要叫"爷"呢，这些年，没有陈规戒律了，见面打个招呼就行。

没有想到，这次王小我找了一个金发女郎。村里的暴发户，靠房地产发财的大富翁马富贵告诉我，这个王小我比我强，给咱村争光了，找了一个洋妞，别看我有钱，也只剩下了钱，不如人家！这碎怂，厉害着，这次携夫人完婚，有光宗耀祖、衣锦还乡的意思，给村里六十岁的老人每人还发了一千元红包呢！他妈的腰杆我看也挺直了！族里的老人，也不讲过去的事了，握着王小我的手直说这娃有出息，欢迎来回家！应该欢迎这样的能人回村。我说。

王小我的婚礼由村长主持。黑黝黝、个子中等的他穿着中式对襟唐装和漂亮活泼、穿着纯白婚纱的金发美女手挽着手，在《婚礼进行曲》的伴奏下，缓步走入村里的道德礼堂。村长宣布婚礼进行前，按照王小我的意思，要举行升国旗仪式，国歌完后，一对新人要唱一首歌。村里人掌声不断，没见过这样中西合璧的婚礼。

雄浑的国歌响起，国旗冉冉升起，村里的男女老少都行着注目礼，庄严肃穆。自从村里的小学被撤并后，再也没有见过这样庄重的场面了。

王小我和妻子用汉语合唱了一首歌："你明亮的眼睛牵引着我，让我守在梦乡眺望未来，当我离开家的时候，你满怀深情吹响号角，五星红旗，你是我的骄傲！五星红旗，我为你自豪！为你欢呼，我为你祝福！你的名字比我生命更重要！"

再次迎来了村民们不绝的掌声。沉寂的黄土大地很长时间没有听到这样的歌声了。

王小我向村里人深深鞠了一躬，然后告诉大家：

这些年，我一直在外漂泊，感谢村里老少爷们叔叔阿姨对我老娘的关心照顾。

今天我之所以把婚礼放在村里举行,在我心里无论走到哪里都记着这个村庄。尽管这个小村庄不显眼,在地图上也找不见,可它是我的根,我的魂!

我的洋媳妇叫林娜,是意大利人,是一个好姑娘。过去我们祖先从长安带着瓷器到罗马换取丝绸,现在我沿着这条丝绸之路,在罗马开起了"陕西面馆",专卖手工凉皮臊子面。咱人实在,面是咱村周边种的麦,醋是咱们手工酿造的,辣子是鸡粪上的,都空运到那里的。林娜爱吃辣子爱吃面,她上大学的时候就常来我店,所以,慢慢地,自然而然,吃出了感情,我们好了。

世界是和平的,但有些地方也不安宁。这些年,我们在国外生活也不容易,但时刻都感受到了国家的强大和祖国的温暖,大家有的人可能看过电影《战狼》,中国帮助我们以及其他多国公民撤离了许多是非之地。每当我看到五星红旗,我就想起祖国,我的村子。家,不能忘;国,我们更不能忘。

我和我的祖国,一刻也不能分割,无论我走到哪里,都流出一首赞歌。

来来来,干杯干杯。王小我说完,泪流满面。

我端起酒杯,喝的是原浆,专门和王小我碰杯三下,祝福一对新人!

噢,忘记告诉大家了。王小我,原名王大伟,按照他父亲的想法,找了村里的风水先生起个"大伟"的名字,要当一个"伟大的人物"光宗耀祖;后来,"王大伟"自己把名字悄悄改成了"王小我",他说,走的路多了,眼界宽了,看的世界大了,宇宙太大,越来越觉得自己渺小了,"没有国哪有家,没有家哪有我",没有强的国哪有富的家,家是最小国,国是千万家。"王小我"这个名字挺合适自己的。

2019.1.16 于长安

备注:此文获陕西省作家协会"我和我的祖国"征文评选三等奖,《陕西工人报》"我和我的祖国"全省职工散文大赛一等奖。

纸飞机

这是陕北高坡沙漠里一处不起眼的油田站,在地图上没有标记,就是拿着手机导航也找不到,因为几乎没有信号,要打个电话发个微信,也要跑到一块较高的地方去。

伟强是石油大学毕业的,怀着一腔热血,报效祖国,建功立业,被分配到了这座小小的油田站。万事从头起,过去在学校学到的东西,基本没有用,还得跟着老师傅,拜师学艺,慢慢来。

尿尿不捉鸡鸡——耍什么大把势!师傅讲了,要从小事慢慢学起。

师傅没有多少文化知识,但是对油田站的所有东西烂熟于心,就是闭上眼睛,他也能找到,如数家珍,娓娓道来,好像说着陈年的故事。

站上是有四个男人,除了他,三个四五十岁了。每天的工作就是检查各种仪表、管道安全,填写各种日志,繁琐而且枯燥,但不能掉以轻心,确保万无一失。白天还好,晚上寂寞无助,无边的孤独漫天而来,要淹没整个人心。

在站上,抽烟喝酒是不允许的。师傅们讲着荤素故事,粗话满嘴,开始,伟强有些脸红,后来,也习惯了。没有女人的日子里,男人们都变得疯狂了,精神了。到了月末，逢上休假，除了值班的，师傅就会骑上摩托车带上他去几十里外的小镇上，打打牙祭，吃吃喝喝，按摩按摩，放松一下。回来的时候，顺便带些米面油和菜。

也有的人，晚上住在了镇上，打牌，或找女人。师傅告诉他的，这男人，再刚强的男人，在柔弱的女人面前，比女人还柔弱。这叫，一物降一物。

这是伟强最惬意的时光了。在这里，摩托车是最好使的交通工具，风驰电掣，没人管超速，大声地唱着摇滚，西部牛仔一样有个性，豪气干云。

这样的日子日复一日，年复一年。大家都习惯了。伟强还不太适应，他是一个有理想的有志青年。他要努力，从基层干起，将来干一番大事。

但在这里，一切的豪言壮语，显得那样卑微和渺小。

今天是母亲节，伟强想起了母亲，给师傅专门请了一小时假，师傅听说他是给母亲打电话祝福，连夸孝顺。他急不可耐地跑到沙漠高处有信号的地方，和母亲、父亲打了电话，祝母亲节快乐。母亲说，还有这个节日呀，娃呀，只要你通个电话，天天都是节日。父母都是老实巴交的乡下农民，经常给他说要把国家的工作干好，和同事把关系处理好，出门在外，万事不易，吃亏是福，便宜少占。他给父母分别买了个"老人机"，充上话费，可是老人们坚持用一个，说用两个是浪费。他笑着说，如今两口子都互相提防着，两个人用一个手机，没有隐私。母亲笑着说，啥是隐私。父亲不解地问，隐私是啥。

今天下班后，伟强突然觉得挺没有意思。平时爱读书的他，拿起书，无心看下去；拿起吉他，想唱一首歌或者吼一声老腔，没有心思，唱着唱着一直喜爱的"我要拉你的手，你要亲我的口，拉手手亲口口，咱们俩个圪崂崂走。"越来越低，没有底气。

天空没有飞机飞过。他是多么的希望，有一天有一架真的飞机从此飞过，带着他的梦想。可惜，没有，飞机，没有航道。

他拿起了废旧过期的报纸，又折叠起了纸飞机。天空瓦蓝瓦蓝，黄昏的夕阳如血，周边全是金色万丈的光芒，喷着血口的太阳一点点变小，就要消失在遥远的地平线上。

他记得，512母亲节那天，他高兴地折叠了一架大大的纸飞机，有风相伴，飞到了很远很远的地方，直到成为一个黑点，什么也看不到。

纵横的黄土高坡，稀疏地长着一些草木。站在油田站的门前，俯视而下，空茫、孤寂和落寞。他知道，下面的沟沟道道，躺着无数的"纸飞机"，僵而不死。

今天是520。520是"我爱你"的谐音，传说有一个数学家很爱一个女孩子，但是他却没有勇气向她告白，最后他在天天研究数字时发现我爱你的谐音是520，于是他就这样给她表白。伟强也向自己的女朋友表白过，尽管女孩子没有点头没有摇头，但还是愿意和他在一起，那样的青春阳光日子里，没有多少钱，但活得很快乐。自从他到油田站后，女友慢慢疏远了；他知道，每个人都有自己的难处，爱慕虚荣讲实际不光女孩子有，他也有，有时候回家，穿戴整齐，再弄些假冒的名牌，扎个势，唬唬人。听朋友说了，女孩子另找了一个，有房有车，就是人矮一点，黑一点，文化水平低一点，城中村的。他放心了，自己爱的人，能找到一个好的归宿，祝福她吧。尽管他的内心，多少次埋怨过，恨过，看看这里的天高云淡，也想通了，麻木了。

"春风不解风情，吹动少年的心，让昨日脸上的泪痕随记忆风干了。"他想给女朋友，现在只能叫"原女友"打个电话，或者发个信息，拿起手机，又放下了。何必去打扰人家呢？那就折叠一个纸飞机吧，给她送去美好的祝福。这一次，他找了一张干净的包装纸，认认真真地折完，还在上面画了一些卡通"小白兔"，他知道，女孩子最喜欢"小白兔"。忍不住，他拍了一张纸飞机的照片，找了一个信号好的地方，给她发了一个微信。

纸飞机，没有飞出多远，就折戟沙尘了。

伟强有些失望。明天是521，应该是网民传说中的"我愿意。"谁愿意谁呢！？

手机突突响个不停。伟强接过电话，她的，原来女友的电话他一直没有舍得删掉。他期望为女友再做一次事情,哪怕飞蛾投火,在所不惜。

她哭着告诉他,自己的男友坐飞机失事了,掉入大海。

伟强怔住了,沙雕一般。莫非自己会蛊惑之事?他无此意呀。他一面安慰着,再折叠了一架纸飞机,送上了天空。

纸飞机,飞得很高。飞到点火的烟筒上,化为灰烬。

化为灰烬。一切化为灰烬,等待中重生吧。天,黑下来,塌下来一般,压得伟强喊不出声。远处,那些"磕头机"还在不停地运动,是在无限度地索取,还是在低头救赎?

2018.5.20 匆于临潼

神 木

白雪琴自从生下来,就有一个愿望,要去陕北一趟。这个念想一直伴随到她的母亲苏玉萍因病去世,后来因为孩子上高中脱不开身耽误了几年,高考结束后,送孩子上了大学,又是这事那事,耽误了时间,但这个念想疯一样生长,她不得不冒着酷暑来到陕北。

母亲是上海人,一直和她生活。母亲一直在一家医院妇产科工作,兢兢业业,勤勤恳恳,患者好评如云。她非常看不惯年轻轻的小姑娘怀孕后轻描淡写要做人流,她一概不问原因拒绝做此手术,多少影响了科室的奖金,同事也多有微词,但这些丝毫不影响她成为一名优秀的"白衣天使"。白雪琴卫校毕业后去了国营制药厂,不到几年就倒闭了,为了生活,她不得不四处打工赚钱,身处商海的丈夫也借"情感不和"和她离婚了,她没哭没闹,咬着牙带着女儿和母亲一起生活。在高消费的大上海,好在母亲单位分了房子,日子还勉强过得去。

母亲苏玉萍一个人把她拉扯大,经常告诫她要远离男人。白雪琴长大后鬼使神差,不听母亲之言,和男朋友偷食禁果之后,挺着大肚子,在母亲泪流满面连连的叹息声中，结了婚。婚后的日子和大多数食人间烟火的两口子一样，鸡零狗碎，磕磕绊绊，最终也没有走到头。白雪琴和母亲一样坚强，没有成为怨妇，日子还得过。母亲苏玉萍工作之余就是吃斋念佛，对生命极其爱惜和敬畏，走路也要小心翼翼，唯恐踏到蚂蚁。

白雪琴，心里偷偷地早想去一趟陕北，但她不能让母亲知道，怕伤了母亲的心。自从懂事，她就问过母亲，父亲去了哪里，母亲说是去了很远的地方，问急了，母亲直接说，死了。后来，她从母亲同事的只言片语闪烁其词的口中得知，她有父亲，名叫白建国，而且父亲一直生活在大西北。得到这个消息之后，她就萌生了一颗要见父亲的种子，愈来愈烈，愈长愈大。

但母亲苏玉萍的决绝，让她不得不认真考虑。这件事情，只能搁在心底，伺机而动了。白雪琴恍然记得，自己上学、结婚，不时有匿名的汇款单寄给自己，现在想来，可能就是父亲，一定就是父亲。有一天，她终于憋不住秘密告诉了母亲，母亲突然脾气大发，勒令她马上退回去，她不知道退到哪里去，又不敢拿回去，最后捐给了"希望工程"。

大西北在大上海人的眼中是落后、贫困、荒凉的。如果说上海是一座城市，大西北就是一个小农村。这是白雪琴从母亲的一些同事口中得知的。当然，她通过历史教科书、电视、广播、网络等知道，现在的大西北，是丝绸之路经过的地方，没有雾霾和拥堵，山清水秀，广袤辽阔，充满神秘，经过建国70年的努力奋斗，变得富裕、文明了。母亲去世后，一些人也愿意告诉她白建国的消息了，通过多方打听，原来父亲是一名地质队员，20世纪50年代末期煤炭地质学校毕业后，立志为国效力，原名白树德，毕业后改名白建国，新中国成立不久，国家缺少能源，他一直在荒无人烟的地方，经受着各种困难的考验和高寒缺氧所引发的肺水肿、雷暴和雪盲症的威胁，从事地质调查和勘查，为国家一直找矿找煤找石油。有人曾在陕北见过父亲，父亲就在陕北，据说父亲为陕北的煤矿事业立了"一大功"。

陕北，是一个遥远的地方，因为父亲，在白雪琴的眼中，又是那么近。

在一些影视作品中，陕北就是黄土地上的窑洞，驴拉着磨，就是三妹子唱着悲凉哀婉的《走西口》："正月里娶过奴，二月里走西口，提起你那走西口，两眼儿泪汪汪。哥哥你走西口，小妹妹实难留，手拉着那哥哥手，送你送到大门口。"但当她下了飞机，虽然心里有所准备，白雪琴还是被今日陕北的气魄所震撼，这里大地一片绿色，空气清新，高楼林立，名车穿梭……看不到一点"土气"；美容美发，国际品牌，遍地都是，充满着"洋气"。当年大上海有"十里洋场"，现在的陕北也有"塞上江南"的品位，时尚、潮流，一点也不差。

茫茫人海，怎么找到父亲。凭着当年汇款单的地址，显然找不到了，只能一家一家煤矿区找。好在陕北人热情，在一家煤矿退休的老矿长讲述下，还原了父亲的模样：

父亲白建国祖上就是地地道道的陕北人，后来迁徙到四川。陕北白姓的主要来源是汉代内迁的龟兹国白氏。另外，唐代入居陕北的突厥人、吐谷浑人，长期盘踞陕北的党项人、源自西亚的波斯人中也有白姓，他们也是陕北白姓的来源之一。煤炭地质学校毕业之后，受"地质工作搞不好，一马挡路，万马不能前行"的鼓舞，作为地质队员，他"革命加拼命、拼命干革命。"虽说单位在兰州，但工作在野外，常年四处奔波，风餐露宿，"以献身地质事业为荣、以艰苦奋斗为荣、以找矿立功为荣"，为国家重大项目做过水文地质调查，也去过塔里木盆地找过石油，为开展地质灾害隐患点的调查，建立群测群防地质灾害的监测体系，参与了王石凹煤矿、长庆油田、延长油田、中国和世界特大煤田之一——神府煤田等的地质调查、开采和后期生态、环境保护和持续发展。

父亲白建国和母亲苏玉萍认识也算巧合。作为独生女的苏玉萍当年卫校还没毕业，1956年响应党的支援大西北的号召，来到了八百里秦川做医生。白建国因为找矿，不小心骨折了，地质队送到了这家医院。一来二往，两个人就好上了，两个人就准备结婚，那时候你母亲苏玉萍怀上你，眼看瞒不住，害怕你外公外婆不同意,准备生下你再告诉他们。五一结的婚,两个人,一包糖,了事。节过后,你父亲白建国去了西北找矿,你母亲接到了"父病危,速回"的电报,一个人回到上海就没回来。有人说,你母亲回去就被锁在家里不让回来;有人说,传言你父亲被泥石流卷走,几年活不见人死不见尸。你母亲只好一个人过。总之,两个人都是好人。你父亲把青春都奉献给了地矿事业,为国解忧,为民造福;你母亲养活你也不容易。你父亲后来也一个人过,死前还对我说,他最对不起的是你和你母亲苏玉萍。

父亲死了?

白建国死了。已经死了七八年,我陪他在采煤区一线,他突然晕倒了,再也没有起来,不到三个月就去世了。这是因为常年饮食作息不规律得的胃病高血压——"职业病"。清醒的时候,他捐献了自己的遗体和所有财物,只留下一把"锤子"——平嘴方头地质锤。我做了个纪念。你来了,喜欢,就拿去。也算一个念想。

是那山谷的风,吹动了我们的红旗,

是那狂暴的雨,洗刷了我们的帐篷。

我们有火焰般的热情,战胜了一切疲劳和寒冷。

背起了我们的行装,攀上了层层的山峰,

我们满怀无限的希望,为祖国寻找出富饶的矿藏。

这是"勘探队员之歌"。五六十年代,我们就是在这首歌的感召下,满怀激情和热血,把"为祖国寻找宝藏"作为人生的理想,不怕苦不怕累,讲奉献,干实事。找了一辈子"宝藏",你父亲自己就是块"宝藏",是一块好煤,红煤,蓝煤;是燃烧自己,照亮别人的"神木"!可怜自己清贫一生,造就了无数煤老板。

"神木"?!

白雪琴,去过阿里山。知道"阿里山神木",它是一棵两树合抱、树龄三千岁以上的红桧,无论是树龄或胸径都曾是亚洲第一,位于阿里山铁道六十九公里处旁,和阿里山的日出、云海、高山铁路与樱花,并称为五大奇景。1997年,神木本身因连日大雨,根部腐朽严重,一半的树身迸裂倾倒在森林铁路上,压坏了铁轨。在经过专家评估后,认为有安全隐患,1998年6月,正式放倒神木,倾倒的树身就此横置于原地,成为遗迹,供人瞻仰。无论是挺立,还是放倒,神木就是"神木",本色不变。

我们这"神木",就在陕北神木县,现在的神木市。相传原有松树三棵,枝柯相连,粗可两、三人合抱,人称"神松"。人们传说当年汉代张骞出使西域时,曾在松下枕石而眠,梦中游历天河,遇见织女,并赠给他一块支织机的石头。一梦醒来,身犹在松石之间,感到十分的奇异。唐代诗人王维曾为"神松"作诗云:"青青山上松,数里不见今更逢,不见君,心相忆,此心向君君应识,为君颜色高且闲, 亭亭迥出浮云间。"

今日松树早已不存,但美丽的传说,给人们抹上了一层神秘的色彩。"欲寻神木识根由",许多人来到神木,就想探求个究竟。 清朝诗人刘世瑞写道:"欲寻神木识根由,直上巉岩到此游。好溯金时初建寨,还徵宋相旧题楼。勋传柱国杨家将,说误槎仙博望侯。更莫浪传松见处,山城改徙自云州。"你有时间,可以去麟州故城——杨家城看看。神木虽不在,但已经在人心里。

老人说着,唱着陕北民歌《骑白马》:"骑白马,挎洋枪,三哥哥吃了八路军的粮,有心回家看姑娘呼儿嘿呦,打日本就顾不上。要穿灰,一身身灰,肩膀上要把枪来背,哥哥当兵抖起来呼儿嘿呦,家里留下小妹妹。"一再要请白雪琴吃铁锅炖羊肉喝米酒,她看时候不早,婉言谢绝了。

父亲白建国始终是个谜,父亲和母亲的爱情、婚姻也是一个谜。她这次来大漠塞北,本想解开这个谜,却又不想解开它。人生处处充满着必然和偶然,有些事情,不是当事人,无法做最清楚的明证,善意的揣摩和解读,都是对当事人更深的伤害。

无论什么时候,父亲白建国就是她心中的"神木",母亲苏玉萍,是泥土、空气、水分、阳光,相伴着"神木",永不老去。

白雪琴，她要离开这块黄土地了，带了一抔黄土，作为对父亲白建国的纪念。她想用这把黄土，在母亲苏玉萍的墓碑前，栽上一棵松树，祝愿枝繁叶茂，成为"神木"。

临别之际，上飞机前，白雪琴深深地看了一下这黄土地，眼含泪水，没有流出来。今年的中秋节，秋雨绵绵，看不到月亮。女儿发来微信说，要带男朋友回家，是个煤二代，让她要把关。她回道："我不管什么二代，你们只要彼此喜欢，彼此担当就行，过个普通人的日子，团团圆圆，快快乐乐，就挺好。"

2019.9.15 中秋节匆于长安

备注：此文获咸阳职院庆祝建国70周年征文三等奖。

长秋膘

千小心、万小心，立秋之后，不管怎样拒绝"长膘"，怎样管住自己的嘴迈开自己的腿，怎样内练一口气，外练筋骨皮，怎样以任何方式拒绝美女的邀请美食的诱惑，季节交替、能量需求，一天天，还是胖了，肚子大了一圈又一圈，体重多了一斤又一斤，"三高"问题迫在眉睫，又毫无办法，任凭身材塌陷、皮肤松弛，苦闷、焦虑，嘴上起泡，一说话，满嘴泛白沫。

如果说中医"吃啥补啥"的传统理论有道理，人体缺啥就需要补啥，瞌睡就睡觉，渴了就喝水，饿了就吃饭……这是生命根本之需要。长秋膘，也是人体自身需要，补元气，增能量，御寒风。那我这肥就不用减了，只有一种可能，就是越来越胖，到最后，连自己都嫌弃自己。

燕瘦环肥，各有风韵。但在现在的社会实际生活中，人们还是喜欢清瘦。"有钱难买老来瘦"。尤其女性，拥有一副天使般的娇美容颜和前凸后翘的魔鬼身材是一生孜孜不倦追求的梦想，恨不得瘦成一片纸。注重养生的今天，人到中年，相信科学，早晚不吃饭，中午吃三分等一些做法，超过"佛教五戒"。爱吃面的我，紧紧管住自己的嘴，不去想不去看不去吃，实在想了，拿个锅盔馍片哄哄自己，都是面做的么。遇到知己，喝几口酒，就管不住自己，要来面，也是轻轻拿起筷子，夹上几根，解解馋，不敢咥饱，吃好更是奢望。这副臭德行，颇受老婆打击，她说，就这，意志不坚定，还指望减肥，裁缝丢了剪子——光剩尺（吃）了，你要张飞卖秤锤——人硬货更硬。吃面前，想想自己变成"熊大"的模样，虔诚地好好祈祷和忏悔。

忏悔肯定有。一不小心就变成了胸大无志的"油腻男"了，好在不够油滑，没有堕落到女性朋友口中的"猥琐男"。针刺减肥、耳穴减肥、穴位埋线、拔罐减肥，开穴、点穴、封穴、推脂等手法，"药食同源"都用上了，还用过一些洋玩意减肥，上过一些明星代言减肥广告的"当"，节食、节欲、运动、健身，多锻炼，日思夜想瘦成一道闪电，反而黑成一片乌云，丝毫没有摧垮自己强大的"身体"。

可能是遗传的原因吧？但在农村乡下耕作的父母，瘦得让人看了可怜。或许心宽体胖，吨位太大，不容易被世间人事所左右。面不吃、米饭不吃，主食不吃，素食主义，杂粮动物，不要外卖，坚决不吃洋快餐，不能久坐久站，做做伸展运动，就连喝口凉水也长膘，实实在在没办法了。

陕西人叫"长秋膘"，企图把夏季因炎热没吃的"补回来"，北京人叫"贴秋膘"，很形象很生动，北京人自古好吃，立春吃春饼，谷雨煮面条，端午包粽子，立秋炖大肉，戏称"贴秋膘"。"江南的才子山东的将，陕西的黄土埋皇上。"陕西人，遵从天人合一、道法自然，不有意为之，作为西北人，楞娃自古以雄健彪悍著称，一看就扎势，有着天生而来的气场，如果瘦得跟麻杆一样，风一吹，就走样，一看不是有病，就是吸鸦片的货。

可世事变了，审美标准也变了，靓仔、帅哥、美男的标准早已由过去的"身长八尺有余，而形貌昳丽"变为美女眼中的"清秀俊美，双眼有神"，最起码要高瘦、肌肉发达。当然，有钱有车还有一些气质修养的"富二代"更好。"娘炮"中性等等，也受到一些人的追捧。社会多元化，人的审美价值也不尽相同，我想，不管人的胖瘦如何，首先要健康，身心健康，善良、诚实。再好的身材，如果神经有问题，没用。

  长些秋膘无妨，只要心里没有鬼，就不怕"癌症"来敲门。鲁智深、李逵等等粗莽大汉，胖而有力，粗中有细，义气可嘉。我这"劳心虚胖"，也没有什么胃下垂、湿气重，早起早睡，不高攀不附权，一介布衣，多处大医院体检中心检查，死死活活，就是检查不出个"肥胖症"来，真让人"丧气"！膘宜贴不易除。我想到，一些知识分子学富五车，到了教授、院士，一定年龄一把年纪，各种荣誉和鲜花就自然"贴"上来了，那就是权威，一言九鼎，和"长秋膘"一个道理，自身貌似很强大，很难从"神位"上下来。

  防火防盗防传销，就是难防人长胖。继续枸杞泡茶不讲茶文化，继续一觉睡到自然醒，继续迎着太阳月亮活好每一天。清清爽爽、平安吉祥。长点秋膘也好，胖乎乎的，给孩子不用买宠物"狗熊"。立冬了，和动物一样，脂肪厚也能耐得住寒冷的袭击、雾霾的侵入，从心理上，也能战胜自己，不求大富大贵只愿岁月静好，不怕领导的批评老婆的唠叨，不怕"光棍节"，不怕"双十一"，这个由电商为了掏空老百姓口袋制造的"狂欢节"，一副"死猪不怕开水烫，活猪不怕凉水拔"的淡静和逍遥。再说了，老百姓喜欢膘厚肉肥，猪肉蹭蹭蹭地涨价，连家里的败家子也不敢轻易"剁手"了，怕有"吃土"的危险。

2019.11.6 匆于长安

肆·在人间

南稍门，我的慢生活

大学毕业二十多年，我一直住在南稍门（也称南梢门）附近，每天上下班都要从南稍门经过，从这个十字出发，我的人生奔走在东南西北，快步行走、行色匆匆，感受社会变化、人间冷暖。

长安路是"四方城"西安的"龙脉"，是城市的中轴线，友谊路是西安东西主要干道，满街的梧桐树，让人在炎热的夏季，感受到了枝叶的无私和微风的清凉，开放包容的"永宁门"——南门更不用说了，仿古入城式迎接着四海宾朋，护城河经过历次整修，水质清澈，诗情画意，荡舟其上，城墙倒映，万家灯火，仿佛又梦回大唐。

二十多年前，由于南稍门交通便利，我一直把南稍门看作一个公交站点，一个人生短暂停留的依靠点，一座人生停泊的码头，心灵短暂休憩的栖息地。记得那时候，长安路上交通比较混乱，道路不平，"招手停""黑中巴"胡乱停靠，肆意拉客，黑烟滚滚，尘土飞扬；南门外，长安路两边，各种摊点、门面房离马路很近，特别是南门外，道路狭窄，老是堵车；南稍门、草场坡一带是村子，房屋高矮不一，墙面污浊发灰；老式公交车哼哧哼哧一路颠簸着，车内空气浑浊一片，弥漫着各种味道，还经常在南门里熄火，到了夏季，车内让人大汗淋漓，几乎透不过气来，恨不得跳下车去自己走。

每天，我在南稍门要倒公交车。南稍门四通八达，早餐夜市占道经营，卫生环境让人不敢恭维，电线杆上贴满乱七八糟的广告。我觉得，西安最繁华的地方莫过于钟楼，外地人爱去回民巷吃小吃，大学生最爱去的地方当属小寨了，南稍门就是一个公交站点，人们在此倒车而已，丝毫没有让人停下来慢慢溜街的理由；南稍门宛如一个过客，一个驿站。

　　就是每天路过小雁塔的门口，我也没有停留下来的欲望。可能一方面是青春年少，赶着改革大潮挣钱买房，没有时间没有想法；一方面对小雁塔的历史文化不太懂，兜里也没钱，想想就是一个荐福寺内的小塔么，远眺一下即可，不用花昂贵的门票钱，以后有机会去。不想这机会，一等就是近十年，有朋友送我小雁塔新年祈福门票，下午提前进去转了转，里面环境卫生、文物保护、民间展品都不错，是一个难得的"闹中取静"之地，可惜周边被"牛皮癣"建筑包围了，塔的巍峨雄伟凸显不出来，悄然淹没于城市的钢筋水泥之中去了，只留在了人们的历史记忆中去了。"皇帝万岁，臣佐千秋，国泰民安，法轮常转"，关中八景之一的"雁塔晨钟"只能成为历史的回音了。颇有诗人朱集义"噌弘初破晓来霜，落月迟迟满大荒。枕上一声残梦醒，千秋胜迹总苍茫"之感。

　　一晃二十多年了，我依旧穿梭在这座千年帝都，或许身处其中吧，虽然一切都在悄然变化，但有点浑然不觉。当今年领着孩子上城墙去看元宵节灯展的时候，我忽然发现确实是"旁观者清、当局者迷"，"跳出城墙"去看，我发现身边这座美丽的历史古都和现代文明交织的城市，越来越洋气，越来越美丽，越来越有国际范儿了。美景在何方？原来就在自己身旁。站在南门城墙上北望渭河，宛若玉带，钟楼巍峨，雄浑大气，南大街游人如织，不愧财富大街；南边可望秦岭终南山，苍翠高大，直插青冥；下面是美丽的环城公园和护城河，荡舟其上，悠哉悠哉；南门外广场现代气派，"王府井百货大厦"、皇冠假日酒店、城堡酒店、长安国际、金花购物中心、珠江时代等鳞次栉比，南稍门十字附近中贸广场、美食一条街、大话南门等，有酒吧、茶馆、银行、电影院，有旅行社、有体育场、跨国公司，晚上在中贸广场下面还有新疆广场舞，这里悄然发生着巨大的变化，让人惊喜、让人心动，让人充满激情。

我经常去离这里不远的省体育场散步,锻炼身体;有时间,也去陕西美术馆欣赏书画艺术,去省图书馆看书学习。这里不仅仅凸显着现代的气息,更有一种书香的味道。

一位年轻的朋友是一名"创客",在南稍门开有一家咖啡茶馆,经常邀请我去喝茶聊天。在她的店里,有古琴古筝,有文房四宝,有茶有咖啡,属于中外"混搭",在此我见到了许多年轻的朋友,和我二十多年前一样,青春万岁,满怀激情,充满活力;听到了"风投"、知道了3D打印;他们有思想、有眼界、有情怀、有担当,经常开展"头脑风暴",不时进行"观点对撞",采用"360度创新无国界,创业无时差"的全新模式,打造国际"无时差",为了这座城市和自己的梦想甘洒热血、奋斗拼搏!

南稍门,已经不是过去我心里片刻停留的驿站;这里正在成长为新的城市"都心",成为繁华的街区,地铁口就在此,公交站在此,无污染的充电汽车在此,共享单车在此等你选用;时间都去哪儿了?在这里,我要让生活慢下来,好好地欣赏、体会这里的盛世繁华,良辰美景。南稍门,已经融入我的生活,点点滴滴,让我的生活更美好。现在,经过拆迁建设、改造提升,一幅"长安路中央商务区(CBD)"的锦绣画卷正在徐徐打开,以朱雀路和长安路"华丽双轴"为引爆点,一个未来的国际化大都市核心商业区的新貌正展现在我们面前,一个国家中心城市的西安徐徐向我们走来。

现在,我每天晚上,漫步在小雁塔,散步于城墙下;南门、南稍门、南二环;朱雀路、南稍门、文艺路,干净卫生,整洁大方,点点让人赞,处处皆美景。我经常在此驻足,细细地品味历史,感受现代时尚的气息。虽然现代生活节奏很快,但我要让我的心静下来,灵魂停下来,慢下来,静下来,细细品味,和自然万物私语,聆听佛语梵音,体味历史文化,感受百姓生活之趣,分享现代文明之乐。

备注:此文刊发于《西安日报》。

郭晓阳篆刻记

昨夜睡在书房，冬季来临，颇觉寒冷，面对一屋子的书，突然有些茫然。人毕竟会终老，可是伴随着自己日日夜夜的书，终归何处？

每个人只不过是这个社会的过客，曾经拥有的一切最终回归于社会。过去也想过，死前捐给图书馆、书院、学校等，但每读到新闻，一些旧书被淘汰当做垃圾废纸处理，我实在于心不忍，更难下此决心。

书，是有生命的，也是有价值的。儿女们被网络被手机被游戏所俘虏沦陷且不论是非。自己节衣缩食辛辛苦苦，挑选购买的书籍，虽然如饥似渴阅读、对话，没有读到"黄金屋"，也没有读到"颜如玉"，起码觉得，书是"好"的，是有益人的健康成长的，是自己一份"不值钱"却在心里很重的财产。

每个人都是有私心的，或多或少有些虚荣心，也是善良的，我觉得。面对这些书，如果突然一天要失去，很是悲怆。书，如同师长可以倾诉；书，如同朋友可以交流；书，如同爱人可以交心；书，如同情人可以交情。拥有这些书，若干年后，谁会知道它们的"主人"呢？！

"主人"便是我。我就有了一个想法，想刻个"杨广虎藏书印"，盖在书上，以证明自己曾经拥有过，爱过也恨过，以表明书的初始权、所有权和表达自己个性情趣，丝毫没有警示子孙教化育人之意。如同一纸契约，或者一张"结婚证"，企图用法律道德来制裁约束，徒有的虚无。

　　我知道，当今书画，包括作文、制印，市场作祟，权力作弄，润笔费虚高不下，虽是较过去除去了许多泡沫，但尚需不少"银子"，更不要说请大家、名家了。思来想去，平时此行朋友甚多，但多是萍水相逢，吃吃喝喝，四散而去，加之自己面皮较薄，轻易不肯开口求人，实实在在找不出一个合适的制印者。

　　朋友姚安、程方以及"秦汉瓦当烧制技艺"非物质文化遗产传承人、长安印社社长刘德源老师等曾为我刻章治印，令我非常感动。现在，又想篆刻一枚"藏书印"，却让我思量很久。中国篆刻艺术，历史悠久，早在西汉时期，就已出现了私人印章。为了征信于人，常常在相关的函件上盖上自己的印章。上面通常刻有姓名、字、号、乡里、祖籍、藏书处所、官职、鉴别、授受、告诫、记事、言志等内容。藏书印通常刻有姓名、字、号、乡里、斋馆等。自幼受秦人周礼影响，"大丈夫顶天立地，行不改名，坐不改姓"，不拘小节，习惯粗散。我至今无字无号，也无书斋馆名，就想刻一方"大名"即可。其实，我内心也知道，我这一"大名"，这一人世间的"符号"，用不了多久就会随着历史的烟云，消失得无影无踪，少有人记起。如同，殡仪馆火化的烟囱，一个生命瞬间一缕青烟上晴空，从此一无所有。

　　但，或者，还想有，至少在生命清醒的时候。思来想去，我给郭晓阳弟发了微信，探知一下，可否愿意为我刻一藏书印。秀才人情纸一张，人非草木孰能无情。当然，适当时候，我也会尽力用自己的处事方法还这一"人情"。没想到，晓阳当机立断，当即回信，"没问题！老师喜欢就好！"我怎敢以"师"为称？避免了被拒绝的尴尬，终究让我忐忑不安的心平静了下来。

　　藏书印用料有多种，如木质、石质、金属、动物骨、象牙、塑料、有机玻璃等；形状多样，大多是随形，也有正方形和长方形、三角形、菱形、椭圆形、六面印、葫芦印、琵琶印等；字形有大篆、小篆、鸟虫篆、楷书、隶书等等，是书法艺术和镌刻工艺的完美结合，方寸之间蕴含着制印者的学识修养和独特个性。材质用料、形状、字体、朱文或白文，全由晓阳定。他的初步构思是，刻三厘米九字白文印"西安作家杨广虎印信"，发了印稿，我觉得不妥，如今作家、诗人遍地都是，没有什么崇高之感，况且我未生长在西安。遂让他改刻"关中陈仓杨广虎印信"，以表明祖籍，他说宜以现居地名入印，我又改为："终南布衣杨广虎印信"，他最终改定为："终南山人杨广虎印信"，来来回回，他不嫌麻烦，让我敬畏。明朝文人多自号"山人""居士"等，故多在藏书印上刻有这类文字，如"文水道人""五峰樵客""五峰山人""墙东居士"等等。说我是"终南山人"倒也准确，毕竟在秦岭终南山生活、工作过二十年，算是沾染了些南山的仙气和隐士的道行吧！

不想一觉醒来，凌晨一点多了，晓阳弟已经熬夜刻好，此敬业精神，我非常敬佩。我看了印拓，疏密有致，布局合理，灵动雅致，厚重实在，视觉感甚好。"藏书印"改刻成了"印信"，不是官职和权力的代名词，而是公私印章的总称。这枚印章，便有了更广更大的用途。

关键是青年才俊博学勤奋的晓阳弟，还撰刻了印章边款："当代作家嗜墨好古，近年此风尤盛。老作家挥毫泼墨书写成瘾，为中国文化延续香火，开辟书法创作新路的同时，也在树立仪范启迪后学。文人的职业病，都是文字赋予的。书法为文人所爱，如君子见美人，心无邪念。杨广虎先生乃高产作家，隐居终南二十年，著书颇多，闲暇习字，寄情笔墨，嘱我篆刻此印，幸甚！石头知己，交情深矣。我新著出版之日，定奉先生过目教正，以期相悦忘年。此敬！己亥冬于西安，郭晓阳撰刻。"

我粗通文字而已，谈不上"高产作家"，一名读书者、一名文学的爱好者和追随者而已！现时讲，文学有高原没高峰，量多不如精少，多出精品经典，才是正道。但反过来想，唯有量多才能质变。这些道理，需要在具体的语境中去探讨，不再赘述。感谢晓阳兄弟的拳拳真情、情同手足、知己情谊。

明代文学家黄宗羲的藏书印上刻着"穷不忘买，乱不忘携，老不忘读，子子孙孙，鉴我心曲"。我本无伟大的理想，也不想当劳模。回首四十多年，读书求学应试近二十年，勤勤恳恳兢兢业业工作二十余年。一心想做一"逍遥派"，四处行游，纵情山水，不想因从事"旅游"工作，而一直为人民服务，自己难得自由"旅游"。只好退而求次，旅游谋生，为了一点小爱好，写写小文章，暗合自己的"小目标"。多半是消遣，随性。今晓阳老弟，连夜刻印信赠我，不胜感激。我深感责任和担当，更是对自己严格要求，不敢轻易盖上。方寸之间，顿感苍穹之大，自己之渺小。

"你死就死在书上"，这是家人的警告。不光花钱，身居顶楼，每次带书回家，总遭来一顿怜爱的臭骂。原因是自己端书、背书、提书、搬书，弄出腰肌劳损、肋间神经炎等病症，很多时候腰都直不起来。但一旦恢复健康，又一如从前。一介书生，读书之人，这种痴气、呆气、傻气，清高和顽固，一般人无法理解。盖上晓阳弟送我的印信，我感觉屋子里的书有了归宿，作为"主人"，有责任有义务看管好它们，读懂它们。不能让书成为一种负担，一种装饰的门面。至于，我一旦归老，家里藏书的命运就看"有缘人"了。花开花落，云卷云舒。我无法预知未来，但那些高大上网红打卡书店的纷纷落地，让我感到一种危险，一种不正常的"潮流"暗涌，如同我们的写作，违背常理的颂歌常常会陷入无尽的深渊。

2019.11.20 于长安

书之缘,读书的愉悦

我之所以读书,多是由于生于七十年代,长在改革开放初期,农村几乎没有什么娱乐生活,大多数农人是白天辛勤工作,晚上蒙头便睡,精力好的,听听收音机的评书和秦腔。当然,这里指的读书,不是指接受中小学教育的教材,是指读课外书。

农村的孩子父母没有精力和时间去管,管的少,几乎是野孩子。一年难得看几场电影、录像,如果不遇上谁家红白喜事,都是要买票的,尽管现在看来不贵,每次一两毛钱,可是谁有零花钱呀,不是家长"抠门",实在是因为太穷了,有的孩子大冬天还光着脚,我们经常被"二分钱冰棍"的叫喊声骚扰得心里痒痒,也只能咽下口水。聪明的孩子,用油笔能画一张真假难辨的电影票,章子是用红油笔画的,趁着人群涌动,快速塞给检票人员,哧溜一下,蛇一样钻了进去,消失得无影无踪。乡上放映电影的文化站,四周围墙很高,我们有时候庆幸油水不够身子单薄,从水泥下水管能爬进去。可惜,后来,这些文化站,没人了,院子也空了,荒草丛生或成为养猪场之类了。

天天上课,难免单调、枯燥、无聊。一年四季,不论寒暑,只要有时间,就跟着大人月黑天高四处奔走,一晚上走上几十里,去水电站看电视。"水利是农业的命脉。"只有水电站有电视,有时候人家早早把门锁上了,我们就翻墙，有时候停电，我们只能悻悻而归。《霍元甲》《陈真传》《精武门》《射雕英雄传》《西游记》等等，就是那时候断断续续看的。受影视影响，一些同学还偷偷去了少林寺习武，想匡扶天下，伸张正义。

村上许多人的大门上挂着"诗书传家""耕读人家"的木牌大匾，字迹有些漫漶，"学而优则仕"，可以看出我们村世代还是注重读书学习的。村里的人，自从生下来，大多活动的范围基本就在村上，有的一辈子也没进过城，村上没有图书馆，没有书店，也没人藏书，"破四旧"烧完了，没地方借，我没啥书可看，记得，上小学的时候，在村上垃圾堆里捡了一本书，竟然是《生理卫生》，算是消磨时间，如饥似渴，懵懵懂懂，点着煤油灯看了一晚上，天亮才发现两个鼻孔是黑的。

好在一些亲戚的孩子比我大，有的上了初中不读书了。我能找到一些诸如《唐诗三百首》《新华字典》之类的工具书。我小学学习尚好，父母也不拿成绩说事，在这种宽松的生活中，除了掐荠菜、挖中药、捉蝎子等挣些小钱外，下河游泳是我们最好的课外活动了，可惜我不会"狗刨"，只能在涝池边给他们看衣服。若家长来"偷袭"把衣服抱走（因为淹死的不少），小伙伴要么光溜溜呆在水里，要么赤裸裸勇敢地迎着众人审视的目光回家。我看衣服，没事干，就背唐诗，背《新华字典》，这算是最笨、最原始的读书吧？没有任何压力，多些自然之趣。

中学基本都是应试教育，没有多少时间看课外书。"分分分，学生的命根；考考考，老师的法宝。"这是中国特色，其他国家也有不同程度的情形。可能在这个世界上，高考是最能照顾大多数人的"公平"了。农村孩子的出路，在户口二元化的社会背景之下，当兵、考学、招工，除了这，只能世代修理地球。我上高中的时候，舒婷、顾城朦胧诗看不太懂，琼瑶、席慕蓉、汪国真正走红，风靡校园，比初中时期的《少女之心》手抄本还"火"，光明正大，不断传诵。自己也模仿，胡乱写些小东西，在一些刊物发表，挣些稿费（上世纪八九十年代，那时候的稿费真不少，一首小诗，几十块钱呢），拿上这钱，去买《热爱命运》，汪国真的诗纯真、洒脱、干净、清丽，给人积极向上的动力。当我在西安宾馆第一次见到他时，还当面朗诵了："没有比人更高的山，没有比脚更长的路。"

上大学、工作了，自己的业余时间多起来，读书也多了，贾平凹老师的《废都》，是我熬了一夜，通宵读完的；也有一些"闲钱"买书，新华书店、旧书店成了"常客"，特别是上世纪八九十年代，盗版书盛行，也省了一些钱，但有的盗版书印刷实在太差，错别字特多，有点钱了，发誓再不买这些书。现在几乎很难在大街上找到老书店，网上"淘书"成了一种爱好。但因看不到"实货"，往往不敢轻易"剁手"。

现在，我买过的书，基本都仔细读过，只是近年来，由于年龄原因，眼睛老花，时间有限，朋友送书也很多，自感书海茫茫，深不可测，不可能全部读完，人生要有减法，朋友和电话号码一样换了一遍又一遍，越来越少，读书要分精读和粗读，要有选择地去读，有自己的喜好和方向，和蜜蜂采蜜一样。

"书中自有颜如玉，书中自有黄金屋。"那是古人为了让孩子读书做官挣钱娶美女，画的一个"大饼"，也算一种精神鼓励和支持吧！过去确实如此，"万般皆下品，惟有读书高"，现在，通过读书，也能解决一些实际问题。"开卷有益。"要苦读书，读懂书，不可死读书。我是一名傻里傻气的"书痴""书虫"，对自己喜爱的书，从来想方设法购买，连夜通读完毕，这种酣畅淋漓，这种高兴快乐，一般人体会不到。过去喜欢在书上做些笔记和题注，现在懒了，不写了。

进城后，我搬过四五次家，基本都住在南郊，推窗可见秦岭南山，每次不管房间大小，都给我留一间书房。本人有名，无字无号；书房，也无名无号，处在闹市，雅致简单。书房，是这个世界留给我唯一可以自己支配的地方，是安放灵魂的场所。没有喧闹、没有骚扰，清净中冥想、阅读中修身，回想着一些人和事，读读自己喜欢的书，谈不上"煮雪烹茶，听雪敲竹"，谈不上禅修，中国的"琴棋书画"，可怜自己什么都学不会，心里直直的和"一根擀面杖"一样，只会读书，真是应了这句"擀面杖吹火——一窍不通"。我的"藏书"按照内容分，大体三种：旅游、历史、文学。旅游是我的老本行，谋生手段，干了二十多年，必须通过读书掌握一些专业理论、前沿信息和知识；"读史以明鉴，察古以知今。"现在的今天就是明天的历史，读些历史书，正史野史、口述史，透过历史的风云，看到一些真相，也能知道自己如何守退，人如草木，木高于林风必摧之，天下贤良能人居多，做人要内敛低调，切不可狂妄自大；文学是人学，文学，特别是小说，让我了解了一些社会的万千气象和人性的复杂曲折，让我不至于在残酷的现实下自甘堕落，拒绝一些世俗的东西，比较浪漫、艺术地活在这个世上。我不喜欢高深的学术之类的书籍，也老记不住外国人冗长的名字，读以致用、学以致用，是我读书的根本。也有可能某一天会"厚积薄发"。读书，我无法改变世界，但可以让自己静下心来。

　　人，毕竟是社会的过客。随着社会的发展，出书不是很难的事情，出书的人越来越多，但可读的"经典"却越来越少。粘贴、拼凑的书也不少，还有正大光明剽窃的。我有一篇小文章被一大佬剽窃还声声反问我要证据，是非不分，黑白颠倒。我自己写的东西，要在网上查看还要自己付费。侵权不说，谁同意你收录、刊登了？维权，太劳神了。有些人，缺乏最基本的道德底线。书，多了，成了负担，也没地方放，租地放书，经济没有达到。"居长安不易"。送一些给人，让喜爱"她"的人阅读、珍存，大部分可能要进入造纸厂"回炉"。自己辛辛苦苦、勤俭节约淘来的书，就是这样的归宿。书，被手机打倒了，被游戏打垮了，不知道这是书的悲哀还是这个社会的悲哀。今年，西安大街小巷遍布的"报刊亭"，不知何故一夜之间被清理得干干净净，连买一本杂志的地方也没有了。邮局征订的报刊，也不能按时送来，快餐文化时代，廉价文化口红热销，一切的一切，拿"钱"说事。记得剧作家沙叶新在《名人日记》中写道："（94.4.16）当晚10时又赶到辜健家，每次来港最愉快的事是和我这位老同学在一起吃烧鹅、聊天。记得上次来港和他谈的是散文。这次谈书。他说为了搬家,必须卖掉一部分,都是不错的文学书。拿到湾仔一家旧书店,说不要。可拿回去太重,就对老板说,送给你们吧!送,老板也不要,说店里没地方摆。气得他一出店门就把书扔到垃圾箱去了。我听了,特悲壮,文学成了垃圾!""文学成了垃圾",多么无奈和悲惨!

我说过,和许多人一样,我内心分裂,从事着市场经济的工作,业余写着小东西,做着一些不挣钱、贪图"虚名"的事情。吃力不讨好。有时候,真想不看了,玩玩麻将、打打游戏,可是不喜欢;喜欢看书、读书,喜欢有朝一日,和有钱的书画家一样,给自己在山里盖一所画室,自己知道,那是徒然。

文字的力量是潜移默化的、是伟大的。我喜欢读纸质的书,散发着墨香,一气读完;网上的碎片式阅读,既费眼睛,读了又忘。世事多变,现在实体书店又成了网红打卡地,书价越来越高,好书越来越少,对于爱书买书看书读书之人能有多少作用呢?还有了"24小时书店",深夜阅读,但我想,如果书店、读书完全成了一门"生意",有何乐趣?我经常去陕西省图书馆,确实现在读书、备考"占座位"的学生很多,但也有一些人,在阅读室公然睡觉,呼噜打着,丑相百出。苍穹之下,读书成了一件很奢侈的事情。央视的"朗读者""中华诗词大会"栏目推波助澜,把国学、朗诵和读书等融合在一起,能否起到引领大众阅读的兴趣,不得而知。"治学好杂管尽他儒墨道法,作人求淡去毬你势位财名。"(西北大学教授费秉勋自题联)读书给我知识、滋养心身,让我愉悦,文字的光亮,照亮我的心灵,让我感知世界、认识社会、反观自我:"坚持自我思考,独立书写,绝不出卖灵魂。"

2019.12.6 匆于长安

肆·在人间

过年学做面食

病毒来袭，疫情不容小觑；过年，除了值班外，好好待在家里，自我隔离，就是最大的贡献。

"宁将裤子坐烂，也不东奔西窜；宁在炕上蹲膘，也不出门惹祸"。自从上班至今二十余年，春节过年，基本战斗在工作岗位。这次，彻底将自己"放"在家中，补偿一下多年的"亏欠"，一两天还可，时间长了，呆不住了，有点"猪一样的生活"，蓬头垢面，脸也不想洗了；除了睡就是吃的生活自己做驴做骡子的性子很不习惯，整天闲的在家里乱转。

心难平静，望着窗外，没了爆竹声，一片静悄悄。忙忙碌碌的日子一旦停下了，就失去了理想和航标和生活的方向。再枯燥无聊，也要老老实实呆在家里，千万不能出门惹祸，为别人，也是为自己。和家人弥补情感的主要方式，便是打扫卫生，看看电视，做做饭了。

平时爱咥面，不惜以牺牲自己"玉树临风"的身材为代价；今年过年值班，连吃几天各种各样的方便面，还有麻辣粉之类快餐，闻到就想避远，见了都反胃。躺在床上，自己突然心血来潮，动手和面、擀面、咥面，权当"减肥运动"。人近半百,从来就是父母生养的"掌上明珠",入不得厅堂、进不了灶房,现在要"自力更生""自我奋斗",疫情所逼,形势所逼,自己也甘愿被面"奴役"一次。

神兽变大厨。没有师傅,自己就是"把式",打开手机,各种信息,包括快手、抖音、百度、微信等全用上,照猫画虎,亲身实践。赤膊上阵,面粉弄得到处是,活像一"戏精";盐水加的有点多,擀的面太软、太厚,吃了一顿蒜蘸水的"驴蹄子"。那种狼吞虎咽的吃法,有点吓人。

具体做法省略,就不说了,反正畅畅快快咥了一碗手工面,还是自己做的,有点喜悦,带点成就感。家里其他人不敢吃,怕消化不了,也正得我意,晚上咥得少一点,第二早上把剩下的做成炒面,农家菜籽油、蒜苗、葱丝素炒、岐山辣子、香醋搅拌,大快朵颐,只咥得自己面脸油光,汗流浃背,小孩子一脸懵懂,摸着我的"面肚子",笑嘻嘻,不肯撒手。自己呢,两个字——"受活"!

面硬让胃慢慢消化去!话是这么说,年龄不饶人,消化系统有点"怠工",真是"吃饱了撑得慌!"只能把家里的客厅当操场,转着圈锻炼,帮助胃消化。

家里"掌柜的"好心劝告:"米面都吃,荤素搭配,营养均衡,一日多餐,多餐少食,健康长寿!"明知是个理,自己还是个"老顽固";嘴上不说,心里依然钟情于面,还振振有词地替自己辩解:"不就是咥个面么!又没吃什么山珍海味。再说了,是我自己擀的,又没有影响你美容健身耽误你看手机扫八卦!""再说了,你看人家擀面的女子,哪个不是细腰丰胸,长腿肥臀;拿起擀面杖,站的直直的,脚跟跷起,向前一推,腰身一闪,往后一拉,毛辫一晃,后跟着地,身板结实,不是瑜伽胜似瑜伽,比莫高窟的'飞天'还美,摇曳多姿,丰采迷人!"

掌柜的不答应了,慢慢地说:"还'飞天'呢,屁股大的跟你一样,能飞得起吗?你天天擀面,也瘦不下来,胖得跟个'猪八戒'一般!要看美女,不要说江南，就近一点，陕南的俊秀柔美，皮肤水色！"

"肤白唇红，那美女眼睛更迷人，勾魂一般！"我说。

"你想咋？后悔结婚早呢？"掌柜的不依不饶。

"打死也不后悔。——可惜不会擀面。"我有点惋惜，接着说，"你也不会擀面，我这辈子认了！"

"棒棒棒！"我挨了几下小粉拳才罢休。

隔壁，刚结婚的亲密小两口因为呆在家中无聊吵架，都叫来了派出所民警来调解。还有朋友，两口子都准备离婚了，这几天在家，感情恢复，怀上二胎，重新起航。生活真是变化无常，让人不可揣测。

呆在家里，活动范围有限，捞干面少咥，那就咥手工挂面、喝面糊糊，但还是觉得无味。为了照顾家人情绪，我搓起了麻食。

老实讲，我属秦人，生在西府，性格倔强，肠子是直的，眼睛揉不进沙子，不喜食汤汤水水的东西，包括羊肉泡馍、水盆、葫芦头之类。更不喜欢吃什么生猛海鲜，奇特恐怖的野生动物。有人说，不懂美食美味。不懂就不懂吧！老天爷给了这个实在的"面胃"，就一辈子和"面"厮守吧。肚子里过年油水多，搓个麻食，做成素的，稀稠自便，软硬自选。

我不知道麻食因何得名。关中人把麻食叫"麻食子"。北方叫"手撒面""捻面卷"，南方人叫"猫耳朵""空心面"，四川地区的回族习惯称之为"次面子"或"鱼儿钻沙"，陕北人叫"圪坨"。各地叫法不同，但样子大同小异。就是在关中，在长安大地，我觉得麻食，跟老鸹颡、面疙瘩样子差不多，只不过没有它们大、瓷实。元代饮膳太医忽思慧在他的《饮膳正要》一书中说："秃秃麻食回回食面，系手撒面，白面6斤做秃秃麻食，羊肉一脚子，炒焦肉乞马，用好肉汤下，炒葱调和匀，下蒜酪、香菜末。"明代美食学家黄正一在《事物组珠》一书中写道："秃秃麻食是面作小卷饼，煮熟人炒肉汁食。"同代饮膳典籍《居家必用事类全集》一书中更有详细的记述："秃秃麻食入水沿面和圆小弹剂，冷水浸，手掌按小薄饼儿，下锅煮熟，捞出过水，煎炒酸肉，任意食之。"从食材、用料、制作方法等来看，"秃秃麻食""手撇面"就是现在的麻食，元代便有，应该是胡人的发明，行军打仗，野外生活，弄一锅麻食，比现在的大烩菜、火锅还简单，也耐饿。当然，这是我的一种推断，对错与否，还需进一步研究，那是美食专家的事了。我就是一个不管三七二十一只讲实用主义的"小吃货"，从不愿意过多追溯陈腐的历史。

  过去在外边吃过麻食，是机器做的，硬得跟钢筋茬一样，咬不动，难入味，不好消化。所以对"麻食"就没好印象。据说过去麻食用荞面粗粮，现在用精制白面搓成。荞面难寻，一些农民宁肯地荒着，也不愿意下苦。好在家中有从关中西府老家运来的"上等小麦白面"，我这次和面有了一定的经验，水放少，宁愿让面硬一点，也不敢和成"软羊屎蛋"。两手一起用力，翻来倒去，左挤右推，上压下揉，终于和好了一团光亮亮的"面团"，把它放在瓷盆里，盖上湿毛巾，饧上二十分钟，准备搓麻食。

  在此期间，不用燣肉臊子，猪肉太贵，也涉嫌"增肥"；把胡萝卜、白萝卜、土豆、豆角、豆腐、西红柿、青菜、香菇等切成丁状的小块，用油炒过，放在一盘中。

  面饧后，不软不硬，开始搓麻食。在农村，用干净的草帽、醋瓮上的高粱秆箅子、或在小案板上搓，既方便，还能有造型，让美食没有吃就有各种美的造型，让人垂涎欲滴。我把面简单擀好，厚度有铜钱一般，然后切成"壹分钱"硬币那般大，如果懒一点，只需用手指一揉，直接下锅，肯定里面夹生，叫做"懒麻食"。自己吃，就要不怕"劳神"，把手掌按住，用大拇指看似轻轻一揉，实际要用力，就弹出来了中间略薄，边缘翘起，形状如大拇指指甲盖大小的面疙瘩，一个接一个，活似"小鸟"在跃动。荞面刚和好看起来体积很大，但一做熟就不再增大了，于是就有"喜死媳妇，气死婆婆"的民间说法，说的是媳妇把面和好一看这么多，挺高兴的，而煮熟后还是那么多，婆婆则认为是媳妇偷吃了，所以生气不高兴。白面麻食不存在此问题，体积变化不大。没有土灶，没有文火，没有骨头汤，现代科技发展,天然气节省了我们许多时间,也很环保,但也让一些美食失去了原始的味道。烧开水,我把麻食下进去,要开三次,一开生、二开硬,三开正"欸和"(关中方言,美、好的意思)。然后把刚才炒的菜浇进去,扑腾扑腾煮上一会,放上葱花、香醋、盐就成了,我做饭从不放鸡精、味精之类,油泼辣子可以根据自己的偏爱再放。有人也叫"烩麻食"。反正你看着这一锅,白、红、青、黄各色俱全、花花绿绿、香味扑鼻的"麻食"就忍不住了,勾出了你心底的"馋虫"!老少皆宜,都来品尝。这麻食,虽说没有时令蔬菜,是"温室生产"的净菜搭配,但也光滑可口,好劲道、有嚼头,汤料简单,味道纯正,"嫽得太"(关中方言美得很之意),吃完一碗还想再来一碗。尤其在冬季过年,吃在嘴里,暖在心上,团团圆圆,美滋滋的。

我喜欢趁热吃,一口气吃完,元气十足,心生暖意;小孩子和老人要多煮一会或者等一下,吃的柔和些,便于消化。我之所以说吃麻食,不是"咥"麻食,"咥"自然豪爽,"品"也有情调;觉得吃麻食,不能急,烫嘴、烧心,要慢慢品,这才"沃也"(关中方言,正好之意)。当然了,麻食还有许多吃法,炒麻食,油泼麻食,也都不错,夏季有凉拌麻食。

"荞面圪凸羊腥汤,死死活活相跟上。"陕北有荞面圪凸(圪坨),在关中,今年过年边吃麻食,边听一段渭南农村网上自发宣传防疫的秦腔:"莫要聚餐太危险,刘邦不赴鸿门宴,不戴口罩的快躲远!"高亢洪亮,让人信心倍增。

当然,吃麻食,容易肚子胀,当时饱,转几圈又饿了。耐不住面食的"诱惑",正月十五元宵节,嫌"洗面"做凉皮麻烦,蒸馍烙锅盔,准备"下水尝试",我又自作主张擀了一碗陈醋水水"揪面片",西府碌碡压制的肘花做佐料,进行凉拌,咥得有点多,晚上老做梦。在故乡,关中西府,十五晚上,门前屋后,树上窗上,猪圈牛圈,仓神灶神,"老鼠洞都要挂上",有挂火罐灯笼(用竹篾、高粱杆等糊以红纸的)的习俗。特别是男人要到老先人的阙里（关中西府方言祖坟之意）挂上灯笼，烧香祭酒，漫山遍野，星星点灯，照亮行人的路程。因为在老家，年三十、年初一、初五、初十、十五的早餐，第一碗臊子面都要由男性主人端到大门口、家宅六神及先人神位前泼洒一下，表示对诸神的敬奉，求得他们保佑平安，然后家人才能各自享用。正月十五挂灯笼，给每位先祖挂上一个红灯笼，是不是祈求光明常在，永保平安呢？

  生活尚要继续，养家糊口，诗和远方，都在向我们招手。但愿病毒早除，人间美好吉祥，好人一生平安。真想，和那些无名的英雄，咥碗面。

2020.2.9 夜于长安

肆·在人间

理发记

今年过年，时刻惦念着理发；一不小心，因为闲杂事情耽误，错过了时间，待去理发，疫情盛行，大街上空无一人，真有点"空城"之感，理发店大门紧闭，平时夸海口吹大牛有日天的本领，在这个关键的时候，没有人敢冒着生命危险胡乱游荡，只能窝在家中"禁足"，任头发肆意生长。

人闲长指甲，心闲长头发。平时不注意则罢，现在窝在家中，都成宅男废人一个，病毒盛行，心里不安，心情烦躁，挠着乱糟糟的头发，头脑里乱哄哄的，不小心看见镜子里自己"丑恶的嘴脸"，这副尊容实在不太雅观，年纪尚轻，自己都弹嫌、不爱自己了。人到一定年纪，还是应坚守一些内心的东西，自己又不是什么艺术家，靠着一头长发，彰显个性或者招摇路人，在日益嘈杂的社会里，只图个清清爽爽，安安静静。再说了，留个长发，做个"标贴"，别人也不定记住你；记住你又能怎样？多少英雄豪杰、伟人名家，一缕青烟之后，在十年、百年能让人记住？多少经典名著，被人束之高阁或者很快遗忘。追求不朽，很快就朽，一厢情愿而已。

《孝经》中写道："身体发肤，受之父母，不敢毁伤，孝之始也；

立身行道，扬名于后世，以显父母，孝之终也。"古人把"发"看成"头等大事"，从披发、束发到辫发，认为剃发是最可耻的事情。髡刑可是《周礼》定的上古五刑之一，指剃光犯人的头发和胡须，它是以人格侮辱的方式对犯者所实施的惩罚，剃光了是对他的一种精神羞辱。魏晋南北朝时期，佛教流行，因为佛教徒是剃光头的，而且又不结婚，世俗社会认为是大不孝行为，所以当时的人蔑称他们为"髡人"。清朝颁布"剃发令"："留头不留发，留发不留头"。对汉人实施髡刑，剃去头发，仅留脑后铜钱大小的头发编成辫子，又叫"金钱鼠尾"，并削去华夏衣冠改成"长袍马褂"装束，多少汉人，宁肯断头，也不剃发易服。历史上，还发生过给人理"阴阳头"做贱人的事情。古时男女都留长发，只是盘发的方式不同。到了汉代，就有以理发为职业的工匠。南北朝时代，南朝梁的贵族子弟都削发剃面，那时的理发业已经很发达，出现了专职的理发师。宋朝理发业已比较发达，有了专门制造理发工具的作坊。明末清初，逐渐发展成一种技艺，一个行业。无论皇帝百官，还是普通百姓，谁都需要理发，和吃饭喝水吸空气一样，人人离不开。"发"已经不是简单的"头发"问题，涉及到了民族文化和思想观念。"男子二十而冠""女子十五而笄"。古人夫妻成亲之时，有"结发为夫妻，恩爱两不疑"的说法，意为新婚的夫妻结发为一体，永远不能分割。"发"是自己的，不能随便处理，在中国，有一定的文化渊源。好在现在社会文明，宽容许多，没有过去"骑木驴"的酷刑，各种奇装异服让人眼花缭乱，"中性人"打扮的较多，有时候雄雌难辨，男女不分。

在老家关中西府农村，把"头"叫颡。你可以日娘骂老子，胡乱日嘛祖上先人，但不可用指头动人颡，包括摸一下头发，哪怕是小孩子，人家会和你"玩命"，打个死活。"头可断、血可流，颡不可摸！"摸就是冒犯，对人的极大侮辱。我在生产队见过，有的小伙子自恃血气方刚，趁人不注意，随便摸一下平时不吭气的"蔫驴"的头，挑衅的结果，最后是自己被日娘嘛老子痛骂一顿，有可能血流满面，有时候还被菜刀见，只能对天发誓，跪地求饶了。

当然了，男人的头发不能摸，女人的秀发更不敢随便动。

在老家，孩子满月，不管男女，均要足月理发，软软的胎毛被剃掉，露出粉嘟嘟的嫩肉。生下的小孩子软不邋遢，很难理发，还爱哭闹，在乡村，左邻右舍，人人都是理发师，技艺高超，胆大心细，哄着孩子睡觉，拿着剃刀，在自己的衣服上 bi（关中方言，摩擦一下之意）一下，三下五除二，干脆利落，理个光头，不会划破嫩头皮，也不要什么报酬。有的人家会让给孩子后脑勺留上一撮"气死毛"。人老去，身体发硬，也要理发，理完发，净完面，然后换上寿衣，等待入殓，全是"光秃秃"的，生不带来死不带去，一生光明磊落；有"了却尘缘"之意，也就是无牵无挂走好的寓意。民间的"入殓师"，"礼敬尊体"，专门负责为去世之人清理身体、头发、胡须和镜面。在生死之间，可以说，人的一生，成长过程，在平庸、琐碎、悲欢离合的日常生活里，都伴随着理发。

我们小时候，一般留的头叫"碟碟头""盖盖头""茶盖头"。几乎是一个发型，头顶留一个圆片。大家基本一样，谁也不笑话谁，大家没有一个人觉得难为情，也没有"出类拔萃"的一丁点想法。为了省几分钱的理发钱，由父母拿起大剪刀，先在头上盖个小瓷碗，欻欻欻，把周边的头发剪短，再去掉碗，把上面的长发剪短，基本不会超过二公分。烧上一大黑锅滚水，跟"杀猪"类似，在太阳底下，脱得光溜溜，洗澡、洗头一并进行，省去很多事情。洗头也没有现在这么多的"洗发水""洗发露""护发素"等等，从村头带刺的老皂角树上，用竹竿打下几个皂荚，在头上刺啦刺啦（摩擦声）几下，让人顿感神清气爽，头发也直直的，跟打了"营养针"一样，精神抖擞。一头黝黑而又茂盛的头发成了健康的象征，充满"英气"！西府关中，古时处在汉人夷狄交汇之地。我这头发，油性大，比较细，还有点蜷曲，好像有"胡人"血统，不好洗，洗的时间长，还浪费水，害得我经常要从塬下几里外的沟里泉水眼里多担几桶水,勒得肩膀发红、发疼。

也有小孩子不愿意不喜欢理发、剪发,野惯了,见了理发师,好似"受刑",杀猪一样嚎叫,嘴里还喊着:"剃头铺,手艺高,剃头刮脸不用刀,一根一根往下薅,薅得满头净血泡……"父母大人连忙捂住孩子的嘴,硬按住身子和头,强行理掉。

后来,用上了猪胰子洗,我不喜欢,嫌不够清爽,黏黏糊糊,还有一股"猪的味道"。这可能是一种心里感觉,有些"强迫症"。从小养猪,一看到猪肉,我就想到猪圈,臭气熏天的猪圈,所以不吃肉至今。

上了小学,有些虚荣心,就不让家里人拿剪刀"剪发"了。母亲买个糖或者给上贰分钱,哄着"逮咬咬"(关中方言,咬咬、虱子、虼蚤等虫之意),我才肯让动头。父亲花了十几块钱,买了一把手工的剪头推子,自学成才,给我"推头",我的头成了他的试验田,中分、偏分,各种发型都尝试,最后还是"小平头",越推越好,精致好看。以至于我的同学,经常拿些书"贿赂"我看,趁机让父亲为他们免费"推发",我也热衷做此好事。可惜,我头上有一个旋儿,不偏不正,长在头顶,比较难处理,怎么推,都是咋呼呼的,不肯屈服。老人讲:"一旋儿横,二旋儿宁,三旋儿打架不要命。"我性格温和,和绵羊差不多。最后,母亲想了个办法,把旋用绣花剪,围着一圈,再旋大一点,层层收拾,渐次剪去,也看不出来,头发顺和了许多。这样的"小平头",再穿上四个兜兜的"中山装",胸前别支"英雄牌"钢笔,学着公社的干部走路,得意忘形,还真以为自己是国家培养的"小干部"呢。有时候,大人若不在,跨上"二八自行车",穿梭在田野,风一样的感觉,只觉得头发被吹得能直起来,翻到田埂里摔得鼻孔流血小腿掉皮,心里也不痛。

理发,成了让人眼红的"职业",人们开始关注起自己的头发了。我的几个同学,初中没毕业,就去县城创业,学理发、美发去了,当几年学徒工,再单干、开店。

上了中学,父亲不愿意给我理发了,可能嫌自己手艺太老,就给我五毛钱,让去乡镇上的"理发店"去。上世纪八十年代末期,录像在农村一时盛行,录像厅、歌舞厅如同雨后春笋,布满街道。女人们留起了"鸡窝头",男人们也爱留长发,戴着墨镜,学着香港的"四大天王"和黑社会老大,晚上村里也不安宁,提着录音机,男男女女跳起了"迪斯科"。老人们连连摇头说,这社会变瞎(音读 ha,陕西关中方言,坏的意思)了。

"剃头挑子一头热"。剃头挑子一头挑着剃头工具(围布、梳子、剃刀、篦子等)和马扎凳子,为之"凉";另一头挑着用来烧水洗头的小火炉,就是"热"了。每逢农村跟会、过集、唱大戏,就有剃头匠戴着石头眼镜野外"现场服务",价格便宜,老人们喜爱。扯一面白布,不用吆喝,这就是招牌、活广告。农村老人们怀旧,经常劳动,讲卫生,图简单,缺水好收拾,爱剃个"光 sa"。"虽是毫末技艺,却是顶上功夫"。剃头师傅必备十六般技艺,即梳(发)、编(辫)、剃(头)、刮(脸)、捏、捶、拿、掰、按、掏(耳)、剪(鼻毛)、染(发)、接(骨)、活(血)、舒(筋)、(梳)补。剃头匠先在盆里兑好热水,把客人头发泡得软和一些,稍待一会,不慌不忙,取出贼亮贼亮的老式剃头刀,在荡刀布(土布,也称"磨刀布")上刷刷磨几下,开始剃头了。一阵阵欻欻声,轻轻松松,眨眼间,不到五分钟,一个大光头就剃出来了。剃完头,老人躺好,眯缝着眼儿,晒着暖暖,剃头匠开始刮脸,满嘴的肥皂泡,捂着热毛巾,刀子在手中舞动,变魔术一般,看也不看,一张干净的"新面孔"就出来了。再掏耳朵、修鼻毛、按摩腰肩。几毛钱,除了剪头修面,还能说农事、谝闲传、给娃说媒,老人们都很"受用"。

上了大学,感觉自己长大了,不受父母管理,自己做主,我直接不理头发了,任凭"自然生长"。九十年代初期,摇滚乐在中国掀起流行高潮,眼镜蛇、七合板、1989 乐队、唐朝乐队、黑豹乐队、零点乐队、瘦人、二手玫瑰等乐队盛行,"中国摇滚之父"崔健、窦唯、张楚、何勇、郑钧等成了年轻人的偶像,《一无所有》《快让我在雪地上撒点野》《黑梦》《孤独的人是可耻的》《垃圾场》《回到拉萨》《赤裸裸》《极乐世界》《灰姑娘》等等这些歌曲流行校园。经常可以见到一些同学留着长发,怀抱吉他,满怀理想和激情,疯癫地高唱:"我曾经问个不休,你何时跟我走?"再来一段忧伤动人的:"怎么会迷上你,我在问自己,我什么都能放弃,居然今天难离去,你并不美丽,但是你可爱至极!"身后追随的是小姑娘羡慕不已的目光,爱情故事诞生,如此简单和神奇,成双成对,搂搂抱抱,一时成为大学校园的风景线,每天晚上辛苦了保卫人员,半夜了,还拿着手电筒在校园的小树林花园、草坪、宿舍等阴暗角落里突击抓"谈情说爱的大学生"。光头也有,不多,从一个极端走向另一个极端。大学毕业后,纷纷南下,打工挣钱,残酷的现实一下子击溃了远大的目标,摇滚萎缩,长发也成了"脏辫",有的几天不洗发几个月不理发,有时狠心一下,直接剃成光头,标志着自己的成熟、孤傲、反叛和个性。我也留发、蓄胡、明志,现在看看照片,四五十岁的样子,有点可笑。"看背影想搂,看正脸想跑"。明明一个年轻帅气的小伙子,非要整成一个老气横秋的成熟男,这不是自己作践自己么?年轻时候想老,老的时候想年轻,到手不值得珍惜,失去了才知道珍贵,这或许是人自私的本性和弱点,隐藏在最深处。

　　工作上班,头发不能"显山露水",按部就班,混同大众。拿单位工资,就需要老老实实遵守各种制度规定。我理发很简单,一次二三块钱,稍微修剪一下而已,打短、打薄,省钱清新,夹着尾巴做人,给人留个"好印象",自己本身就懒,不爱收拾。但"暴发户"私人老板不一样,戴个超大金戒指(不知真假),留个大背头,涂上头油能把蚊子苍蝇摔成残疾,后面跟个妖艳的红嘴唇"秘书"。成家后,更是省事,常年板寸。慢慢也懂得,这个世界很无奈,没有人会时刻关注你,你按照自己的想法尽量活好自己都不易。"如果,你陪我从齐肩短发到腰际长发;那么,我陪你从纯真青涩到沉稳笃定。"剪个发,还要征求一下"掌柜的"(关中方言,媳妇、老婆之意)的意见。

　　人活着,其实很悲苦,做牛做马东打西拼,表面风光内心苦痛,多半要为别人活,即使演戏,也要演得真实些。想自己一个人活得自在,最好离别社会、家庭、朋友，隐居到一个无人知道的地方，譬如秦岭终南山的一个天然石洞，远离红尘，不懂情感。但，有几个人能做到？就是剃发为僧的和尚，有时候还要关心寺庙的布施和香钱。就是长发飘飘仙气十足的"道士"，也要为道观的生计而奔忙。

这时候，也就是千禧年世纪之交，"理发店"已经变成"发廊""发屋""美发厅""美容院""按摩院"以及各种男性、女性美容沙龙连锁店了，以后还出现了"洗浴广场""美容按摩""洗脚休闲"这些店名了，催生了更多的服务职业。主刀（剪刀）的，也从古时候称作待诏、剃工、镊工，俗呼剃头匠、剃头师、整容匠、理发师，到了修面师、美容师、专业发型设计师等等。理发不是关键，护发才是核心，让你掏钱才是最真。在火车站、吉祥村、北郊等一些地方的街道上，开着美容美发店，其实干着罪恶的勾当，小姐按摩、强迫交易，我的同学曾经在小寨被诱骗进去，简单理个发，说是"精修"，花了几百块，还脱不了身。理发店不理发，理发师不会理发，"发廊妹"变成了"三陪小姐"，成了社会上一大"笑闻"。更有甚者，在网上冒充女性招揽顾客，诱骗消费，还通过言语威胁等方式迫使被害人支付高额费用。许多人敢怒不敢言，选择沉默。一些农村人进城，图个新鲜，想顺便消费一下，享受一下城里人理发按摩的滋味，最终被骗得一无所有，有时候碰上"仙人跳"，花钱不说，还要受血肉之苦。

物价在涨，理发也在涨。我经常去老小区或者理发师是老年人的地方理，老客户了，也涨到了现在的每次二十元，算是便宜了。你给多少钱，人家都不刮胡子，嫌浪费时间也麻烦，也害怕手艺不精刮破脸，你闹事。我深知人家的艰难，租房、水电费、吃饭等等都在涨。我宁愿排队等候，也不愿意去什么精修店去，干理，看似精细，一点都不爽。

"正月不剪头，理头死舅舅"。老家有这个习俗。可是现代社会，人思想观念变了，计划生育弄得人都不知道"舅舅"是何称呼了？"思旧"就是追忆祖宗。要讲良心，要讲科学，也要讲卫生，再说了，还要讲所谓的"仪式感"。"白发三千丈,缘愁似个长。不知明镜里,何处得秋霜"。虽说年纪还不够大,但也是华发早生,我不敢说是劳累过度,劳心劳肺,赖单位家人;年纪不饶人,活人艰难,居长安不易,人生的道路上,受些波折和作难还是有的,好在自己"抗压力"强一点,有时候想开一点,忍辱负重,苦中作乐,不至于把自己"作死"。防疫防控,窝在家里,病毒不去,人心难安,看着长发,极不舒服。"二月二龙抬头",等不及了,也对不起"舅舅"了!掌柜的拿起剪刀,弄个塑料袋钻个孔套在头上,在头顶上盖个塑料碗,就叽叽叽剪了起来,先剪掉两个鬓角和后面,然后去掉碗,左看右看,在上面轻微剪几下,保持头型基本不乱,只做"微调",谨防"大乱"。碎娃(关中方言,小孩子之意)乐了,拍着小手说:"妖妈给虎爸理了个唐僧头,好看好看!要吃唐僧肉了!要吃唐僧肉了!"我照了镜子,看看她弄的"处女头",第一次勇敢尝试,还不够大胆,不够精细,总体不错,能对得起我自己。就是剪的杂乱潦草,我拿起自动理发剪机,照着镜子,在鬓角就是一剪,没有拿捏住深浅,弄个"豁口",有点像"鬼剃头"(斑秃)。好在我虽然"杞人忧天",神经衰弱过,但身体健康,各项功能尚可,身体机器还能正常运转,头发一直很好,不太掉发,比较浓密,不仔细看不出来,就是有"钟情者",细眼慢瞧,还以为赶时髦,弄个小造型。

就是间杂一些白发,看起来有些老相。理发师几次动员我染发,我一怕染料有毒二怕乱花钱,最主要觉得这是人体正常生理变化,自然本色,何苦自作聪明掩耳盗铃呢!和那些"秃头""光头"相比,自我满足很。据说,剃头削发有很多门道规矩,此行中的高手甚至能看面断脉,知人疾病生死。"相由心生",应是有一定道理。现在,婴儿胎毛纪念品很多,胎毛可制成毛笔、画和吊坠,说明人对毛发多么重视和珍惜。古人束发而冠,现代社会压力大,经常可见秃头,这是头发不正常脱落,可以是由荷尔蒙失调引起。营养不良、遗传、疾病、心理压力、情绪、内分泌失调、接受癌症治疗均有可能导致秃头。秃头要治,需要大价钱,去植发,还不一定成功。一些"油腻男",索性专门每天把头刮得贼亮贼亮的,泡着枸杞红枣茶,健身养生,也是一种闲适的生活。

理发店,包括理发、剃头、刮脸、掏耳、按摩等手艺,俗称"全活"。随着社会发展和外来文化影响,人们剪辫子、剃光头、理发、修面、洗发、按摩到现代的烫发、染发、焗油、护发、定型、吹风、美甲、整形。从剃头棚、理发店演变到发廊、美容院,消失的是传统文化和"手艺人",带来的是新潮、时髦和颜面的"变化"。社会总要发展,我们不能墨守成规,一味按照自己的要求去苛责别人,对头发的形状、粗细、稀疏、软硬、色泽等方面进行综合分析,设计出适合自己的发型,是社会文明进步的标志。

蓬松感十足的短发烫发,一眼看去有点刚睡醒头的造型;复古范儿十足的四六分栗色短发发型,刘海设计出两片瓦式的造型;平眉的韩式纹理烫短发发型,齐眉的刘海自然将额头和脸型修饰起来。……各式各样的发型,短卷发,平头,圆寸,飞机头等等,都在显示着每个人的个性追求和不同凡响。可以说,一个人的"理发史",就是一个人一生的缩写,社会的缩影。

我承认,我有点保守。鸟儿爱惜自己的羽毛,养过动物,也看过"动物世界",毛发光亮的雄性动物,最受到异性的抬爱。中国文化里,头发是父母传承给自己的,但不可"胆大妄为",要珍惜自己的一头黑发,作为黄色人种,要喜欢自己的发色。我不喜欢一些孩子把头发染成乱七八糟的颜色,以此证明自己的"潮",或者弄成动漫那种二次元造型,发色妖艳或者浅淡,妖精狐女一般。一些女明星理个"光头"为了夺人眼球,西安还开过一家"光头火锅店",故意制造噱头和卖点,里面的服务员全是光头,我不知道是为了看"女光头"还是吃火锅,心机不纯。最后,还是倒闭了。

"做天下头等事业,用世间顶上功夫"。历史记载,清顺治年间,第一个理发店在奉天府建立。理发店从没有店面,摆夜摊子,到入店经营,最后到装修高档,甚至跟随时代潮流进入商超快捷服务;现在的大街小巷,各种各样的理发店遍布,"理发"的内容更丰富,剪发不是重点,洗面推拿美容成了主业,主要挣女人的钱,当然一些男人也在温柔梦中"甘愿上钩"。进了"理发店",不是推荐办卡就是要买药水,永远不知道瓶子里装的是什么,便宜的发型师永远都没空。我看,还是自己想办法解决,自家人理发,或者干脆"自理"。

昨晚在朋友微信圈中看到,西安一群年轻貌美、充满青春气息的女医生女护士驰援武汉,为了防止感染,全剃成光头,成了这个春天最美的"容颜"。"待我归来,看见彼此微笑"。致敬英雄,守望长安。灾难面前,最需要我们认真反思。我希望春暖花开,疫情过后,看到她们长发及腰,保持平静生活中最健康最真实的本色。"三月三日天气新,长安水边多丽人"。丽人之中,就有她们。

2020.2.14 夜于长安

肆·在人间

被 子

睡在书房，早上醒来，突然莫名失落。看着这些一排排读过的书，摸着身上的被子，想想多少同学朋友远隔一方或已不在人世，世事维艰，疫情面前，活着就是福了。

特别是在这些天宅家、禁足的日子里，远离病毒，除了吃喝保障生命正常延续外，"被子"可以说，和自己如影随形，对被子的怀念、感恩之心，悄然而生，愈来愈重。

生在上世纪70年代，没有经过"民国十八年馑"和"三年自然灾害"等惨重的天灾人祸，从一生下来，吃遍五谷杂粮，也吃过"板板土""榆树皮"，基本没有饿过肚子。改革开放、土地承包到户后，温饱问题解决，逐步过上富裕生活。西府关中自古土地肥沃，民风勤俭，有"天府之国""四塞之固"之称。周秦汉唐的繁华、盛气虽然随着历史的风云飘走了，但落下的，世代传颂的"文化基因"从血缘、骨子里一直延续。家乡人，祖辈崇德尚礼，忠孝仁义，耕读传家，积善纳福，虽然近些年随着市场经济的发展，金钱的诱惑，这些家规、家训、家风日渐式微，但还在村中"苦苦坚守"。

塬上虽天旱少雨缺水，但老天爷睁眼，每次在关键的时候，普降甘霖，养活了一辈辈人。从小我没见过一家人盖着一床破烂不堪被子的景象，也没见过一家人没衣服穿一个个光溜溜地睡在炕上，要见外（客）人裤子要换着穿的家庭。我住过窑洞，穿过补丁打补丁的衣服，比现在年轻人爱穿的流行"乞丐裤"要结实、自然，不是新新的衣服上故意弄出几个"洞洞"，吸引眼球，扎个闲势。

最怀念的莫过于冬季大雪封路，在大热炕上，盖着厚厚的被子睡觉了。过去不知道什么原因，不长心眼，瞌睡蛮多，一倒下就睡着了，有时候，坐着、站着、靠在树上就能睡着，跟牛马骡子驴一样。现在条件好了，睡眠太差，说有什么心事吧，好像也没有，就是一天被尘世间莫名的琐事弄得神经兮兮，心神不安。"寒恋重衾夜漏长，半醒半寐夜悠扬。"（清·赵翼）家人缝的被子，纯白棉花来自新疆，土布被面被单自产。记得春天，阳光普照，婆（关中西府方言，奶之意）便开始纺线、染布，农闲时，坐在织布机前，手脚并用，开始织布，特别是那"三寸金莲"，灵巧飞跃，上下踩动，一片一片，色彩不同的"土布"就这样出产了。

秦人生冷蹭倔，天生性子直，"毛病"也多多。被子不能太厚太重，以免压身子做恶梦；也不能太轻，以免太飘，不随身感冒着凉。被子盖在身上，要压的实实在在，不能四角透风，早上醒来，脸是冰的，身子是暖的，这或许与塬上屋里没有暖气空调昼夜温差较大有些原因吧。我小时候，听多了大人讲的神鬼故事，睡觉有些害怕，喜欢把被子蒙在头上，放个臭屁也只能自己"独享"；胡思乱想，爱做美梦。后来得了鼻炎，估计和这个"坏毛病"有关，被窝里空气不流通，没有被自己憋死，就算不错了。上中学背上馍馍住校，睡大通铺，白天开水泡馍，晚上藏在被窝里点着蜡烛读书，早上鼻孔熏得烟黑；尽管身下不是热炕，是硌得生痛的硬板床，冬天的晚上尿再多也要憋，因为睡在母亲缝的被子里太暖和、太舒服了。身体再好，也有憋不住的时候，光着身子，一个箭步跑到几百米外的公厕，酣畅淋漓地直射一通，迷迷糊糊，又倒在"被子"里逍遥了。也有同学，睡在上铺，有"尿床"的毛病，自己害羞，不敢拿出来晒褥子，睡在被窝里不怕尿腥，靠自己身子暖热，如果一夜暖不热，白天盖上被子，猫儿盖屎，大家心知肚明不想揭破。可怜睡在下铺的兄弟，如淋秋雨，滴滴答答，城门失火殃及池鱼，只能咬牙忍着，蒙头呼呼睡觉。碰上打呼噜者，一夜未眠，双眼红肿，做了一夜"贼"，啥也没偷，心里还发虚。

被子普普通通，不争名分，对谁都一样。人的一生，和被子一刻也不能分割，不论是什么皇亲国戚，还是什么普通百姓。其实，穷其一生，大约三分之一时间在床（炕）上睡觉，所以床、被子对每个人都很重要。还在刚出世，要用"包被"，以防"踢被子"，生在世上，被不离身，过世后，在棺材里要铺上家人亲朋厚厚的褥子盖上红色柔柔的被子，这被子叫做"衾"，人死三天后小殓，就要裹上。我去过故宫，看过清朝皇帝的"御榻"，极其讲究，被子不用说就是绫罗绸缎了。农村老家人，把"盘炕"和"制被"也看作"头等大事。"南人习床，北人尚炕。"盘炕"要请阴阳先生看吉日，要提前打好"胡基"，当天用铡刀铡碎麦草，与水、黄土和好泥，请来有经验的匠人开工，以便通火取暖排烟。"制被"，也就是做被子、缝被子，一般在自家的院子，趁着阳光好，在篾席上做。阳光、泥土甚至清新的空气、温暖的慈爱之心都入到被子里面，闻着有一丝丝甜味。遇到嫁闺女缝被子，要求颇高。首先要买新疆产的新棉花，请弹棉花的匠人弹得跟天上的白云一样，后来有了现成的网套，最忌用旧棉絮，会认为不吉利，有成为旧人（关中西府方言，指离婚）之嫌。其次，被子数量要双数。结婚，好事成双，最忌讳单数，寓意不好。所以娘家陪送的被子，有十铺十盖，八铺八盖，六铺六盖，四铺四盖，或两铺两盖。一般是"四床"，"嫁女"被面要用玫瑰红或桃花红的杭州丝绸被面。再就是缝被子，在左邻右舍或家族中，一定得找四个"全活人"，一般是中老年妇女，也就是身体健康无残疾、儿女双全、家庭幸福美满、性格又好的有福之人。寡妇坚决不行。老人们说，这样可以把"全活人"的福气通过"被子"传递给自家女儿。所有材料讲究要"新",丈母娘高高兴兴去集市跟会,拿上彩礼钱买了新红线、新顶针、新大头针等备用。一般一床被纫(凡单展曰纫,合绳曰纠,织绳曰辫)九行,九在中国民间属于大数,有长长久久之寓意,而且纫被子的棉线要一根一行,中间不能换线,不打倒针,更不能把线扯成一团疙瘩,不然人会觉得这婚姻不是特别顺,结婚后可能疙疙瘩瘩。几个人,说说笑笑,手下却要"细发",这是做好事,积善行德的事情,有面子,也有里子。被子一定要有表有里,即有被面和被里。至少有一床被子被里是纯白色的,意为白头到老。女方至少要缝四铺四盖,即四床被子,四床褥子,男方也要这样来缝制,而且要额外再缝两床被子,铺到新人的床下,名为"压炕被"。双方的被子,每一个角上,都要缝上两枚硬币,一床被子要缝上八枚。很多地方一般都是婆家事先缝好三边,只留一边给新娘家缝的。洞房的前一天晚上,需要童男子压床,据说能生儿子。结婚当天,也要童男(六七岁的男孩)"滚床",被子铺在炕上,四周放着枣、花生、核桃、桂圆、莲子等等,是早生贵子、圆圆满满、合家欢乐的意思 。因被子,与"辈子"谐音,陪送女儿被子,也是寄希望女儿家辈辈世世红红火火兴旺发达之意。被子,包含了多少儿女情长,又寄托了多少美好的希望!孩子当兵、工作、上学等出外,母亲一定要给娃好好缝上一床被子。

  中国古代茹毛饮血,刀耕火种的时代,先人们住石洞茅草屋,用毛皮、树叶遮羞驱寒,烧火取暖。后来,有钱的达官贵族们,用上了"燎炉""壁炉""火墙"和"椒房殿",炭火取暖,也穿上了布料、毛皮、丝麻等御寒。"穷人穿麻,富人穿裘"。直至张骞出使西域带回来了棉花,人们才开始用棉花做被子了。可怜的普通老百姓们,才逐渐开始穿起棉衣,盖起了薄薄的棉被。东晋至南北朝的陶渊明在自传《五柳先生传》写道:"短褐穿结,箪瓢屡空。"他尚且如此,更不用说老百姓了。如果有机会,看看马王堆出土的西汉信期绣千金绦手套,你就知道,贫穷限制了我们的想象。

  《吕氏春秋》写到了"卫灵公天寒凿池"的故事。宛春谏曰:"天寒起役,恐伤民。"公曰:"天寒乎?"宛春曰:"公衣狐裘,坐熊席,陬隅有灶,是以不寒。今民衣弊不补,履决不组,君则不寒矣,民则寒矣。"公曰:"善。"令罢役。

一个高高在上、坐享其成的"卫灵公",和"何不食肉糜"晋惠帝司马衷(司马懿的重孙子)等一样,骄奢淫逸,肉池酒林,不懂人间烟火,哪知道最底层老百姓的疾苦!

历史上,除了用暖帽、暖椅、暖床、暖锅、暖砚等取暖和生活外,还发明了许多取暖的方法。岐王李范(唐玄宗的弟弟),十分崇尚人体取暖,于是他将手放在妙龄少女手中,以体温来取暖;而唐玄宗的另一个弟弟申王也不甘示弱,一到冬天,他就会让宫女们团团围坐在他四周,说是可以抵御寒气。纸醉金迷的封建王爷如此取暖,难怪唐代诗人——"诗圣"杜甫愤怒地写下了《茅屋为秋风所破歌》:

八月秋高风怒号,卷我屋上三重茅。茅飞渡江洒江郊,高者挂罥长林梢,下者飘转沉塘坳。南村群童欺我老无力,忍能对面为盗贼。公然抱茅入竹去,唇焦口燥呼不得,归来倚杖自叹息。俄顷风定云墨色,秋天漠漠向昏黑。布衾多年冷似铁,娇儿恶卧踏里裂。床头屋漏无干处,雨脚如麻未断绝。自经丧乱少睡眠,长夜沾湿何由彻!安得广厦千万间,大庇天下寒士俱欢颜,风雨不动安如山!呜呼,何时眼前突兀见此屋,吾庐独破受冻死亦足!

和他同时代的浪漫主义诗人——"诗仙"李白潇洒地写道:"五花马,千金裘,呼儿将出换美酒,与尔同销万古愁。"五花马不要了,再值钱的皮衣也不要了,美酒可取暖,还可解闷,消愁!

好一个"布衾多年冷似铁"!"散入珠帘湿罗幕,狐裘不暖锦衾薄。"诗人岑参在北地还嫌"锦衾薄"。没有厚被子没有房的诗人杜甫,发出了"安得广厦千万间"的怒号,千年后,房价至今居高不下。看来,居长安,真不易。

戴上口罩可以防雾霾挡病毒,盖上被子可以让人取暖休息酣然入睡。外面"黑心棉"盛行,家人实诚,我身边一直用的是母亲缝制的单人"棉被",

长方形，长二米一，宽一米五，双人被太大，容易漏风，这个被子四斤重棉花，不轻不重，防风、防寒、保暖，抵御人间的"邪气"。尤其睡在热炕上被窝里，我情愿被"温柔的陷阱"所俘获，早上睡个"回笼觉"，光屁股被透过木格窗子的阳光照着，那简直是人间最美妙的享受。实在遗憾，这人生四大香之一的"回笼觉"（"人生四大香"民间指的是回笼觉、二房妻、四喜丸子、香酥鸡）皆因工作上班节假日送孩子上学补课成为永久的"梦想"。被子二三年重新缝一次。尽管后来也用过羊毛、蚕丝、驼绒，或者丙烯酸纤维等人造纤维制造的被子，看着花哨鲜艳，中看不中用，不舒服、不贴身，一觉起来，后脊梁发冷。有时候，半夜醒来，感觉赤裸裸的，睡在空气中，啥也没盖，极不踏实。

被子一般在"寝室"，也就是"卧室"，跟床、炕、褥子、单子、枕头、枕巾等"和平相处"，与人"同睡"，常人不可抵达，个人隐私之地。宋太祖赵匡胤说过："卧榻之侧，岂容他人酣睡。"一般人盖被子入睡不喜欢被人打扰，被窝里有许多故事和秘密。新婚夫妻入洞房，"春宵一刻值千金"，闹完婚房后，感兴趣的年轻人，只能扒在窗下偷偷"听房"，充分发挥自己的想象，想着被子下面的内容。可以说，被子和雪花一样，有时候也掩盖了一些东西。有欢爱快乐，也有裹着被子流不尽眼泪的悲伤。

关中西府，农村人上房三间，一明两暗，人进门，直接脱鞋上炕，没有啥秘密可言。冷了，热炕上直接盖上被子闲谝，也不嫌脚臭；热了，冷炕上拿个被子靠上，眯着眼睛抽锅烟，享受一下生活美味，多余的被子都叠得整整齐齐，一层一层放在炕桌上。有时候，围着被子，坐在炕上吃饭、打牌、看电视，一个被窝里塞上好几双脚，暗自使劲。即使发烧感冒喝醉酒心情不好，蒙上被子美美睡一觉，啥事也没有，太阳依然升起，春天依然到来，该干啥干啥；即使再穷，穷得"土腥气"，精毡打炕，热炕上没有褥子没有狗皮，把皮肤烧得滋滋响，也要弄床被子盖上，以防精身子下热上凉，不保暖，发烧感冒流鼻涕。

一个人，生在炕上，玩在炕上，死在炕上，一辈子和炕、被子都在打交道。小时候，还不知天高地厚披着被子吼秦腔，当花脸。长大了，没有媳妇，把被子卷个筒子当"媳妇"，春梦不断，回味悠长。饧面、生豆芽、刺绣、做针线，都是在热炕上，盖着被子完成。陕西楞娃，从小爱咥面，不爱吃菜和米饭，食材单一，营养不均衡，不利身体健康成长。聪明的农村人还发明了"南瓜盖被儿"（关中西府方言"被子"就称之为"被儿"）的美食，即将煮熟的一拃宽的白面条盖在蒸好的黄灿灿的南瓜上，色香味俱全，解决了既能吃面，还可吃菜的"难题"。

"不想起床，因为被子生病了，需要照顾。"不是被子生病，需要床上休息和晒太阳，而是我"病"了，不想起来，想慢生活。我生性散漫，睡觉开窗，空气流通，不爱收拾，不爱叠被子，被骂做"猪窝"，成了不爱干净不爱整洁的"代名词。"世界上各国部队在内务整理上都有自己的特色，据说美军擦皮鞋第一，法军熨衣服第一，苏军（现在的俄罗斯）铺床单第一，印军缠头巾第一，而中国的人民解放军，叠被子当属世界第一。有时候想想，家人也说的对，如果去当兵，或许能培养一个"叠被子"的好习惯。

村里有大胆的男人讲，女人就是衣服，随便换，也有不甘示弱的女人回答：男人就是被子，随便踹。这些话，有一定道理，也有片面性，说女人如衣，有点大男子主义，现在社会，女人岂能随便换？说男人如被，女权主义盛行，被子岂能随便踹？那不就把自己一个人晾下来。男女平等，举案齐眉，这才是婚姻的最高境界。可惜，人世间，让人顺畅的事太少，磕磕绊绊的太多。哪有什么岁月静好，只因为好多人为你"逆行"奉献。

布被瓦器。我经常怀念乡下农村简单清净的生活，少了许多尘世的困扰，心无杂事，一觉睡到天亮，头脑清清爽爽。现在回去，地没人种了，没有衣子（小麦脱粒后产生的麦衣）煨的热炕了，改成"电热炕"，或者用煤气和空调取暖，铺一个电褥子凑合，有的人直接拆掉炕买了席梦思得了腰椎间盘突出，干净是干净了，卫生是卫生了，环境好是好了，也推进文明进步了，可是总感觉缺了些什么。被子也直接买，成了鹅绒被、鸭绒被，轻飘飘的，盖在身上，让人心里不踏实。"含情欲觅还乡梦，薄醉朦胧独抱衾"。回首过去，一些记忆总浮现在眼前；过去是回不去了，现在就是即将逝去的过去，一些美好让人怀念，一些疼痛也让人难忘。我待被子如初恋，还是盖上自己"油乎乎"的老"被子"，想象着儿时披着"被子"在炕上胡蹦乱跳的场景，自己真是老了。

2020.2.29 夜匆于长安

肆·在人间

枕 头

疫情期间，隔离在家，大部分时间在床上，和枕头的亲密感也越来越强，平时不太注意的"枕头"，让我突然感到她的默默奉献，一声不吭，宛如老友，不离不弃，难舍难分。

今早一觉醒来，顿感精神倍增，昨夜睡在书房，昏昏沉沉，一觉睡到自然醒，家人说，呼噜之声惊到邻家，电话询问，知是呼噜之声，大笑而表示理解。已近半百，春乏秋困，主要是年龄不饶人，精力有限，但为了养家糊口，还要奔波于江湖，强作欢颜，委曲求全，忍辱负重，苦中作乐。身体每况愈下，喝点茶，弄不好半夜起来，翻衾倒枕，睁着眼睛睡不着，干着急没办法。

谈不上心宽体胖，我体胖，但心要"宽"，还需要一个历练的过程。但从小睡眠极好，不管到哪里，只要想睡，站着也能解决。喝一点小酒，瞌睡遇到枕头，更是睡得美滋滋的，梦中各路美女各朝代金元宝不断，偶尔也有长蛇狐狸精出现，既解困，也满足了自己一点虚荣心。说"人生如梦"有点消极，但是梦中的人生确实比现实好，我觉得。

古今中外，各式各样的枕头层出不穷，而且千奇百怪，在博物馆和一些收藏家的手中就可见到。枕头说到底就是一种帮助睡眠的工具。原始时代，人们用石头或草捆等将头部垫高去睡觉，大概是"因丘陵掘穴而处"时比较原始的枕头。司马迁用"圆枕"，以警示自己不断努力，还有不同材质的木枕、砖枕、玉枕、陶枕、书枕、棉枕、鹅绒枕、水枕、气枕、茶叶枕等等，从方的、圆的、扁的、不规则的，到现在包治百病的药枕、磁疗枕、乳胶枕、音乐枕等等，枕头的发展史，可以说是人类不断知道"享乐"的文明史。

枕头在古代法律上虽无身份记载，实质上它是一种身份的象征。皇帝用的枕头，以金丝为面，上等软玉镶框，雍容华贵，乃称"玉枕"。还有楠木枕头。我没那么金贵，小时候，枕头是用荞麦皮填充的，也有用蚕屎填充的，据说可以清火、去热。但我不喜欢用蚕屎，总觉得别扭。后来读了些书知道："苦荞皮、黑豆皮、绿豆皮、决明子……作枕头，至老明目。"（李时珍《本草纲目》）至于枕头到底能起多少作用，恐怕只有自己知道。"心中没有鬼，不怕鬼敲门。"我生在黄土大地上，山沟沟放完羊，随处可歇，摆一个"大字"，头枕青山，脚蹬清河，抬眼看蓝天白云，闭眼昏然入睡，嘴边流着涎水，才不管三七二十一。有时候，急了，把上衣脱下，胡乱卷一个枕头垫上就睡，或者"就地取材"把自己的一个胳膊枕上睡。记的，过去看完电影，靠在麦草跺上，头枕着清香的麦草，睡到半夜，被明亮的星光叫醒，"赶紧回家吧，孩子！"

我也用过砖头做枕头。初中暑假，在建筑工地打零工，挣几个零花钱，不要说用枕头，干上一天的脏活累活，头一挨地，就呼呼大睡，能支个枕头，算是对自己的"福利"了。过去睡热炕、睡硬床，现在睡软床，腰椎、颈椎病来了，不知道什么原因。过去枕老母亲的绣花枕，现在枕高档洁白的乳胶枕，还没到"有钱怕死没瞌睡"的年龄，却总失眠。可怜有些人，玩着手机，喊着脖子疼，吃着安眠药，还喊睡不着。有时候想想，人的命天注定，胡思乱想没有用。每个人都希望"高枕无忧"，到头来是一场"黄粱美梦"！"高枕"真能"无忧"吗？我觉得，心理暗示大于科学道理。每个人的高低、胖瘦，甚至脖子长短都不一样，个人能量磁场不一样，适合自己的高度或许是最好。

枕头陪伴人一生，一直到进棺材，后人也要给先人弄个绣花的"枕头"，期盼安息；特别是对我，枕头是"小姐身子丫鬟命"，经常要忍受着油乎乎的头发。还有些男人，没出息，在枕头里攒些私房钱，有朝一日，被亲爱的老婆大人发现，没收不说，还落个把柄，打掉牙往肚子里咽，老鼠给猫攒，也算是肥水不流外人田。从"同床共枕"到"同床异梦"，枕头是多么的冤枉！枕头还是那个枕头，睡的人心各一方，"落枕"只能在皮肉疼痛方面提示一下，人，深不可测的内心，是世间最深的东西，谁也没有办法。《西厢记》里红娘抱着枕头送崔莺莺与张生，"鸳鸯枕，翡翠衾，羞答答不肯把头抬，弓鞋凤头窄，云鬓坠金钗。"秦晋之交，和谐美满。老家新娘子结婚的时候，娘家要送"鸳鸯枕"，无限缠绵，枕边留香。"凌波微步，罗袜生尘，若飞若扬"，这种春梦、美梦，枕边经常发生。有的人，以为是真的，天天期盼；有的人，以为是假的，不屑一顾。在枕边，有的人留下青丝，有的人落下白发。总之，梦中的事情，多半是美好的，很大程度帮助了自己。如果，噩梦连连，恐怕自己没做啥好事。

中国有句话叫"吹枕边风"。这"枕边风"实在厉害，看似柔情蜜意不露声色，比台风海啸还凶猛，一般男人抵御不住，照单全收。离开了枕头，下了床，就后悔。"君子无戏言。"是不是真人君子不好说，最后的恶果，自己只能吞咽。枕边的玄机，不好说透。枕边之情比刎颈之交，有时候还坚刚。唐太宗的高阳公主嫁给宰相房玄龄之子、散骑常侍房遗爱为妻后，却不爱夫君爱和尚，芳心另许"容貌俊秀英飒，气宇不凡"的辩机。八年间，高阳公主赠送辩机定情饰物无数，其中包括一只皇室专用的"金宝神枕"。后来，被爱情冲昏了头脑的辩机，把这个价值连城的定情枕留在了寺里，以致后来玉枕被盗，东窗事发，年轻的辩机被判于西市场大柳树下腰斩极刑，侍奉公主的十余名奴婢也以知情不报罪悉被勒死。最终，辩机以自己的生命祭奠了"爱情"。由"枕头"发生的情爱故事，让人听了感慨万千，后背发凉。

"世间万事，总是一场春梦。"我经常羡慕那些终南隐士，"枕流漱石"，那种境界，高雅，非凡人所能抵达。"所以枕流，欲洗其耳；所以漱石，欲厉其齿。"（《晋书·孙楚传》），在秦岭终南山的二十年里，每天都与山水相伴，但自己不才，修行日进，也凡人一个，难免凡俗，一直要枕着真真实实的"枕头"睡，方可安宁。直到现在，对"枕头"的高度、材质、硬度等要求也高了，平躺无枕，虽说利于健康但根本睡不着，有了枕头，也是正睡，左侧、右侧睡，趴着睡，身体这台机器不断调试，方可睡着，生命诚可贵，越来越会享受了，临幸的枕头功不可没。

2020.3.28 匆于长安

肆·在人间

大地的风景

这几天西安大白雨，炎热的天气一下子凉爽了许多，晚上也能睡一个安稳觉了。但是也给上班族造成了许多不便，交通拥堵，出行困难，在大街小巷经常会看到一些小车剐蹭，司机淋在雨中苦苦等待保险公司的到来。

这也算是城市雨中一道风景吧？活在俗世，要有菩萨心肠，欢喜之余，还要面对许多实际的困难和问题。我们每个人不同程度地有信仰、有理想，豪情万丈，最终还要默默忍受心中的暗伤。蜗居在城市的一角，看着窗外飘泼的大雨，不知道何时能够停止。老天爷好像漏了一样，止不住；龙王爷也大发慈悲，让雨水这最好的"甘霖"滋润着干渴的黄土大地。

目之所至，是一眼望不到头的楼房，楼房的形状也基本是四方形、长方形，其他异形体很少。在古都西安这个地方，道路笔直、楼房林立，基本形成了这个城市的格调。过去站在钟楼、城墙、大雁塔上面能看到秦岭终南山，俯视下面绿油油的麦苗。现在除了楼房就是楼房，韭菜一样齐刷刷，堵塞了目光的距离，让我一双引以为豪的"眼睛"几乎成了"近视眼"，只能看到眼前的东西，两座楼之间，距离不大，若是有情有义，能聊得来，可以隔着楼互相"拉话话"。

这让我想起了陕北高原,沟壑纵横,黄土遍地。神仙也挡不住人想人。生于斯长于斯的男男女女,满含激情,没有被风沙阻挡,在贫瘠苦闷的日子里,放声高歌:"一个在那山上一个在那沟,咱们拉不上那话话招一招手。"黄土有风景,大地有风景,大地上活着的人们更有风景。

我曾经去过一些地方,也从飞机的小窗俯视过祖国的辽阔大地,江河湖海、平原丘陵、高山盆地、戈壁绿洲,五色土地构成了大地不同的底板,加上万千植物、不同的动物,四季变化、昼夜交替,每时每刻,都在展现着大地的风景。过去在关中西府农村,很少出门,只爱自己的"自留地",走得远、看得多,才知道大地是多么美丽!世界是多么美妙!

记得,小时候我们坐在宝鸡陈仓贾村塬(又名蟠龙塬、西平原等)的边上,吼着秦腔,胡吹乱谝,期盼有一天渭河水涨,直接可以泡脚。还可以"打浆水"(游泳)。后来慢慢长大,才知道这个宏大的愿望很难实现,或者说基本不可能,贾村塬是一个缺水少雨、靠天吃饭的地方,对水再渴望,也只能是梦想,要想把这塬变成"船",四周被水包围,只是儿时一个美丽的童话,和给地球上贴瓷砖一样,空想有余,没有实现的可能性,起码在有生之年看不到"如此盛景"!坐在塬边泡脚,多么富有创造性的想法,也没有想想自己坐在松软的黄土上,自身的安全危机四伏,随时可能被大水冲走。但是想一想,坐在塬边,一边泡脚,一边欣赏浩瀚的水景,大地的这片风景有多美!可与《诗经》里面的"秦风""蒹葭苍苍,白露为霜。所谓伊人,在水一方"相媲美!试想一下,如果坐在贾村塬的"龙头",可以远望秦岭、俯瞰汧渭之会;如果坐在"龙尾",可以远观吴山,俯视冯家山水库,眺望灵山。大地是多么辽远!不用买门票,就可以看到美妙的风景,一只鸟飞过,或者一只蝴蝶飞来,带着自己的思绪,去寻找远方,是多么富有诗意!再换一种假设,如果看到的是密密麻麻不可透气整齐划一的楼房,又是一种怎样的心境?

可能,小孩子心无城府,单纯、简洁、明快,把复杂的世界总想得简简单单，好像一切是自己的。也许，由于太缺水，想水想疯了，给自己构想一个遥不可及的"空头支票"。

大地是美的，小孩子的心灵也是美的。哪怕一只蚂蚁行走在大地，和一列火车飞驰在大地，都是美的，只是对美的心思和内涵不同。我经常坐在割完麦子的麦茬地里，光着脚板，顾不得疼痛，仰视蔚蓝如洗的天空，看着一望无边的麦地，夏风吹来，万分惬意！这种风景，不只是呈现于外表，而是刻在心里，难以挥去！如果是夏夜的晚上，明亮的星星和月亮，让山村的黑夜，又多几分活泛！如果是秋季，天高气爽，秋风扫落叶，大地澄明，也是一种爽快的美景！还有冬季，大雪封地，大地一片白茫茫，那种辽远、寂静、宏阔，那种风景，是永生难忘的！

可惜，我们无法看到少时记忆的风景了，我不是一个顽固的人，自己感觉还善于接受新事物，心里只固守着一些自己对事对人认识原则的底线。

麦地在退去，城市在奔来，高楼一排排迎面而来，让我措手不及；如同这次去三亚，和十几年前大不一样了，各种别墅、洋房、公寓、住宅高楼林立，要看海，已经远远不行了，必须近前，环境确实变好了，绿化也不错，感觉总缺少了什么。大地自然的美景，被人工雕琢得得不偿失。

"山海天"，本来是一个非常诱人的字眼和美景，可惜，三亚的山一般不高，能与海融为一体就很难了，美丽的天际线，被分割、被阻挡，只能爬向高处四处寻找可以观看的地方。网红打卡之地——"无边际游泳池"，很大程度上只是一种娱乐性消遣。

我们经常看到一些美丽的大地上，有时候非要人为制造一些要震撼人心的"花海"或者"地图"，弄得残缺不全，"强人所难"。古人都知道人与自然和谐相处，我想我们作为"文明人"应该知道的，但是在各种利益的驱动下，渐渐麻木了。我经常看到一些耕地良田被围栏所困，盖起了楼房，世代以农为生的农民失掉土地被赶上了楼，过上所谓的"城市人生活"，失去了与土地、庄稼交流，同呼吸共鸣的机会，不知道是怎样一种复杂的心情。

一个人，不可能看透这个社会，社会瞬息万变；那些自诩"看透世界的人"，其实什么也没有看透。每个人都在万丈红尘里踽踽独行，心中的苦痛只有自己知道。我想着自己心中大地的风景，这些风景在渐渐减少；新建筑、新地标、新坐标从大地拔地而起，我们不得不仰视，也无法回避，有没有违和感，自己心里有杆秤。碧波荡漾的大海边，我一个旱鸭子，在海边的沙滩上散步，被无情的海浪拍打过来，躲闪不及，淋湿身体，渐渐退步。年轻时候的冒险精神少了，更多的寻求着一种安全的保护。黄土高坡上的悬崖边，大海的沙滩……面对西北风、面对翻滚的海浪和台风，我没有迎难而上，而是一味退却。

"海风你轻轻地吹，浪你轻轻地摇"这种美好的感觉呢？听海哭的声音，"这片海未免也太多情 悲泣到天明。"我经常杞人忧天，没有终南隐士的隐忍和耐性，故土的情节和大地的情怀，让我一次次担心和担忧。其实，我觉得不应这样，活着，应该好好地活着，精彩地活着，主动去拥抱世界活着，敢爱敢恨敢拼敢搏真真实实地活着。但是很多时候，自己做不到。一些有形的、无形的东西，让我不得不撤退，为了生存，或者说为了崇高的理想，我不停地向生活妥协，苟且偷生，甚至撤退。

就是退到一万里，也看不到"海市蜃楼"的美景；况且无法退步，海边几乎成了酒店住宅的超高楼房了。大地的风景应该是浑然一体，错落有致，地气充盈，万物循环，有生气、有灵气的，不是断了文脉，缺了风水。如同我离开故乡——贾村塬，从地理位置从心境再也回不去了；也再也无法欣赏到过去的大地风景，除了大地已有些变样，心，也变得脆弱、敏感，潦潦草草、恐慌不安、莫名寂寥。有时候，我自己不由地感叹："总爱回忆在岁月的痕迹里，也没有沉淀出好看的样子。徒增虚岁而已。"

2020 年 6 月 6 日匆于三亚

伍

师·友·情

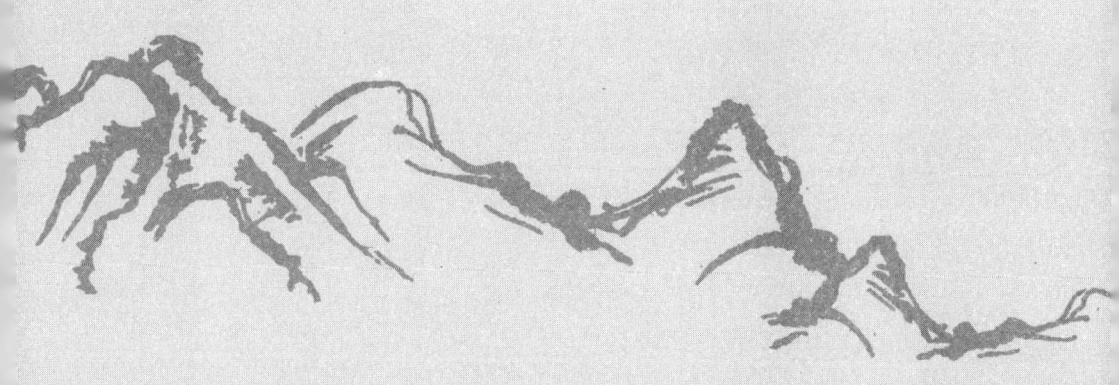

伍·师友情

近邻荞麦园

　　世间无常事，好像一切还在梦中。我从来没有想到过能住到"美丽的院子"，用我的话来讲，"既不美丽也没院子。"事实也大抵如此。这一很有诱惑力的房产楼盘，细想起来也是有缘由的，因和西安美院为邻，一墙之隔，故美院的校园也就成了自家门口的院子，一种自我美好的意淫、攀附和商业策划而已。比起这个天下，那个绿洲，诸如蔓哈顿、白金瀚宫、巴厘岛、托斯卡纳、白宫、枫丹白鹭等等，谦虚多了。

　　荞麦园，就在美院门口，我几乎天天上班路过，门庭不很大，四四方方，端庄规整，有着艺术的格局和精致，不像是一个人声鼎沸、喧嚣尘上的"饭馆子"。

　　记得多年前，在"荞麦园"吃过饭，有陈仓、狄马等朋友，陈仓老兄还唱了几首陕北民歌，记得最深的有几句："大红公鸡毛腿腿，想起我的那个小妹妹；妹妹你是那个勾魂的鬼呀；哥哥想你我难入睡，哎咳哟。黑夜里我抱上枕头睡呀，亲嘴嘴亲了一口荞面皮呀，一口那荞面皮，哎哟哟。"声情并茂，撩人心扉；酒席之间，气氛活泛，非常亮堂，一穿着羊毛皮褂子的陕北老汉,弹着"三弦",一段单口"陕北说书"《毛主席在延安》,活灵活现,惟妙惟肖,让人忍俊不止。

其后,也曾和一些朋友在此吃过几次饭,见过几次荞麦园的主人薛莹巧女士,她经常很热心地过来问饭菜是否合口,拉拉家常,可亲可敬。

荞麦是陕北黄土地上独有的特产,在贫瘠的沟壑顽强生长,任凭风吹雨打,光热能条件充足,绿色、自然、健康,颗大皮薄、面白粉多、筋大质优,做面食洁白细长,光滑爽口。"荞麦、羊肉、地椒草"是"陕北三宝"。当然,我觉得还应该加上"陕北民歌"。陕北后生看似老实、憨厚,但唱起民歌豪情万丈、风流无限;陕北女子,模样俊美、白净,但唱起民歌情深意密,婉转优美,在陕北这一块焦苦的地方,死心塌地过光景。荞麦在陕北的吃法也特别多,比如面条、剁荞面、扒糕、蒸饺、煎饼、荞麦豆乳、豆腐、凉粉、粉皮、碗坨、搅团等等。过去一去榆林,我就要去老城里的一家小店面,去吃荞面饸饹,劲道有嚼头。夏天,也喜欢吃些碗坨,越嚼越香。荞麦园在不断继承和发扬着陕北的餐饮文化,在保持原汁原味的基础上,做出了自己的特色,开发了一批具有浓郁陕北风情的菜肴。大家不用去陕北,在家门口,就可以尝到纯正的陕北味道。

我经常在微信圈看到朋友杨墨发一些荞麦园的新闻动态。大年初六,吃过午饭,一个人便去参观。之前,也知道,荞麦园在四楼修建了一座美术馆,有陕北窑洞"卢浮宫"之称。许多朋友,有名家大腕,也有路边社等无名小草在此举办过各类艺术沙龙、读书分享会、新书首发式、书画展览、先锋论坛、诗歌朗诵等等。

杨墨是这里的工作人员,不辞辛苦带我参观。荞麦园已在原来打造陕北地域特色膳食的基础上,积极向文化主题餐饮迈进,两轮驱动、互为发展。荞麦园美术馆和荞麦园浑为一体,有一千多平方米,采用陕北窑洞式高9米的拱形支撑,中西合璧,展厅敞亮、简洁大方、精巧雅致,能举办各类中小型艺术展示。西方有"艺术沙龙",东方有"兰亭雅集",我们的荞麦园有"长安雅集"。荞麦园美术馆更多地给我们的艺术家们提供了一个自我展示交流的平台,给我们老百姓提供了一个艺术享受的诗意栖息地。佛言:"无量善事,菩提道业,因一事增,谓不放逸!"荞麦园的掌柜薛莹巧以己之力,开办美术馆,其艰辛可想、其精神难能可贵。虽然,国内外除了国家公立的博物馆外,私人、私立的民间博物馆、美术馆、纪念馆、珍藏馆很多,但能长远、持久地开下去,还是需要一定的物质基础和自己的不断坚守,通过各种方式、渠道实现产业融合和运营上的良性循环。古人讲,"居长安大不易"。荞麦园美术馆处在丝路起点的长安,今日国家中心城市的西安,为打造国际化旅游城市而添砖加瓦。

贾平凹老师在荞麦园题写了四个大字,叫"鼓腹而歌"。结实话,不吃饱,咋唱歌?咋唱"荞麦皮皮架墙飞,你不知妹妹我爱你,给你挑了一件新毛衣,天天等你不见你。"这样浪漫的、能砸出火星的陕北民歌?咥得饱饱的才能唱出歌的气概!过去的荞麦园,有一种寻根之旅,让我们感受到是一种陕北的饭菜,陕北的民歌,一种豪爽和豁达。现在的荞麦园,在讲究养生休闲的时代,在喂足人们的胃口之后,更有一份朴素精致,一种精神的回归。站立于东渡黄河的古船之前,革命的红色文化,乘风破浪的开拓精神,也让人激动,感慨万千;梦想与辉煌,历史与今天,尽在弹指一挥间。

"三十三颗荞麦九十九道棱",长安城南荞麦园,养了胃,还长了人的精神。过去,群贤毕至,大多为了吃上地道的陕北饭菜,热热闹闹聚一下;现在,人们奔荞麦园,除了吃饭,更想在这里静一静,漫步艺术长廊,感受艺术氛围,认真思考,放眼未来,不被社会洪流裹挟,特立独行,还一个真实的自己。

一座小院,一座城

早上在红缨路办事,九点才上班,天有些冷,雾霾很重,我走了几圈突然想起"陆青小院"就在邮电北巷,连忙给小张(张雅颉)打了电话问了陆青的号码。

打了几次,一直占线,我就想他起床了。我不爱给人很早、午休、晚上打电话,唯恐惊扰人家休息。年轻时,我是常年睡不醒,现在还远远没有到"有钱怕死没瞌睡"的地步,却是经常半夜莫名其妙地醒来,白天晕晕乎乎,不知所措。

我看只有半小时的时间,不想再打扰他;他电话过来,出门来接我。过去见过他,现在还是很瘦,显得十分精干,小脸,戴个眼镜,微笑着,略显得有些"不怀好意"的撩人。

我们坐在院子里闲谝,用山里拉来的柴火烤着馍馍,冒着烟火,煮着咖啡。这个院子很精致,"逼格"很高,一面砖墙上爬满藤条,绿绿的;头顶是大树,尽管已到冬季,谈不上树叶蔽日,但还是给人一种夏季清凉之想。我说昨天王琪刚来过,谈文学写作。谈起文学写作不是一两句话能扯清的,到底为什么而写,自己为遵从内心的固守执着而写,还是屈从市场读者去写,或者依附权贵,混些名利,社会洪流,泥沙俱下,人各有志,都不好说。我说你这院子不错,很有意思。在西安这座四方古城里,有你这样的院子,还是超出了我的想象。在中国,有院子的人很多,但一般都是空荡荡的别墅洋房或者"金屋藏娇",自己没有时间享受,没有很好地融于其中;或者说,想有院子的人很多,但大多都停留在梦想中,被社会裹挟,世事劳顿,最后得过且过了。能拥有一座自己的院子,自己能每天享乐其中,是一件很惬意的事情。

"陆青小院"不是一般意义上的传统小院,它浸入了"院主"大量的心血和思想,不管从哪个角度来看,都是一件精巧的艺术品或者艺术装置,有着慵懒的生活气息和情调,这种气息和情调不是靠简单装饰和美化就能达到的。是作为摄影家和设计师的陆青,凭着自己对艺术的感悟和对生活的理解,长年积淀而成的。

"小隐隐于山,大隐隐于市"。我在终南山呆了二十年,也算看惯了山川自然,也见到了一些终南隐士,但自己还是难摆脱红尘的缧绁。现在回到城里,有"陆青小院",便有一种心灵放松的感觉。城市是社会发展的结果,现代文明的必然,我们常人无法与城市断交,我想"陆青小院"起码给我们提供了一种借鉴和思考。陆青谈到,杜江(国家旅游局副局长)来了看后问他为什么不开发一个旅游景点,好的东西应该大家享受,但我觉得,一旦开发成景点,或者像袁家村、马嵬驿那样的乡村旅游不加限制地复制,最后就糟蹋了"陆青小院"。每个人的心中都有自己的"小院",是生态的、独特的,有自己个性的。、

"陆青小院"的每个东西都是艺术品,变废为宝,大放生机,都经过了主人的精心打造和创新,处处体现着率真、随性和自然、安静、舒服。时间关系,陆青很热情地给我照了几幅照片,没有"茶壶照"。但有一张很霸气,有朋友看了说像大漠里的成吉思汗,又像令狐冲,还像杨过,魅力四射,笑容勾魂。他不仅仅是用眼睛摄影,更是用心、用嘴、用语言交流,留下让你最快乐的风采。

我们相约,下次再见。因为陆青,因为他的一座小院,典藏了千年古城墙下许许多多的寻常风景和美丽故事。

2016.12.12 于安业坊

秋雨思恩师

外边下着雨,滴滴答答不停;我在骊山深处的小山村,窗外云雾弥漫,看不到一点山势和树木,宇宙空旷无边而我微小如尘,突然有一种人生如梦、迷茫而不知所措之感。

教师节马上到了,从6岁上学、1996年大学毕业工作至今,在人生的道路上,我觉得所有帮助过我的人都可称为恩师,如果只限于上学中的恩师,有几位难以忘怀。

没有幼儿园,没有名校可选择,小学在村上,离家不到500米,每天早操的广播睡在炕上就能听到。6岁的时候,直接上小学,我死活不愿意上,记不清不知道为什么,可能是散漫惯了,野性不改。最后被家人拉上去学校交了5毛钱,一上成了瘾,基本没有请过假,更不要说逃学了。老师基本都是村上的,父母都认识,还有民办老师。五年级的时候,班主任兼语文老师是曹老师,在学校以严格著称,爱打学生,没有不害怕的。第一节课见了曹老师,四十多岁,长的瘦骨嶙峋,最爱抽烟,一根接一根,没有多少钱,是劣质的旱烟,自己用报纸卷起来,在课堂上抽得直咳嗽,有时候气都喘不过来，流着眼泪，还讲着课。他讲课极其认真，板书也很好，毛笔字在村上数一数二，算学校里的能人。布置的作业和背诵课文必须完成，完不成的肯定要数倍罚做或者挨打。谁上课不认真、走神，曹老师会一个粉笔头直接扔过来，打在你脸上，疼上好几天；作业未完成，曹老师不分男女，毫不吝惜，打人有自己的办法，直接打嫌把自己的手打疼，他会在黑板下支一个三条腿的木条凳子，让你站上去面对学生，低头认罪，更为一绝的是，他会趁你不注意，一脚蹬掉凳子，摔你个仰面朝天。同学们一阵嬉笑，然后吓得默不作声，不知道哪天会轮到自己。就是这样的严格教育，家长喜欢，学生害怕，从来没有家长为打人找上门，因为孩子被教育后既听话、成绩还不错。我是侥幸没有挨打的学生之一，每天按时完成作业，上课认认真真，有点顽皮的同学就战战兢兢了。记得曹老师鼓励我还用蘸笔（那时候穷，没有钢笔）写语文作业，练习硬笔书法，这种笔，它的笔头可以根据书写角度，写出笔画、线条秀丽的字来。他虽体罚学生，现在看来不怎么好，但讲课认真，心是好的，经常还教我们劳动，美化校园。他自己也很勤俭，晚上回家的时候挑上铁皮桶，担上茅坑里的粪便上地，要知道，他家离学校最少要走半小时，还是山路小道。担粪走过的路上，臭气熏人，有人说，曹老师你过河沟蛋子都要夹上水，他笑而不答，大家知道，家里人口多，全凭他一人。没有想到，我有一次回家问父亲曹老师的情况，他说曹老师得了喉癌，动了手术，说不成话了，靠打手势跟人沟通。我突然一阵心酸，一个老师，说不成话是啥滋味。

上了初中，我认识了胡老师，胡老师也是班主任兼语文老师。胡老师为人客气和善，现在退休了，有时候我们还通电话。他讲课一板一眼，脾气也好，学生们都喜欢。80年代农村娃跳出农门就两条路：当兵或上学。上学，上中专，不上大学，大学时间长，家里一般供不起；而上中专，实在太难。城里学生凭城镇户口考个技校就能毕业有工作，农村学生就不行了，农村户口把娃难住了。就是考中专，城镇户口也降几十分。这是国情，是实情，不公平，有意见，但谁也无法改变。中专县里一年也招不了几个，有的学校一年就在一个县招一两个，比什么重点高中分数高很多，但上了中专包分配，转了户口还是干部身份，人人都去争，如果说上学时挤"独木桥"，那么上中专就是"登天梯"！可以说，那些年，学习好的农村学生都上中专了。面对家人的希望、老师的期盼，学生压力很大，胡老师经常要做学生的心理工作。我虽学习还可以，但和初三复读生一比，那成绩肯定差许多。这种教育制度，害的有些娃在初三复读班蹲四五年，不管考不考上，自己的同学都中师毕业成了自己的老师，自己的同学都结婚生娃了，还在苦读，怨谁去？我没有考上中专，最后上了高中，虽有些心不甘，但胡老师劝我，高中毕业上了大学，路更宽，才有后面的事了。

高中在县功上，这是宝平路上的一个小镇，当时比较繁华，老师们都很认真和勤奋，围着高考指挥棒继续努力。这样不怪谁，大势所趋，我们主要任务是学习、考分。即使冬季睡在没有暖气的大通铺，也没有觉得寒冷过。老师们的点点滴滴之恩永记心间。上了大学，突然一放松，不知所措了。许多时候，在人生的关键几步，我觉得自己是随波随流，安贫乐道，没有自己伟大的理想和目标，也不后悔。大学期间，主要和丁老师办《中学生文萃》杂志，丁老师一心热爱文学，最为主要的是通过杂志扶持了一批70后作家，虽然有时候自己贴钱，杂志免费送，他无怨无悔。我们不能忘记，正是丁老师的引导和帮助，让一大批人通过写作，找到了谋生的道路，实现了自己心中的文学梦，用实际行动践行了"文学永远神圣"！

教过我的老师很多，我都记得他们的好。过去，年幼无知，难免轻狂，希望老师们能理解。记得一段时间，学校让学生给老师提问题，我问过化学老师分子为什么分为中子和离子等一些怪问题。一直当班长，也未尽到班干部之责。但同学之间的友情，还值得珍惜。一些同学已经不在人世，一些同学也联系不上，但愿看到这篇文章，初见有因缘，再见不恨晚，一笑泯恩仇！

秋雨无情人有意。我是一个粗心马虎之人，平时也不爱记一些东西；四十岁后，减法生活，很容易自我满足，干些自己喜欢的事，不善交际，不爱赶场，说些真话有些人不爱听，有些话也说不出口，很多时候愿意一个人默默思索，具体想什么，自己也不知道，不知道是不是衰老的症状，还让人误会为清高或者孤傲。自私也罢，自我也罢，这是人性天生的弱点，但我无法忘怀恩师，无法忘记一些人、一些事，可能平时甚至一辈子没说过，压在心底，永远铭刻。

备注：此文获《教师报》征文一等奖。

一棵树的怀念：沉痛悼念陈忠实老师

早上，突然有朋友打电话，说陈忠实老师走了，问我是否知道。我不敢肯定，现在网络诈骗，假消息炒新闻的太多了。连忙向较可靠的人打听，的确，白鹿原上的老汉，文学大家陈忠实老师离开我们了。顿时，大脑一片空白，不知所措。

去年，听朋友说陈老师得了不好的病。至于究竟什么病，大家都回避着，不愿意说，也不希望我们可亲的陈忠实老师得这种病，祝福他能挺过去。有朋友叫我，一块去白鹿原上的农家小院去看望陈老师，我说你联系一下再去，果不出所料，陈老师婉拒了大家，我知道，他想一个人静一静。

我一直从内心默默地祝福他，祝愿他平安健康。

没有想到，去年冬季我正开车，在西部大道的十字，陈忠实老师打来了电话，说读了我的长篇历史小说《党崇雅·明末清初三十年》，感觉非常厚实，有味道。因为开车，我不敢打手机时间长，也因为我知道陈老师得了有关口腔的病，不能长时间说话，只连声说谢谢，匆忙挂断。我是一位业余写作者，陈老师在百忙中，特别是在病中，能给我这无名小卒主动打电话，让我受宠

伍·师友情

若惊之余，更多的是感动，感动他对文学新人的关注和鼓励，无私的大家风范。

现在，他带着"一个民族的秘史"默默地走了，我怎能不悲恸？

我读陈老师的作品，大约是 90 年代初期，《蓝袍先生》《四妹子》以及后来大家熟悉的《白鹿原》，深深为他关注民族命运的这种精神所打动，也记住了白嘉轩、田小娥等深刻复杂的人物形象。小说《白鹿原》以反映白嘉轩所代表的宗法家族制度及儒家伦理道德在时代变迁与政治运动中的坚守与颓败为叙事线索，讲述了白鹿原村里白鹿两个家族之间的矛盾纠葛。说《白鹿原》是一部"文学史诗"，一部民族史和心灵史，我觉得不过分，他的雄浑、厚重，他的反思精神，他的现实主义写作手法和借鉴西方魔幻主义的结合，他的力图解构历史，精准地表达关中文化的勇气值得学习。《白鹿原》还被改编成话剧、电影等其他艺术方式传播，足见其深远的影响。当然，我看了电影《白鹿原》，总体很大气，震撼，感人，但是对张雨绮和鹿子霖在炕上表演的床戏感到有些好笑，看来比较机械和紧张。张嘉译在蓝田白鹿原影视城拍摄电视剧《白鹿原》的时候，我去过，很逼真，泥地里面是麦草，和我小时候走的路一样。

由于年龄悬殊较大，加之自己有点自卑，不愿打扰别人的做人习惯和性格的原因，我和陈忠实老师见面在 90 年代初期，可以说，那个时候，见到陈老师是很敬仰的，不敢去交流。1995 年我参加过西安举办的文学夏令营，陈老师讲过课，也是远远地望着，尽管他很和蔼，我也终究没有去和他说过一句话。后来，陈长吟老师东奔西跑为我们的散文集在西安音乐学院举办的"紫香槐散文研讨会"上，王仲生、陈忠实等大家都参加并讲了话，我单独和陈老师也没有说过几句话，非常遗憾。以至于我了解更多的有关陈老师的知识，来自邢小利老师所著的《陈忠实画传》。

尽管写了一部"能当砖的书，能枕颡的书，能带进棺材的书"，他非常谦逊宽容。诚如他的名字一样，忠诚做人，实在干事，闷头写作，不问名利。每次见了陈老师，他一直是最朴素的打扮，关中农民老汉形象，沧桑的脸是标志，为人随和，奖掖新人，尽最大可能帮助文学青年。记得1998年，我出个小散文集，那时候二十出头，想请陈老师写个书名，书名叫"一棵树的怀念"，又怕被拒绝没有面子，就叫我的校友、当时省作协《西部文学报》的编辑罗晓帮忙说了一下，不想，一周后陈老师写了两张，让挑一张用，可以说感激涕零，无以言表。他的做人风范、精神品格，让我深深感动。

人艺副院长濮存昕说："上世纪初，同腐朽的封建时代一起被丢掉的，还有很多中华民族的传统美德，包括白嘉轩身上很多'正'的东西，都是需要我们今天往回找的。要先做人，先正心，再做事。而在当下社会，我们过分追逐效益，追逐看得见的东西。"

我觉得，文学作为人类精神产品，不会消亡；碎片化的阅读只能让我们对经典更加渴望。陈老师给我们树立了做人的榜样，"文学依然神圣"，这种气魄，这种力量，感召着我们为文学、为信念继续前进！

有人说，陕西有"三座文学大山"，路遥、陈忠实、贾平凹。的确，他们的文学作品和大山一样让我们远望、难以企及。但我想到陈忠实老师，我就想到"一棵树的怀念"，因为树正直，挺立，给我们无私地遮挡风雨。

陈老师说过，"我愈加固执一点，在原下进入写作，便进入我生命运动的最佳气场。"白鹿原给了他创作的源泉，给了他写作的欲望和灵感，如今，他重回泥土，一路芬芳。一个73岁的好老汉就这样离开了我们，令人惋惜！祝他在天之灵平安，一路走好！

2016.4.29 匆于长安南山

伍·师友情

春天的哭泣
——怀念红柯

到现在，我始终还是不相信红柯老兄的离世。虽然从2月24日（大年初九）至今已经近半月，他的音容笑貌不时在我面前晃动，卷曲的头发，两鬓有些斑白，稀疏的络腮胡子，圆圆的笑脸，一口熟悉的西府宝鸡话。

称红柯为"老师"，名至实归。我更愿意称他为"老兄"，我们同属西府宝鸡人，也属虎，他大我一轮，恰逢壮年，天妒英才，让我心里一时难以平静。他离世的消息早上在微信群见到，我害怕是假新闻，不敢确认，可当朋友们通过电话等确认后，我一时茫然不知所措，头脑里面空空的，忘记了一切。

有报纸让我赶写一篇悼文。我不想，也不愿，我心里相信我们的"红柯"还活着；虽然现在是信息时代，快餐文化盛行，但我不愿意违背自己的良心，去迎合附和一些东西。

我和"红柯"不熟，虽然也是西府宝鸡人，也写东西。在文学界、在写作道路上，他是一个特立独行的"大人"，我只是一个文学爱好者或者业余作者，始终、包括现在，下不了硬心，对自己不够"狠"，经常被鸡鸣狗盗琐事所缠，所以成绩平平。同属西府宝鸡，一个地域，我在宝鸡县（现改为陈仓区），他在岐山县，从一出生就是宝鸡乡党，没啥问题；他是我们的文学"老师""导师"，是我们学习的榜样。文学注定需要作家孤独、寂寞，只有个性化的作品才能在文坛上赢得尊敬，任何的投机倒把换取的鲜花和虚名是没有意思的。我不愿意随便拉"乡党关系"，毕竟出生地有些距离，而且有点一厢情愿，人家愿意倒好，不愿意岂不自讨没趣？也不愿意随便拉"师生关系"，没有真正在老师门下好好学习、聆听教诲、练就真金，人家愿不愿意，自己非要"认师"，拉虎皮、树旗杆，落一个攀附名人之名，惹人笑话。当然，尊师重道，是人之常情。

知道他很早，大名在外。原名杨宏科，获得大奖多次。我和红柯老兄认识大概是他1995年从新疆回来，在宝鸡渭滨区挂职当副区长，我的高中同学王懿斌在区委组织部工作，拿了我的一本小书送红柯看。在省作协召开的一次会议上，见到红柯，我自报家门，他笑着说："知道乡党，在渭滨看过你的书呢，不错。"我有些自卑，心里还责怪同学王懿斌怎么不吭气敢拿我的小书让大作家红柯看。听了红柯的话，释然了。尽管，也可能是一句随便的话，但也给了我一些自信和鼓励。

第二次见面，是2007年省作协等五次代表大会上，在止园饭店，红柯面带笑容，和宝鸡乡党李凤杰、严晓霞等照了一张合影，这是我唯一一次和他的合影了。那时候的他蜷曲的黑发黝黑黝黑，脸色红润，充满着血性和激情。

第三次见面是在曲江国际会展中心，"西凤酒华山论剑"的一次大型会议上，有贾平凹、余光中等参加，下午召开研讨会，他坐在我前面，头发有些少了，我们彼此握了一下手，我说："有时间，咱聚一下吃个面！"他点了点头。我知道，作家也罢、朋友也罢，宜散不宜聚，保持一定的距离友情方可长远。这个时代，大家都很忙，没有任何利益的吃饭相聚很少，几乎没有，随口说说的事情并不一定要较真。

后来也见过几次，只不过他在台上，我在台下。红柯很忙，他不停地驰骋在自己的文学天地,夜以继日、不断突破,傲然前行。

我站在他的远处,唯有欣赏。

2017年底一个晚上,白麟在西安招呼宝鸡作家在北大街吃了个饭,徐岳、孟建国、冯积岐、吴克敬、马召平等参加,告诉我们,红柯因为外出有事不能来,甚为遗憾,不想成为永远的遗憾。

大千世界,气象万千。有些人追求生命的长度,有些人追求生命的宽度,有些人博学,有些人专一,都有缘由。有些人生来就喜欢独往,有些人喜欢热闹,有些人是老虎大象,有些人是长虫蚂蚁,为了写作不被打扰,多年来红柯一直没有手机,仅有一部小灵通,是其妻子接听转告,只是这一二年才用上手机,微信名为"兀立荒原的树",在一些微信圈非常活跃,经常可以见到他的留言。

红柯说自己非常欣赏古波斯大诗人萨迪的说法,一个诗人应该用30年漫游天下,再用30年从事创作。红柯漫游西域10年,又在小城宝鸡10年,他说他自己"迁入省会西安有点早了"。在他自由自在的漫游中,没有多少生活的压力和琐事,写出了许多充满神性和诗意的作品,引起了文坛的关注。他的作品可以拉出一个长名单:《美丽奴羊》《金色的阿尔泰》《跃马天山》《黄金草原》《古尔图荒原》《莫合烟》《野啤酒花》《太阳发芽》《西去的骑手》《老虎!老虎!》《天下无事》《咳嗽的石头》《大河》《乌尔禾》《手指间的大河》《敬畏苍天》《吹牛》《库兰》《高耸入云的地方》《鲁迅西北行》《奎屯这个地方》等等。

我读过他的《生命树》,让每片叶子都充满灵魂;读过他的《少女萨吾尔登》《太阳深处的火焰》,他的作品辨识度很高,一看就知道是"红柯的东西",处处体现着大西北的异域文化和民族融合,处处充满着刚烈的激情,把浪漫主义和现实主义紧密结合,结构紧凑,恣意纵横,长于抒情,如同迎着冷风寒雪大碗喝烈酒,在略带西府方言的叙述中需要人一口气读完,方觉舒服,这份代入感体验来自小说内在情感本身,也来自语言风格。他的小说,元气淋漓，王气十足，奇特新颖，质朴刚硬，诗意与血性结合，不断地尝试、超越，超越着自己，迎接着自我设置的挑战，带有一定的审美救赎。《阿斗》《百鸟朝凤》等，是对故乡的致敬。面对社会的复杂性和人性的多面性，在讴歌生命力量的同时，他也关注日常化的生活和写作，作品厚实、稳重，日臻完美。

西部这块神秘的土地，自古以来养育了许多诗人和作家，有我们熟悉的张贤亮、昌耀、周涛、李娟等。红柯生在西府宝鸡，漫游于新疆，体验着不同文化的冲击和传统文化的撕裂，写出了属于自己的作品。他已经给自己制定了写作计划，"《鲜花盛开的村庄》构思多年，四月初动笔，2019年5月左右交稿。"韩敬群伤心地说，如今鲜花未开，斯人已去。

路遥1992年去世的时候，那时候我还在宝鸡一个小镇上高中，闻听消息，心如刀剜，年少的我始终想不通一个42岁的壮年汉子怎么说走就走了。来西安后，在三爻殡仪馆、在建国路省作协大院分别历经了京夫、陈忠实等老师逝世的不可回避的现实，我在万分悲痛中慢慢接受这个不可更改的现实。春天哭泣，逝者安息。这次，红柯老兄的离世，让我在哀悼、哭泣、怀念他的时候，又不得不接受这个残酷的现实，为他倍感惋惜和悲恸，哭泣别人，也悲自己，任何工作需要专一、专注和坚持，包括我们喜欢的文学，熬干我们青春和身体的文学，这个"马拉松比赛"最终冠军只有一人，也注定许多人还继续奔跑着"陪练"。我们应该以一种怎样的心态去坚守，又应该以怎样的生活来关爱自己和朋友。毕竟，人的生命只有一次，需要我们珍惜，需要我们真实地好好活着，面对世界，说些真话。

2018.3.8 于临潼骊山

伍·师友情

寻访柳青长安的足迹

因为工作的原因,上世纪90年代我经常路过长安的皇甫村,车在公路上疾驰,春天里,绿油油的麦田中有一块不大的墓地,司机告诉我,那是"柳青墓"。

这就是"柳青墓"?上中学,我就读过他的《梁生宝买稻种》,知道了他的《创业史》,这样一位著名的作家,现在就孤零零地长眠于此?怀着崇敬的心情,我要去"柳青墓"看看。

墓,一块石碑,一个坟墓,荒芜一片,杂草丛生。我向旁边一位放羊的村民打听"柳青故居",他用粗糙的手指着神禾塬的半崖,说原来在那里,世道变了,早没了。我又不甘心,忙递给老人一根烟问,"梁生宝"现在哪里,老人"哎"了一声,低低地说,1990年6月13日,柳青去世12年后的同一天,"梁生宝"的原型——农民王家斌也走了,去和柳青作伴了。

我再没有什么言语。一个著名的作家柳青,一个一心为集体的"梁生宝",都走了;虽然我年纪小,不懂什么"互助组""合作化",但是柳青和"梁生宝"艰苦创业、一心为民的精神让我永难忘记。

柳青原名刘蕴华,是吴堡县人,我曾路过这片紧靠黄河的黄土高原。他早年参加革命,当过八路军,在山西参加过敌后抗日斗争。1952年9月1日担任中共长安县委副书记,1953年3月,柳青辞去县委副书记职务移住常宁宫,开始了《创业史》的创作,1955年春,举家迁至神禾塬畔的中宫寺,扎根农村,扎根群众,扎根生活,一边写作,一边参加农业生产,历时14年之久,创作出了具有划时代意义的宏篇史诗——长篇小说《创业史》。柳青同志视长安为第二故乡,1978年6月13日,柳青同志在北京逝世,遵照遗愿,他的骨灰一半埋在八宝山,一半埋在魂牵梦绕的神禾塬畔。

既然找不到"柳青故居", 中宫寺已不复存在,他在常宁宫临时借住过,我又跑到常宁宫去寻访他的足迹。常宁宫是一座风景优美的会议度假中心,原为唐朝皇家御苑,隋朝末年,唐太宗李世民之母窦氏前往此地三观庙降香,不幸遇匪劫驾。危急之时,忽见苍松掩映的高崖之下有一小洞,便慌忙入洞避难。劫匪一路寻来,眼看就要捉住,凭空飞来一块神奇的巨石,正好砸死最靠近洞口的几名劫匪,匪徒胆战心惊,无人再敢靠前。正在僵持时刻,大将秦叔宝、尉迟敬德飞马赶到,窦氏夫人转危为安,化险为夷。为感神力相助,同时求佛主保佑李唐王朝,太宗李世民谨遵母命下旨在此建造寺庙,命名常宁宫。1940年,胡宗南将其改建为蒋介石的西北行宫。中华人民共和国成立后,成了疗养院。

导游指着一座窑洞给我说,这就是柳青写《创业史》的地方。窑洞里面什么也没有,一张木桌后面坐着泥塑的柳青像,光头,一双眼睛深邃而又善良,穿着对襟棉袄,一副"农民相"。洞门正对巍峨的秦岭终南山,远方是绵绵无尽望不到边的麦田,东面是"绝龙岭",西边是子午道,下面流着清澈的滈河,"蛤蟆滩"就在脚下。柳青体验生活的皇甫乡,是因以前的黄埔军校七分校而得名;站在这里,看得清清楚楚,新修的子午大道宽阔笔直。

导游还告诉我一个故事,当年柳青写《创业史》时,为了描写当地农妇骂人的神态,站在崖上端了一盆水倒在人家晾晒的被子上,农妇骂他时,他就拿个本子蹲在旁边观察、记录，后来被农妇认出，他这才讲明情况，并赔了一床新被子。有一次，柳青看到村里几个老太婆出门走亲戚，手里提着笼子，快步赶上挡住她们，把笼子盖揭开要看里面究竟放的啥礼品，被人误解。

记得柳青讲过，写小说"真像一根扁担，一头挑的生活，一头挑的技巧。"他在努力提高自身综合素质的同时，还在深入生活，不放过任何细节，尽最大可能还原生活的真实，永不放弃自己的写作梦想。现在也讲作家挂职锻炼、基层锻炼、深入生活，可谁能像柳青一样做得如此决绝？

他自1952年5月到皇甫村安家落户，举家深入，义无反顾，一下去就是14年，一直到"文革"挨整和身体患病。《创业史》原计划写三部，后来准备写四部，因为身体原因，最终写了二部，作家的痛心和遗憾谁能知道？

1959年中国青年出版社给柳青寄来了一万六千元稿费汇票，他连一个墼墼儿都没掰，就拿到公社要捐献。公社领导不要。他理直气壮地问："公社正在发动社员筹资搞社办工业，我也是个社员，为什么不要？其他社员都把自己每年的收获交给集体，为啥不要我的？"后来，公社用这笔钱办起了个农机厂。在分社时，公社领导来征求柳青的意见，柳青说：我已经投资给公社了，怎样处理，我不加干涉。公社经过研究，又把这笔钱盖的房子全部拨给了现在的王曲医院。

这就是柳青，一个作家和农民实实在在打成一片的柳青。

《创业史》出版后，北京新闻电影制片厂来了两位同志，带着中央宣传部的介绍信，要拍摄他在皇甫村生活和创作的纪录短片。他还是他的老主意——三不主义：不谈创作经验，不登报，不照相。他认为，每个作家都有自己不同的生活方式和创作道路，不能强求一律。他个人的生活和创作道路不一定适合别人，他不同意把个别人的生活方式和创作道路作为普遍的经验去宣传。

柳青深沉而严肃地说道："我这一生再不想有什么变动，只想在皇甫村生活下去。我在这里，只想作好三件事：一是同基层干部和群众搞好关系，二是写好《创业史》,三是教育好子女。

有朋友看望他,提起:"省委领导让我传话给你,写不出来就不要硬写了,可以学学鲁迅写点杂文,也可以像其他作家一样,到处跑跑,收集些资料,写点小东西。"

柳青心里不服,怀着一颗赤诚之心,要克服一切困难,抵达自己的理想家园。他并不是下笔万言、倚马可待的才子,也从不去趋时取巧、寻求方便的法门。他只以对事业的忠诚与高度责任感,采取"笨"办法,肯下"笨"功夫。1952年到皇甫村安家落户,当年省委有个负责同志就对此很不以为然,认为一个作家要写出伟大的作品,一定要行万里路,读万卷书,"守着皇甫村一个窠,怎么能写出伟大的作品来?"后来《创业史》第一部出版了,使得那个负责同志大吃一惊,"啊!"他叹服了,承认柳青的路子走对了。

被人误解、内心顾忌、难以超越等等,但他从没有想过放弃,他要超越自己,向一座座高峰迈进,用自己的事实证明。

在最困难的年月里,他对看望他的皇甫村老乡说过:

"如果我死了,你一定想办法和皇甫村的乡亲们把我拉回皇甫,埋到神禾塬上。有办法了,给我买个枋;没办法了,就用我盖的这条被子把我卷了。……等五十年后再给我做结论吧。"

柳青是"十七年小说"最具代表性的作家之一,他的《创业史》是当代文学不能绕过的重要小说作品,造就了它作为"红色经典"的辉煌(当代文学史有所谓"三红一创"之说,指的就是《红旗谱》《红岩》《红日》和《创业史》,这四部长篇小说均被视为"十七年文学"的代表作,在共和国60年文学史上也都是被公认的红色经典)和不朽的文学史价值,但也引发了持久的争议甚至是一些批判。

我曾参加过一些关于柳青的座谈会,有些争议。但是我想,一个作家,不可能超越自己所处的时代,这种局限,我们不能苛求。特别是对柳青这样一个对党、对国家无限忠诚、热情极高的作家来说,国家利益高于一切,人民利益高于一切。

路遥生前曾多次动情地说:"柳青是我走上文学创作之路的真正教父,很难忘在长安县皇甫村与柳青讨教文学创作的美好时光。1991年,《平凡的世界》荣获第三届茅盾文学奖。时隔不久,路遥一个人来到皇甫村柳青墓前,跪着向恩师汇报自己的文学成果,并且满含着泪水,向柳青墓连叩六个头,他以这种方式深深地缅怀把自己带上文学道路的恩师柳青。

柳青和《创业史》已经成为一种重要的文学遗产。路遥、陈忠实、贾平凹等陕西作家都毫不隐晦地谈到这一点。陈忠实说:"我记得十余年间先后读丢过九本《创业史》。这个书读到后来,就是我有一点时间随便打开这本书,打开到任何一页或者任何一章,我就能读进去,而且就能把一切烦恼排除开,进入蛤蟆滩那个熟悉的天地,这种感觉是我这一生阅读史上绝无仅有的现象。"

路遥也说:"真的,在我国当代文学中,还没有一部书能像《创业史》那样提供了十几个以至几十个真实的、不和历史和现实中已有的艺术典型相雷同的类型。可以指责这部书中的这一点不足和那一点错误,但从总体上看,它是能够传世的。"

当代文坛尽管作品数量很多,但是精品太少,更不要说像《创业史》一样的"文学经典"了。

习近平总书记在2014年10月15日的文艺工作座谈会讲话中,谈到人民需要文艺,文艺需要人民时,特别提到了柳青,并对他"深入到农民群众中去,同农民群众打成一片"的生活实践与创作追求给予高度的评价,指出:"因为他对陕西关中农民生活有深入了解,所以笔下的人物才那样栩栩如生。柳青熟知乡亲们的喜怒哀乐,中央出台一项涉及农村农民的政策,他脑子里立即就能想象出农民群众是高兴还是不高兴。"确实,只有"去作家化",融入火热的生活之中,不断提高自身的综合修养,才能写出无愧于时代的作品。

吴堡是柳青生养的地方，长安是柳青"创业"之地，这两个都是他的故乡，难分伯仲。他铁了心，为文学奉献自己的所有；尽管当今社会复杂，但是要做好一名作家，还是要深入生活，沉下心来，先做好人，才能写出好作品。

站在常宁宫柳青老师"创业"的窑洞前，让人心情难以平静。寻访柳青，终南山下，万亩麦田中，我仿佛看到柳青向我们走来。

"矮瘦的身材，黧黑的脸膛，和关中农民一样，剃了光头，冬天戴毡帽，夏天戴草帽。他穿的是对襟袄、中式裤、纳底布鞋。"这样的作家，能不叫人敬佩？能不叫人永远纪念？

2016.3.16 夜于长安

伍·师友情

由汪国真到路遥

2015年4月26日凌晨2点，诗人汪国真去世，年仅59岁。

刚听到这一消息，心里感到非常震惊。虽然，世界很大，我们每天都要面对一些生生死死的事情，麻木冷淡，不足为奇，但是如果和自己有些这样那样关系的人，包括亲人，一旦有事，还是比较关注的，这或许是现代社会中仅剩的一点人性真情了。

大约20世纪90年代初期，我见过汪国真老师一面，地点是在西安宾馆，一个下午的五六点吧，在他的房间里，坐了一会，就走了，忘记谈了些什么，大概是诗歌之类的话题。汪国真老师给我的感觉是非常谦恭平和。那时候他是大红大紫的诗人，在《女友》杂志开有专栏，我在"情人岛"也发过一首小诗，不足挂齿。

20世纪80年代末90年代初是文学如火如荼的年代，是文学最好的年代，我个人觉得。我当时也就是一个十五六岁的初中生，却被文学的激情所感染，课余也写一些小东西，还能换些"银子"买书，记得当时在黑龙江的《初中生》杂志发表了几首小诗，就得了三十多元钱，在当时，是一笔不小的收入，读者来信也是如雪片。文学被抬高，成了我们的信仰；作家、诗人比现在的影视明星、嫩模土豪要受人追捧。席慕容、汪国真就火在那个时代。

我骑着自行车，从金河到宝鸡的人民街一家小书店买了一本汪国真的诗集《年轻的风》。父亲拿着书,看了几遍定价,最终没有说什么。作为初中生,也算是一个文学少年吧。也听过北岛、舒婷、海子等"朦胧派"诗人,但觉得汪国真的诗读起来有味道,容易让人明白,有哲理和感染力,也给人以信心和美好。试想,一个初中生,一个农家子弟,学业、工作、前途,一片茫然,除了一些书信交流,偶尔能看上一部露天电影,也没有网络,还要面对去南方打工、去海南发洋财的种种诱惑,靠什么成为自己的精神支柱?

我不去想是否能够成功

既然选择了远方

便只顾风雨兼程

市场经济,社会上迅速掀起了一股"汪国真热",让我们对生命更加热爱,他朴实的诗句中表现出来的真善美无可替代。

汪国真的诗歌带给我们一场诗歌的盛宴和狂欢,在中学生中盛行,一些学生以能背诵或者引用汪国真的诗句为豪。

我不去想能否赢得爱情

既然钟情于玫瑰

就勇敢地吐露真诚

我不去想身后会不会袭来寒风冷雨

既然目标是地平线

留给世界的只能是背影

我不去想未来是平坦还是泥泞

只要热爱生命

一切,都在意料之中

还有:

如果生活不够慷慨

伍 • 师友情

我们也不必回报吝啬

何必要细细的盘算

付出和得到的必须一般多

如果能够大方

何必显得猥琐

如果能够潇洒

何必选择寂寞

获得是一种满足

给予是一种快乐

以及"没有比脚更长的路，没有比人更高的山""死怎能不，从容不迫，爱又怎能，无动于衷，只要彼此爱过一次，就是无憾的人生"等等励志诗篇，让年少的我们充满自信和对未来的憧憬。

汪国真老师的诗歌，浅显易懂，和流行歌曲一样在90年代社会转型期不断流行，人们积极向上，成为一个时代的文化符号。后来，诗坛各种流派盛行，文学被边缘化，"下半身"等先锋诗歌粉墨登场，也有了私人化个性写作，汪国真也渐渐淡出人们的视线，从事书画以及谱曲等事情。他的诗，也受到了一些人的不满和质疑，激烈嘲讽他的诗歌太白、落伍、是"心灵鸡汤"、没有个性感受等等，成了一些人攻击的对象。

无论怎样，我觉得他的诗是积极向上，阳光青春的。虽然个性体验的东西少些，语言也不够凝练，但排山倒海式的大众感染力从他以后恐怕无人能及。当然，这有多方面的原因。

无论怎样讲，我想，时间会证明一切。

在汪国真诗歌的影响下，一批批学生梦想成为诗人，为这一桂冠而努力跋涉，成功者，失败者，不计其数，甚至一些人至今为生存而忧虑。记得1994年，我跟着诗人远村、谭克修等人到西北大学、西安建筑学院等大学晚上讲诗歌，偌大的教室坐不下，站立者甚多，丝毫不觉得劳累。我还与周竞、丁仁祖老师去中学讲文学，在长安一中千人教室讲完，学生如潮般涌来让签名，有的直接签到衣服上，有的签到胳膊上，有的随便拿来一张纸条，让人为文学血脉贲张，又让人对这种文学崇拜的盲目性而担忧！

致青春！现在汪国真老师去了另一个安静的世界，我们深深哀悼的同时，又感到非常惋惜。人死不能生，我想他的诗歌，对我的影响，难以忘怀！只有他的诗歌，坚守着良知，让我在繁重的学业中，烦躁的心灵得到些许安慰，看到希望和光明，懂得隐忍和坚持！

说到汪国真，我不得不再说说路遥。因为他们同处于我成长重要时期的90年代初期。虽然我没有见过路遥，但读过《平凡的世界》《早晨从中午开始》以及最近厚夫老师的《路遥传》和张艳茜老师的《平凡世界里的路遥》，电视剧《平凡的世界》因为太长、剧情也太慢，至今没有看完，至于和原著的区别，肯定是有的，快节奏的生活，影视剧注重人物矛盾和故事情节，想让人期待一集集看下去，就像电影《白鹿原》一样，票房在期待，在很短的时间内要让人有兴趣看完，不可能面面俱到，只能弄成田小娥的情感戏，一部史诗巨著很可能庸俗化成男女关系。

路遥的长篇小说《平凡的世界》1988年完成，1991年获得"茅盾文学奖"，被誉为"茅盾文学奖皇冠上的明珠，激励千万青年的不朽经典"。我此时在宝鸡一个乡下的中学读书，学业紧张，信息闭塞，对文坛事情没有时间、从主观上也不会去关心的。后来到了古城西安求学，才知道路遥和《平凡的世界》。当然，《人生》知道早些，因为改编成电影，农村受到新思潮的影响，同学喊着"高加林、刘巧珍，骑着车子逛县城"，嘻嘻而笑，自己却不明白为何而笑。从时间的角度上讲，我读汪国真老师的诗集《年轻的风》《年轻的潮》要比《平凡的世界》早得多，可见，诗集影响力之大。在读《平凡的世界》之前，也读过《穆斯林的葬礼》等小说。在大学，读《平凡的世界》，老实说，印象不深。因为读过柳青的《创业史》，自己也是从农村来到大城市，加之对1975-1985年的事情不太熟悉和关注，自己那时候还是个孩子而已。

上了大学,有些清高,喜欢贾平凹一样天赋高的有文采的作家,对华丽的语言、出奇制胜的情节等有一种陌生感的喜欢。或许,是受到90年代初期西方一些文艺思潮的影响。沉重的现实主义书写、平实朴素的苦难情节、人物形象高而大等等,我草草读了二个晚上,就结束了。

可能是自己的年轻气盛,错过了对一部好小说的阅读。

事隔20年后的今天,当电视剧《平凡的世界》热播,重新引起人的关注,就像当年《渴望》一样,让人们重新回味一个时代人与人之间的真情。小说"时间跨度从1975年到1985年,全景式地反映了中国近10年间城乡社会生活的巨大历史性变迁;以孙少安和孙少平两兄弟为中心,以整个社会的变迁、思想的转型为背景,通过复杂的矛盾纠葛,刻画了社会各阶层普通人们的形象,成功地塑造了孙少安和孙少平这些为生活默默承受着人生苦难的人们,深刻地展示了普通人在大时代历史进程中所走过的艰难曲折的道路。在这里人性的自尊、自强与自信,人生的苦难与拼搏,劳动与爱情,挫折与追求,痛苦与欢乐,日常生活与巨大社会冲突,纷繁地交织在一起,读来令人荡气回肠,不忍释卷。"的确,让我再次感动的是孙少平不断奋斗的精神,感动的是他与田润叶这种理想主义的爱情,路遥在进行着一种英雄主义情节的写作,写到酣畅之处,不由得在小说中穿插了自己的感慨和议论,这种介入,虽有伤小说本身,但可以看出他无法遏制的写作情感和急于表达的思想。

小说就是比诗歌厚实,特别是在表现大时代方面。但是,诗歌、小说、散文等,各有特色,谁也代替不了谁。我为路遥的这种写作精神和大格局的写作思想而折服,他不怕吃苦,敢于把日常生活和社会大变革结合在一起,让人物更加丰满。

"路遥是一个有大抱负的人,文学或许还不是他人生的第一选择,但他干什么都会干成,他的文学就像火一样燃出炙人的灿烂的光焰。现在,我们很少能看到有这样的人了。"

路遥可以当官,官场失意后又无奈转身投身文学,非要弄个样子让人看看。"他是一个优秀的作家,他是一个出色的政治家……但他是夸父,倒在干渴的路上。"

路遥说了一句:"日他妈的文学!"

可以看出,他对生活、文学可谓爱恨交织。他一直坚持走现实主义的写作道路。写《平凡的世界》可以换一种不同于《人生》的写法,他坚信自己的判断。在 1988 年致蔡葵的一封信中,路遥曾不无抱怨地指出:"尽管我们群起而反对'现实主义',但我国当代文学究竟有过多少真正的现实主义?我们过去的所谓现实主义,大都是虚假的现实主义。应该说,我们和缺乏现代主义一样缺乏(真正的)现实主义。我是在这种文学历史的背景下努力的,因此仍然带有摸索前行的性质。"

计算成功的方式是吃苦和受罪,他拼命工作,玩命写作,自我折磨式的付出,在文学创作这条艰辛寂寞的道路上,竭尽全力,一路血汗向高峰攀登。

路遥靠的就是自己的努力和坚持。

热爱生活,关注生活,给生活一双飞翔的翅膀。现在,我又准备仔细重读《平凡的世界》,慢慢地品味。

陕西的作家每每聚在一起,免不了发感慨:如果路遥还活着不知现在是什么样子?这谁也说不准。但肯定是他会写出更多更好的作品,他会干出许多令人佩服又咋舌的事来。这是真话。只有路遥能干出来。

作家最终靠作品说话,只有经得住时间考验的作品才是伟大的作品。《平凡的世界》《白鹿原》《秦腔》《最后一个匈奴》等就是。

"生活中真正的勇士向来是默默无闻的,喧哗不止的永远是自视清高的一群 。"让我们记住,谁才是真正的勇士!

从汪国真到路遥,从《年轻的风》到《平凡的世界》,岁月无情;每个人都不是完人,生活虽然艰辛,但这些作品时刻让我们记住朴实和善良,为伟大的梦想而跋涉向前!

苦难磨砺出的人性之美

——我读路遥

我读《平凡的世界》的时候，已经是20世纪90年代初期了。之所以这么晚，主要原因是当时在农村上学，消息闭塞，学业紧张，无暇顾及，等上了大学，利用几个晚上，读完了这部小说。

老实说，当时留的印象不够深刻，觉得有些"平"，加之作者时不时介入自己一些论述，有些"教化"之感。青春年少，意气奋发，自己处于一个比较叛逆的年龄，80年代末期90年代初期各种思潮风起云涌，改革初期变化之快让人眼花缭乱，加之自己写着诗歌，追求着一种浪漫主义的理想；也有可能走出农村跳出农门不愿意再去仔细审视过去的生活，多少有点虚荣心作祟，也有可能觉得孙少平的煤矿生活离自己很远，各种因素聚合吧！

20多年后，因为《平凡的世界》改编成电视剧，我这次得以认认真真地看了一遍。点赞、吐槽的都有。虽然小说和电视剧有区别，可能小说更注重文字，电视剧还要注重故事的曲折和画面性、收视率等等，但还是被感动了。虽然小说在当时没有引起轰动，但千千万万读者成就了路遥，让他死后享受到了应有的尊敬和认可，说起这话，未免也有些让人悲哀。"被仇恨喂养理想"

的主人公孙少平在电视剧中,演员袁弘演得有点太洋气、太阳光了,方言也有些夹生,一会儿普通话一会儿陕北方言,让我对这个"道德理想化"的人物形象,感到有几分陌生,还有那些大段的旁白,有的真没有必要。要说我喜欢的人物,电视剧里我最喜欢的是双水村党支部书记田福堂了,演得好。

无疑,长篇小说《平凡的世界》是一部理想色彩浓厚的、厚重的现实主义小说,有着童话般的色彩,也是一部孙家、田家的家族史,获得"茅盾文学奖"是应该的。小说全景式地描写了中国现代城乡生活,西北农村 70 年代末期到 80 年代初期的历史变迁过程,通过复杂的矛盾纠葛,刻划了社会各阶层普通人们的形象,人的自尊、自强与自信,人生的奋斗与拼搏,挫折与追求,痛苦与欢乐,纷繁地交织,达到了思想性与艺术性的高度统一。如果没有理想的浪漫主义爱情,那充其量就是柳青《创业史》的翻版或者高仿,小说的成功,我觉得让底层的草根农民有了生活的信心和未来的希望,这种善良、勤劳的反抗,是正义的化身,让我们更加相信社会的正能量。

一个农民、高中毕业的煤矿工人敢和县委书记、地委书记的大学生女儿谈对象,孙少平和田晓霞的爱情,冲破着传统的阶层、身份等一切的樊笼,勇敢地打破着城乡二元结构,寻求着平等和自由,现在可能吗?社会发展的巨大变化,让我们更回忆过去,更追求普遍意义上的平等。

这次看完,我有三点反思:

一、我们还需不需要读书,读书真能改变命运吗?时代不同,现在是"轻阅读"快节奏,闻不到书香的味道;再说"书中自有颜如玉",恐怕只能引起人的大笑。田晓霞是孙少平这位"圣斗士"的精神导师,奋斗原欲,读书让他的精神更加饱满,初中的最后一年,孙少平有幸读到了《钢铁是怎样炼成的》这本书。他强烈地被震撼,深深地被吸引,躲在村子打麦场的麦秸垛后面,贪婪地赶天黑前看完了它。他在说不清的繁杂思绪中朦胧地意识到:"不管什么样的人,或者说不管人在什么样的境况下,都可以活得多么好啊!""只有这些书,才使他觉得活着还是十分有意义的,他的精神也才能得到一丝安慰，并且唤起对自己未来生活的某种美好向往——没有这一点，他就无法熬过眼前这艰难而痛苦的每一个日子。"这些书在丰富他精神世界的同时，在生活中也给他带来好处。"由于他读书多，许多人很爱听他讲书中的故事。这一点使孙少平非常高兴，觉得自己并不是什么都低人一等。"过去，改变农村人命运的不是当兵就是考上大学两条途径，读书让孙少平有了战胜困难的勇气，在困难的磨砺中，我们看到了人性的光芒和真善美。当然，小说写的是群体，是全景式的社会，田福堂、田福军、田润生、田润叶、田晓霞、孙少安、孙少平、郝红梅等等都有不同的生活经历，人物丰满、栩栩如生。我认为，现在娱乐化的生活我们仍需要读书，最好能静静地读着传统的纸质书籍，享受着阳光，这是一种心灵体验。虽然，读书不一定能改变我们的命运，但是可以提高我们的修养，哪怕少读一点，经典的书籍每读一次，都会有不同的感受。《平凡的世界》传递着一种精神力量，在当下"轻阅读"、网络阅读、快餐化生活中，有可能成为一些人的"阅读负重"，但不影响其人性之美的彰显。

　　二、现实主义写法和现实主义创作精神，依然有着深厚的人民基础。写作，虽然各种流派很多，但是坚持现实主义创作手法，仍旧是我们时代的需要，柳青精神仍然值得学习、继承和发扬。路遥，"他是一个优秀的作家，他是一个出色的政治家，他是一个气势磅礴的人，但他是夸父，倒在干渴的路上。"（贾平凹 语）写完《人生》，和许多作家一样，路遥也经受着一种艰难的突破，路遥说过："我当时并非不可以用不同于《人生》式的现实主义手法结构这部作品，而是我对这些问题和许多人有完全不同的看法。不能轻易地被一种文学风潮席卷而去。"当年，出版社编辑对《平凡的世界》第一部的回复就是"不适应时代潮流，属老套的'恋土派'"。还有人认为，《平凡的世界》是《人生》的加长版。我认为，现实主义和浪漫主义写法从来不是对立的，基于《平凡的世界》宏大的历史叙事，需要以现实主义为主、浪漫主义与之相融合的写作方法，才能更久远，也具有阅读的趣味和精神的深度。80年代，西方现代派文学思潮冲击和影响我国文坛，路遥坚持现实主义的创作方法，《平凡的世界》在学术界一直没有得到明确的肯定，这是不公平的，读者和历史终将证明，也已经证明。至于有的人说，路遥描写的煤矿工人生活有些虚假的不足，田晓霞有些太理想化，小说毕竟是小说，况且一个人掌握的历史事实毕竟有限，个人写作经验也是有限的，不能苛求每一个细节。

三、勤恳劳动，踏实工作，追求着精神的高度。路遥是一个心气很高的作家，我感觉在写《平凡的世界》时由于铺得太大，有些力不从心。深受陕北传统地域文化的影响，路遥笔下的孙少平是一个完美的人物形象，他在精神导师田晓霞的引导下，不安于农民的现状，从底层靠着奋斗，在生活的磨砺中更加成熟，一步步走向自己的成功目标。与孙少安不同，孙少平拒绝侯玉英的爱，不是因为他看不起她鄙视她，而是因为侯玉英在信里提到的所谓的幸福——一辈子吃好穿好，在他看来是庸俗的，浅薄、空虚和充满烦恼的生存，与精神生活相比，这种纯粹以追求个人自身安逸为目标的实际生活则显得可悲，这种生活增加的只是长度而不是深度。田晓霞是孙少平的精神支柱，他们的爱情是理想的化身，最后她只能死；如果不死，他们理想化的爱情不知道要遭受多么曲折的道路。苦难是宝贵的精神财富，像牛一样劳动，像土地一样奉献，贯穿路遥的一生，是他的精神写照。路遥说："无论是政治家、艺术家，只要不丧失劳动者的感觉，我们才有可能把握社会历史进程的主流，才有可能创造出真正有价值的艺术品，在劳动人民的身上领悟人生的大境界。"辛勤劳动，在《平凡的世界》里，每个人物形象中，都有不同的细节展示，虽然现在看来，传统的农耕文化中劳动离不开土地，市场的大潮中，劳动有许多阐释，但是，只有付出劳动才能得到收获，这是朴素的真理。在痛失女友田晓霞，谢绝金秀的爱后，孙少平毅然选择回到大牙湾煤矿，这是一种怎样的理想？

早晨从中午开始的路遥说："人民生活的大树万古常青，我们栖息于它的枝头就会情不自禁地为此而歌唱。"只有不丧失普通劳动者的感觉，

伍·师友情

我们才有可能把握社会历史进程的主流，才有可能创造出真正有价值的艺术品。我们应该提倡"百花齐放，百家争鸣"，更应该提倡走出"小我"，走出"私人定制"，为人民而写，为历史而写，虽然有人提出写作是私人的事情，是个性化的东西，但是我们不应该自己被这个物欲的时代所异化，要时刻保持清醒的头脑，丰富自己的写作空间，为自己开拓一块精神的高地。路遥在文学的路上艰苦跋涉，英年早逝，留下许多遗憾！也给我们树立了一块精神的纪念碑。《平凡的世界》和他本身就是一种伟大的"精神符号"。路遥说："作家的劳动绝不仅是为了取悦于当代，而更重要的是给历史一个深厚的交代。" 苦难磨砺出的人性之美，让我感动，无论何时，我们都要饱含着对生命的敬畏，在困难磨砺中，彰显人性之美，在平凡中，追求崇高。

2015.5.31 匆于长安

在光影中感受并发现美
——记摄影师黄武涛

武涛三十出头,但从事摄影已经十余年,在业内是一位很有影响的时尚人像摄影师。

朋友介绍我去他的摄影工作室,其实在吉祥村(凯恩视觉工作室)的时候,我就去过,印象很深刻,加之和我的朋友郭三省认识,通过交谈,我觉得他是一位善于抓住人像神韵的摄影师。武涛是一位很有天赋的摄影师。我个人觉得,任何艺术的从业者,要热爱并潜心钻研,首先是要有一定天赋的,加上后天的努力、培训、学习,方可成功并"成为一家"。这个观点,可能有些偏激,但我仍在坚持。可以说,武涛是从喜欢摆弄傻瓜机开始的,因为对摄影有着天生的热爱才入这一行的,经过十几年的学习和打拼,成就了自己的摄影梦想。美国摄影家斯蒂夫·麦凯瑞说过:"对我来说,一份作品最重要的特质在于独立性,只需要一张照片,便带给你一个故事。"照片是静止的,摄影是在按快门的一瞬间凝固的艺术,如何通过摄影,让照片"活"起来,通过视觉的冲击,给人留下最深刻,也是最美的印象,这是黄武涛必须想,也要做的一件事,只有这样,才能让摄影对象(包括喜欢看照片的人)

透过照片，去探寻，发现他背后的美好。武涛领悟到了这一点，他觉得："摄影永远是照片背后的故事，而不是摄影本身。"

纵观他的摄影作品，我个人觉得，他是一位优秀的青年人像摄影师。首先基于他的敬业和对摄影的热爱，在给我的拍摄中，不断地交流，放着我喜欢的钢琴曲，让我进入一种非常放松的状态，呈现出人最自然的本真。当然，在此之前，他做足了"功课"，譬如摄影对象的职业、喜好、兴趣、身份等，无论是作家、艺术家，还是企业家、明星等，都能通过摄影的"镜头"，在他的掌控下，让"人像"表达得更加丰满和传神，准确地表达出摄影对象的"诉说"。这种诗意环境的设置或构建，让人和环境，人和摄影师，和谐共生，有助于真实的表达。布列松在讲匈牙利摄影师安德烈科特兹时，说过"每当他按快门时，我似乎感觉他心跳的声音。"一个摄影师，不是机械的操作，而是要投入其中，融入其中，感性和理性交织，自我激发创作热情，方可成功。当然，这也需要平时的艺术修养和素质提高。武涛在拍摄濮存晰时，颇费心思，因为拍摄对象被无数人拍过，要拍出一张不一样的"照片"，挖掘其身之美，是何其困难。但他做到了，让濮存晰回归"平凡""居家""休闲"。拍摄出他的"平民本色"和"独有特质"，贾平凹、肖云儒、沙莎、张培合、杨霜林等亦如此。其次，在武涛的人像摄影中，大多采用黑、白、灰"三色调"，在杂乱的光影中，"洗尽铅华"，透露出人像的简洁、自然、逼真、干净。现在一些人物摄影比较注重情节的衬托和表达。人像摄影与之不同，在于人轮廓、身材、线条、眼睛等细节的张力展示和内心细微传达。武涛摄影的片子几乎接近原片，后期技术处理较少，尽量贴近真实和避免色彩的干扰，让人沉浸在黑暗的平静之中。摄影时对人的定位，主题距离，调色板，灯光等等辅助，无一不在强化"人像"的表达力和感染力。"画家从空白画布开始作画，摄影家则从混乱的世界中做出决断。"武涛深知"最缄默的高调，最明晰的低调"，利用其工作室的气氛和文化，让自己沉潜其中，直抵摄影对象的心底。通过摄影，让一张张照片生动而又灵性，活泼而又不失典雅,大大丰富了其内涵,延伸了其背后的"无尽故事和心情"。"一个摄影家知道在花朵后面也有世界的苦难,经由这朵花,他可以触摸到别的东西。"(爱德华布巴)武涛是一位有情怀的摄影师,他懂得,在拍摄时,要让人"放松",在一种"舒适的心态"中留下美好的影像,去掉社会上各种"光环"和人身上的"铠甲",真实地反映人的存在和美好。"中国的人是关系中的人,在各种社会关系中确定人,而西方的人就是活生生的个体,因而着重的是人的本质。"(李泽厚)在拍摄中,武涛是充分考虑到人,也考虑到了他(她)与这个社会的关系,运用自己的情趣和创意,捕捉到每个人不同的"面孔"。或文雅,或霸气,或张扬,或内敛,或指点江山,或深思冥想……在他工作室的墙上,高圆圆、陈坤、关锦鹏、梁文道、潘石屹、柳传志、薛莹巧、孙维、徐杰、杨芳、谢斌等企业家、艺术家都尽情展示着光影世界的"精彩瞬间"。诉说着每个人不凡的"人生故事"。

现在随着数码相机、智能手机、互联网、物联网的普及,普通大众便可"随手一拍",通过网络传到世界各地,大大加快了照片的传阅度。在这个"读图时代",我们今天被花花绿绿的图片(照片)所侵扰,"娱乐至死""快餐文化"已成为社会一种时潮。但我想真正的艺术,包括摄影,不会因"人工智能"而简单化。更需要在各方面综合提高,特别是对一位摄影师,需要对人的心理进一步控握。技术层面越成熟,变革时期愈来愈复杂的人性更需要我们去剖析、诠释。一直以来,武涛为自己的摄影梦想而奔跑远行,特立独行的他,还在这个薄情的社会抵御着物欲的诱惑和社会的裹挟,坚持着自己的艺术底线,不断完善着自己,温暖着"照片上的人",在光影中感受生命的活力和价值,发现每个人最美好的一面,记录着每个人不同阶段和时期的"心迹"。

2017.1.8 于临潼仁宗